想象另一种可能

理
想
国

imaginist

大唐李白

凤凰台

张大春

广西师范大学出版社
·桂林·

序 再说李白
关于《大唐李白》如何发想

大约从二○一一年起,我开始注意到自己所处的社会所出现的一些琐碎的小现象,这些事情有时候发生在生活之中,有时也贯穿到我写作或者是收集材料的某些观点里面。其中一点就是:如果一个社会充满着机会,充满着各种实践抱负的场域,然而有些特定的人从出生开始就没能握有这些机会,甚至永远无法实现他们可能的抱负,那么他们可能会去做什么?

也就差不多在这体会的同时,我正准备动手写《大唐李白》。

李白就是在当时一个盛世之中积极寻找自己机会的人。他出生于公元七〇一年,过世于公元七六二年,一生所系,大约与盛唐相仿佛——自七世纪末到八世纪中,差不多有半个世纪的时间,是大唐帝国看来最辉煌繁荣的时代。如果把盛唐这个概念和李白的生涯看作一个对比,我们就会发现两者密不可分。

李白出生之前,整个唐朝经由唐太宗、唐高宗,一直到武后,甚至唐中宗，好几代风范各异、行径不同的帝后一直在做一件事，那就是持续地扩大其官僚集团。这其中有许多原因，而武后是特别的角色，她本来不该是李唐皇室的继承人，但不论是基于个人的野心，或者是弘教的企图——更可能是借助于佛教经典（如学者所一再指出的《大云经》，其中有女主称帝的启示）——她布置一套全新的统治规模和价值。或许，武则天期望在旧有的官僚集团之外，找到帝国新生的力量。比方说，帮助李唐建立起皇权的关陇集团，一直对武则天这样的当权者有强大的压力。当武则天利用新的考选制度，引进更多的士子之时，官僚集团便开始急遽地扩充。

李氏当国的时候原本就苦于自己的郡望不高，不足以和前代绵延数百年的高门大姓之家相抗衡。所以，从唐太宗贞观年间修成的第一部试图建立新士族阶级的书籍开始，无论是称之为"士族"、"世族"、"门阀"，都是世代为高官的家族。唐太宗修《氏族志》推扬时兴冠冕，打击古老门阀；日后新编的《姓氏录》目的和手段也是相近似的，像是和李氏并肩打天下的武氏，也一样不注明郡望，堪见《氏族志》、《姓氏录》之为物，恰是对南北朝以来的高门大第做彻底而沉重的打击。

武则天大量地扩充官僚集团的成员，使得整个王朝所运用的公务员数量增加了十到二十倍。这样一个庞大的官僚集团固然带给帝国经济上的负担，同时也为许许多多原先不可能进入士大夫阶级的人带来希望。不断扩充的贡举、制举、杂举不胜枚举；表面上的说辞都是"搜扬拔擢，显举岩穴"，而《史记·苏秦张仪列传》所谓"布衣卿相"的局面，似乎更加真切了。这为许许多多寒门之士——也就是社会地位比较低下的年轻人带来无穷的希望。可是，李白却偏偏没有这样的机会。

　　李白的父亲是一位商人，而且根据种种迹象的判断、资料的比对，我们可以猜想李白的父亲可能是出生在西域的胡商，血统上应该是汉人，但他所从事的行当只能说属于大唐帝国最边远底层的一个阶级。

　　一般说来，商人除了继承父族的家业、最后成为另外一个商人之外，是没有机会进入到士大夫这个阶级里来的。因此李白根本没有改换门庭的机会，充其量只能南来北往地从事贸易，其间或者从事各种放贷、投资的行为，将本求利，也容有腰缠万贯的前途。然而，这是不是他想要的人生呢？这是一个问题。

　　大约在公元七〇五年，李白的父亲李客带着一家人从西域来到了现在称为四川的蜀中绵州昌隆县（由于要避唐玄宗李隆基的讳，而改名为"昌明"）。李白四五岁即成为蜀中的居民。根据他日后的回忆，年幼时曾经在父亲的指导下读过司马相如的赋作。这表示他的父亲可能具有相当程度的文化修养，但是这一点不是没有争议。因为也有许多学者认为：如果在年幼的时候要教导一个孩子从事文章辞赋那样的学习，这样的父亲应该不只是一个普通的商人，说不定也具有文人的背景。

　　关于这一点，我是存疑的。我相信李白的父亲不见得实际教导过李白，那更可能是李白对于亲长教养程度的吹嘘。但李白的父亲的确有可能通过金钱的支持，提供丰富的书籍。在大量如同游戏一般的阅读、模仿启蒙之下，李白生活优渥，等闲不必操烦治生的实务，得此熏陶，他从童年起就长期浸润于经籍文章之教，而没有其他同代士子必须参与、将就的诸般科举、制举考试桎梏。

总之，在没有进学（馆学）念书的背景之下，从年幼时就能熟稔古代辞章之学的经验，堪称是独一无二的。根据《酉阳杂俎》所记，李白"前后三拟《文选》。不如意，辄焚之；惟留《恨》、《别》赋。今《别赋》已亡，惟存《恨赋》矣"。

但是我们仍然要问：李白为什么要捏造自己的身世呢？他为什么要夸张父亲给他的文化教养？这里，我们可以看出李白这一生之中极其介意，并且力图振作的一个动机，那就是他不甘心成为帝国底层的一个贱民。在盛世之下，一个非士人阶级的人，未尝不能有野心、抱负，未尝不想成就某些经国济世的事业。李白真正的想法是什么，我认为要从他十七八岁跟随的师傅赵蕤这个人讲起。

赵蕤这个人在历史上所流传的记录不多，只知道他有个和他一样不问俗名世事的妻子，曾经有地方官吏召见他们夫妻，希望赵蕤能出来做官，他严词拒绝。李白曾经跟随他至少三年以上的时间，在这几年当中，有将近一年，李白自己到蜀中其他的城市，包括现在的成都（当时称为锦官城）、峨眉山等处去游历。李白大约在二十五岁之前都在蜀中度过，其间跟随赵蕤学习的一段经历，对他日后的人生带来了重大的影响。

赵蕤是一个今天来看"没有中心思想"的人，也可以称之为一个彻头彻尾的"纵横家"。所谓纵横家，是以一套又一套尽管彼此相互矛盾、彼此扞格的论述，来达成言辩目的，以解决现实纠纷。这样的人，经常借由工具式的思维来谋求最大的利益——尽管未必是私利，却也在一定程度上显现其功利的、现实的、见风使舵的企图。他们几乎不真正探讨或表现出自己相信些什么。

对于纵横家而言，胜负跟是非是可以等量齐观的。这样的一种人格，这样的一种训练，也许和李白天生的个性有所冲突，可是毕竟对李白的成长带来重大的影响。赵蕤的著作——《长短书》内容还相当完整，就是通过种种反复的举例、辩论，针对一个一个设定的议题进行言辩，和刘向所编的《战国策》、《说苑》、《新序》相当类似，堪称是一部辩论手册，而非思想论著。

李白写文章除了模拟整个《昭明文选》之外，这种辩论术的训练也使得他日后能侃侃而谈，从容应对，在种种与人相互交谈的过程中发挥机智，展现一种过人的风采。我常疑惑李白既然不能够参与名目繁多的科举、制举，为什么还那样用功读书。明明不需要考试，为什么他会那样努力呢。我相信在李白而言，那是一个有趣、恒久而且极其吸引人的游戏。更进一步说，写文章，学人写文章，借用前贤修辞表现而令时人叹为观止的制作，对于李白而言，就是一种表演。这种表演，无关乎日后能不能获取成为士族、成为官吏的机会。他只关心一件事情：我的文章比起古代那些高高在上、号称天潢贵胄者，那些诸侯卿士大夫，比起这些人，我李白应该毫不逊色。

与古人争胜，与时人较劲，看起来是两回事。如果说将"与古人争胜"来取代"与时人较劲"，那么这又是一种什么样的心态？我们可以这样说，在现实之中，基于身家地位不能参加科考的李白，如此积极地学习、模拟，并且一篇又一篇地写那些看起来几乎没有人会欣赏的文章，到最后反而成就了李白作为一个文章家、诗人最重要的训练。成就了此一训练的李白也满足了某种可以称之为虚拟的抱负。在二十五岁离开蜀地之前，李白还碰到了什么样的事呢？

我认为接下来的这件事情贯穿李白的前半生，甚至到最后还影响了他的婚姻。

让我们先旁敲侧击地看一眼李白的父亲为自己命名为"李客"这件事。

为什么会有人为自己命名为"客"呢？客就是客人，也就是客商。给自己起这个名字，很显然李白的父亲并不是认真的。李白一定也知道李客并不是父亲的真正名字。

唐朝人非常重视避讳，也就是儿子不能口呼父名，也不能在自己的作品里书写父亲的名字。从这个角度来看，李白有很多的作品，比如"客心洗流水"、"乐哉管弦客"，至少在他的诗篇里面能找到几十个客人的"客"字，为什么他不避讳呢？一，他本来就不属于严格遵守礼法的士大夫阶级，可以不在乎。可是李白是一个希望自己能够从模仿到乱真，把自己视为一个士大夫的人，应该还是要避讳的。李白不避讳，那就只有第二个可能，他很清楚父亲本名不叫"客"。取名为客，因为他是从西域回来，心态上还是作客，何况他还是一个客商。

身为一个行商成本负担要比一般的店商更多，冒的风险要更高，可是也许正因为交通流动远地的货物，获利也可能更大。还有一点很要紧，就是需要拥有更好的偿债能力以及更卓著的信用。

从实务面来看，既要获利高又必须负担比较少的风险，就应该在一次次长途交易货品的往来之中，建立我们今天所说的仓储和物流中心，以及区域性的交易网络。李客是有条件的，除了李白之外，他还有大小两个儿子。李白很认真地读书、写作甚至吟咏诗歌，可是这些活动并不是承担家族事业的正务，而是先前所说的游戏。相较于同时代其他相同或不同阶级的男子，李白游戏的时间相当长。无论是否读书应考、谋求仕进，唐代男子到了十四五岁即告"成立"，李白的哥哥和弟弟，大约就是过着这样平凡而顺命生活的人。

李白曾经有诗这样说"兄九江兮弟三峡"，他的哥哥在九江，他的弟弟在三峡。九江和三峡两地是长江流域整个水运的终点和起点，在这两个地方，兄弟待了近乎半辈子。李白的哥哥大概也就是在十四五岁上到九江，幼弟差不多在同样的年纪到三峡扎了根。这显然和整个家族的营生有关。兄弟二人在水运起讫之地，转运东来西就的货物，春去秋来，执业如斯，本本分分从事着物流商的本行。至于李白，他在开元十三年忽然离开家乡乘船下三峡，并且经过九江。可是他经过三峡的时候，并没有去探望他的弟弟；经过九江的时候，也没有去拜访他的哥哥，让人觉得很不可思议。看起来，他好像是要躲避与亲人的会晤，为什么呢？

十六七岁的时候，李白可能犯下过杀人的案子，根据他自己的吹嘘，他曾经出手使剑，杀过好几个人。如果李白所言不虚，那么根据大唐律法，唐诗会少掉八成的光辉——李白就来不及把作品传到后世了。李白并没有真正杀人。他也许动了刀——因为他随身带刀。根据日后李白的好朋友崔宗之诗里的形容"袖有匕首剑，怀中茂陵书"可知，李白的袖子里随时都藏着匕首。可能李白在杀人成伤之后，在进入侦查的过程中，暂时被释放了，后来也不被追究——可能是李客花了些钱帮他摆平官司？接着需要一段平息的时间，李白不能在家乡昌明市上继续鬼混，这中间也许是半年，也许是一年。

接下来要问：在这一年左右的时间里，李白去了哪儿？大致上，根据三言两语、极为有限的资料，我们可以推测，他少年时期在一个叫大明寺的所在待了一年多。这会衍生出来另一个问题，寺庙可以让任何人长期居住吗？如果你是一个士人，也就是可以赴考任官的人，则尽管唐人笔记上流传着"饭后钟"（也就是吃过饭之后才打钟，招呼来寺庙傲居的士子前去用餐）那样悲惨的故事，寺庙还是有义务接待各方进京赶考的读书人。但是一所寺庙要让李白这样的少年犯进入，以读书为借口，逃避刑责，大概还是需要更复杂的关系。就此我们可以从当时寺庙与商人之间的经济供输，推敲出他们最可能的交往关系。

这就是我写《大唐李白》最早的一段路径。透过细节追索，我想描绘出一个文学史上没有叙述过的李白。文学史这门课程以及这个概念，是一个近代学院的产物；学院制度生产出来之后，我们学习的人误以为那厚厚的一本书里就是古代文人生活、创作的大体风貌，作品好像总是跟前代的以及后代的作品发生直接的影响关系。我们因此而忽略了每一个时代的作家都可能更大程度上与他那时代的实际生活有着更密切的瓜葛。

李白的诗、生活与情感之所以还值得我们继续求访，乃是因为整整一千三百年前的大唐时代，还有太多值得我们去想象拼凑以及研究理解的痕迹。我才起步而已。

（本文从作者接受《外滩画报》采访整理而成）

目 录

一　一回花落一回新 _ 1

二　蚀此瑶台月 _ 16

三　万里写入胸怀间 _ 31

四　驱山走海置眼前 _ 43

五　清昼杀仇家 _ 50

六　此行不为鲈鱼鲙 _ 59

七　万里送行舟 _ 68

八　衔得云中尺素书 _ 74

九　笑我晚学仙 _ 82

一〇　直上天门山 _ 87

一一　与君论心握君手 _ 98

一二　未若兹鹏之逍遥 _ 104

一三　应见魏夫人 _ 118

一四　斗鸡事万乘 _ 128

一五　道隐不可见_132

一六　愿作阳台一段云_142

一七　君今还入楚山里_151

一八　空余秋草洞庭间_161

一九　流浪将何之_178

二〇　一朝飞腾为方丈蓬莱之人耳_183

二一　尽是伤心之树_194

二二　龙虎势休歇_205

二三　遥指红楼是妾家_210

二四　凤凰为谁来_223

二五　送尔长江万里心_244

二六　富贵安可求_255

二七　立谈乃知我_263

二八　回鞭指长安_277

二九　萧然忘干谒 _ 293

三〇　宁邀襄野童 _ 302

三一　宫没凤凰楼 _ 316

三二　一鹤东飞过沧海 _ 325

三三　云山从此别 _ 335

三四　携手林泉处处行 _ 339

附录　李白的学习年代与漫游年代
　　　——从"成长小说"论张大春《大唐李白》首二
　　　卷的几个问题 _ 346

凤凰台上凤凰游,凤去台空江自流。
吴宫花草埋幽径,晋代衣冠成古丘。
三山半落青天外,二水中分白鹭洲。
总为浮云能蔽日,长安不见使人愁。

——李白《登金陵凤凰台》

一　一回花落一回新

吴指南在生前的最后几个月里，经寒春而入炎夏，常犯一怪疾，便是双眼忽然眩盲，片刻之后，又不知何故而忽然复明。当时他和李白同在洞庭旅次，竟不以此为忧，反而经常在这盲疾突发之际，高声喧闹呼喊："呜呼呼呀——李十二，李十二！黑了黑了。"

这盲疾，真令李白束手。吴指南却以此为调笑的话柄，说他："遮莫从那赵黑子学医采药，竟不抵事。""遮莫"，就是"尽教"、"纵使"的意思——这是出蜀之后，一路上听仿各地行人经常挂在嘴边的俚语，学舌既久，便也改不了口了。

还不只是调笑，吴指南甚至把这盲疾当作乐事；每当失明，无论置身何处，就只能茫然兀立，举凡一行一动，都得倚赖李白相帮，眼前该出现而不能出现的景致，也须倩李白为他说解、形容。像是某处山峰如何挺特，某处平芜如何旷远，某处水曲如何宛委，某处湖沼如何澄清，兼及某人的肤发衣装、某物的形貌结体，李白都得为他一一状述。

吴指南乐之不疲，感觉李白只在这时刻，才像是与他相知相伴的手足——这是他近二十年来从未曾有的体验。也仗着这盲疾，吴指南不时还像是要索讨旧债似的说："前数年汝独上峨眉玩耍，却教某一人在昌明自饮自斟，好不幽闷——汝且说来，那峨眉山色，比之眼前又复如何？"诸如此类，李白总不懊恼，有问必答。

直到某夜，正值满月后三日，李白与吴指南相偕来到一座几乎已经荒圮的兰若，向寺僧打探：寺中可有抄写经卷的硬黄纸？僧人支吾以对，似有十分难处，李白竟然罕见地掏出了些许碎银，交付在僧人掌中。吴指南便在此时发了眩盲，远近人物倏忽昏暗下来。他摸索着拉拉李白的袖子，道："呜呼呼呀——李十二，李十二！黑了黑了，天黑、地黑、汝亦黑！"

李白放低声道："钱塘龙君将兴风作浪，此去泾阳数千里生灵不免一劫，待某办了大事，再与汝细说原委。"

隐隐约约地，他能够听见李白窸窸窣窣同那僧交谈。问答间不外就是那纸的尺幅、颜色，僧人约莫是纳入银两，话也多了起来，直道此纸经匠作染过黄檗、白蜡，料质坚韧，写来滑顺晶莹，写后金光四溢，可以百年不受蠹虫蛀蚀，早些年寺中有人尚知作字的，经常用之抄经云云。

李白只回了句："当即要烧化的，毋须在意甚长久。"

那僧一听这么说，便不住地啧声叹息道："可惜、可惜。"

吴指南问不出所以然，只能一路听将下去。他听见李白共那僧齐动手脚，将纸张挂在壁间，接着便舀水磨墨，其声碌碌然，磨罢了，像是从身上某处摸出一张藁草，逐字逐句念了下去：

灵氛告余以所占兮，将有不惩之事。毋宁捐所缱绻兮，临八表而夕惕。夫化行于六合者，出于渊、见于田、飞在天，此龙行之志也。胡为乎雷其威声，电其怒视，催风则三日折山，残灭噍类；布雨则万顷移海，喧哗儿戏。私抱怅触而难安兮，岂遗苍生以怨怼？三千大千，一身如寄。为龙为蛇，不报睚眦。

片刻再读、三读，大约是确认字句无误之后，李白又吩咐那僧：仍得备办几桩物事，始能克竟全功，所需者除了铜盘一只，炙篓一架，还有"五谷茎秸，松柏膏脂"。那僧不免嘀咕了几句，听不出来是微有抱怨还是仔细斟酌，总之就是这么念叨着，人也就去远了。此后，便是一段漫长的寂静。而在这寂静之中，吴指南仿佛听见了李白在贴挂着纸张的壁前濡毫作书的微小声响。

"汝写字？"

李白不答。但闻笔毫在硬纸上擦拂刷掠，片刻不停，李白口中自念念有词，满纸写毕之后，才走近他，又诵过一遍，才低声道："此作非比寻常。"

"汝向来如此说。"吴指南笑道。

"今番不同，这是给龙王写的。"李白凑上前，附耳说罢，似乎早就料到吴指南会讶异声张，举手便把他的嘴给捂上，接着道："汝瞎即瞎矣，也一并作哑了罢！"

好半晌，那僧才慢腾腾返转了来，手上推一轮车，轧轧作响。李白这厢收卷起字纸，连声道车上还有敷余处，便扶着吴指南登车，自在车后掌握轸柄推行，并那僧三人作一路走。不多时，便听见了水声，由远渐近，似欲侵身，通体上下也感染到一股沁凉之意。

自从来到洞庭，每当吴指南不醉、不睡亦不盲之时，与李白沿湖而行，随走随歇，消磨白昼光阴，入夜则寻觅了能安顿骡马的民家求宿，至晓则纵意所如，行行复行行，说是观览山水，不如说各人满眼自寓心事；真个是漫无来处去处，仿佛此身之外，只余天地而已。他们的确见识了云梦七泽的浩渺广袤，可是吴指南始终感觉，仅仅相去咫尺的李白，却像一阵阵若有似无的袭人夜风，恰是越过了千里烟波，拂面而来——却又在转瞬之间，牵衣而去。

在风中，他们都听见了船歌，一舟子引吭唱着："学陶朱，浮五湖；唤留侯，戏沧州——此身在不在？江河万古流。"等渔歌在夜风之中荡远了些，李白停下脚步，帮扶着吴指南下车，吩咐那僧："便是此处了。"

吴指南摸着腰间酒壶，灌了几口，问道："到此则甚？"

当下没有人接腔，在一片沉暗阒黑之中，吴指南只能从些微响动揣想：李白大约是摸索着囊中所携之物，一阵敲磨撙掇，还带着金铁交鸣之声。很快地，便生起了野火。片刻间火势稍稍大了些，烟燎扑面，可以嗅出那燃物是谷皮麦秸之类，杂以松脂柏膏，冲鼻一阵异香，久久不散。

直到火势突地大了，光灼热炙，倒教吴指南眼帘上乍然蒙上殷黄，那黄光随即淡了些，吴指南勉强眨着眼，眨得泪水如泉，盈盈涌出，随即模模糊糊看得见些许形影，先前那一阵眩盲，算是过去了——他渐渐可以看见夜暗中的细浪，还可以认出不远处一口叠架着护栏护盖的废井；就在他面前三数尺开外，的确生起了数围方圆的明火，铁架铜盘，应该就是李白同那僧方才敷设的了。

一阵一阵的东南风不时扰动着白烟，李白则目不转睛地凝视着烟的去向，也像是在等待那烟再往空中蹿升，接着，他猛然甩袖出手，将一卷纸掷在烈火烧烤的铜盘之上，也就是转眼之间，纸卷发了蓝色焰苗，随即漫染作一团晶亮，居然若有去意，乘风而起，火星逐高逐散，就在十丈上下之处，灰烬腾飞于夜色，烟霭则沉隐于湖光。

然而，李白始终不发一言。吴指南一壶几乎饮尽，意兴饱满复阑珊，忍不住尽作忿气发了，斥道："汝大事办了否？某小人，不通文字，遮莫使某装聋作哑，不闻不问，然则即此你我便海角天涯，各散一方，岂不两般快意哉？"

李白一向不作怒声，也一向不擅应付他人怒气；尤其是对吴指南，总只能变些手段哄慰。于是随手朝空一指，那是暮春荒月十八的月轮，不圆不缺，无甚可观。李白权且这么一指，迳向湖边走去，正想着该数说些新奇巧怪的言语，好消解吴指南的懊恼，不料一条魁伟的身影应指而出，端端正正招呼了一句："太白果然在此！"

吴指南听得这一声喊，陡然一惊，来人虽非刻意作势，却中气饱满，回音缭绕，一时间湖山震荡，连远方的波涛，亦随之嗡嗡然作瓮中之鸣。李白也大感意外，没想到这般夜晚，如此郊坰，居然还有能叫得出他字号的访客，便迎步向前，一面拱手为礼，一面道："贵客枉驾而来，有失远迎……"

话还没说了，来人一挥大袖，闪身避过李白的一揖，倒有几分意思是冲着吴指南说话："汝后生嘈闹喧哗，岂不怕惊动了洞庭龙君？"

这人形躯高大近丈，深目隆准，一张阔嘴微微前拱，倒有几分鸟喙的形貌。他穿着一身及踝的紫袍，手中握着绿玉杖，头上戴着一顶小金冠，恰恰裹住朝天一髻，那金冠灿烂夺目，形制与李白所见过的吏员所系戴的官帽绝不相同，却别有一番华贵的气派。最为奇特的，是他的肩膊上扛着一头似熊非熊、似黑非黑的怪物，不时左张右顾，睛光猛厉，但是这怪兽的嘴吻却一迳上扬，竟带着些许温驯的笑容。

"原本应该拜临贵寺才是。"这人一矮身，坐在荒圮的井阑上，对那僧人说道，"可是屋宇狭仄，不如趁此风凉——风凉么，亦趁酒香。"说着，举起绿玉杖一指，扬眉注目，盯着吴指南腰间酒壶，道："汝亦好饮？"

吴指南听他口气，颇似酒徒，登时忘了正与李白怄气，立即解下壶来递上前去，道："自江陵打来几斗容城春，某沿途日尽一壶，至今已不多有。"

"啊！是'水边卖'，天之美醑也。"

来客也不逊让，就着壶口一仰脖颈，喝将起来——但听他喉头滚滚汩汩，唇边漓漓拉拉，良久不歇。吴指南正狐疑纳闷：壶中余沥哪里禁得住如此畅饮？岂料来客又将壶递了过来，接在手中，微觉异常沉甸，似较先前还要饱满充足；仰面再喝，风味仍是十足的容城春。

这两人你一仰我一仰，半句闲话也无，不免有些个争胜的况味。如此往返四巡，而壶中酒浆不竭。却在这么一来一回之间，里许之外的湖墅一带竟然大发天光，像是有成束成群的流星，不住地从略见偏斜的北斗口倾泻而出，同时焦雷隐隐，流火照灼，仿佛天上有众神围观吃喝。每当那客满饮一壶，天上便传来一阵叹息；每当吴指南喝罢，传来的则是欢噱的笑声。李白看得吃惊，猛然间想起一则"天笑"的事典，备载于东方朔《神异经·东荒经》。

东荒山中有一大石室，是号称东王公的居处。东王公是个巨人，身长一丈，须发皓白，鸟面人形，且生具虎尾，常与一玉女投壶为戏。有的传说还敷衍出更多的细节，说经常追随于东王公左右的，还有一头如熊似黑之兽。

投壶，古礼有之。说的是宾主燕饮之余，考较才艺、比斗输赢的游戏，也往往被视为一种仪节，程序十分繁琐。投壶之前，宾主之间要相互请让，为数者三。其壶大腹长颈、口略开张，颈围有二环耳。定制：壶腹高五寸，颈七寸，壶口径两寸又半。投壶之物则分别是二尺、二尺八寸以及三尺六寸之箭;这种箭,专名曰"矫",一般也不会用之于战阵沙场。

古来规矩,主人三邀请宾客入局试投,宾客须一再婉拒,至三邀乃可开局。一人取箭四枝,主左宾右,在距壶两箭又半之地,试将箭脱手掷入壶中。首发之箭入壶,谓之"有初",计以十筹。二、三箭复中者,则各计五筹。第四箭再中,谓之"有终",加计二十筹。

宾主四箭掷毕,加总其筹数之多寡以决胜负。赛局结束,由名为"司正"的予以裁决,"酌者"斟酒,胜者致酒于负者,负者跪承其觥,饮酒受罚。之后,再进入次局;一般以三局二胜为"成礼",至此无论胜方负方,或是观礼之人,皆一体共饮。

《左传·昭公十二年》:"晋侯以齐侯宴,中行穆子相,投壶。"此为投壶最初之见于文献者。在这一则故事中,原本晋强而齐弱,晋昭公主盟,宴请齐景公,饮宴中以投壶作戏。当时,晋侯先取持一矫投壶,担任傧相的中行穆子为晋侯诵念祝词,道:"有酒如淮,有肉如坻。寡君中此,为诸侯师。"齐侯大为不满,自取一矫,也诵念祝词:"有酒如渑,有肉如陵。寡人中此,与君代兴。"

不料晋侯、齐侯都投中了,胜负难分。赛局结束之后,大夫伯瑕责备中行穆子道:"穆子失言了!吾国君侯原本就是诸侯盟主,而投壶之戏乃是游戏,岂可以为列国位次之筹?如今齐侯不过是赛局之胜,却可以从此平视吾国君侯,从此再要齐君来依附,恐怕相当艰难了!"由此亦可知:投壶之争自春秋以来,就不是一个单纯的游戏,实则寓含着诸侯邦国角逐霸业的奥义。

《神异经》所述者,远比这一则史料简陋,说的是东王公与玉女投壶,每局一千二百矫,当投矫入壶而得筹,天上就会传来哀呼吁叹之声；一旦投射偏失了准头，矫未入壶，或是入而复出者，天上就会传来欢呼大笑之声。西晋时代的博物学者张华为此书作注时写道："言笑者，天口流火照灼；今天不雨而有电光，是天笑也。"这一则小故事无头无尾，可是寓意深峭，大约是说上天视人所能，无论智慧、学行、功德、技艺，无不可笑；一旦据此而与人有争胜之心、争胜之行，就显得更为可笑了。

多年之后，李白有《梁甫吟》与《短歌行》二诗，分别有句："我欲攀龙见明主，雷公砰訇震天鼓。帝旁投壶多玉女，三时大笑开电光，倏烁晦冥起风雨。"以及"天公见玉女，大笑亿千场。吾欲揽六龙，回车挂扶桑。北斗酌美酒，劝龙各一觞。富贵非所愿，为人驻颜光。"都说到了"投壶"、"天笑"，也俱言及强矫变化、异态百出的龙。从写作的习惯上说：诗人几乎不自觉地让"投壶而引天笑"的故事与原本并未出现的龙之意象纠缠在一起；个中原委，似乎须从此夜觅其踪迹。

那客同吴指南以酒量争胜的意气寖高，愈发不可抵挡，其间元气角逐，有惊风斗雨之势，吓得那僧竟一阵烟似的消失了踪影。李白不免担几分惊忧，可是看吴指南难得开怀尽兴，又不忍拂扰。不过须臾工夫，两人又往来了五七巡，两饮者居然不改颜容，了无醉状。

就在各人大约仰了十壶上下，那客不觉打了个嗝儿，口中微微喷出些许赤色的火焰，他举掌稍一掩遮，仍被吴指南看见，指笑道："看汝生得魁伟，几口酒浆却也容蓄不下哉？"

那客闻言无甚异状，倒是匍匐在他肩上那兽的嘴吻猛可一开，现出白牙血舌，向吴指南恶吼了一声；吴指南也不畏惧，翻脸也对那兽一吼。来客见状,不但不恼,反而大乐,不时将那绿玉杖拄地作声,且道:"后生酒壮胆豪,可能与某再饮几巡否?"

吴指南也不答话,捉起壶来,便向口中倾了——不消说,又是一番你来我往;直到李白岔口道:"贵客与某素昧平生,而迳呼某字'太白',可道缘故否?"

"观汝文采书迹,岂非太白星君乎?"那客闻言一颔首,缓了缓豪饮之势,叹道,"某自帝尧以来,奉职镇守钱塘,天上春秋未几,已历人间数千载矣。其间所遇下谪仙官,锦袍介铠,文班武列,不知凡几,却还不曾见过一个真男子。"

一口气说到了"真男子",那客狠狠摇起头来。吴指南则一把从他手上攫过酒壶,且饮且道:"饮中便见真男子,有甚难得?"

那客回头眄了吴指南一眼,道:"汝一鄙野虫豸,泥尘蟋蛄,大凡平生只粗豪斗气耳,何可言男儿事?"随即一指李白,瞋目厉声道:"倒是太白星君——汝作得大好文章呀!"

李白突如其来被他这一指,不觉间心为之惊、胆为之寒,五脏六腑在腔中一阵翻涌。

"汝斗胆!斥我'雷其威声,电其怒视,催风则三日折山,残灭噍类;布雨则万顷移海,喧哗儿戏'。"那客坐在井阑上巍巍不动,仿如一座崇山峻岭,当话语中略现愠色,远方的湖泊也跟着发出一阵一阵的吼啸。可也就在转瞬间,怒容竟和缓了,他筋肉浮凸的狰狞之貌一霎收敛,整张脸和悦了起来:"然而文字大佳!读来酣畅痛快得很——若非此等文字,但看某翻云覆雨,再去泾阳坏毁他千里禾稼、淹埋他百万贱民,无非弹指之劳耳。然,既有此等文字,人间毕竟不能不有堪当敬惜之人,岂容某轻躁致祸?是某受教深重了!"

"噫！"李白蓦然一怔，张口结舌，"汝竟是钱塘——"

"某正是。"

"相传尔辈能隐能显，能大能小——"李白朝那客一拱手，道，"春日乘风以登，秋日御风而潜，兴云布雨，钻天入地，驱电鸣雷，固无碍于幽冥之别，常往来乎仙凡之间，则功德亦大矣！"

那客闻言，不住地摇头，反手举杖，拍了拍背上那怪兽的头颅，道："汝所言，未必尽然！此物同某无异，原本亦是一龙，自人间三代以来，奉天帝之令，镇守荥阳旃然河，向为两京襟带、三秦咽喉，职司济水入河之事。此龙性情谦抑，处事恭谨，能教旃然河终古不溢、不淤，了无过犯。不料当今开元天子客岁封禅泰山，行经彼处，无缘无故，取弓箭射之，矢发而残。自此旃然河流渐伏渐涸，彼郡恐将不免沦为赤地也！人间帝王嗔暴如此，咎由自取，我辈能有何功德可言？"

吴指南被那客奚落低贬，已然着恼，再看他二人你一来我一往，尽打些不着边际的哑谜，更是侘傺难耐，正待发作，不料李白却伸手朝他一指，对那客道："某曾接闻于本师东岩子赵征君蕤，言尔辈有万变之能；昔年孙思邈号称'药王'，即从龙王得药单三千。敢请龙君巧施妙手，为我这伴当一疗盲疾？"

李白此言不妄。故事有二；其一，于两百年后为南唐溧水县令沈汾之《续仙传》所录，说的是隋末唐初时，孙思邈至山中采药，尝救一青蛇，未料此蛇竟是龙子，龙王为报其再生之恩，召之至水府，尽发龙宫药方三千道，日后孙思邈才成就了《千金方》三十卷的巨作。

另一说则是当孙思邈隐居于终南山时，北地大旱，西域一僧来长安，自言法术高明，请在长安西南郊的昆明池结坛，为苍生求雨。祈禳七天，昆明池水的确缩竭了好几尺，但见晴空微云渐积，可是雨仍不肯骤落。这时，反倒是昆明池中之龙受不了了，化身成一老叟，去见孙思邈，恳请相帮，孙思邈对老人说："某知昆明池有仙方三千首，能与某，某即救汝。"

老人喟叹道："此方，上帝不许妄传，今急矣！固无所吝。"不多时，这池龙化身的老人便捧着药方三千首，贸贸然来。而段成式《酉阳杂俎》所记载的十分简略，谨述以："思邈曰：'尔当无虑。'自是，池水忽涨溢岸，数日，胡僧羞恚而死。"

《酉阳杂俎》所脱漏的正是孙思邈讹索昆明池龙药方的手段。另据方明《琅玕阁杂笔》补充，原来胡僧求雨，只是个障眼法，所借兴之云，乃是昆明池水升成，水愈浅而云愈厚，池龙遂目涩睛枯，行将瞽盲，孙思邈攻破此术，向当时也在终南山游历的司马承祯讨了一道符，过化之后浸水洒入昆明池，登时龙目滋润，喜泪涟涟，才有了"池水忽涨溢岸"的异象；然而仰头一看，云散霾开，九霄以下，依然晴旱——这是胡僧诈术未能得逞的原委。

至于昆明池龙，由于得了这道神符的缘故，日后无论天候如何，总能"旱不减其水，涝不增其波，澄明如镜，一碧万顷"。无论如何，乡人野说，聚讼纷纭，争传着若能借得昆明池水洗浴，可以除眼翳，增目力，开眸光，这又是龙池之水可以愈盲疾的传说了。

经李白这一问，那客竟不置可否，回头却问吴指南："汝不安于盲乎？"

这是很不寻常的一问。岂有明眼之人忽然睹物不见，却能随遇而安呢？可是谁也没有想到，吴指南回眸看了李白一眼，居然哈哈大笑,道:"某与李十二生小为邻,朝夕相伴,将二十载,至今仍不识此人;某果安于盲哉?不安于盲哉?有甚分别?"

那客闻言讶然,呼叹一声,道:"小人之言,何其壮哉!"

吴指南依旧丝毫不肯示弱,又灌饮一壶,道:"前月在江陵与一酒徒共饮,彼道:某合得一死于此——死也便死了,盲也便盲了,不是说'鄙野虫豸,泥尘蟪蛄'么?何壮之有?"

那客接过酒壶,一脸茫然,不由自主地起身,肩头龙物亦耸耸欲动,这时洞庭湖上再度卷起了呼吼咆哮,在刹那间恍如百兽齐鸣。

"天笑!"李白仰面纵目,向空极望,斗杓之中又冒出无数争先奔窜的流星,挹注于暗夜深处,有如为自己点燃了一条下堕的明路。

也就在这上天发出癫狂之笑的同时,洞庭湖风四面环吹,一时之间,子规鸟鸣声大作,如怨慕泣诉;开元十四年的满春花絮便落尽了。

那客也随着李白的目光向天外看去,看着、微笑着,道:"彼等天门神将,确是笑某。"

"有何可笑?"李白和吴指南同声问道。

"应是笑某空负千年龙威,一身神力,却被你三言两语便说怯了气性罢?"说着,扬手一指夜空,昂声道,"而今便宜汝等,某且饮酒,不闹风波!"

"钱塘龙君襟怀洒落,是江湖万姓之福——"李白长揖及地,肃容道,"李太白感戴莫名。"

"汝今凡身姓'李',是天子宗室耶?"

"某先氏窜逐远边,至国朝神龙初叶遁还,家大人指天枝以复姓,遂为李氏。"

钱塘龙君一皱眉,带着几分困惑,道:"既云'复姓',则仍须是皇亲。"

李白一蹙眉,略迟疑,才低声道:"身寄商籍,不堪叙此——"

吴指南不待李白说完,抢道:"此子读书作耍二十年,也混充得士人行了。"

钱塘龙君看着一阵阵逐渐飘零到跟前的落花,笑道:"神宇浩渺无极,仙年辽阔悠长,在我等虽只一瞬,在汝辈则节序更张,万物生灭,久历繁琐。唯太白星君之文,千古不易。不过……"说到这里,钱塘龙君迟疑了,像是有着极深的忧虑,不忍猝说。

"一回花落一回新,"李白接道,"时移世变,文章又岂有常哉?某生小初识字纸,朝夕戏拟古人文字,《文选》一编,不过是几榻间玩具,摹习万端,还就是自家浅见,当下得意而已;三数载后复观之,多不成体面的。龙君说什么千古不易,见笑了。"

"非也非也!"钱塘龙君不等他说完,便急着摇头摆手,道,"星君!权且听某一言。汝今谪在人世,平生所业所习,不外是人间数千寒暑所积,借喻譬之,或为猿鹤,或为虫沙,形貌躯壳耳。然所受于天者,存乎一心,此情可谓'天真',断无可改。"

"天真不改,有何可忧?"

"此正可忧者也。天真之性,直观浅虑,不能应机谋。"钱塘龙君道,"试想,洞庭诸仙撺掇汝焚裤一文,勉我以好生之德,是为苍生乎?抑或别有所图?汝且周旋思忖。"

"龙战江湖,荼毒万物,诸仙不忍见此,岂有他图哉?"

"非也非也!"钱塘龙君仍是一阵摇头摆手,语气更焦急了,"汝且看而今洞庭湖山之间,俱是上清派诸子,或为仙家、或为道者,彼等奉神祀鬼,博艺多能,数代以来,更杂通医药百工,有生死人、肉白骨之技,此辈岂不能作文章乎?渠所用心,是为竭尔智虑,借尔文笔,日后以此昭著汝太白之名,以为天下作计。"

"某何德何能而当此?"

"即此一派天真,百世不遇。"钱塘龙君叹了口气,道,"然某所深以为忧者,亦在于此:当今世道,不容天真!"

"他实也聪明,实也聪明。"吴指南漫口应了一声,话是称赏,语气却含糊而讥诮,说罢,继续饮他那怎么也饮不尽的壶中之酒。

"太白!某所言,慎勿轻忘;当今世道,不容天真。倒是令尊'指天枝以复姓'为有见识——汝走闯风尘,天家姓氏尽可随处抖擞,好教普天下人敬重汝家郡望。某,告辞了。"钱塘龙君伸手捡了一片因风而来的落花,反掌放在肩头,仿佛就是要让背脊上那怪兽嗅闻,花瓣着衣不堕,只风中微微翕扬。接着,但见他一挺腰,纵起数尺,偌大身躯笔直地坠入井中,但闻如钟似磬般的话语在井壁间回荡着:"汝与某道义未尽,向后,容于有潮汐浪涛处一会!"

湖边废井,不知道是何年何月开凿的,也不知是何年何月堙塞的,总之早已干涸。不意就在钱塘龙君纵身而入之际,激起数十围粗大的浪柱,冲天直上,半晌未歇。先前那苦脸寺僧听见波涛滚滚之声,近在咫尺,抢忙披衣赶了来,见井水犹喷发着,浪头高出井床数尺,不由得瞠目以对,良久才道:"贫僧挂单本寺三十年,向不知此井有水,宁非我佛显灵?"

"他交朋友,非神即仙,非仙即佛;"吴指南冷冷一笑,转脸复对李白道,"独我这白丁,去鬼不远,既然追随不了汝办大事,亦不甘当真死此洞庭——某即此回昌明去了。"

说着，吴指南拔身而起，不料穹苍幽邃，却洞察纤毫；吴指南才一举步，头上三尺之处便訇然爆出一声声天笑，吴指南别无长物，在握只一酒壶，登时咒了一声，将酒壶朝北斗扔去，人却打个跟跄，颠蹶仆倒在火炉旁，一张脸凑近火灰余烬，猛可吸了一口大气。李白抢前搀扶，吴指南翻了个身，大口喘息，或许恰是被这炉火引的，但见他眼耳鼻口有窍之处，竟隐隐冒出青蓝色的火苗。人却还能言语："李十二，'春水月峡来'，是否？"

那是数月之前李白和吴指南他二人一行出荆门时，李白在舟中回顾来时江流，曾道："此蜀水，为我送行，竟也出峡来了。"

"枉它这一来——"吴指南当时笑着说，"便不得回。"

是在彼时，李白解下匕首，在风浪间铿锵拨击作响，将就着吴指南的语意，开怀吟道：

> 春水月峡来，浮舟望安极？正是桃花流，依然锦江色。
> 江色绿且明，茫茫与天平。逶迤巴山尽，摇曳楚云行。
> 雪照聚沙雁，花飞出谷莺。芳洲却已转，碧树森森迎。
> 流目浦烟夕，扬帆海月生。江陵识遥火，应到渚宫城。

自巴及楚，芳洲碧树看似无异，李白未及料到的是，仅仅一年多之后，吴指南已经来到了生命的尽头，或许在颠仆之时，吴指南便已然了悟，自己也犹如万里送行而来的锦江春水，一去而不回。

此刻吴指南指着北斗，笑谓李白："酒壶却教他收去了。"

二　蚀此瑶台月

太原在唐时号称北京，所辖一县，叫做祁。早在高祖立国之前的两百年，此地出过一个豪杰，名唤王神念。这人从本县主簿而颍川太守，奄有一郡之力。由于北魏拓跋氏的崛起，他便渡江向南方萧梁的朝廷通款输诚，算是归顺。从此成为萧梁一朝在北地的边防重镇。

王神念历任安成、武阳、宣城等地的内史，治绩卓著；特别是日后到青州、冀州担任刺史，看当地百姓几乎无神不祀、无鬼不尊，以为如此既有乖于正信正见，又靡费赀财，耗竭人力，于是在禁止淫祠一事上，特别用力。而自两汉以来，刺史向有敬称，是谓"使君"，故王神念有"豹使君"的诨号；豹，就是战国时治邺城，以毁河伯之祠留名青史的西门豹。

这"豹使君"不但性格刚正，也颇知书，旁通儒术佛典，年轻的时候锻炼过骑马射箭的武艺，到老都还精壮矍铄。在《南史·王神念传》上说：他曾经在梁武帝萧衍面前演武；一手持刀、一手执楯，走一阵攻战的套路。猛然间，那左手的楯，竟然变换到了右手，而右手之刀，也赫然易于左手，其间如何，无人能测，而左右交度，驭马往来，堪称冠绝群伍。

到了梁武帝普通六年，王神念已经七十五岁了，身坐散骑常侍、爪牙将军，可以说是极负重望的朝臣，火气仍旧很大；有一回听说海隅之地又有巫风妖雨，大兴邪道，当地百姓惑于其巫，发东山巨石，建筑了既高又广的神庙，立刻亲率部伍，前往毁撤。一阵打烧之余，不料在回程中忽然遇到了狂风暴雨，兼之焦雷迅电，把数百小队困在一处郊野。

这时兵士们惶急不能自安，纷纷鼓噪起来，有人说这是庙神显灵，对不敬信其灵者，微示薄惩。王神念听不得这话，当场抽出一侍卒腰间的利斧，朝雷电密发的远天怒斥道："王神念在此，岂有他神在耶？"说罢，一斧子向天掷去，竟然没再落下来。雷霆一时而俱寂，风定雨歇，天地开朗。

就在这一年的秋天，王神念没来由地生了一场肺病，咳血数升，拖不过十多天。易箦之夕，此公忽然从榻上坐起身来，望着窗外的天空，道："金鈇莫回，回则有祸，后人须记！"说罢，一倒身便死了。

梁武帝于是下诏，追赠本官，加衡州刺史，赏给鼓吹一部，并赐谥号曰"壮"。他死前的交代，家人的确没有忘记，从此世世相传，斧器不入庭院。不过，三数代之后，子孙们昧于本事，渐渐地也就荒唐其说了。

王神念也不会想到，身后整整两百年，他一个嫡生的玄孙女当上了皇后，也遇上了罕见而难解的麻烦。

李隆基由楚王改封为临淄王是在中宗景龙年间，复兼潞州别驾，在这时，他娶了甘泉府果毅都尉王仁皎的女儿，王仁皎即是王神念的嫡曾孙。景龙四年——也就是李白九岁那年——李隆基从潞州回到长安，这时，他已经拥有了一支名为万骑的武力，着虎纹衣，跨豹章韀，号称亲军。也就是凭借着这支部队，他消灭了韦氏和安乐公主，也诛杀了太平公主。

在这两次政变中，王仁皎和他的一双子女——临淄王妃和她的孪生哥哥王守一，都曾参与机要，史称："将清内难，预大计。"

王子妃也终于在先天元年、李隆基登基之后，被册立为皇后。王仁皎首先受封为将作大匠，随后任太仆卿，封祁国公，迁"开府仪同三司"——也就是可以自辟官署，平肩宰辅——虽然没有首相的实权，也恰可满足王仁皎大量积聚财货的欲心。《新唐书·外戚传》上用十八个字道尽他的后半生："避职不事，委远名誉，厚奉养，积赊妾资货而已。"

王仁皎死于宋璟和苏颋被罢黜的前一年，也就是开元七年，得寿六十九岁。皇帝赠以太尉，并在名义上封了他一个益州大都督的官职，谥号曰"昭宣"。这一切都行礼如仪，略无半点异状。出殡行列启行的时候，皇帝还亲自登车，相送至望春亭，远远一望，转身对宰相张说道："且为太尉立块碑罢！"这是相当特殊的荣宠，不但由张说撰文，皇帝还亲笔书石，命工镌刻。

不但王仁皎位极人臣，备享荣贵，连王守一也得以尚娶清阳公主、封晋国公，迁官至殿中少监，累进太子少保，还承袭了父亲的爵位。可是，王氏一家人并不明白，这一切都只是表面文章。

王仁皎生前侈靡逾制，凡家用器物，仪仗卤簿，常仿效皇家。贪婪加以僭越，不时会引来物议，皇帝表面上似乎从来没有介意过。帝后之间，平居若无龃龉，这种事本来还可以容忍。秉乎常情而言，尽管天子夫妻共患难于少时，长久相处，自然不无扞格，其中最难启齿而又隐衷深切的，就是皇后无子乏嗣的一节。

偏偏就在皇帝特别加恩书碑之后，王守一居然上表，请求援引睿宗皇后的父亲窦孝谌的旧例，希望能将王仁皎的坟墓筑高，至五丈二尺，这就引得大臣相当不满，反对最力者，正是侍中宋璟，以及门下侍郎苏颋。

他们的谏书里，有这样的字句：

> 夫俭，德之恭；侈，恶之大。高坟乃昔贤所诫，厚葬实君子所非。古者墓而不坟，盖此道也……比来蕃夷等辈及城市闲人，递以奢靡相高，不将礼仪为意。今以后父之宠，开府之荣，金穴玉衣之资，不忧少物；高坟大寝之役，不畏无人。百事皆出于官，一朝亦可以就。

这是直白地警告皇帝，昔年窦氏所作所为，已经是皇室姑息所致，而当时的大臣显然也并不能同意；此中更要紧的一个论点是：奢靡恰是礼仪之敌。而宋璟的文章还给了皇帝一番重大的提醒：当年韦后也是为父亲"追加王位，擅作酆陵，祸不旋踵，为天下笑"。换言之：请求逾制加高坟陵，应该看作变上作乱的征兆。

皇帝与皇后渐渐疏远，以及有宠于武惠妃，几乎是同时发生的事。对于惠妃的姓氏，皇帝不是没有顾忌，不过，王家请立高坟所引起的反感和正宫久而无子的事实，却随着时光流转而酝酿成应否废立的问题。皇帝曾经和受封为楚国公的秘书监姜皎讨论这件事。

姜皎在李隆基尚未为太子之前就因世荫而任内官，迁尚衣奉御、拜殿中少监，和李隆基连床而坐，击球斗鸡为友。等李隆基当上了皇帝，还呼他"姜七"，时赐以宫女、名马及诸般珍宝器物，不可胜数。

姜皎当时的职官，实与废立之事无涉，这纯粹是皇帝找宠臣拿主意、打商量的意思。姜皎却另有所图，把这番秘而不宣的"圣意"当作了市恩的礼物,向皇后泄漏了。这件事由皇后的妹夫、嗣濮王李峤揭发,显然有向皇帝兴师问罪的情绪。

这一番废后,究竟当真几何,恐怕永远是个谜。君臣二人之会,原是密商,一经公论,就成了国家大事,非得按程序穷治皇后失德的理据不可。皇帝心虚,当然不肯承认;可若是断然否认,迳指其说无谓,则日后便很难重启废后之议了;其处境矛盾可知。此时,中书令张嘉贞微伺主意,也为了让王皇后不尴尬,想出个法子打开僵局。

张嘉贞是在宋璟、苏颋罢黜之后升中书侍郎、同中书门下平章事,而掌握相权的;不到几个月,便因为处事圆滑干练而加封银青光禄大夫,迁中书令。他斥责姜皎"妄谈休咎"——也就是说,根本不问姜皎和皇帝之间有无密商,只针对他提醒皇后的闲言碎语而问罪。结果是"杖皎六十,流钦州,(姜皎)弟吏部侍郎(姜)晦贬春州司马,亲党坐流、死者数人"。姜皎的六十杖打得相当结实,由于刑伤过重,死在流放的路上。

也就在姜皎的死讯传来之后不久,皇帝下了一道敕书:

宗室、外戚、驸马,非至亲毋得往还;其卜相占候之人,皆不得出入百官之家。

这原本是两道不相干的旨意,并置于一敕之中,就有了显著的标的,这是在张嘉贞的"妄谈休咎"之断上另做文章,警告皇室近亲之间的往来,实有结合作势、倾侧天威的危险。而占卜之徒更可能借神秘之说、奇幻之术为当局带来莫大的威胁。

偏偏王皇后兄妹信邪，求子既不能得，只好求神。王守一找来一僧，法号明悟，说是能发动南北斗星，作鬼神法，但须书天地字与皇帝之名，与另一方刻写了天地字样与皇后之名的牌主，相合而共祷，其词曰："佩此有子，当如则天皇后。"就能够有效验。

此法枢纽，在于书写帝后之名的牌主，需是同一块剖开的霹雳木——也就是要从天雷劈倒的树上锯取。

明悟对王守一道："贫道偏有此物，且般般皆符合征应，足见天意不爽。"

王守一大喜，连忙问道："何说？"

明悟笑道："这物事乃是青州所得，有大树千年，枯倒于野，干上有一铜斧，烂柯触手即碎，唯余斧头而已。若得以此斧析此木书名，正应了'天授而不假人以器'的道理。"

王守一不记得传家宝训有"金鈇莫回"之语，就算记得，大概也不以为这霹雳木会带来横祸。纵使以家训为无稽，日后遭难，也还或多或少与不读书、不习史有些关联。

早在西汉武帝之时，就有陈皇后故事为前车之鉴。

世传陈皇后之名为阿娇，为汉武帝刘彻的表姊。父亲为堂邑侯陈午，母亲则是馆陶长公主刘嫖——刘嫖也是刘彻的姑姑。

李隆基与刘彻的婚姻有十分相似之处。他们在缔结亲事的时候，都还没有储君的身份；时移势转，天命忽临，而皆为一代雄主。李隆基的妻族在他得以蹑大位、拥大宝的路上，出了死力；而馆陶长公主刘嫖在刘彻被册立为太子的关键时刻，也是参赞的主谋。由于出身形势所系，陈皇后和王皇后都不免自恃身份，令汉武帝和唐玄宗不得不稍假辞色，而予以相当的尊礼，以至于夫妻之间，恩爱渐薄。此外，因为没有子嗣又不获圣宠，万般无奈而求助于淫祠，也是这两位皇后命运相同的一点。

汉武帝的别宠卫子夫于建元二年入宫，三年成孕，这是对中宫地位的一大威胁。陈皇后就曾经挟长公主之力，囚禁卫子夫之弟卫青；并多次在汉武帝面前寻死觅活。也有传说，陈皇后前后花了九千万钱，请人进宫传授"媚道"，甚至引一女巫名"楚服"者，入内寝施"巫蛊祠祭祝诅"，这件事被论以"大逆无道"之罪，楚服当众枭首，一时之间株连所及，竟达三百多人受诛。汉武帝随即赐诏于陈皇后：

皇后失序，惑于巫祝，不可以承天命。其上玺绶，罢退居长门宫。

陈皇后的故事流传既久，附会滋多，其中最著名的，还包括长门"千金买赋"一节。这一段相当可疑的情节，却对李白产生十分重大的影响。

《长门赋》初载于昭明太子萧统及其文学集团所编纂的《文选》。所载故事如陈皇后被废、幽居长门宫，倒还吻合史事；至于"愁闷悲思。闻蜀郡成都司马相如天下工为文，奉黄金百斤，为相如、文君取酒，因于解悲愁之辞。而相如为文以悟主上，陈皇后复得亲幸"，就完全捕风捉影，信口开河了。

历来不信《长门赋》故事者，多以赋前这篇小序立根据，认为司马相如在世时，并不会得知刘彻死后的谥号为"武"，所以不应该在序中写下"孝武皇帝陈皇后"的语句。不过，信之者也可以辩称:序是昭明太子等人代作,而不必因此见疑于司马相如。

真正不可信的,反而是最明显的一点:陈皇后并未因《长门赋》而重获圣眷。卫子夫很快地接掌中宫,而陈皇后的兄弟陈须和陈蟜,也在长公主刘嫖过世之后、服丧其间,因争财、行奸而获罪,被迫自杀——这和八百四十年后王皇后的命运如出一辙。两位皇后家破人亡,也都没有重新回到君王身边。

李白再度离家,自三峡出蜀,是在开元十三年,他二十四岁。这是一趟曲折而缓慢的旅程,他似乎有意迟回其行,以一种漫兴于山川之间的从容意态为之,甚至还重新跋涉了先前出游之旅所过之处。

而就在此前不到一年的七月己卯日,王皇后正因"剖霹雳木,书天地字及上名"的"厌胜"之事而被废,郁郁死于宫,世传其宽大雍容之名,但是仍不能庇佑其兄王守一逃过严厉的制裁——他被贬为潭州别驾,一个极卑微的小官;而在半道上就接获皇命赐死了。这桩情节重大的案子还不算牵连太甚,传言渐渐散播到远方。李白风闻此事于道途之间,写下了古风五十九首之二,内容是这样的:

> 蟾蜍薄太清,蚀此瑶台月。圆光亏中天,金魄遂沦没。螮蝀入紫微,大明夷朝晖。浮云隔两曜,万象昏阴霏。萧萧长门宫,昔是今已非。桂蠹花不实,天霜下严威。沉叹终永夕,感我涕沾衣。

此外,他还有两首异曲而同工的《白头吟》。其一如此:

锦水东北流，波荡双鸳鸯。雄巢汉宫树，雌弄秦草芳。宁同万死碎绮翼，不忍云间两分张。此时阿娇正娇妒，独坐长门愁日暮。但愿君恩顾妾深，岂惜黄金买词赋。相如作赋得黄金，丈夫好新多异心。一朝将聘茂陵女，文君因赠白头吟。东流不作西归水，落花辞条羞故林。兔丝固无情，随风任倾倒。谁使女萝枝，而来强萦抱。两草犹一心，人心不如草。莫卷龙须席，从他生网丝。且留琥珀枕，或有梦来时。覆水再收岂满杯，弃妾已去难重回。古来得意不相负，只今惟见青陵台。

《白头吟》其二如此：

　　锦水东流碧，波荡双鸳鸯。雄巢汉宫树，雌弄秦草芳。相如去蜀谒武帝，赤车驷马生辉光。一朝再览大人作，万乘忽欲凌云翔。闻道阿娇失恩宠，千金买赋要君王。相如不忆贫贱日，官高金多聘私室。茂陵妹子皆见求，文君欢爱从此毕。泪如双泉水，行堕紫罗襟。五起鸡三唱，清晨白头吟。长吁不整绿云鬟，仰诉青天哀怨深。城崩杞梁妻，谁道土无心。东流不作西归水，落花辞枝羞故林。头上玉燕钗，是妾嫁时物。赠君表相思，罗袖幸时拂。莫卷龙须席，从他生网丝。且留琥珀枕，还有梦来时。鹔鹴裘在锦屏上，自君一挂无由披。妾有秦楼镜，照心胜照井。愿持照新人，双对可怜影。覆水却收不满杯，相如还谢文君回。古来得意不相负，只今唯有青陵台。

　　这三首诗都是以废后为题旨所系，自开元十二年之后，二十年间，对李白却造成了无可逆料也无从回避的巨大影响。

李白出川时已经是个晚熟但终于自立的成人；他面对世事，直观用情，却犹满怀天真，不知道一时之文字，会辗转于他时形成全然异样的解释，竟然有一天会扑回另一个生命现实之中，摧毁原本的生活。那光景，犹如王神念掷天之斧，终究有堕回人间、形同霹雳的巨力。

李白写《蟾蜍薄太清》时另有怀抱，写《白头吟》时也独具感伤。这些，都在出蜀途中逐渐酝酿，具现了他自己的酸楚；然而令他万万不能逆料的是：这种直陈其事、曲发我怀的辞章，却也可以在迢递多年之后，成为他亵侮圣明的证据。

《白头吟》两篇，显然是一诗之初、再稿，其修订至再，情由如何？而于陈、王二皇后，同一题材，三致其思，又是什么缘故呢？

关于废后故事，闻者向所留心之处，多在宫闱争宠、色衰爱弛或是庶子夺嫡之事。《长门赋》之作，开启了这一题材的滥觞，无论是否出于司马相如亲笔，都堪称旷世杰作。其佳处在于它摆脱了人事、权力、名位以及制度争议的喧嚣，利用赋体不惮辞费、刻画入微的特性，将篇幅还给一个美丽而憔悴的女子。

这种描写的方式，一反屈原骚体那种凡遣字必有比拟、凡造语必有指涉、凡用事必有寄托的惯性；其反复陈词，就是让读者缓慢地、细腻地、亲切地观玩一个失意的妇女，如在指掌间抚触，如在眉睫间窥巡，如在肺腑间徘徊。

个别的章句一旦抛开了那些美人君王、香草君子的取譬，使之重返具体而鲜活的对象——也就是郁怀偃蹇、流涕彷徨的女子。那些政治上取直远佞、亲善除恶的寓意，必须被隔绝在单纯的情思之外；司马相如用《长门赋》再一次发明了赋体——直陈其事，直抒其情,直体其物。

这个手法,在《长门赋》是有作用的。因为要让一个已经对废后失欢无感的君王再生恋慕之情,就必须借由生动的文字凝结其视听,撮聚其志意,全然专注于一人之身,重启君王昔日的记忆,也重燃其爱欲,重拾其怜惜。

《长门赋》在李白心头所引发的联想,以及于写作的旨趣,却很不一样。他不但不怀疑这篇作品可能出于伪冒,反而透过诗篇,进一步将汉武帝和司马相如、陈皇后和卓文君的命运绾结成一体。

这就牵涉到司马相如本人的故事。在《西京杂记》上记载了一则传说,如果传闻属实,当系其事于司马相如献赋得官之后,归家于茂陵时,无何而起了少年之心,想要在茂陵当地再娶年轻的女子为妾。卓文君遂写成了一首《白头吟》,其词如此:

皑如山上雪,皎若云间月。闻君有两意,故来相决绝。今日斗酒会,明日沟水头。躞蹀御沟上,沟水东西流。凄凄复凄凄,嫁娶不须啼。愿得一心人,白头不相离。竹竿何袅袅,鱼尾何簁簁。男儿重意气,何用钱刀为!

这首诗是否出于卓文君,也大有可疑,只不过宁可信其有而成就了辞章动人的奇谈。唯诗中言及"御沟",实在不可解。因为显然是在晋代以后,崔豹《古今注·都邑》才特别解说了这个语词:"长安御沟,谓之'杨沟',谓植高杨于其上也。一曰'羊沟',谓羊喜抵触垣墙,故为沟以隔之,故曰'羊沟'也。"

到了南朝谢朓《入朝曲》"飞甍夹驰道,垂杨荫御沟"的句子出现,"御沟"也才逐渐进入文人诗歌。

而以卓文君的经历见闻,很难在诗中调遣这样一个词汇。然而无论如何,李白却宁可相信卓文君这首诗彻底改变了司马相如的心意。

这就要从李白那三首诗写作的次第——耙梳。最早写成的,是《白头吟》之二。

此篇较《白头吟》之一稍长,而且芜杂;非但文理跳脱,意象纷歧,多了许多细节——像是司马相如初入长安,有市门题字"不乘赤车驷马,不过汝下"的一节,据此,李白就多写了"相如去蜀谒武帝,赤车驷马生辉光。一朝再览大人作,万乘忽欲凌云翔"。日后一旦相如异心忽生,李白也忍不住增加了"相如不忆贫贱日……茂陵姝子皆见求"的枝蔓。

在刻画卓文君怨慕情切之际,李白更放手施以繁复的描写:"五起鸡三唱,清晨白头吟。长吁不整绿云鬓,仰诉青天哀怨深。"甚至还动用了寓意并不相侔的那个痴情妻子因丈夫战死而哭倒城墙的典故——"城崩杞梁妻,谁道土无心。"

这样运用故实虽然丰富,可是略无节制。例言之:将早就被司马相如质当了换酒喝的"鹔鹴裘"也搬弄回来,"鹔鹴裘在锦屏上,自君一挂无由披",就显得生硬无谓,而不免造作。

这一篇草稿,到多年以后重写的二稿时,的确变得更加简练了。李白大笔斫去一些敷染深情的字句:"头上玉燕钗,是妾嫁时物。赠君表相思,罗袖幸时拂。"以免让明明是动机于"离弃",反而变成一首"爱恋"之作。这也可以看得出来:李白对于"丈夫"——包括汉武帝与司马相如——之"异心",有着一再摹索觇味的好奇,不可动摇。

首先,是运用蜀地(锦城、锦官城,也就是成都)江流浮禽一景,作为"起兴",把比翼双飞的情侣夙愿作成伏笔,以呼应篇末的青陵台故事。接着,他省略了司马相如受召入宫,以及作赋得官的际遇;一锋入窾,将替陈皇后作赋得黄金的事直接榫入了"将聘茂陵女",可谓急转直下——黄金入手,作赋抒情的文人和抛弃原配的皇帝便成了同一种人。

此一重合,还拱绕着两稿俱存的几个典故。其一是覆水难收,有以为出自汉代会稽太守朱买臣;《拾遗记》则标之为(姜)太公望和妻子马氏间弃婚重逢之事。不论是用"覆水却收不满杯",还是用"覆水再收岂满杯"的语句,都显示李白对于一旦生了嫌隙的夫妻关系便再也无法寄望。两稿也都借由龙须席之网丝(枉思)、琥珀枕之留梦,来表达悬念;不过,恐怕只能相对加深那旧情不再的惘然而已。

其中最重要的一个词语,就是《搜神记》所载的青陵台。

宋康王史有此人,是东周时代宋国的末主,为齐国所灭。由于身为亡国之君,日后史料传说不惜"众恶归之",其中之一就是他将国中士人韩凭的妻子强夺为己有的悲剧。

故事:宋康王郊游至下邳,为了看当地采桑之女而下令在桑园中筑青陵台。也就在这台上,他发现了美女息露,也打听出息露是士人韩凭之妻,遂强令韩凭献之。夫妻别无计遁,只能应命。分别之前,息露有诗报韩凭云:"南山有乌,北山张罗。乌自高飞,罗当奈何?乌鹊双飞,不乐凤凰。妾为庶人,不乐宋王。"这已经是相当直白而痛切的愤慨了。

而在被夺之后,息露另有一诗明志:"其雨淫淫,河大水深,日出当心。"宋康王不能解，传示左右，也没有人看得出端倪。独有老臣苏贺能微知其意，上对说："其雨淫淫，言愁且思也；河大水深，不得往来也；日出当心，心有死志也。"

有的记载说宋康王杀了筑台的韩凭，有的则说韩凭吊死在台边柳树上。家人葬之于死所，息露假意要临丧致哀，以尽其礼，始能再醮；不料就在祭奠之后，从青陵台上一跃而下，殉夫了。一说息露死前还留有遗嘱，希望能与韩凭合葬。宋康王自然不肯，反而刻意将这一对夫妻的坟茔隔绝几里之遥，不使相对。

国人哀之不能尽意，便在两坟头各种了一株柳树，不过一年之后，两柳于地下交错其根，于地上合抱其干，枝叶间还经常会出现雌雄鸳鸯各一，交颈悲鸣。这树，便叫相思树。

青陵台固然是哀感动人的象征，堪为世间痴情男女咏叹歌颂，但是无论施之于汉武帝和陈皇后，或者是司马相如与卓文君，恰恰是不堪的对比。

李白两度翻写《白头吟》，都以青陵台为结，从这个性命相报的结局还顾本文，就不像是在歌颂韩凭夫妻的坚贞之情，倒有如以一种感愤于死亡的语气，质疑生者所不能企及、不能拥有、不能持守的爱恋。这份质疑太过强烈，所以末联"古来得意不相负"的话，就与典实略不能相顾了——毕竟，韩凭与息露实在不能说是"得意"。

然而，更值得注意的是：由开元天子废后而引起的"长门之怨"，令李白挥之不去的执念却是"覆水难收"。也就是说，在他看来，当人世间相互爱慕的情人一旦龃龉不能相得，便犹如一条延展向两头的陌路，再也不能重逢。作为一宫廷中极端严重的事体，"废后"反倒变成了男女决绝、不可收拾的隐喻。

出蜀道中，李白买舟东下，到渝州时在船上乍听得舟子估客之间的谣诼，说是"国母被废"。人人面容栖遑，神色哀伤，如丧考妣。他感觉那是一桩邈远却攸关每个人身家性命的大事，但是无从进一步想象其盘根错节的因果，只能就近从自己切身的经验中揣摩、比拟——不过，无论他怎么想，帝后之决裂，都有如赵蕤与月娘在一夕之间的分离。

月娘飘然离去的那天夜里，明月如盘，月中暗影也显得格外清楚。李白原本在廊下就月读书，偶然间断断续续听见赵蕤夫妇在室中相互温言道别，其中间杂以"王衡阳"、"十八年"、"恩怨皆了"的话，入耳只觉不可置信——端居常日，有什么呢喃不舍的离情别绪可道，又有什么必须慎重其事的恩怨可说呢？

然而片刻之后，月娘一身劲装，头裹青绿绣花巾，紧紧覆缚着一头长发，盘髻之上还压了顶宽檐风帽，上半身穿一袭绛红衫，以锦带结束，露出来的锦绣白衬衣看来还是新缝制的，下半身则是黑、金双色条纹裤裙，随身还有囊橐在肩，全然是一副远行胡女的打扮。李白从来没见过月娘如此修饰，一时间还误以为眼离错看，愣住了。良久之后，看月娘步履渐远，才放声一问：

"师娘要远行？"

月娘凝眸看了李白一眼，眼中有笑，似也带着过多晶莹的月光："昔年汝曾说过'并无大志取官'，还记得当时师娘如何答汝否？"

"记得的。"李白欠身不敢回望，低头道，"师娘训某：若无意取官，便结裹行李，辞山迳去，莫消复回。"

"只今汝若有取官之意，便仍好结裹行李，辞山迳去，莫消复回。"月娘笑着，直让月光淌下脸颊来，一面道，"天涯行脚，举目所在，明月随人，岂有什么远行？"

说完，头也不回地就走了。

李白求助也似的看一眼赵蕤，但盼他能说些个原由。赵蕤只举举手，食中二指略向圆月一挥，道："月中虾蟆食此金魄，有说十八年方才一度，确是难得一见啊！"

的确就像赵蕤所说的，不久之后，传说月中那三足蟾蜍变得更为清晰，其色由灰褐而绛紫，随即转成一片墨黑，偶来一片山云掠过之后，三足的蟾形貌也肿胀起来，逐渐消化原形，变成了一团乌影，却让原先的明月看来像是一轮乍金乍银的光圈，其明灼光灿，甚至远胜于先前的玉盘，也为月娘益发照亮了前路。

三　万里写入胸怀间

李白出蜀的真正原因，一直是个秘密。终其一生，尽有无数胸臆之语可向天下人敞说，略无遮掩；唯独在突然之间抛弃了一切，仗剑辞乡，去不复顾，似乎全无根由——那是吴指南从故宅赶了一匹五花马来的当日，赵蕤于一箭之外影影绰绰看见了，想起七年以前与李客爁牛头夜话的那回，的确好像见过这马一回——它原本身色棕红、鬃色碧绿、蹄色乌黑、额色雪白，体躯肥大，却弹步轻盈。它应李客的呼啸而来，片刻飞奔十余里，伫立着守候李客，还不时流露出顽皮不驯的小驹之性。

于兹七年之后，这马益见壮硕，鬃毛也变得鬈曲深密，依然背无鞍鞯，口无衔辔，性情却沉着稳适得多。吴指南引马就路旁随手一指，那马也乖顺，便于指处站定，偶尔趁风动摇几下尾巴，别有一份意态自如的从容老练。

吴指南并非无端而来。除了马,还有一肩行李。他把行李也齐整地堆置于道旁,仔细看了看阴蒙昏灰的天色,指沫风干,想想一时之间,或恐还不至于落雨,才三步并两步跑来,呼叫着"神仙"、"李十二"。

很难说李客是由于难题棘手而诚心求助,或者是他想借机验看李白究竟能否成材?总之,吴指南带来了让李白措手不及的消息——大明寺僧慈元忽然死了。

有一个到处流传,可是言者人人惶怖不安、宁可信其无的谣言,说慈元是"代死";其所代者,便是绵州刺史李颙。

李颙自从上表举荐,而赵蕤、李白师徒"不就"之后,不但不沮丧懊恼,反而松了一口气,省操一份心;自然也愈益敬重这"赵征君"了。根据他自己散存的几首记事之诗所载,就在李白去来成都、峨眉千里之行的一两年间,他至少两度造访赵蕤,至则"通宵谈饮,缀诗不歇,极尽欢噱"。

忽一日,刺史心念偶动,随手扔下公事,就要微服易马,前往大匡山找赵蕤作诗去,衙中别驾、司马苦劝而不止,料是天意得知,忽而从乌何有之乡闯来一人,名叫张夜叉。这张夜叉披头散发,肩立鹦鹉,狂歌终日不息,这一日偏就横身卧在刺史马前,像是醉倒了,又像是疯魔了,满口滥说胡话,招来更多闲人围聚,刺史就更出不了署门外大街了。可是,人们不大敢驱赶张夜叉的道理也很实在:他不胡说则已,一旦说了,语便成真。

这一天,张夜叉说的是:"太守向是风雅人,尽说风雅话,张夜叉给太守送行,就学太守说四句吧?——太守莫出门,出门死太守。山留一世青,家有无涯寿。"

李颙留心民事,早闻听人说张夜叉有前知之能,听见这话也的确有些悚然。然而继之一转念:某身为一州之牧,位列诸侯,不能够禁绝邪神淫祠之属,已经俱现柔懦了,如今教这无赖汉子挡马即止,日后还能有什么颜面、有什么清望?想着,扬手一鞭,马蹄便向张夜叉踏了去,一踏扑起了一阵黄埃灰土,空中只一鹦鹉盘旋数匝,嘎鸣而去。

此后之事,俱在李颙诗自注之中。这首诗的题目是《匡山夜吟继赴大明寺有怀寄赵征君》,主旨乃是借由西晋时张翰忽然弃官的故事,来隐喻自己逃脱公职、作一日游的心境。

秋风召我入匡庐,系马鞯缨缀酒壶。隐约浮词与君共,微闻高鸟向人呼。去来归意分明在,多少名心逐渐枯。十里灯檐惊呗早,轻云渡得此身无?

秋风之思,向出张翰。张翰字季鹰,曾任齐王司马冏东曹掾,《世说新语·识鉴》说他在北地洛阳任官时,有感于秋风之起,而强烈地思念故乡吴中盛产的菰菜、莼羹、鲈鱼脍,于是跟人说:"人生贵得适意尔!何能羁官数千里以要(按:要,即邀,贪取的意思)名爵?"遂命驾而归。不多久之后,齐王败于司马乂而被杀,当时人都以为张季鹰有"知机"之能。

匡庐,本来就是指庐山。李颙借用这个现成的词,拆其字意,说的是赵蕤所隐居的大匡山室庐,也是诗家惯技。从诗的内容可以看出:这一天他乘马登山,还携带着酒壶,为的是去和赵蕤商讨诗句。诗意所系,应该就是不耐为官的心情。这一场诗酒之会,或许在上半夜就结束了,揆诸常理,李颙应该不方便留宿,所以到了下半夜,便策马告别,独自前往北山之邻的大明寺借宿。

由于到时尚属夜分,天色未明,佛子勤勉诵经,其声远传不绝,而令李颙忽生翩翩然遗世独立之感。而在诗后小注之中,则提及了张夜叉行前示警,以及他当夜在大明寺的遭遇。

李颙今夜将到寺留宿,是他过访赵蕤的惯例。不消说,早就有刺史衙署之人先行通报,并且预为打点。不料李颙才片腿下马,就一溜身顺落倒地,死了——唯独心头尚余一点温热。

大明寺常住一向知道慈元与赵蕤、李客等人熟识,这一夜便遣慈元为使君知客。这份差使,在百丈怀海禅师为普天下丛林制订清规之前,名目无数,蜀中各寺多称为"知客水火",也就是专为贵宾打理膳食,侍奉浆粥。

正在忙碌着水火之事,慈元忽然间听说刺史死于马下,便连忙趋至厩前,俯身察看,还期期艾艾地吩咐随侍的净奴道:"使君心头犹热,去取药酒怀中热熨来!"两句话说完,又轻轻"噫"了声,居然也一头栽倒,跟着死了。

热熨是急救之法,片刻施之,果然奏效。李颙悠悠然醒转了来,第一句话竟然是:"和尚怎地去得恁快?"

眼前除了倒地不起的慈元之外,只有李颙公廨里的参军、从人以及取药酒来推拿热敷的净奴,并无其他和尚。又过了不多时,寺中维那僧也来了,一路慌慌张张地问道:"慈元无恙否?慈元无恙否?"及至看见慈元倒卧在地,全没气息,浑身透凉僵硬,这才叹道:"果然!"

原来李颙一蹶如梦,梦中走在一片荒原曲径之上;但见道旁一僧,手拄锡杖,待他走近时,突然合掌一揖为礼,道:"使君且留步。冥司有急敕来,谓使君尚有一卷诗文未完,此累世债,须尽偿之乃已——此行,且付贫道代劳可矣。"

此外,大明寺的维那僧亦有所见——顷刻之前,他还在堂上指点新僧诵经,忽然看见正殿旁闪过一条缁衣人影,心想:时过寅初,岂容支离院僧夜行?遂赶紧奔逐而出,追随那身影绕过两个院落之后,才发现是慈元。慈元为维那僧所阻,不得已而转过身来,面色煞白,神情哀戚,道:"已代李公大使死矣!某本佛图户贱民,难得遂此功果,几般盘算,实胜在世清修,也便去了!"

维那僧但感身受寒凉,再上下打量慈元的容色,的确没有半点活人气息,便问道:"既云已死,可有遗言嘱托常住?"

"小僧近佛日浅,俗心难化;贪嗔不去,惭愧已极,岂敢遗言以累道侣?唯代使君死,彼亦当有深恤。可尽付常住,以充佛前供养。"

慈元所交代的,也只能算一半实在——李颙得此代命之人,在一夕间翻死转生,既受了惊吓,也得了了悟。不久之后,他还真效法张季鹰飘然辞官,身归故里,行前并捐输大明寺数十万宦囊所蓄,而留下了"一官何所有?半卷再生诗"的句子。

至于慈元,却还有一半不算老实的隐私——他多年来在寺外与李客共营生计,不论放贷、质押,以货以银,私贮也不下数十百万钱;这些,他都严口吞声,没半句吐露。

但是,依《匡山夜吟继赴大明寺有怀寄赵征君》诗后小注所记,慈元还是有舍不下的眷怀,见官不得不诉——就在李颙一蹶奄逝之后,"见一僧来,云:'贫道自有手实记账;今代使君死,匆匆不及治,奈何?'"

此处所说的"手实",原本是唐人编户齐民的载籍,民户自操,是一部官署核实年籍丁亩的凭据,上面不但注记了各人应服课役,往往细举积欠,谓之"记账"。此账三年一修,确保有"国人"身份者都能完粮纳税,也服事了应该从公的劳力。和尚是方外人,有度牒,自然不会成家户,也就不会拥有"手实",但是慈元声称"自有",意思很明白了:他在世上仍有未了的债务。既有代死之说,李颙当然不好峻拒:

"予曰:'可代治乎?'僧曰:'可。贫道于昌明李客处寄资百万,非可语人,心实苦之。果索得而为营斋奠,期不复堕奴身,于愿足矣。'予曰:'和尚亦有放不下物?'曰:'未拿起,如何放下?'"

在李颙而言,这一段记述仅付笑谈,不外唐人风趣。显然,他日后并未认真为这个代他而死的和尚追讨逋馀,营奠营斋之事,想来是这刺史"去来归意分明在,多少名心逐渐枯"的彻悟之后,自捐所有而偿之。真要追问起令慈元一死不能或忘的这笔钱,居然在三五年间"辗转散来东海道,间关接济维扬人",都结化了无情因缘——此是后话。倒是从张夜叉阻马到慈元代死的情节,日久而讹生,后来被人系于剑南节度使章仇兼琼之身,大约也是因为章仇兼琼名爵高显、动见观瞻之故。

慈元之死,可比江涛滚滚,留在世上的浮沫泡影仅此寥寥数十字,甚且连个名字都未曾记得。为李白带来这死讯的吴指南也就当是一则闲话表过,他来大匡山,其实另有差遣在身。李客嘱他伴送马匹囊橐来,是要李白出一趟远门——分别前往九江和三峡,为一兄一弟各发付一份资财。这事来得突然,李客还相当罕见地给了吴指南一份酬劳,指使他陪着李白同行。

吴指南看来意趣盎然,简直就想即刻动身。李白一则对远游感到兴奋又彷徨;一则顾虑着大匡山上再没有人陪伴赵蕤,忽而替他感到冷清,反倒有些不安。

而赵蕤却有不同的想法。他沉吟了好半晌,才招呼吴指南,把马匹沿坡拉到子云宅后的槽上去,囊橐也搬进了相如台,这就意味着不让来客说走就走了。

"出蜀非同于游眉州,"赵蕤双眉拢攒,又来回踱步,逡巡良久,才转向吴指南道,"此去万里,须得计议——李商另有吩咐否?"

"只说'神仙自有安排,听凭所嘱'。"

赵蕤闻言,点点头,回眸看一眼李白,忍不住笑道:"前此往西南一游,所嘱于汝,尚能记否?"

李白道:"敬领所教三事:'见大人,须防失对;见小人,须防失敬;见病人,须防失业。'"

赵蕤捋了捋胸前长髯,放声笑道:"一旦出,果若何?"

李白低下脸来,不作声了。赵蕤的嘲谑并非无的放矢——金堆驿上一剑招摇,差不及分寸便招惹了驿卒之祸;至于干谒苏颋,则空领两句不着边际的"若广之以学,可以与相如比肩矣"的嘉勉,看来都难说没有"失敬"、"失对"。更不堪的是,一年多行脚所过,到处有人争传李白医道高明、药膳精到,这就更违背了"须防失业"的世故用心。这也是他飞扬浮躁,不能谨恪沉静的个性使然。赵蕤还不放过,接着道:

"一事不记,倒也好!汝初来时自道,写诗恰是随意,皆不落题目；看来汝一生行事，亦复如此。"

说到这里，赵蕤一副庞大伟岸的身躯像是忽然松垮了下来，颈一垂，肩一沉，双瞳黯然。可是，这神情也只一瞬即逝，他登时挺直胸膛，抖擞衣襟，转身朝厨下走去，一面走，一面哑着嗓子道："犹记初会之夜，某有新酿浊酒一壶，俱付汝等饮尽，而今此酿瓮中老矣，宜再与汝等共之。"

这一瓮酒，让李白和吴指南醉而复醒、醒而复醉，不能数计日夜；而赵蕤显然有意如此。连朝之筵，赵蕤似饮而未饮，不醉而若醉，随着两个少年漫天漫地说些胡话，数落着或恐有凭、或恐无据的见闻，说来不外家常，东一句西一句，恍如畴昔所经历过的任何一个平凡朝夕。

语既不经心，意遂无所留；直到不知过了多少时日之后，李白在出峡舟中与吴指南对饮而微醺的那一刻，回眼见船后以缆索网绳兜缚着的马匹，在风中龇牙咧嘴，喑喑欲鸣，瞪着一双铃大的眼睛，像是怕惊扰了正在撼摇着天地的山影江声，而不敢妄动。那马儿的神情，直似不断地将心中千言万语，咀嚼吞咽，决意不向迎面扑来的风涛吐露。李白这才忽然想起来，遂叫道："神仙用心如此！"

吴指南无论身在何处，遇酒只是傻饮，当然不会知道李白的话，便混混沌沌地四下张望，但见舷窗外山青逆溯，江碧回澜，一舟如箭，迳随波势向东急发，哪里有什么赵蕤的形影？便问："神仙也来了？却在何处？"

李白并不答话，他的了悟，只能自己品尝——

那是在席间，赵蕤曾经没头没脑地问道："前番游历，汝父倩大明寺僧具骡车一驾随行；今日则为备一马，可知用意？"

李白不意有此问，想了想，只道："车驾负载沉重，是耶？"

说也奇怪，赵蕤看似正襟危坐地提了一问，答时却乱以他语，当下举了举杯，道："钟仪、庄舄之徒，下士也！不足以言四方之志。一俟风埃扑面，即知胡马嘶声。汝自体会，乃不至忘怀。"

钟仪，春秋时人，其人其事具载于《左传·成公九年》。说的是晋景公观兵于军府，看见一个戴着楚国帽子的军犯，便追问来历。从人报之以："郑人所献楚囚也。"晋景公把这楚囚召唤了来，盘问姓氏、职司，知道他世代为楚宫琴师。问他能奏乐否？钟仪回答："乐工既是先父的职守，也是我的专职，岂敢有二事？"

晋景公于是遣人给了钟仪一张琴，使操其乐；果然所奏即是"南音"。晋景公这时多问了一句："知道贵国之主究竟是个什么样的君侯吗？"

钟仪相当谨慎地回答："这不是我等小人该问的事。"可是晋景公执意要问，钟仪对答如此："但知吾君为世子时，有师、保等大夫侍奉教诲，朝有婴齐、晚有子反，这些都是贤臣——至于其他，小臣我就不知道了。"

这一番答问传到了晋国大臣范文子耳中，以为所言不背根本、不忘故旧，也不存心阿谀，堪称忠信敏达，于是晋景公也就听从了范文子的建议，不但释放了钟仪，还差遣为专使，回楚国去促成与晋国之间的交好。

庄舄，是越国人，其事则见于《史记·张仪列传》。纵横家陈轸与张仪同事秦惠王，张仪以陈轸曾经"重币轻装"，出游于秦、楚之间，形迹有通敌之疑。秦惠王追问陈轸，陈轸竟不掩饰，并且转述了越国人庄舄的故事。

越国人庄舄游宦到楚国,担任"执珪"之官,却忽然生了病。楚王遂同臣子们议论此事:"庄舄在越国,是个低贱的小人物;到了楚国来,官爵显要了,贵富了,他还会想念越国吗?"这时,楚王身边有一随侍的近臣上前应道:"凡人之思故,在其病也。彼思越则越声,不思越则楚声。"楚王派遣人去窥伺,果然发觉病中的庄舄不意间所说的,还是家乡越国的话。

陈轸举庄舄为例,意思就是说:"臣去秦就楚,其情犹如庄舄。不能不牵系根本。"这话说得实在,也将就着庄舄的故事,赢得了秦惠王充分的信任。此后,无论是王粲《登楼赋》"钟仪幽而楚奏兮,庄舄显而越吟",或是李白《赠崔侍御》"笑吐张仪舌,愁为庄舄吟"、杜甫《西阁二首》"哀世非王粲,终然学越吟",皆用此事。

不过,当李白在行舟之中看那马瞪目吞声的模样,忽然天清地澈,万端了然,原来赵蕤千言万语都不交代,就是要让他自己体会:这一趟出游,不会有归期,也不会有回头之路。所谓"胡马",不外是"胡马依北风",自然是指恋家之思,尽管如此,可是他却不能学钟仪、庄舄——那种人在赵蕤这般彻底的纵横之士看来,只不过是"下士"而已。

赵蕤这一番不动声色的提醒,果然较之于谆谆切切的耳提面命益发受用。李白停杯远望,凝思良久,把许许多多的人生碎片都串结起来。他惊觉那一次醉态可掬的赵蕤并没有荒唐其言,他每一句看似枝蔓无根的谈话,都暗藏机栝,互成结构,一旦想起了其中之一,其余便亦铺天盖地连缀而来,的确让李白于回味中"自体会,乃不至忘怀"。

就在嘲弄了"钟仪、庄舄之徒，下士也！"之后，赵蕤忽然状似不经意地举杯问李白："下士闻道而大笑，何解？"

这是老子《道德经》第四十一章上的一段话："上士闻道，勤而行之；中士闻道，若存若亡；下士闻道，大笑之。不笑不足以为道。"是在引申前文"反者道之动"的意思。老子自有对于上、中、下士的等差之见；以为"下士"由于见识浅薄，根本不明白真正的道体道用为何物，一旦接触了道，便以为荒诞不经，便大笑起来。反而言之：唯其因为"下士"之笑，也就显现出道的高深了。

李白依本义答了。赵蕤却立刻道："某既云：钟仪、庄舄为'下士'，则钟仪、庄舄所笑者何？"

这是一个尖锐的冲撞——钟仪、庄舄之念旧、思乡，或许出于私情；但是在儒家史传经典的教训里，心系故国不只是个人的情感，更是不可撼摇的伦理，甚至就是"道"的具体实践。从这一方面说，则钟仪、庄舄不但不是"下士"，还应该被许为儒家的"上士"——他们惓惓孤忠，耿耿不忘，一生"勤而行之"的，不正是对生身家国的眷恋和爱慕之"道"吗？

一旦从这个儒家之"道"来看赵蕤，其论势斗术，非君无父，反而注定要成为正统士君子眼中的"下士"。可是，在一个游心于广宇、骋怀于天下，从根柢之处不以间阎乡党为念的纵横家眼中，"道"却超越了家与国之间的种种联系；赵蕤所追问的，乃是：当举世都推崇着钟仪、庄舄那样的士君子的时候，被目为"下士"的纵横家如何自处？

"某既笑钟仪、庄舄为下士；则钟仪、庄舄亦必笑某为下士。"李白嗅出其中仍不免是那正反相对之论，一时难以取舍，只能勉强拾了句孔老夫子的话应道，"道不同，不相为谋。"

赵蕤为每个人再斟上酒,也捡起一句夫子牙慧追问:"彼之道便取那'在邦无怨,在家无怨';则汝之道又如何?"

"在邦无怨,在家无怨"是孔子回答仲弓问仁的话,赵蕤用此语,不外就是暗示:钟仪、庄舄乃是"邦"与"家"的囚徒。

"某之道——"李白忽然想起来了,应声答道,"神仙曾经说过的:'身外无家'!"

"汝得之矣!身外无家,以为天下事也。"赵蕤放怀笑了,随即一口饮尽杯中之酒,复道,"某这也是'下士大笑'!"

舟行顺流,江水滔滔,李白怔怔地望着那匹渐惯于风浪颠簸而安静下来的马,彻底明白了赵蕤的意思:从此以往,一身所及者,唯天下耳。

这是一次彻底诀别的浪游,与先前的锦城眉山之旅是多么的不同。他不能再作居乡之吟,不能再有归乡之思,甚至不能再图返乡之计。因为唯有在人世间彻底抛开了他作为一个商人之子的身份,他才有机会成为大唐帝国万里幅员之中的一个全新的人。

说是诀别,也就像月娘乍别匆匆之言:"天涯行脚,举目所在,明月随人,岂有什么远行?"李白告诉自己:世上没有真正的远行;若有,便是在分不清前浪后浪、此水彼水之间,抛开每一刹那之前的那个故我而已。

两年以后,他在扬州逆旅中卧病,平生首度以为自己即将死去,因而写下了《淮南卧病书怀,寄蜀中赵征君蕤》;这是他写给赵蕤的一封信,也是唯一的一首诗:

吴会一浮云,飘如远行客。功业莫从就,岁光屡奔迫。良图俄弃捐，衰疾乃绵剧。古琴藏虚匣，长剑挂空壁。楚怀奏钟仪，越吟比庄舄。国门遥天外，乡路远山隔。朝忆相如台，夜梦子云宅。旅情初结缉，秋气方寂历。风入松下清，露出草间白。故人不可见，幽梦谁与适。寄书西飞鸿，赠尔慰离析。

四　驱山走海置眼前

大匡山上一片石；方圆数十丈，遍生绿苔，分寸无间，曾经忽然出现了刮刻诗句，字如斗大，迤逦歪斜；是李白手笔：

犬吠水声中，桃花带露浓。树深时见鹿，溪午不闻钟。野竹分青霭，飞泉挂碧峰。无人知所去，愁倚两三松。

这首诗刻在巨石的苔衣上，字迹呈阴文，经历几度春秋。直到那一场绵延数日的大醉，李白使酒乘兴，将之践踏、刓剔，以至于剥除殆尽。可是不知是有意或无意，偏偏留下了末联出句的末字，一个镂空的"去"字。

绵州刺史李颙在李白出蜀之后不久辞官，归里之前轻装简从，绕道大匡山探望赵蕤，可是子云宅周遭数里之内，阒无人迹。他只能猜想：神仙必是采药去了。此去或恐不只三五日，他却不能等。那么，此生此人，也就不得再见了。

既然不忍遽去，只能尽意勾留，李颙在相如台前后徘徊了好几个时辰。他从后园棚篱之外、赵蕤和月娘亲手开辟的小径一路走进山深三五里之遥,彼处有一涧,为此山号称天水的瀑布分流,由于坡势较缓,每隔几十丈远,渌泉渊淳蓄积,塘潭叠见,中有无数游鱼,在十分清澈的浅水中往返。

也因为无所事事,李颙看着看着,便随意跟着一鱼的游踪,信步而去,不料却发现这鱼绕潭数过之后,竟从侧旁一渠逆反着较缓的水势,直往上游而去,他也就移步回头,察看那渠——其侧底皆有枕木片石堆砌,不像是水势穿凿生成。非徒如此,当他来到上游的另一小潭边,却见另有三五尾巨口细鳞之鱼,也从另一侧的湾渠中奋力上游——而这一渠与前者并无二致,也是人力铺凿出来的。

这一来他看明白了:在这前后数里之间,赵蕤利用平旷的地势,将一脉又一脉、一泞又一泞原本顺坡而下的山水,引而曲之,成了群鱼可以反复回游的缓沟,然则,养育繁殖,尽在其间。

"此局造化夥矣!"李颙惊诧之情难抑,忍不住乡音楚语出口,余声袅袅,在山壁间回荡。在这一刻,他举目环观,看群山众壑,林木葱茏,忽然有一种身在天地之外的茫然;像是发现了无比的奥秘——原来说什么九霄云外、神宫仙境,却可以是体察微物之生,设施工巧之具,为草木鸟兽虫鱼觅一栖息地而已。想到这里,随之而来的沮丧却更形剧烈——"堪叹某一世居官,不能偶识养生恤民之道如此,岂不愧煞?"这几句是他的诗集弁言,其下有句,可以说是李颙对自己立功而未成的一缕深憾:

观鱼知造化,访旧悟仙踪。公事从今了,通人几度逢?群官难遂道,丛菊半邻农。一楫桃源远,微吟愧李颙。

李颙将他的这一卷诗集分抄了三部,其中一部传家,一部留在绵州大明寺，一部送龙门香山寺。人问其故，他说："治乱无常，犹如生死不测。一卷诗既承天命而作了，宜乎善保藏。寺庙清静地，寒门士子猬结者多，知音人或在其中。"

这三部抄本与李白另有因缘，只其中一部——也就是留在李颙安州故里的一部，较诸另外两本，有些许不同。那是因为李颙于数年之后，病笃弥留之际，曾经唤人取笔墨到榻前来，说："某更有一诗未曾写了。"

接着，他对家人说起了他独自向大匡山告别的最后一程，是来到当初李白刓苔作诗的巨石之前。但是却无论如何不曾料到，一首五言八句，仅仅留下了一个"去"字，似乎这也是冥冥之中注定，他也到了不得不走的时刻。在家人的搀扶之下，李颙摇晃着他的大脑袋瓜，吟了两句："谁留去字去，石上望神仙。"就在这虚渺空寂的一望之中，李颙垂下头，像是对他的家人、更像是对自己说："尚有一韵，竟不记耶。"他忘了另外两句，溘然而逝。

至于故留"去"字而去的李白，一启程就把什么都忘了——尤其是他的兄弟。

李白之兄一郎，族中大排行第八，名寻，生小勤谨木讷，十四岁上从李客远行，安置在九江，随俞氏航船一门习算学，之后便落地生根。李白之弟三郎，族中大排行十六，名常，乡里最称干练。李常也在十四岁刚满之时追随队商出绵州，不多久就在巴蜀之间自领估贩贸易，三年而独立。之后又过了一年，李客招之到石门山官渡口，所谓"巴蜀咽喉"之地，建立了可以转运十万石物资的栈坊。

官渡口旧名纪唐关，一关所辖之区覆盖了巫峡两岸，李常的仓铺就在北岸信陵镇。由于江面澄平，水势深静，全无波澜漩陷之险。

一般水路行旅，皆在此地渡口选船。有那轻装就道，欲快行速至者，必拣选小舟，多在南岸登船。至于负载沉重，货运亘行的，往往要借力于七八千石的大船，多在北岸登船。岸间就凭仗排筏过渡。

李白于此度出川，由蜀之巴，半程山水算是重来回味，于吴指南却新奇异常。为了让这友伴也能饱览山河明秀，李白遂仍由陆路启程，先折往奉节白帝城——此县，以诸葛亮奉刘备"托六尺之孤，寄百里之命，临大节而不可夺也"的操守而命名；此城，更因昔日刘邦以赤帝子之身醉中剑斩白帝子而留名；而这里，也是三峡的起点。

古来以出三峡为出巴蜀之称，三峡两岸，丛山绵延七百里，形势光景，不一而足，或雄奇险峭、或俊秀妩媚，瞬目以收，但觉变化万千。

长江三峡风景秀丽。北魏郦道元《水经注》以简约痛快之笔写之，千古以来，无有过者；像是："两岸连山，略无阙处。重岩叠嶂，隐天蔽日。"再如："自非亭午夜分，不见曦月。"或者："至于夏水襄陵，沿洄阻绝。或王命急宣，有时朝发白帝，暮到江陵，其间千二百里，虽乘奔御风，不以疾也。"但是正因为无有过者，却往往于郦道元的文字之外，也就很难见识三峡的其他面目了。

即以古里计程，三峡七百里之说也多了，自蜀徂楚，江行西起奉节县白帝城，东至宜昌南津关，全长约唐里三百有余，四百不足，前后由瞿塘峡、巫峡、西陵峡相贯而成。瞿塘峡位在最西，景貌短促，前后仅十五里，向属奉节巫山县。巫峡九十里，从巫山到官渡口，此地已属巴东。再向下，则是西陵峡，一百三十里，由秭归到南津关，属湖广之区。

"两岸连山,略无阙处"所谓,是指三峡两岸高峰绵延,崖壁险巇,山峰突出江面数百丈,而江面狭仄之处,往往不及数十丈,是以才有"岸与天关接,舟从地窟行"的句子。古传一说,谓地下之龙借水中长蛟之力而斗,拱石奋起,欲升天庭,而天水则自西发来,切凿江床,日夕镇压之,使不能抬头。

李白与吴指南自瞿塘峡顺流行舟,看山不能深,试酒不觉量,才过夔门,心头竟一阵惊悚——瞿塘峡关,状如天地门户,江北赤甲山一岭插天,盘曲如桃尖,为古巴国赤甲将军屯营看守江龙之地。南对岸的白盐山则无论晨昏晦雨,绕山上下总有一团亮银的风雾,闪烁不已。忽而目睹这景物,便听见前后数船上的舟子们你一句、我一句,轮番吆喝着唱来:

尖山天上掉蟠桃,绕石白银飞雪毛。千尺江深谁见底——

这时的江流也正由于地貌之变,千漩万涡,怒激奋搏,纵使有多少人力欲屏挡排抗,恐怕也不能逆移尺寸。便此时,所有的舟子居然都停下手中桨楫,人人肃杀庄严,有一种临危授命、任天地操之弄之而不抵不拒的意态,他们只环视着冲撞船身的惊涛骇浪,齐声喊唱着最后一句:

将军来洗战龙袍!

此情此景,一面令人骨冷齿寒,一面也教人汗流浃背。李白与吴指南不能不取出酒浆,指点江山,欲言又止,只好以饮代言。直到夔门隐没于峭壁以外数里,吴指南才冒出一句话来:"居然不死!"

在抵达官渡口之前就已经喝得不省人事。他们人在南岸，本该先暂寄了马匹，渡江赴镇交割银两，之后再乘筏回棹往南岸，另觅一沿江下行的轻舟出峡。岂料两人都醉眼乜斜，却还心有旁骛。吴指南极力想要分辨的是这立身之处，究竟是江之南，还是江之北？而李白所想的则是万里关山，倘或真的一去不回，与月娘可还有一晤之缘？

便在这时，渡头船家正召唤着稀稀落落的往来行客登舟，有一声没一声地喊："客不压舱舱不满，巴山无水舟子懒——"

这船不大，可是旅人更少，数来计去，不过五六个肩挑贸易。船家意兴阑珊，像是根本不欲起碇。

这时任谁都看见了：渡头上一人须发戟张，衣衫褴褛，既没有箱笼，也没有包袱，肩头却站着一只雄姿傲视的鹦鹉。那人登上一船，肩上的鹦鹉则扭转了脖颈，直朝李白叫唤，呼声极似人语："佳人与我违！佳人与我违！"

这正是李白的心思。他神魂一荡，生怕错过了鹦鹉之言，也顾不得其余，紧随着那人便走，船家问了句："下江否？"李白且不答，迳将囊橐发付了那人。吴指南也就跟着抢身上前，将马匹颈上套索也递了过去，道："过江、过江。"船家见有这马情知生意足了，不免一喜，回头冲伴当使了个眼色，说时迟那时快，一事无牵挂，群山迎面来，这船就解缆东发了。

李白登船，是船家眼中的豪客，迎纳自然十分礼遇，当下排开他人，将他和吴指南让进了前舱，就一四座交椅、方几高榻处坐了，正在前后两舱之间捆缚马匹，只见李白引那肩头伫一鹦鹉的汉子同坐，那汉子也不推辞，敞襟挥袖高踞入座，但见他虬髯戟张、乱发鬖髿，意气昂扬，倒有几分像是这一席，甚或是这一船、这一江的主人。他随即俯身凑近李白脸前,道:"汝与某,见过。"

李白正犹疑着,这人扯开嗓子便唱了两句:

　　代有文豪忽一发,偏如野草争奇突——

"啊!汝是锦官城那骑羊子——"李白一惊,不自觉地蹲身站起来,却给汉子一掌到肩按住。

"实不相瞒,"汉子压低声、朝李白脸上喷着浊气,道,"某乃天上文曲,俗名张夜叉的便是。"

一听他这么说,吴指南不禁放狂噱笑起来,道:"既然也是星君下凡,能不识得李家此仙乎?"

吴指南却没有料到,张夜叉脸色倏忽一凛,额筋浮鼓,颊肉颤磨,朝他瞪起一双如豆的小眼,道:"太白星君与某自有勾当,干汝无赖小人底事?容汝斯须放肆在座,休得再要啰噪!"

可这吴指南乃是结客少年出身,又哪里能够容他一介丐流开口鄙斥?他登时抬起右掌,直要向几案上拍落;这厢李白见机得早,一臂拦下,笑着望一眼那鹦鹉,岔开话题,道:"文曲果然不凡,即令是随身一禽,也能吟诵佳句,非同俗响。"

"不过是个短命畜生,且休理会。"张夜叉看似说的是肩头鹦鹉,又似隐隐然阴损了吴指南一句,随即道:"这诗么,原本是星主之作——日后自有征应。"

说也奇怪,那鹦鹉像是颇能解语,登时哓舌喊着:"佳人与我违!佳人与我违!"

"某供此职,所司甚芜杂,生死离合,俱在指掌之间,不可须臾疏失;以免文运摧折。然此差实在苦劳不堪言,亦不能多言,以免泄漏了天机。而今扰汝一程,也是天机所系,不能不尔。歉甚歉甚!"张夜叉指着船头船尾的那些个商贩,叹了一口长气,有如难得遇上了知音俦侣,从而无限感慨地说:"且看当今,天下繁盛,物阜民丰——倘或人间商贾益多,文士寖少,抑或人人从商业贩,莫入士人行,则某仔肩清闲,又何其幸甚!何其幸甚矣!"

说到了"扰汝一程",李白也才瞿然一惊:不对!他和吴指南搭上的,是顺行下江之舟,而他原本还得先过渡到北岸,给李常送一份家赀去——此事,却全教那一句引人入胜的诗给勾引、耽误了。

正当李白惶急于失计的这一刻,张夜叉猛可起身,迳直朝舱外船首趋去。他肩头那鹦鹉也似跃似纵,不断扑扇着七彩翅翼。李白还来不及拦阻,又想着得呼求船家返棹,却见张夜叉信步而去,直入江涛,只一瞬,便淹没在浮波乱泡之间,半空中,只那鹦鹉盘旋三匝,随即也消失不见。

此际,李白耳边回荡着带有鸟语况味的一个句子:"驱山走海置眼前。"

五 清昼杀仇家

驱山走海,可见去势之疾。李白一醉而错过的,可不只是信陵镇的千金之托;他还错过了西瀼口。西瀼口在官渡口之北,向为兵家必争之地。三国之末,东吴大将陆逊火烧刘备连营七百里,据《巴东县志》所记有此:"追兵急,备烧栈断道,然得免。"而刘备能勉强全身而退，暂免一劫，最后流亡至白帝城托孤于诸葛武侯，还是拜地利之所赐，此地遂名"避兵岩"。

此地直至千载而下，能传闻于世，料应不在这刘备的"避兵岩"，而是一首诗。诗题《西瀼溪》，其词曰：

> 迢迢水出走长蛇，怀抱江村在野牙。一叶兰舟龙洞府，数间茅屋野人家。冬来纯绿松杉树，春到间红桃李花。山下青莲遗故址，时时常有白云遮。

传闻这首诗的作者是杜甫，也有考证以为此诗写于唐代宗大历三年的三到六月之间——颈联所述"间红桃李"是即景写实的笔触。穿凿附会之言还颇称详尽，以为尾联所写，就是在怀念李白。

因为李白出身绵州昌明县，此地旧有盘水，亦名廉水；据《太平御览·地部·陇蜀诸水·廉水》引《宋书》曰："范柏年，梓潼人。宋明帝问：'卿乡土有贪泉否？'柏年曰：'臣梁益之地，有廉泉、让水，不闻有贪泉。'帝嘉之，即拜蜀郡太守。一云：此水饮之，使人廉让，故以名之。"

正因为这个来历，该乡亦名"清廉乡"。李白自称"青莲居士"，谐音"清廉"，是思乡之计，殆无可疑；但是西瀼溪距绵州太远，实在难说"山下青莲遗故址"便是指李白。至于"白云遮"，说是从李白的《登金陵凤凰台》诗中之句"总为浮云能蔽日，长安不见使人愁"而来，更不无穿凿之嫌。

推而究之，大历三年时，李白已经物故六七年，杜甫也已经五十七岁；再两年，诗圣也过世了。倘若说这一份对故人的思念如此长远，就诗句论意旨，似乎并不实在。

《西瀼溪》声调稳洽，思致明朗，不失风趣。尤其是颈联的"纯绿"、"间红"浮跳于松杉、桃李之间，的确具现了几分老杜的神采。然而，果若以"老去渐于诗律细"的韵致衡量，则诗中的"走"字、"在"字都欠琢炼，"一叶"、"数间"和"春来"、"冬去"也滑俗不耐重吟；至于第二句与第四句犯重的"野"字全然无谓，更见鄙拙。

说起来，这首诗并非杜甫手笔，也不必等到大历三年始作——这是考据家们为了凑合老杜晚年居住在夔州的一段时间，硬生生羁縻所成。

然而这首诗，自有其毕现另一折枝节情事的价值，其作者，乃是当年跟随李颙至大匡山走访赵蕤、李白师徒的绵州别驾魏牟。

别驾之官，一向与长史、司马并为州郡三辅，有时别驾甚至也称长史，是刺史佐贰。列为上州的别驾，居从四品下。李颙辞官前，循例有所保举。看这魏牟年辈已经不算晚，怜惜他蹉跎下僚，已历八任，遂大力褒赞入京，浑入秘书少监，这就取得了从四品上的资格，到了这个地步，只要守得官阙，大约就能转任殿中少监，或者是大都督府、亲王府的佐僚。

魏牟钻营有道，尤其是诗才敏捷，极善谐声对偶，往往能在一些酒筵馔席之间赢得上司赏鉴，又由于熟悉巴蜀民情，所以秘书少监还不及坐热，很快就放了一个正四品下的归州刺史，初上任，便以当地盛产神农菊为题，留下了颇令当局者欣慰而传诵的名句："行看归州人不归，坐怜丛菊到秋肥。神农付得天香种，留与明妃染绣衣。"诗中以"菊"喻"隐"，又将"香"谐"乡"，使用的是不归的典故，撑持的却是归来的乡思，算是魏牟毕生的佳作了。

倒是那一首《西瀼溪》，别有实事寓焉。天子河一带百里，由南向北，流入巫峡，来助长江水势。有谓此河曾迎宋太祖赵匡胤之銮驾，以是得名，不确。先是，此河两岸峡谷幽峭，峰林苍蓊，其间密布着无数天成深洞，亦不乏名呼。其中称思仙洞、穿天洞、收云洞、野牙洞等等，不一而足，率皆按诸实景。

至于"天子洞"，追本溯源，也不荒唐。许多崖洞窾窍相通，滴泉积壤，上下欲合，称之石笋、石林乃至石柱者，亦端视其状貌而已；当时巴人也称那些较肥大的乳状石为"野牙"，而后世则一律以钟乳称之，可见古今人眼中所见，本是一物，遐想舛离而已。

石泉涓滴似乳，所见偶同，也有人说：此乳山精地灵，感物而生，饮之可以得子，故有"添子"的迷信，"三峡第一洞"固不须以景物之信美才能称"第一"，盖"添子"谐音"天子"，非天下第一而何呢？

有了"添子"之名，自然也就会招徕需要添子的人；不知自何朝何代起，巫峡口上下过渡人等，独行或伴行的女人便多了起来，而且几无例外，都是来求子嗣的。

《西瀼溪》诗首联"迢迢水出走长蛇，怀抱江村在野牙"，"长蛇"所形容的并不是水，而是往来行舟上下、络绎不绝的女子，排成了一列蜿蜒漫长的人蛇。"怀抱"一语双关，既指江面盘曲周折，如拥揽村落；也指这些不孕妇女的心情，是去向山洞里面的"野牙"祈求香火绵延的。

"一叶兰舟龙洞府，数间茅屋野人家"的落句虽然是写实，出句却大有玄机。因为"一叶兰舟"，并不是寻常能够往返三峡之间的航船。毕竟兰舟太雅致也太脆弱，根本经不起峡中风涛；此处当然别有所指——用"兰"字铸词，无论是"兰梦"、"兰兆"、"赠兰"，都出自《左传·宣公三年》，郑文公的贱妾燕姞，梦见天使赠来一株兰花而得子，即日后的郑穆公。这个典实也就与"野牙"的祷祀崇拜有了联系。

此外，"龙之洞府"也是双关之语。它一方面隐括了绵州治下的一个上县，叫做龙安；一方面又影射巴东一代古传数千年来之谣，说的是地下有龙不欲自安，老是想要拔江而飞升。至于龙之一字，兼摄两端，实则别有缘故。

近二十年前，中宗皇帝在位之时，龙安县有一县尉，世未传其姓字，只知道是绵竹县出身的一个寒门士人。他在稽核公廨财务的时候，发现银账两般不合，赶紧向县令请示。

县令名叫毛韬，先是支吾推托，继之以斥责诟詈，复继之以折辱诬陷。事后想来，才知道通衙上下，无论是县令以至于流外司事，都是亏空之主；所蠹蚀贪吞的，便是当地云门堰、茶川圳田的岁修事功。既侵吞了衙署钱粮，也苛索了百姓徭役。不料此事清者不能自清，反而被群污所窘，不过数旬，反而罗织了他稽核不实的罪状；下狱数月，忧愤成疾，一命呜呼了。

这件事的底细甚秘，外人向不得知。岂料天欲人窥，自有万千孔隙。原来毛韬以下，举县丞、主簿乃至县尉，这主谋贪赃的四个人，一向都没有子嗣，十八度春秋转瞬即过，诸人由于内升外调际遇不同，也各自星散。只是年齿徒增，膝下犹虚的命运相同，四个人似乎也只能徒呼负负，唯各自于中夜辗转，又觉得怅惘不甘。

他们之中谁也没有想到，风生水起，四时来去，十八年后，各逐迁转多方，却又不约而同地回到绵州。毛韬为李颙长史，官居正五品上，除了还干些中饱私囊的勾当，从来并没有什么治绩。

近年风闻：邻州巫峡口层峦之间有添子洞者，石乳滴水如泉，盛以瓜瓞之器，满饮则能成孕，有诚则灵。这才是诸方求子妇人不远数十百里，乘船而来的缘故。此外，又据说出了那洞，水即如常，没有添子的效益了。妇人们于是跋涉前来，列次第以取满一瓢，便于洞中饮了，之后才满怀欣然地回家。

公门主妇四人，遂以毛韬之妻为首，联袂到邻州福地求子。这事原本不宜大作旗鼓，可是又不能不略微张致，以便与常民区别。于是便向航商征来一艘数百石的大红船，结挂起借来的绅户灯彩，四个妇人却穿着庶民常服——如此一来，既逞了排场，又掩了身份——一路引着上江下江诸人侧目，竟不知船上是不是一群商贾之家召唤的老妓。

来到添子洞，长随人遮挡扈从于外，四个妇道正待以瓢取水，却见洞中高处石壁盘坐着一名女子，年约三十上下，一身劲装，头裹青绿绣花巾，宽檐风帽，一袭绛红衫，以锦带结束，远远地喊了声："见过县君！"

毛韬乃是正五品命官，妻称"县君"，可见洞中女子是知情者。这让妇道们都大吃一惊，来者居高临下，胆敢这么干犯，若有什么歹意，一时还真不知道该如何应付。

孰料那女子一眼认出了毛韬的妻室，当下嫣然而笑，直勾勾一双眼盯着她道："求子延嗣，乃是家户大计，县君请便。"说完便仍如先前一般，盘膝坐定，瞑目不语。四个妇人可是颤手摇身、提心吊胆地接着泉水喝着，仍不免犯嘀咕：此女看来容色恭顺，言词达礼，却为什么仍旧带着一股清刚的厉气呢？

就在四妇人饮罢添子之泉，欲为归计之时，石上之女又开口说了："十八年一命难酬，无何上天有好生之德，不能取四偿一，妾亦不敢代筹,还请县君等自为商议,妾当取何人首级以荐神明,来日当赴衙署求教。"

这是妇道们听得懂的言语,却不敢相信,亦无以作计之事,一句话不敢回,吓得脸色煞白、脚步凌乱,跌跌撞撞从洞里奔出,呼喊着洞外长随人捉拿妖女。这边纷纷扈持妇道登船,那厢持了刀棍入洞察勘,哪里还有什么妖女行踪?

毛韬等人从此过不得安稳日子了。数算起来,十八年前正是他们四个在龙安县以赃诬害那县尉愤死囚牢的时日,天道好还,凡是与其谋、司其事者,谁也脱不了干系。然而那全无来历的女子已经留下话:只取一命为偿。剩下来的就是:该由谁授一命去?

过不了几日,四人家中都出现了异状,一早起床,人人都在扃锁完固的房中发现一枝含苞未放的青梗莲花,此乃当地所产,原本不足为奇——在他人看来,青莲之为物未必可解,可是对于贪赃枉法、谋财蠹民之人而言,青莲二字,谐音清廉,其讽喻也至为明白了。可是莲花之侧,却分别有白绢、匕首、砒黄等物——用意至为明白,就是要个人择一自裁手段耳。毛韬卧榻上的青莲花旁则非比寻常,是一个布囊,里头装着两三石子。

十八年来,两度入蜀为官,毛韬一看就明白了,那是巫峡口下的卵石,经过亿万年江水冲涤磨打,个个如珠似玉。每当有迫于世道人情、不欲求生之人,打从崖头跳落,那尸身上就会沾满这样的卵石,泥血混杂,侵入皮肉,难以清除。送来这几颗卵石,也就不言而喻:毛韬如果诚心悔过,以赎前愆,便可以登高一跃,决其志矣。

经秋而后,在四个求子的中年妇道里,只那毛韬之妻居然成孕,肚子一日一日大将起来,推看来年三四月间,应该就瓜熟蒂落了。

这一年霜后，毛韬为妻子延医切脉，诊得一举得男，堪称大喜。可是忽一日，一枝早已枯萎的青莲花又出现在长史卧榻之侧——而这一次受到威胁的，只有毛韬，则显然与孩子即将出世有关。毛韬默识其意，随即了然：以寻仇女子的身手，若是要拿这尚未出世的孩子一命作抵，也是轻而易举的。

毛韬随即将另三人唤了来，一一交代了公事家计，随即道："十八年命途迂回，世路盘曲，任汝与某迁转如此频繁，却也避匿不得，还是在剑南重逢了。此中必有天意，不能违拗。而今吾志已决，当以一肩任之。"

"看来这狂言为患的，不过是一女子耳，何不发兵逻捕？"

"君不闻百数十年以来，此类以武犯禁者，莫不长于道术，彼等出入宫苑官署，穿窬排闼，莫不纵意之所如。一旦大动刀弓甲胄，讨之伐之，反而启天下人之疑。到那时，新仇旧怨，群言嚣嚣，事即不泄，某等名声亦败矣。"

这时另一个也大摇其头，道："说什么'一肩任之'，想长史不就是束手授命么？试问：以一朝廷五品命官，忽而引咎自裁，想这普天之下，与长史有些许新仇旧怨者，又当嚣嚣而言者何？"

"这，已在所虑之中，"毛韬点点头，苦苦一笑，道，"某自有了计，必不致牵累诸君——可是诸君啊！为官涉赃，而犹欲全一名节，我等之贪婪，不可谓不大矣！"

这一席令其他三人半明白、半胡涂的商议便这样结果了。毛韬随即于次日在家宅中大设坛台，以酬神赐子为名，广邀僧道，聚修法事，一连三日。外人不知，可是毛韬的用意却昭著非常——想那送青莲花来的人必定也在暗中窥看、侦伺着。

到了最后一天黄昏，毛韬也登坛酹酒，以示感念山川神明。

有人也发现：他公然摘除官帽，脱卸一身公服，换戴了幞头，仅着常衣，才步下坛台。此举罕见，但是一片喧阗震耳的锣鼓管弦之声，淹没了围观庶民的窃窃私语。

这是人们最后一次看见毛韬——这位长史从此消失了踪迹，妻子、僚友依照他临行之前的吩咐，四处传言：毛韬感遇神通，一朝忽而辞官远去，应该算是成就了一段仙缘。家人在当年冬日，取当地松杉之材，为制二寸薄棺一口，以衣帽入殓。就在来春，正当桃李间杂红白之色满山遍开之际，毛韬的遗腹子也平安顺利地出生了。

与《神仙拾遗》、《神仙感遇传》、《感通录》堪称齐名的《仙游杂编》中声称：毛韬"入野牙山，拂云去，不知所终"。而魏牟所撰《西瀼溪》诗小序则有相当近似的笔墨："长史毛公感青莲意，入西瀼溪山，拂云而去，一洗尘垢。"其中多了十几个字，似乎在暗示那报仇的女子之名就是"青莲"，这一点有些牵强，未必符实。至于"一洗尘垢"，似以为毛韬的下场是投江而死，则不无可信之处——因为的确没有人看见过这位长史大人横陈于巫峡滩头的尸体。

如果在这一层理解上回头再读《西瀼溪》诗，便可知在毛韬的去就生死之间，添子洞中的女子简直是如影随形，常相左右：

迢迢水出走长蛇，怀抱江村在野牙。一叶兰舟龙洞府，数间茅屋野人家。冬来纯绿松杉树，春到间红桃李花。山下青莲遗故址，时时常有白云遮。

只不过在这一段期间,没有人知道她就是十八年前投身环天观修真的女道士——月娘。

六　此行不为鲈鱼鲙

月娘了此恩怨之时,李白懵然无所知。而时序交替不休,这已经是开元十三年的秋天。

李白刚刚出荆门,途中闻及皇后在前一年被废的消息。废后成为庶人,移送别室安置,这就是囚徒了。其令举世臣民震惊的,不仅如此。试想,在一夕之间,以国母之尊,忽而失去了一切身份荣宠,反而令普天下百姓惴惴不安:何以天上之人,竟尔与我为邻?

倒是李白对此事别有同情。他一向深信自己出生之时,母亲"感长庚星入怀"的那一则奇说,所以"废后"这桩原本同他风马牛不相及的事,却激发出独到的同情——他不也是骤然间从天上堕落到凡间的星辰吗?这一枚星辰,难道也是因为忽然间为天庭所厌弃、抛掷,而让他沦落成一个连科考资格都没有的商人之子吗?他所能做的,似乎只有亟力隐瞒身份、寻求干谒出身,除此而外,他的前途只能说是一片茫然。

就在李白仗剑辞乡,离亲远游,而又阴错阳差地一去千里之际,迎面扑来的邦国大事,竟然像是他自己的一个征应、一个回响。

人们争说:废后不但被剥夺了名位,甚至在被废两个多月之后便郁郁而终;传闻皇帝中夜思慕,涕泣不能自已。此语寥寥,在方圆数百万里的国土上不胫而走,虽然没有任何纷披如枝叶的细节,但是,皇帝与皇后与天齐高的地位,却让这短短的几句话带给人无限饱满的哀戚和感伤。

李白的古风之二《蟾蜍薄太清》与《白头吟》显然是在这一重意绪的激荡之下完成了初稿,日后历经几度翻改、誊抄,而流传下来。但是这两首诗并不能尽道他那种"被天所逐"的凄凉之意,于是在《白头吟》的稿草后面,他又趁月秉笔,写下了另外两首日后标题为《长门怨》的七绝小诗,诗句如此:

  天回北斗挂西楼,金屋无人萤火流。月光欲到长门殿,别作深宫一段愁。
  桂殿长愁不记春,黄金四屋起秋尘。夜悬明镜青天上,独照长门宫里人。

以旨趣论,此二篇根本是运用两个不同韵脚所试作的同一首诗。实则同题之作另外还有两首,但是在日后各编全集中并未著录,如果把这四首合起来看,便一目了然,原来细读李白著作,还可以觑味出他如何借由诗句与他的读者相应和、相感知。另外的两首《长门怨》,是这样写的:

  摇光西却掩长门,厌厌屋金收黯魂。提月嚬蛾看紫陌,苔深不见鞾鞋痕。
  日下舣棱渡蟫蝀,窗金敷衍上林风。只今借月无何事,一片秋心照碧穹。

整体而言，这不是四首诗，也很难说是一首诗的四度修订。因为在李白长年临摹《昭明文选》与古乐府诸题的积习之下，似乎从来不以为求某题某作应该是不移不易的定本；他反而认为：即使命题相同，每操一笔，便是一副全新的本来面目，毋烦修饰，不须点窜。纵使一篇写来不能惬意，那么，便另出机杼，迭为更张。是以李白修改旧作的事例并不多见，如果字斟句酌，丹黄涂抹，必有缘故。

比方说：出蜀时所写的《白头吟》，是因为自觉用意过于芜杂，导致辞句琐碎，于是大加删削，以整齐精神。此外，出蜀不久之后，他在荆州遇见知名的道士司马承祯，一时有感而发，写了一篇《大鹏遇希有鸟赋》；这篇文字，很快地便因为司马承祯的名声烜赫而流传，可是李白却在多年以后明白表示："悔其少作，未穷宏达之旨，中年弃之。"直到后来，李白再读《晋书》索引的阮宣子（修）所写的《大鹏赞》，下了四字断语："鄙心陋之。"这才又"遂更记忆，多将旧本不同，今复存手集，岂敢传诸作者？庶可示之子弟而已"。

根据这几句写在重新标题为《大鹏赋》的文前小序可知，让李白愿意出手改作旧章的动机来自阮修所写的《大鹏赞》；而《大鹏赞》全文十六句如此：

> 苍苍大鹏，诞自北溟。假精灵鳞，神化以生。如云之翼，如山之形。海运水击，扶摇上征。翕然层举，背负太清。志存天地，不屑唐庭。莺鸠仰笑，尺鷃所轻。超然高逝，莫知其情。

这的确只是一篇改写《庄子·逍遥游》中大鹏状貌的文字，并没有惊人可感之意。李白声称"鄙心陋之"，所鄙陋的，究竟是自己的《大鹏遇希有鸟赋》,还是阮修的《大鹏赞》?实在很难断言。然而无论如何,李白在序中至少透露了一点:他之所以"复存手集"——也就是重新整编自己的诗文稿——是为了能够"示之子弟",也就是说,这已经是他近老之年才从事的活动了。

相对于晚年,出三峡之际一气呵成之作,居然四首,且漫作散掷,随手弃去,也有缘故——因为在那吟作的当下,他之所以反复陈词,逐篇翻作,完全是为了吴指南。

李白首作的《长门怨》是那一首"日下觚棱渡蝃蝀"。吴指南根本不能识字解意,显得兴味索然。李白转念一想,与此子相伴而行,若是只能使酒斗气,日后相偕出入,定然极为无趣。转念一忖,何不将著作诗,与之周旋相与?不解诗者,未必不能为写诗者谋,正曰反曰,此亦其道、彼亦其道也——岂不别有一番趣味。

于是李白逐字逐句地解释诗中不尽似口语、而难以耳闻意会之处。像是"觚棱"、"蝃蝀"、"上林"。

"觚棱"语出《文选·班固〈西都赋〉》:"设璧门之凤阙,上觚棱而栖金爵。"吕向注:"觚棱,阙角也。"也就是借宫城上转角处成方角棱瓣之形的脊瓦,来代称宫阙。

"蝃蝀",一般用以代称虹;其色青赤,因云而见。由于古有"虹出日旁,后妃阴胁主"的影射与迷信;所以在这里,李白用意,是借后妃的幽怨来铺陈宫廷的不安。

"上林"则是秦、汉两代的皇家宫囿,纵横三百里,中有灞、浐、泾、渭、沣、滈、涝、潏等八川纡余委蛇,四池浩荡,十二门雄阔,三岛如何缥缈,百兽如何逍遥。李白口干舌燥地数说了半天,吴指南却道:

"何不直道皇帝居家园子省事?汝亦不曾去过,岂知那觚棱如何？上林如何？还有——吾乡也有虹、也有蝃蝀；虹一向在日头之旁，可日头若在东天，则蝃蝀便在西天；日头若在西天，蝃蝀则在东天。虹自虹、蝃蝀自蝃蝀，原来不是一般物事。汝作诗说书上有，书上也不该枉说！"

李白笑了，道："汝既不解，某便改作——"

紧接着，李白便作了"摇光西却掩长门"起句的一首。"摇光"，一说是北斗七星的第一星，也有说是第七星，又名"瑶光"、"招遥"，司马相如《大人赋》中恰有此语："悉征灵圉而选之兮，部署众神于摇光。"李白既然要用汉武、陈皇后故事来影射当今皇帝之废后，则"摇光"、"长门"自然更为贴切合体。接着，李白还详细说了"厌厌"、"屋金"与"嚬蛾"。

首先，是那"厌厌"：微弱而神志不振之貌。《汉书·李寻传》："列星皆失色，厌厌如灭。"晋陶潜《和郭主簿》诗之二："检素不获展，厌厌竟良月。"以及刘义庆《世说新语·品藻》："曹蜍、李志虽见在，厌厌如九泉下人。"

在惯用典籍之语的作者看来，这些词语并不生僻，可是对于不惯于读诗、作诗的人来说，那些简约其语却丰赡其义的文字，却带来无比的困惑。李白依旧逐字逐事，一一为之详说。

"屋金"，是汉皇刘彻孩提时代、一心只有表姊阿娇的那句童言："当以金屋贮之。"——也就是"金屋藏娇"的转语；在诗句中，以黄金打造的屋宅都黯然失色了，何况人的情思呢？至于"嚬蛾"即是"蹙眉"，这是将"蛾"以状"眉"，无论是《诗·卫风·硕人》的"螓首蛾眉，巧笑倩兮"，或者是《离骚》的"众女嫉余之蛾眉兮，谣诼谓余以善淫"，都是借指中怀幽怨、悱恻不能明言的美女；

这是了然无疑的。

不过,才解到这里,吴指南又忍不住岔嘴争道:"蹙眉便说蹙眉,嚬蛾作甚意思?"

李白不但不懊恼,反而觉得这像是一场有趣的博弈,他仍旧笑着,道:"汝既仍然不解,某便再改作——"

以是之故,后人能在李白集中看到的《长门怨》,便剩下了两首,先写的一首是:

> 桂殿长愁不记春,黄金四屋起秋尘。夜悬明镜青天上,独照长门宫里人。

后写的一首是:

> 天回北斗挂西楼,金屋无人萤火流。月光欲到长门殿,别作深宫一段愁。

就这么一首比一首看来更加平易、简白,也就是将诗句中运用史料典实以唤起情感的那一层层曲折拆除,让语句入耳即可会心。这就不得不回到人生原初的经验、回到人世共同的感知,回到"小时不识月,呼作白玉盘"那样直质之境。

用心即使如此,用语仍然有别。"桂殿长愁不记春"也可见难处。这一句没有人称,却有"愁"和"不记"两重心理活动,反而很容易掩去"桂殿"所欲引起的季节之感,倒不如直写秋夕——"天回北斗挂西楼";依照近似的道理,"黄金四屋起秋尘"原本是阿娇所受的宠眷骤然消褪,有如一夕之间,秋风忽起,本是借典故中之细节另起一喻象,奈何吴指南或许仍不明白:黄金染了尘,仍是黄金,岂有价损之虞?这就不如转成"金屋无人萤火流"来得妥帖,毕现了空寂、萧瑟的处境与心情。

至于"夜悬明镜青天上,独照长门宫里人",则是因为前文已经荡入"愁"与"不记"的情思,此处不能重为雕琢,只好以景语作为反衬。而"月光欲到长门殿,别作深宫一段愁"则恰恰相反,正因为此作前文徒写空景,也就不能不于后一联中以月拟人,借旁观以点染秋怨的题意。

排列为《长门怨》之一的:"天回北斗挂西楼,金屋无人萤火流。月光欲到长门殿,别作深宫一段愁。"与之二的:"桂殿长愁不记春,黄金四屋起秋尘。夜悬明镜青天上,独照长门宫里人。"委实难分轩轾。不过,一旦与先前所举列的另两首合并而观,似乎就可以见出李白为游伴翻作诸篇、层层递浅的用意了。

诗作初衷,原本无法尽付人言;诗人锤炼,也只有天地之心可以窥见。像《长门怨》这种既要规模出历史情怀,又要寄托以现实讽喻的作品,李白自然可以华采自珍,高蹈自取;人说不解,则应之以"叩寂寞而求音"。可是,李白却不肯这样想。

从应对吴指南的翻作手段可知,李白宁可从他四周的白丁之人身上窥见:这些不能操笔弄文之人的诗歌,又是什么?那种因风吹日晒雨打霜侵而来的声音,又是什么?舟子们俗白而苍劲饱满的歌声、船上巴东估客们稍异于蜀中的语调,甚至在船行途中,滩头浣女时而清晰可闻的谣曲,都让这蓦然间一睹新天异地的诗人感受到,原本搬弄起来轻盈、娴熟,且无入而不能自得的文字,为什么会显得陌生而沉重?

他和吴指南之间那看似对局一般的游戏便有了极不寻常的意

义,也产生了长远的影响。李白每作一首诵来,吴指南便说"解得"或是"解不得";有时,还在沉吟滋味半晌之后,颔首摇头地指点高低。

这一首《巴女词》,明明只取一寻常之譬,喻巴水下行势急如矢,乃在一瞬之间,将心上人带往不知何年何月才会回来的远方,一绝只二十字,全袭常民语,迳取其易、用其浅,正是李白出蜀诸作的鲜明特征:

巴水急如箭,巴船去若飞。十月三千里,郎行几岁归?

吴指南便道:"这便字字听得明白,汝即不解,某亦晓得。三千里不远了,三万里也使得。"

江山感召,也有"分明可会"与"隐括难求"的多重内涵,却能并存于一诗之中,无碍于知者与不知者都能欣赏的句子。像是另一首,日后标题为《秋下荆门》的七绝,就是绝佳的例子:

霜落荆门江树空,布帆无恙挂秋风。此行不为鲈鱼鲙,自爱名山入剡中。

荆门为出蜀入楚之咽喉,南连荆州,与江陵、天门为邻,西扼宜都,接南漳、当阳。吴指南对这一首诗里的名物别无所知,但觉"江树空"三字,写尽眼前之景,且这七字音调抑扬错落,高鸣低响,四声迭荡绝妙,听来如闻丝竹合奏,登时击掌叫好。看那"布帆"、"秋风",并是眼前所见之物,情致清朗,飒爽无比。此行不是为了吃鲈鱼羹,而是为了赏名山,也由得李白这么说,至于何处能食得鲈鱼鲙，不免到时在地打听便了。

可是偏偏在这粗看起来并无曲意包藏的文字中，还是埋伏着好几处典故。

布帆无恙的典故出自《晋书·顾恺之传》，然而比对《大鹏赋》文前小序可知，行年至此的李白，应该尚未读过《晋书》。所以，他应该是从赵蕤《兔园策》中"布帆无恙"四字，撷取了这个典故；说的是东晋时代顾恺之的故事。

顾恺之从上司荆州刺史殷仲堪处借得布帆一挂，始能行船返乡，行到一地名曰破冢，遭遇到极大的风，在写信向殷仲堪报平安的时候，顾恺之是这么说的："行人安稳，布帆无恙。"这一段短短的记载，其趣味在于，仅仅使用了八个字，便显示了借物者的体贴，也反映了贷方殷仲堪俭素惜物的个性。

不过，拍打着布帆的秋风，却与下一句的"鲈鱼鲙"又组成了另一个意义上的结构；略同于李颀《匡山夜吟继赴大明寺有怀寄赵征君》之"秋风召我入匡庐"，还是在借用《世说新语·识鉴》所载的张翰有感于秋乡故物的莼羹、菰米、鲈鱼鲙，因之遽尔辞官的事。

从这个意义结构上，可以把这四句诗再推进一个层次理解，似乎可以这样说：秋霜覆盖在荆门遍地的枯树上，使得山形江面都呈现出一种寥落荒空的开阔之象；秋风习习，则颇有从容送行之意。这一趟远行，恰与昔年辞爵弃官、归里尝鲜而尽得返乡之趣的张季鹰相反——诗人却是一个离家出走，准备游访各地名山、寻访前途的人呢。

实则此解亦不尽然。因为剡中，是一个过于复杂的概念。李白尚未去过剡溪、剡中，未至而赋，正因为感而召知的，并非现实的名山地貌，而是含藏在这地名中的意趣。

"剡溪有甚好去处?"吴指南问。

"风度好。"李白道。

七　万里送行舟

剡溪居曹娥江上游,属古吴越之地,唐初武德八年设县,用的就是古名。李白日后写《梦游天姥吟留别》:"湖月照我影,送我至剡溪。"《叙旧赠江阳宰陆调》诗:"多酤新丰醁,满载剡溪船。"以及《别储邕之剡中》:"借问剡中道,东南指越乡。"剡溪之地,每每不能去怀。在唐代,对于前代六朝风物人情的想象与景仰,往往集中于某些特定的伦理价值,这就使得剡溪、剡中、剡县成为文人与节操、风雅的象征之地。其枢纽人物,就是戴逵。

关于戴逵,最常见的记载是《世说新语·任诞》,其情境流传千古,一字不能改传:"王子猷居山阴,夜大雪,眠觉,开室,命酌酒。四望皎然,因起仿偟,咏左思《招隐》诗。忽忆戴安道,时戴在剡,即便夜乘小船就之。经宿方至,造门不前而返。人问其故,王曰:'吾本乘兴而行,兴尽而返,何必见戴?'"

这个故事,曾经为李白引用在诗句之中多达十六次,可见念兹在兹,不能或忘。然而,它自有启人疑窦之处。

被访者戴安道懵然梦中,岂知门外有乘兴而来之人?舟子劳力桨楫,岂知主家有忽然而尽之兴?显然,这一程洒然来去的风采,必是王子猷自造而传人。王子猷与戴安道有多少交情,史籍不载,野说亦不见,这一则神理动人之谈,会不会是出于令时人"钦其才而秽其行"(《晋书·卷八十》)的王子猷的杜撰呢?

戴逵,字安道,东晋谯郡人。世家官宦,其兄戴逯就曾经因为战功而封侯,官至大司农。戴逵则自幼便以"有巧思,聪悟博学","好谈论,善属文,能鼓琴,工书画,其余巧艺靡不毕综"而闻名甚早。《晋书·卷九十四·隐逸》上说他:"总角时,以鸡卵汁溲白瓦屑作《郑玄碑》,又为文而自镌之,词丽器妙,时人莫不惊叹。"

除了具有文物创造的天资,戴逵还曾经以凤构在胸,挥毫即成的一幅《渔翁图》震惊当代画师王濛,《世说新语·识鉴》记录了王濛的感慨:"此童非徒能画,亦终当致名。恨吾老,不见其盛时耳!"

这份画艺,甚至感动了他的老师——陈留大儒范宣。原本戴逵追随范宣就学,范宣读书,戴逵亦读书;范宣抄书,戴逵亦抄书。唯独戴逵好画,范宣认为"无用,不宜劳思于此",等到戴逵出示所绘的《南都赋图》——也就是依照东汉张衡名篇的文意,跃之纸上,这就像是披图作注,以明宗旨,反而令范宣大开眼界,领悟绘事载道的精神。

唐代律宗之祖道宣所赞戴逵之语,具载于《法苑珠林》,道宣以为,自佛祖入灭以来,经过了上千年,从西方传入中土的佛像,已经在中原形成了定制。虽然佛像"依经溶铸,各务仿佛;名士奇匠,竞心展力",但是只有戴逵,能够"机思通赡,巧拟造化,思所以影响法相,咫尺应身,乃作无量寿挟持菩萨……核准度于毫芒,审光色于浓淡;其和墨、点采、刻形、镂法,虽周人尽策之微,宋客象楮之妙,不能逾也"。

这就是说：戴逵所绘佛像一出，也就成为后世认知、仿效的标准，佛祖也就有了浓眉长眼、宽额垂耳、笑面大肚之形。据传：戴逵每画一佛、每塑一像，都悄立于帷幕之后，默闻观者品评指点，以为修改之资，这是能兼摄群生之意的手笔，化千百人之想象，尽融于一人之手眼，时人谓此为："真参造化也。"

除了赋佛以亿万众生观想之形，《世说新语·巧艺》更进一步借东晋名士庾道季（龢）之辩，衬托了他对雕塑佛像的看法。庾道季认为戴逵所画的佛像"太俗"，应该是戴逵"世情未尽"的缘故。戴逵却说："大约只有务光（按：夏、商之间一名行事孤僻、避迹卓绝的隐者）能免得了'世情未尽'之评罢？"不只淡语解嘲，亦且拈出了"人想象中的神是不是应该沾带烟火之气"；而主张神应该避免俗气的论者，是不是又持论过苛了？

曾经在废后风波之中以"妄谈休咎"一语排去姜皎、事后却仍然受到王守一牵连而贬官的宰相张嘉贞有一玄孙，名彦远，著有《历代名画记》。在这本贯通三千余年岁月的绘画史上，张彦远引南齐人谢赫语，形容戴逵的手笔："情韵绵密，风趣巧拔。善图贤圣，百工所范。苟（勖）卫（协）之后，实称领袖。"

聪明、好学、擅六艺的魏晋人物，多如过江之鲫，戴逵之特殊，在于他不同于其他名士高贤的格调。在戴逵看来，儒家重名，是基于尊贤的根本；道家轻名，也是基于务实的企图。所以这两家之说，只是殊途同归而已。也就由于他所重视、讲究的是一己道德修养和根本实践；而这种孜矻勤恪的治生立说、为人处事，却很容易被视为腐儒。

《世说新语·雅量》说到戴逵自会稽东出，身为太傅的谢安去探望他。谢安一向看不起戴逵,相见不与接议大事,但泛谈琴书而已。戴逵了无吝色,欣然自得,而且说到琴与书,言理益妙,像是更适意而自在。从此谢公才真正明白了戴逵的雅量。

戴逵与知名的竹林七贤更迥然不同,他在书法、绘画、雕塑甚至音乐和儒术方面的成就,并没有让他追随魏晋间的名士时风,走上放旷、任诞之途。相对地,戴逵之所立论,是在一个明确的论证基础上,排除儒、道两家为思想与行为带来的障碍。他是一个对"求名责实"有着深切体会的人——倘若不能责实,名即堕入虚妄。《兔园策》(以及据之而扩充的《蒙求》)上都有"戴逵破琴"故事,亦具载于《晋书》本传,谓:当时太宰、也是武陵王的司马晞,听人说戴逵善鼓琴,"使人召之,逵对使者破琴曰:'戴安道不为王门伶人!'"

然而世事之矛盾反复如此:戴逵原本不求身名,偏因隐居不仕而成就了"通隐"之名,也为剡中、剡溪带来了千载之誉。是以后世也有冷眼观书而不能服志于俗说者,颇以为"乘兴而行,兴尽而返,何必见戴"诸语,不过是成就了王子猷的风趣之名,其情其慨,竟与戴逵何干?

若以实事立论,戴逵如此之"隐",就是与皇室、贵族以及当局之整体决裂,这是要冒生命危险的。晋孝武帝之时,屡以散骑常侍、国子博士征命,戴逵以父亲卧病为辞而不就。郡县官吏或敦促或胁迫,无时或已。戴逵情急无奈,便逃往吴地,依内史王珣就居——当时王珣有别馆在武丘山,逵潜踪而来,与王珣厮混了几十天,仍无长久之计。当时会稽内史是谢玄,颇有保全戴逵的慈心,遂上疏曰:

伏见谯国戴逵希心俗表，不婴世务，栖迟衡门，与琴书为友。虽策命屡加，幽操不回，超然绝迹，自求其志。且年垂耳顺，常抱羸疾，时或失适，转至委笃。今王命未回，将离风霜之患。陛下既已爱而器之，亦宜使其身名并存，请绝其召命。

这是一篇风义、辞章两般皆堪称伟大的文字，孝武帝因之放过了戴逵，而戴逵也得以在剡中悠游安居了一段时间。之后，那位曾经庇护过他一段时间的王珣成了尚书仆射，显然基于私交所愿，也上疏再请征召戴逵为国子祭酒，加散骑常侍，戴逵还是不肯应召。

太元二十年，皇太子始出东宫，太子太傅会稽王司马道子、少傅王雅、詹事王珣又上疏曰："逵执操贞厉，含味独游，年在耆老，清风弥劭。东宫虚德，式延事外，宜加旌命，以参僚侍。逵既重幽居之操，必以难进为美，宜下所在备礼发遣。"之后没多久，戴逵就死了，完全脱却了官禄逼身的困扰。

戴逵之隐，须时刻冒大戮丧身之险，这与唐代以后的隐，有本质上的不同——大唐以降，"隐"之为事，形同仪节，则顽抗君命的精神已经荡然。这不是一朝一夕形成的，高宗显庆五年，立"安心畎亩，力田之业夙彰科"、"道德资身，乡闾共挹科"、"养志丘园，嘉遁之风载远科"，首开其端。而今开元天子又立"哲人奇士，逸沦屠钓科"等——回首数来，这些都是奖掖士人沽隐遁之名，以登进取之阶；帝王求贤，以搜隐为能事，则隐者之避征逃名，反而成了入仕为官的手段。

李白出蜀,可谓适逢其会,他的《秋下荆门》恰是写于这初萌奋发之志的时期。"此行不为鲈鱼鲙,自爱名山入剡中"两句,前一句是辞乡不回的隐语,后一句则具备了入世和出世的双重旨趣。

于戴逵、王濛、范宣、庾龢、谢安、谢玄乃至于王子猷、王珣等人,出仕或归隐只是士人阶级的取舍抉择而已。尽管谢安隐而后仕,王子猷仕而后隐,或出处随遇,或进退由心,一如山涛劝勉嵇绍的话:"天地四时,犹有消息。"是一种自然的更迭。

"隐"与"名"原本犹如天星参商,各在天之一涯,此出彼没,不相为伴。可是,到了李白的这个时代,仕与隐已非截然之二事,而远较东晋时代仅止于士族与皇室之亲疏离合更为复杂。其中最特别的一点,便是借隐而仕、由隐入仕的手段。寒门、白身之士逐渐发现:累积了数百年的南朝士人传统,使"隐"成为一种近乎必要的资历;"因隐得名"于无形中转变成"以隐致名"——原本的两般选择,也变成了一个反复的步骤,一个曲折的过程。

李白固不能如戴逵之乐道而淡泊,戴逵故事却带给了李白无穷的向往,剡溪深处的"通隐"格调,乃是人生最终的境界;在此之前,会须经历一番发达,而发达之所由,则非世俗之名则不可——那么,所谓的隐,也都是缘名入仕的准备。如此说来,"自爱名山入剡中"就透露着更幽微的意思:名山不是指知名的游憩所在,而是说声名如山,剡中具足。李白于是有了和王子猷一样、借附会于隐者而博名的情致。

此时,巴水如箭,峡舟似飞,恰是送载着李白,告别他那卑微无闻的身份,一去不回。于此,他写下了这首《渡荆门送别》:

渡远荆门外，来从楚国游。山随平野尽，江入大荒流。月下飞天镜，云生结海楼。仍怜故乡水，万里送行舟。

这还是一首在声调上与时调若合符节的作品，颔联道景，颈联写意。山是身后逐渐消失的巴蜀之山，江是眼前倏忽迎来的荆襄之水。随身之月虽明，却照不透海市蜃楼一般有如幻影的前途，便在此刻，李白若有所悟，写下了用语平淡而命意决绝的结句，自己为自己送别。

近千年之后的清代诗家沈德潜在《唐诗别裁》中论道："诗中无送别意，题中（送别）二字可删。"不过，沈德潜是大大地误会了。诗题的"送别"，不是亲友分离之送别，仍须从诗句意会。末句"万里送行舟"，可以有"送·行舟"、"送行·舟"两种意义上的断读；深觇字句，乃可以发现：送这个字的意义，不是送别之送，而是载送之送，故与诗题之"送别"一字而双关，寓"送别"于"载送"。此作殊堪玩味者，即在将故乡之水拟为送行之人。

至若送行者但为故乡之水，也恰说明一件事：李白离乡时，并无人送行。东逝不返的江水，相送万里之遥，所送者，则是李白的故我。

从此，李白当得是"身外无家"。

八　衔得云中尺素书

出蜀之后，李白停留的第一站，是在江陵。此地为古楚郢都，自汉代始，江陵便为荆州治所，所以又称荆州城，南临一带长江，北依一曲汉水,有西控巴蜀、南通湘粤、襟带江湖、指臂吴越之胜。在此地登岸休憩、投槽喂马之际,李白忽然吩咐船家不必牵回马匹,连笼仗都一并搬移登岸,他要在这荆州城停留下来了。

"汝莫不是不下九江了?"吴指南十分困惑,他知道:李白身携大批货财,有黄白之物,也有许多可以兑换银钱的契券,就是要分别交付兄弟二人。出峡时已经误了一处,中道行至江陵,居然又不肯进发,吴指南自觉有负李客之所托,焦躁起来。他皱着眉,苦着脸,蹲在岸边,拨弄着悠悠缓缓向东流去的江水,怨道:"春日启程,尽教汝游山玩水,只今戏耍到秋日了,还要盘桓则甚?"

李白笑答道:"汝不记某前在巫山大醉之夜所作诗耶?"

吴指南索性落坐滩头,踢蹬着沙石,恨道:"呜呼呼呀!不记不记,哦哦叨叨这许多,哪得记?"

那是一首声调上遵守时式,可是却完全不用对偶的五律,日后补题为《宿巫山下》:

昨夜巫山下,猿声梦里长。桃花飞绿水,三月下瞿塘。雨色风吹去,南行拂楚王。高丘怀宋玉,访古一沾裳。

李白眼看着来时行舟孤帆远引,随口吟了这一首数月之前的旧作,拍拍吴指南的肩膊,道:"诗句为凭,某此行即是来看楚王的!"

吴指南仍旧垮着一张阔嘴,道:"汝父嘱某之事,不办不能自安!"

李白心下明白,嘴上却忍不住顽笑道:"某于江陵亦有'百里之命',汝却不信乎?"

吴指南闻言茫然了:"某却不知……"

李白解开捆缚笼仗的绦索,拉开底屉,那是厚甸甸的一只土色的油布囊,十分醒目。李白一脸自嘲之色,将之捧在手中颠来倒去地道:"商家之事,汝岂便尽知?"

自隋代修驿路、开运河,大通万方往来以后,行商辐辏,道途熙攘。但凡是行商之属——从负贩以至于商队,都认得这样的包裹,里面的东西,就是一般书信,谓之"商牒",也有些地方称为"商递"。

大唐邮驿制度虽然堪称完善,不过,唐律明订:必须涉及紧急军务、在京诸司用度、各州急报、大典攸关之州郡奉表祝贺、诸道租庸调附送、在外科举士子进京应考、大吏之过往送迎,以及因为朝官去世而须扈送家口还乡等等情事,才能动用驿传。换言之,一般百姓、野人,并不能借以便宜通信。若要鱼雁往返,只能委由"商牒"。

商,兼摄二意,一是商贾之商,一是商量之商。经常南来北往、东走西赴的估客为熟识的主顾携代投递,有克日计程必须送达的,也有不择期而顺便为之的;有给予酬劳的,自然也有无偿相帮的人情在焉。无论称呼如何,都是一个意思:行商在原本的程途中,替人交送书信。民间黎庶有此需求,而官方邮传驿递却不能足其所需之时,商牒应运而生。

在这一包裹商递里,的确有一封投往江陵的书札。此下顺流而东,直到九江,诸大小城镇,凡有书信须交递处,即是李白行将栖止之地。而江陵的这一封信,却为他带来意外的际会。

依照书札封裹所示,收信的人寄住在江陵天梁观,叫厉以常,一见面才知是个双眼近乎全盲的老者。天梁观于南朝梁元帝暂都于江陵时兴建,当时侯景之乱初定,梁元帝索性不返回残破不堪的伤心之地建康,而在此即位,据以为新都,天梁观也就是在这偏安王朝喘息的片刻间构筑起来的。

未料宫观楼宇尚未及落成,蜀中武陵王自立称帝的乱事又起,梁元帝饮鸩止渴,引狼入室,搬来了西魏宇文泰之援,精兵五万,真格是骑射良材,一举平定了乱事,益州却因此而易帜,入于北朝之手。前后安稳不到三年,梁元帝便教侄儿萧詧用土袋闷杀而死,梁朝自此便只剩下江陵四围方圆八百里奄奄一息的江山。

四战之地,哀鸿遍野,直到大唐开国之后,天梁观才由地方上的父老醵资完成,事在高宗麟德元年间。可是直到这个时候,人们才省得,由于长期征伐,道途间绵延不绝的曝尸,喂养了那些专食腐肉的鸦鸟,使之孳繁养聚,成群出没,无时或已。群鸦也不知为何挑上了天梁观,作为栖息之地,镇日盘旋鸣叫还不算什么,随时从梁椽上喷落的屎溺便可以百千斤计。道士们涤之未尽,遗泄复来,如扫落叶,旋祛旋堕,人人只能暗自叫苦,而莫可为计。

忽一日,观外来了个肩背破布囊、一身墨泥臭气,年约三十上下、双眼生满翳白的汉子,先是侧耳听了听,又翕张着瞳仁大小的鼻孔,道:"此间宜是三清之地,奈纵得妖禽如此嚣烦?"

道士们一听这话,情知来者不是常人,赶紧迎了进去,你一言我一语地请教因应之策。这汉子也不辞让,大踏步向观里走,像是熟门熟路,看来绝不类一瞽者。他里里外外巡了一圈,回到头一进的三官殿,才显现出犹豫不决的盲态,道:"此殿粪秽之气忒烈,某竟嗅不出方位。"道士们给指点了,他才指一指正北的墙面,道:

"某便于此墙施一手段,可令妖禽敛迹,一个不敢复来。"

这汉子便是厉以常了。

驱逐鸦鸟殆无可疑,但是大殿必须扃封泥锢,整整三天,不容人出入,也不许人窥睄。只有厉以常一人在殿中,饮食溲遗,无人可以过问。他还出了条件,要向天梁观"邀立符契,署以保证"。条件是双方面的——事成之后,一旦三官殿门窗洞开,妖禽登时散去,且决计不敢复来,则这天梁观就要任他来去自如,来时食宿,去时盘川,不可缺待。观中上上下下百多名道侣合计了半天,都以为除此而外,也绝无他计可施,便应允了。

三日三夜,就在道士们焦急的守候之中捱过去了,厉以常用长柄锘刃掘破泥封,拉开殿门,但见打从三官殿内里外上下各角落间哗然一声涌飞而出千百只乌鸦,嘎嘎吓吓,声鸣震耳,但是一旦去了,好似乌云乘风,一霎而灭。它们再也不曾回来过。

而大殿北墙上,则多了一画像,画的是十八丈高、三十丈宽,看上去非鹰非隼、说不得又似鸢似鹞,端的是一头展翅而翔、凝目怒视的巨鸟。众道士看得目瞪口呆,噤口吞声,像也惶惶然有些亟欲窜逃的意思。

"诸道人应已熟读过《庄子》第一篇罢?"厉以常说时哈哈大笑,回声四扬,当真教人不寒而栗。

可是,要比起他所说的《逍遥游》之所述,此壁上所绘之鸟,可能还算小:

北溟有鱼,其名为鲲,鲲之大,不知其几千里也。化而为鸟,其名为鹏,鹏之背,不知其几千里也;怒而飞,其翼若垂天之云。是鸟也,海运则将徙于南溟;南溟者,天池也。

《逍遥游》以鲲鹏开篇，千古以下，读者无不奇其文、壮其辞而多有不解其旨者。文中所标之鹏，虽然"水击三千里，抟扶摇而上者九万里，去以六月息者"，用意却非欣羡其大，而是借着蜩、莺（也就是蝉与斑鸠）对这大鹏的讥诮，而展开的反讽。相对于大鹏而言，蝉与斑鸠之为虫鸟，身形小得不得了，就算决起而飞，充其量不过就是一株树木的高度，它们却啁啁啾啾地讥笑大鹏："奚以之九万里而南为？"

正如同一日郊游而返的人，会去嘲弄那些远适千里者积聚糇粮一样——这是庄子进一步的譬喻；也就是"小知不及大知"，引申而及于"小年不及大年"。如此发端，并不是以为大知胜于小知、大年胜于小年；毕竟，庄子在篇末还是引用了另外一个譬喻："今夫斄牛，其大若垂天之云，此能为大矣，而不能执鼠。"由此而回顾整篇《逍遥游》，便知庄子本意，乃是物大物小，各自其用；有用无用，各尽逍遥。

然而，当天梁观中如此巨幅的壁画出现在李白面前的时候，他所感受到的震慑、他所迸发出的激动，是从巨大而来，前所未有。他知道，庄子曾经在"漆园"之地担任过不知所事的小吏。睹画思人，一时间竟冒出了误会，还痴想着：既名"漆园"，必多绘事，这壁上的鹰，会不会竟是庄子之徒所为呢？他漫不经心地把这奇想告诉了吴指南："汝可知——此画出乎何人手笔耶？"

吴指南也被那怒目前视的巨鸟震惊着，他瞠目结舌，只能摇头，无以为答。

"鸟无非大鹏，匠无非庄周！"李白自以为得意地放声说道。不料空荡荡的大殿之上，却忽然传来了语声："此画若乃出自庄生之手，对壁当有蜩与鸢，方见各尽逍遥之意。"这时三官殿后转出来一名身形不及六尺，矮小佝偻、白须银发戴张万散的老者。他一面说一面冲李白等走来，也才渐令人知：这是个盲叟。

李白方自欠身为礼，老者已然翕张着鼻孔、朝两人通体上下嗅过一遍，一面道："峡江之气未除，二客是蜀中来的；随行有马，却舍不得骑乘；笼仗中书卷不少，多前代旧章，酸味甚重。杂有百方生药并已炮丹膏，则汝尚通医术——"说到这里，老者眸中白翳倏然一开，虽仅只一瞬，却让李白感觉到，对方已经把他看了个五体通透。老者接着道："汝身负李商书信之托，那油布囊尚是江陵产物——莫非有书信交递？"

油布囊连同其他书信，并未随身携出，都还在逆旅之中。而这一番抢白，更让两少年相顾惶恐，不知所措。李白只能像是作贼似的从怀里悄悄摸出书札，将奉未奉之际，老者又俯首一嗅，哈哈大笑，道："天下钱银，尽教这李商居间赚去了！他连这灵虚观的生意俱能勾当得？"

李白这才偷眼眄了眄信封下署，果然是开州灵虚观。他不知道老者是如何得知书信来历的，举向鼻端嗅了一嗅，也嗅不出灵虚观的气息。

"蜀中宫观数以百计，唯有灵虚观燃的是随州苦竹院的松木蛇香，其香细密绵永，一旦着于绢纸，经年不灭——"老者挥挥手，对李白道，"不消说，是要某过峡，前去为彼等牛鼻子补壁的罢？某老眼昏昏，看不得细书小字，汝且为某读来。"

"老君，汝是——"

"厉以常在尔。"

李白依言拆了信，通读一过，用语恳切谦卑，情词并茂，正是要请这厉以常远赴开州灵虚观,"为图圣像"。厉以常一把扯过信来,撕了个粉碎,道:"凡人不能见道,天始付之以道者;道者不能见道,居然付之一盲叟——某岂能图圣像?"

李白觉得他这话说得有机趣,又想起信中推崇、尊礼其画艺礼敬之言,不觉看一眼北墙上的巨鸟,试探着问道:"那么,画此大鹏者,也非为见道?"

"某作此图六十年,市井无知者。汝小子所见,不同于常。"

吴指南则按捺不住,亢声道:"呿!一瞎翁,安得画这好大良禽?"

"世间可见者几希?可见者,即明;不可见者,即盲。小子也须知这瞎的佳处!"厉以常似乎并不以吴指南的无礼为忤,但抬起藤爪一般的手,指着壁画,迳对李白道:"较之于大鹏,此鸟,不过蜩、鸴而已;复较之于希有鸟,大鹏,亦不过蜩、鸴而已。"

希有鸟,字义不异,即稀有罕见之鸟。汉东方朔《神异经·中荒经》:"昆仑之山……上有大鸟,名曰希有。南向,张左翼覆东王公,右翼覆西王母,背上小处无羽,一万九千里。西王母岁登翼上,会东王公。"

若不以神思丈度,且用尺寸衡量,连毛羽和毛羽之间的空隙,都有一万九千里宽广,则较之于庄子所说"鹏之背,不知几千里也",这希有鸟当然更大得多。如此比合大鹏与希有鸟两者,其大之外,更有其大,不外就是运用夸饰之法,借凡人对于大物之憧憬想象,推扩无极、无涯的情怀。

"大鹏若得见希有鸟,"李白道,"则未必笑其大,亦未必慕其大。"

厉以常这时再度闪开了眼中白翳，露出一双明亮乌黑的瞳仁，带着些许嘲诮、些许好奇的神色，看着李白，道："大鹏又复如何？"

李白笑道："大鹏犹可见物，而希有鸟目中，殆无物矣。"

"何以见得？"

"大鹏之大，犹可想见；希有鸟之大，似更无极。"李白道，"试问，巨物冲霄，疾于星火，一瞬而适九万里，骋目于八荒之外，停眸于星月之间；则希有鸟非徒无视于蜩、鸴之微物，或恐亦无视于大鹏；并大鹏数千里之躯亦不能入眼，则其大若何？也不免一个盲字！"

这话像是在嘲弄瞽者，然而听在厉以常耳中，却另有一层义界：李白之言，更多的是在讽刺那些为人、为物之大者，高其位而远其志，亦不免茫昧其行；越是如此，识见越是不能遍及苍生，入于毫芒。

厉以常趋身两步，直将鼻眼凑在李白面前，道："汝天资颖悟，言事能自出机杼，溷迹于贾行，可惜了。或应一见当世之希有鸟，也不枉来一趟江陵。"

厉以常所说的希有鸟，是知名的道者司马承祯，他正在前来江陵的路上。

九　笑我晚学仙

这要回到一个与"大"字不可须臾而离的议论——大唐三教共存并举，诸法所关切，便在此字。这个字极通俗，小儿能识。然若究其为唐人孜孜以求者，却不在状述物形分别而已。不同宗法教义的争执议论，一旦及于"大"，则皆指涉那最不可动摇之根本，也就象征了这宗法教义在俗世间的地位。

早在唐高祖武德八年,发生过一场知名的辩论,论辩双方为沙门慧乘与道士李仲卿。辩旨为穷究"道"的本然;也就是作为信仰的究竟依据。其中关键一字,乃是"法"——在这场辩论中,所谓的"法",都是"师法"、"学习"的意思。

慧乘问李仲卿说:"先生广位道宗,高迈宇宙,从来专解释《道德经》。素知此经上卷明道,下卷明德。未知此道之外,更有大此道者否?或此道之外,更无大于道者?"

李仲卿答道:"天上天下,唯道至极最大,更无大于道者。"

慧乘为了确认李仲卿所使用的字句,便重复了对方的用语,再问:"道为至极最大,更无大于道者;则亦可谓:道是至极之法,更无法于道者?"

李仲卿也听得仔细,认为对方引言大旨无误,道声:"然!"

慧乘接着又说:"《老经》上明明记载:'人法地,地法天,天法道,道法自然。'则是说'道'亦有所法——汝却如何自违本宗,竟乃云'更无法于道者'?倘若这'道',即是至极之法,则'自然'焉得为'道'所法?'自然'既为'道'之所法,又安能谓'道是至极之法,更无法于道者'?"

李仲卿并不知道,他的论述在此时已经落入对方因明诡辩的陷阱之中,只懵懵懂懂地答道:"道只是自然,自然即是道,所以更无别法能法于道者。"

慧乘好整以暇地继续问道:"汝云'道法自然,自然即是道';那么,'自然'还法'道'不?"

李仲卿答道:"道法自然,自然不法道。"

慧乘又重复了一遍李仲卿的话,复追问道:"汝云:'道法自然,自然不法道。'则可否说：'道法自然，自然不即道？'"

李仲卿仍不以为所辩有任何破绽，朗然应道："'道法自然，自然即是道'，是以'道'、'自然'不相法。"

慧乘这时才露出了话中预藏的锋刃，反唇相稽："'道法自然，自然即是道'，亦可谓'地法于天，天即是地'乎？然而地法于天，天不即是地；故知：道法自然，自然不即道。若自然即是道，天应即是地。"

几乎无关于实质上的论理，慧乘只是以子之矛、攻子之盾，当下便破解了道士的语言游戏，令李仲卿"周憧神府，抽解无地，忸赧无答"。这一场让道教信徒灰头土脸的辩论一直到司马承祯始反转之，而且这道人解来云淡风轻，雍容雅量，尤其是令皇室大为叹服。

司马承祯，较李白年长五十四岁，晋宣帝司马懿之弟司马馗的后人，表字子微，法号道隐，河内温县人。师事茅山派北传宗师潘师正于嵩山，受上清符箓、导引、服饵之术。后隐居于天台山玉霄峰，自号白云子。

早在武则天及睿宗当国时期，闻其名而召入京师，亲赐手敕，问以阴阳术数与治道。他的答复出乎天下人之意料。居然说："阴阳术数，本属异端，而理国应以'无为'为本。"

睿宗平生四让其国，本是一个崇尚虚静、力持冲淡的君主，一听此论，如聆仙音，立刻赐以宝琴及霞纹帔。此会则令司马承祯意外地获得了更为广泛的名声。

到了开元九年十一月，皇帝又派遣使者将这位已经七十四岁的老道士迎入内宫，亲受法箓。是从这一刻起，李隆基正式成为一名具有道士身份的皇帝;他显然有备而来,出其不意地问了司马承祯一句:"昔在高庙时,天竺法子慧乘僧大折我教道义,卿若身为李仲卿,当作何语?"

司马承祯略无思索,慷慨答道:"彼论固知名,而无益于道义;是亦无损于道义。"

"卿且高论,朕乐心随理。"

"《老经》原文:'人法地,地法天,天法道,道法自然。'其断读不确,乃生误会。仲卿失察,遂为佛子攻破。"

"然则,应作何解?"皇帝闻所未闻,有些吃惊。

"'人法地,地法天,天法道'——"说到此处,司马承祯停顿了一下,语气一缓,复道,"'道法,自然。'"

司马承祯的话让刚刚获得道士身份的皇帝大为欢忭,忽然体会到古文集中载录枚乘《七发》所形容的那种状态:"于是太子据几而起曰:'涣乎若一听圣人辩士之言。'涊然汗出,霍然病已。"豁然开朗,有如大病初愈。

在原先的辩论里,是将老子论中的一切"法"字皆作"仿"、"效"之解。于是"道"和"自然"二者也就有了一种等次差异的关系;质言之,"自然"应该是"道"所追随师法的对象,就必然高于道、大于道。这也理所当然与"道即自然"、"自然即是道"等语有了内在的抵牾。回头再以"天"和"地"的等差来攻讦,居然会导出"天应即是地"的结论,则道家根本论题,便弃甲曳兵矣。

可是司马承祯却把最后一个"法"字,变成了道体的状态、道体的形式、道体的规律,一旦脱解出前三个法字的"师法"之意,"自然"就不会是一种既"大于道"又"等于道"的矛盾语,所指称的也不是一个大于一切的终极本质,而只是一个形容词了。

"道兄！高论，妙议！"皇帝对司马承祯的称谓忽然改了，改得有些唐突，有些失份，但是没有谁会在意。的确，这一番答问使皇帝念念不忘，他像是初次发觉道门的诙谐与淡泊，的确有一种真诚的气质，于是转身对身边的大臣笑说："恨我学仙也晚，只能随命为天子。"

这位随驾接见司马承祯的大臣，正是礼部侍郎贺知章。在朝列百官之中，以修真炼气闻名，据说能驱赶自己的生魂脱身，夜行千里，与诸鬼游。武后时，曾出任太常博士，掌考选庶务。

有那么一回，贺知章与同僚赌戏，指着一人腰间金龟袋饰为质，谓："某能于中夜启北门，持管而归，不教人知，遂者得此。"北门，说的是芳林门；此门向南大路直通安化门，为京师脊干，随时有羽林重兵镇守。所谓的"管"，就是钥匙。唐代官员例受鱼袋。初，内外官五品以上，皆佩鱼袋。武后天授元年，改佩鱼为佩龟。三品以上的龟袋更用纯金为饰，四品用银，五品用铜。到了中宗年间，才又罢龟袋、还赐鱼袋。

贺知章谈笑一诺，与太常寺僚友共席至夜半，忽然说："北门锁钥至矣！只在此室之中。"

众人争相喧哗寻找，果然在梁上觅得，却仍不肯释疑，乃将钥匙涂裹了油脂，复置返于梁上。天明之前，钥匙已然不翼而飞，贺知章则始终在席未去。直到晌午过后，北门军中盛传奇闻：芳林门的钥匙滑腻不能经手，无人能道其缘故。贺知章自有杂诗记此事：

蝉蜕空余一树秋，泠风初领北门楼。仙身看解新痕在，青琐松脂证去留。

句中的"青琐",琐字亦通于锁,原本是皇家宫门窗棂上的青色连环饰纹,借指广厦豪宇,也多喻称宫廷。松脂,则是《神仙传》上赵瞿的故事——赵瞿因为病癞,遭家人遗弃在荒山里,竟有仙缘奇遇授以松脂之药,从此"身体转轻,气力百倍,登危越险,终日不极。年百七十岁,齿不堕、发不白"。之后,竟证成为地仙。不过,再翫其所藏之事,便与生魂解体、以取北门之钥的事吻合了。

一〇　直上天门山

趁皇帝说起"学仙也晚"、"随命为天子"的话,贺知章故作临机而动,实则早就主意打定而上奏,道:"我朝高宗皇帝乾封丙寅之年,曾祀昊天上帝于泰山之阳,而武氏随行焉。其后武氏亦于万岁登封乙未之年,封于嵩山,至今二十又五载矣。此天子为万民敬天事神之礼,不宜久疏,而绝天人精神往来。"

"封禅大事,岂便说得即做得?"皇帝打断他,"远事姑且不征,即就乙未之封少室而言,早在天授年春正月,便有地官尚书武思文及朝臣、外官二千八百人上表,请封中岳——遑论这毕竟还是出于武氏之意;尽教如此,也还迁延了五年。"

大唐开国首度封禅,要从高宗麟德二年——也就是乾封丙寅的前一年——十月说起。

当时天子率文武百官、武后则领内外命妇,从驾的文武仪仗,自东都洛阳启行。一路之上,都要列营置幕,帐帷彩幄,弥亘原野。随行者,东从新罗、百济、高丽等国而来;西自波斯、乌长、突厥、于阗、天竺而来。天下军将,也各自简选了精锐扈从,卤簿仪仗绵延数百里。初发景观,即有"穹庐毳幕,牛羊驼马,填咽道路"的盛况。

封禅的礼仪究竟应该如何?历代皆无定制。唐高宗所从事者,多出于当代礼官研读古籍、揣摩文字、附会诸般数术词语的摹想、发明。像是筑起一座高坛以祭天地及四方山岳之神,这坛台,无论在《周礼·春官》或《史记·封禅书》里,原本就叫做"封",其广丈二尺、高九尺,相当简朴;封禅之时所建立的刻石,也叫"封",连尺寸大小都没有定式。

但是到了唐玄宗时代,便融合了道教的法语;封,也就形成了繁复的名类。至若"封"中藏有玉牒,在秦汉之时,约只是祷祀祈求的话语,并无奇秘奥衍之处,可是到了唐代,踵事增华之余,便成为一宗连皇帝都不知道该如何慎重其事的繁琐大事。

直到十二月,高宗一行才荟集于泰山之下,在此地停留十日。其间皇帝下达敕命:在山南之麓四里处建圆丘为祀坛,坛上以五色土鬃饰,名之曰"封祀坛"。此外,山顶也要另筑一座更高耸、更宽绰的五色土坛,这是"登封坛",其形制"高九尺,广五丈,四面出陛"以象"九五之尊,德被四方"。同时,还要在与泰山一脉的社首山顶再筑一座方坛,号曰"降禅坛"。三坛皆依《周礼》所记,以素土夯实而成,不用一砖一石,极简约而质朴,以示对天纯诚,不假雕饰。

封禅之礼完全结束之后,皇帝接受群臣朝贺,还要下诏,立三碑,改"封祀坛"为"舞鹤台"、"登封坛"为"万岁台"、"降禅坛"为"景云台",此时,天下改元乾封,改奉高县为乾封县——这已经是后话了。

此前,君臣们都要在这泰山脚下度过岁末,直到次年新正朔日,才进入封禅大典的高潮。皇帝先在山南"封祀坛"祀昊天上帝;第二天才登岱顶,封玉牒于"登封坛"。玉牒究竟是什么?始终是一个秘密,搜求旧典所载,并无任何形容。人们只知道历来封禅的帝王,会将这"玉牒"埋藏在祀坛之下,而一向无人能窥其字句。到了开元天子当下,也只听说:当初高宗封泰山的这一回,"上帝册藏以玉匮,配帝册藏以金匮。"——此处的意思是说:前来封禅的皇帝分别将他对天(也就是昊天上帝)以及配享于天地山川的前代帝王所祷祀的内容,封藏在不同的容器之中。关于这件后世史书必将记载的大事,行年三十六岁、雄心勃勃的李隆基表面上谨慎,也颇有不欲昭告于人的主张。于是,当着司马承祯的面,他故意曲折其辞,又问了一次:"犹记睿宗皇帝曾问道兄术数如何治国之事;道兄奏以'无为',而直指数术为'异端',此诚惊人之论!然则,封禅以通神明,是有为抑是无为?"

司马承祯闭上双眼,匍匐而言:"举天下人之力,倾天下人之资,虔天下人之心,致一'敬'字;正是化'有为'以入'无为';借'无为'以彰'有为'。"

皇帝原本躁动不宁的心忽然安定下来,他吁了一口气,骋目遥迢,从重重叠叠的飞檐反宇之间,望见几块畸零的蓝天,这时就连飘过宫苑上空的云朵,都缓慢得好像凝结了。他反复回思道士的话,觉得感激。他知道:道士大可以不必鼓励他多事,多事则怎

么说也够不上"无为"的妙旨。可是,道士言外,似仍有未尽之意,令这好奇慕才不能自已的皇帝还想一探究竟:

"'致一敬字'当作何解?"

"天子示人以敬,便是'无为';天下以敬生信,便能'有为'。"

此后,司马承祯别无长言;无论皇帝再怎么问,只唯唯虚应"如其然"、"则其本然"、"与民休养"、"共物生息"而已。他不希望皇帝在层出不穷的语词上反复考掘,转成文字之障,却误以为自己得到了无上的奥义。

皇帝这一次受箓,不期然却坚定了他封禅的意愿。他相信司马承祯的推论:当皇帝展现了他对天的崇敬之后,也就随之而巩固了苍生百姓对整个帝国的信仰,而这种"致一敬字"的工作,却是多方面的。

例言之,有一份早就呈上来的太史奏疏,指陈:已经通行五十多年的"麟德历"一而再、再而三地不能准确预测日食,这不是新鲜事,援旧章往例,就该更造新历,皇帝迟迟未决,却在见了司马承祯之后不到一个月的时间,就下诏命名僧一行"更造新历",亦即日后名为"大衍历"者。一行僧造历,还牵涉到要更铸新的观测仪器,于是又发动府兵曹梁令瓒制作了一具全新的"黄道游仪",用以"测候七政"——亦即观测日、月、五星运行的轨迹。这两件事传扬开来,使天下周知,人们开始期待:"皇帝将有大事于天。"

果然,到了次年(即开元十年)六月,早先因为木材腐朽而崩毁的太庙历经五年工期而重建完竣,并从原先的五室扩充为九室。当初被搬迁到太极殿的历代先祖皇帝神主都迁回太庙来了,皇帝也特别发表诏书,强调了他敬天法祖的情感。

法祖，则不只是去礼敬那建立大唐的高祖李渊而已；在接下来的一年中，皇帝又依据史官们最新的研究——以及相当程度的牵强附会，追尊北魏时代官居金门将的李熙为大唐"献祖宣皇帝"，并追尊李熙之子李天赐为大唐"懿祖光皇帝"，两位受追尊的皇帝牌位，都祔于太庙九室了。

此举，显然有意遮掩李唐自冒郡望的长远谋划。李唐皇室篡改郡望，以图自高于山东豪门士族的质疑早在国初之时即普遍流传。根据释彦悰《唐护法沙门法琳别传》所记，唐太宗时，即有法琳僧当面驳斥唐太宗自道郡号为"陇西成纪"。法琳是这么说的："琳闻拓跋达阇，唐言李氏，陛下之李，斯即其苗，非柱下、陇西之流也。"此处所谓的"柱下"，是指老子李耳；而"成纪"则是汉将李广。法琳之说，已经是公然揭露李世民自冒汉家贵胄身份，以高声价了。

追尊两祖并为皇帝，乃是为了昭告世人：一向被封为太祖的李虎（也就是开国祖李渊的祖父）也有了可传之于经传的父辈和祖辈——李虎之父，就在这一追尊之下，确认是李天赐无疑；当李熙、李天赐的父子地位一旦纳入了李唐皇室的宗谱，李熙又可推考为凉后主李歆嫡系之孙，而众所周知，李歆原本就是凉武昭王李暠的次子；这样一来，李唐由原本"陇西狄道"之郡望就可以一变而为"陇西成纪"——因为相传那李暠恰是龙城飞将李广的十六世孙。

不但要追尊先祖为皇帝，就在三个月之后，开元十一年十一月，官居礼仪使的张说等人上奏：行之有年的"三祖并配之礼"也应该修改。

高祖武德年间以降，皇家祭祀之地就有一个原则不易而逐时变通的规矩：如欲祀景皇帝（李渊的祖父李虎）则在圜丘；如欲祀元皇帝（李渊的父亲李昞）则在明堂。圜丘，天子于京中祀天之地；明堂，则是天子举行朝会和一般祭礼之处。太宗即位，则以高祖配圜丘，到了高宗时代的永徽年间，又以太宗奉祀于明堂。日月代迁，高宗升遐之后，武后垂拱年间又改了常例，而将高宗奉祀于圜丘，于是称之为"三祖并配"。

如此，本无失礼不敬之处，可是到了这个时候，礼仪使张说所提出的解释，却出于皇帝的意旨，以为：三祖并配，略无等差，为了严肃仪注，应该重新更张。于是一举而提高了高祖李渊的地位，使之配祀昊天上帝。

这仍是出于皇帝对于"致一敬字"的别裁专解——开元天子刻意慎重其事，相较于先前高宗和武氏两度封禅，这一次更不是寻常的祈福，他要借由祀天的大典再一次强调：天下唯李氏独尊的门第。

本年（开元十三年）八月，张说再度上疏议封禅仪，请以皇帝的父亲睿宗配皇帝祇，也就是让睿宗享有仅次于天神的地神之位，如此一来，皇帝祭天、祭祖都为一事，所以在封禅之礼中最重要的文献"玉牒文"中，皇帝是这么写的：

> 有唐嗣天子臣某，敢昭告于昊天上帝：天启李氏，运兴土德。高祖、太宗，受命立极，高宗升中（读去声），六合殷盛。中宗绍复，继体不定。上帝眷佑，锡臣忠武。厎绥内艰，推戴圣父。恭承大宝，十有三年。敬若天意，四海晏然。封祀岱岳，谢成于天。子孙百禄，苍生受福。

这篇文字四言立体,每四句或六句换韵,用的是《诗经》的"颂"体,以示庄重。文内有"升中"二字,升者,上也;中者,成也。"升中"就是祭天的别称。特别拈出高宗祭天的一节,主要还是因为其后有"中宗绍复,继体不定"的一段插曲。所指不外为武氏当国——她一度篡改了国号,也曾经在嵩山祭过天;史册斑斓,不容粉饰涂销,只好在这篇玉牒文里轻描淡写,避言皇统中断,也不写宫廷阋争,迳以"底绥内艰"(终于度过了一段内廷艰困时期而归于平静)四字一笔带过。而先以"高宗升中"领文,反面文章即是抹去武氏也曾经即位祭天的事实。

较之于高宗封禅之事,开元天子封禅别具用心,规模也大得多。皇帝于开元十三年十月辛酉日自东都洛阳启行,沿途设置、安顿的处所,纵令仅只稍作停伫、略事游观,也大有一番惊人的盛况;所谓:"数十里中,人畜被野,有司辇载供具之物,数百里不绝。"——皇帝也没忘了专命他极其宠爱的"养鸡童"贾昌相伴,选六军小儿六十,携斗鸡三百只,沿途观斗取乐。

这浩浩荡荡的队伍,一路迟跚其行,来到济水入河之滨,但见洪波弥漫,浩无际涯,分不清溪沼疆界。皇帝问左右:"奈何野水荒荒,不见堤岸?"张说应声答道:"《左传》有载,楚师伐郑,次于旃然;此水自春秋以来即如此,圣王不范围,野水不逾越。"

"宰相为礼仪使,应知圣王岂有不范围者?"皇帝听张说这么说着,心口一恶,双眼一花,看见了滚滚黑浪之中居然浮出一头黑龙,说时迟那时快,早已从御辇座边箭壶中抽取一雕金凤尾矢,朝黑龙射去——天子之射,靡不有中;矢一发而龙影逝灭,皇帝满意了。

十一月丙戌之日，君臣一行来到泰山下，仪卫环列于山脚，斧钺昭灼，金银闪炽，又是数百里不见首尾。这一趟，皇帝别出心裁，不用法驾登山，而是骑骡，骑的还是一头苏颋从益州大都督府长史任内携回的名种白骡。此物通体毛色银亮雪白，无一杂毫，地方上盛称之为神物。苏颋供此物于内苑，贺知章意外而得知，遂上奏皇帝，以为此物可以供封禅之用，何不敕命苏颋将此畜迳由江行转运河北上，载往东都洛阳，以预圣朝大事？更何况，白骡应役，还有典实可以为依凭。

那是在春秋末季，赵简子当国，有两匹极受宠爱的白骡，赵简子日夕赏玩，呵护备至，珍爱如子。忽一夜，门禁来报：有一居住在广门的属吏，名唤阳城胥渠，得了重病，医生嘱咐：非得白骡之肝服之，不能救转。当时还有赵简子的家臣董安于在侧，闻言怒道："此计吾主心爱之物，欲置吾主于不仁、不义之地，吾且杀之！"

赵简子却说："杀人以活畜，不亦不仁乎？杀畜以活人，不亦仁乎？"于是立刻召命厨下庖丁，当即杀了两头白骡，取下鲜肝，送至阳城胥渠之处。过不了多久，赵简子兴兵攻打北翟，参与这一场战役的，有广门一地征来的兵卒，"左七百人，右七百人，皆先登而获甲首"。

从此，白骡成为一种人君爱士、人臣报恩，上下相结以义、相重以情的典范。贺知章深明此义，给了皇帝一个展现襟期风范的题目，龙心大悦，也不问登陟之路是夷是险，当下应允骑白骡登山。

这时，绝大多数的官员都只能留在山脚下遥相陪从。能够追随左右登山的，为宰相及祠官，以及礼仪官所指定的二省僚属而已。一路之上，皇帝的神情十分安详愉悦，仿佛全无颠踬之苦，只是隔不多时，便向左右大臣垂询着上山之后每一行一动的次第。

此行较诸前代历次封禅，可谓无比慎重，典礼进行的细节早在几个月之前，就由礼仪使张说呈请皇帝过目了，可是皇帝似乎一直记挂着某桩旁人无从猜测的心事。他却也不直说，总以旁敲侧击之态，像是要让一宗他想要获得的答复，借由其他的疑问而引出。直到行脚接近峰顶，登峰坛已遥遥在望，贺知章知道皇帝尚有疑虑未消，遂趋前紧随，低声奏道："启奏陛下，祀天仪注容有未备，天意便是主张。"

贺知章猜测皇帝对于这登峰造极、亲天临下的最后一程，必然心有未惬，甚至一定有自己想要变更的设施，才大胆如此上奏，话里的"天意"，就是暗示皇帝：你若对于礼仪使所订的仪注有什么疑惑难行之处，就听凭一心，自行其是罢了。

这两句话果然说中皇帝的心事，当即反问："前代玉牒之文，何故皆秘藏之，使后世不能得见？"

这话也还是迂回，但是贺知章一听就明白：皇帝并不真想知道密封玉牒之文的原因，会这么问，只说明皇帝想要向全天下公开他的玉牒之文。这看来是一桩小事，不过，没有人知道：祭天之文一旦公之于世，是不是还能够获得天的允诺和庇佑。

此际，千山微茫，烟霭四合，八方各有黯淡而低矮的峰棱在望，宰相等大员迟迟其行，尚在数武之遥，天地间看似仅有皇帝和贺知章这一对君臣。贺知章没有细密思索而答复的时间，也没有推诿于他人代答的地步，只能临机随兴，放眼望着缥缈无涯的云气，应声说道："天地精神，至此极而独会。前代帝王，或密求神仙，非可言之于人，故不欲人见。"

皇帝闻言，笑了，他伸出手来，捉住贺知章的臂膀，道："卿家侍从登极，私心亦有所祷乎？"

贺知章不意皇帝有此一问，只能亟力摇头否认；而皇帝微笑的神情却像是不信，深深望他一眼，将就着手臂上这一捉拿，顺势从白骡背上一跃而下，朗声向着环身如拜的群山道：

"私心，人之所独，唯神明鉴之；然天子登岱，直为苍生祈福耳，岂容私心入藏于密？朕意不从礼官，玉牒之文，即此宣告万民！"

皇帝没有依照千古以来历代帝王封禅的老规矩，而直接公布了他对昊天上帝的请求，然而，"子孙百禄，苍生受福"只是文中最末八字，而此前的十八句却都是对天下官民黎庶再度强调李唐一脉正统之绵延。换言之，在最明显和重大的意义上，公开这样一部玉牒之文，直似宣告这不是祭天，却像是借由祭天之礼，向诸天万民展示自家的门第！皇帝则颇为不秘藏玉牒之文而得意，他认为：日后必将因此举而于史官之笔下，留一大公无私的注解。

他依旧按照礼仪使所奏，谨慎而从容地将祭祀上帝之文置于玉册之中，将配祀皇帝之文置于金册之中；也还是按照仪制，将函册缠了金绳、封上金泥、印以玉玺，并皆专车携回，只不再封藏于刻石之下。此外，当年高宗皇帝封禅，正月初二无事，是到了初三日，才到社首山降神方坛上祭皇帝祗。这一趟，则增加了群臣在山脚下封祀坛祭五帝百神的一节，并省略了高宗时由皇后率领宦者、宫人举行亚献的一节——开元天子的想法很实际：凡是与武后相近相关之事，皆宜省黜。此外，援例大赦天下，另封泰山山神为天齐王，礼秩加三公一等。

此番空前盛大的封禅仍有令人失望之处。故事：高宗封岱、武后封嵩，礼成之后，皆有恩典。一般说来，大赦天下是免不了的。高宗乾封那一次，文武官三品以上的，赐爵一等；四品以下的，进一阶。这是空前的升赏，也大开日后浮泛晋阶之例。武后时稍加克制，却能推赏于黎庶，免民一岁租税，普赐百姓酒食，为时九天，兆众腾欢。

可是开元十三年的这一次封禅，却在张说有意主持之下，仅仅加封了亲自登岱顶随祭的官员——而且大多数是中书、门下两省之官——其加阶超入五品，却没有普及于他部群僚。更严重的，是扈从圣驾东行的士卒们，仅仅加勋而没有赏物，这就伏下了更深刻的怨憾。这一切，都有微妙的征应——皇帝登岱而返，跨下白骡之后，回头夸奖了两句："这白骡真是天下神物，朕乘之往返三千丈，竟不知登降之倦。"

就在说完这话的时候，白骡应声倒地，四蹄僵直，无疾而殪。一趟山路，走死一头贵重的骡，朝臣明知这不是什么值得称庆之事，仍抢忙上前奏吉，道："尤物役于天子，事毕登仙，宜有封赠，以应祯祥。"

皇帝遂为那死骡颁了一个谥号，叫"白骡将军"；也就在随口颁布了这一道封骡的敕命之后，皇帝面带诡谲的微笑，对贺知章说："'致一敬字'，颇可为用。"

世事有不可以逆料者。中书令张说身居相位，持天下衡人之柄，也是在这个"致一敬字"的大典上，趁机扩充权势和利益的要角。他早就掌握了皇帝的心思：封禅之后，不欲循前代两度旧例那样大事推恩。换句话说，封禅之后的封赏将止限于从驾登顶之臣。所以简选随员上山，就直是提供了升官的机会——加阶超入五品，更拉大了原本高位清要之官与一般僚吏之间的差距。中外多有不满，群情一片哗然，都说张说原本贪婪好贿，这一次显然是收了好处。

这件事伏下了长远的影响。第二年年初，张说的新旧政敌——包括御史中丞宇文融、左羽林大将军，以及高祖李渊的堂弟长平王李叔良之曾孙李林甫等——结成一个集团，以"引术士占星，徇私僭侈，受纳贿赂"为名义，奏弹张说之罪。从皇帝的处置来看，这恐怕也或多或少出于"圣意"，因为钦命至御史台鞫审此案的领衔人，为左丞相、门下侍中源干曜，他是在两年前极力反对举行封禅的大臣之一，与张说扞格不能相容。专敕由他主审此案，必有不可逆料之天威寓焉。

皇帝并不想对个别大臣的操守作过分的勾求，他不但知道张说所"引"的就是司马承祯，也知道司马承祯根本拒绝了张说的邀请。然而天子雄猜所在，就是要折辱一下这个已经睥睨群臣太久的宰相。他派遣近侍高力士到御史台察看暂被囚系的张说，高力士的回报很令皇帝动容："宰相蓬头垢脸，睡一草席，进食以瓦器，神情惶惧，唯待罪，别无所念。"

"连张说也能知'敬'字矣！"皇帝开怀大笑起来。

一一　与君论心握君手

由益州贡入宫苑的白骡也是由长江水道出峡，路过江陵时曾稍事停伫。由于是"入贡圣人之家"，地方官吏曾以俗礼迎迓，这不是常例，可是吏民皆慎重其仪，此事还与巫风淫祠有关，因为谁都不想得罪鬼神。楚人信鬼，古史有载，所谓"信巫鬼，重淫祀"、"率敬鬼，尤重祠祀之事"，中原无可比肩者。白骡路过，百姓咸称：

"若不稍留此骡,稻麦将失时之雨!"

原来是地方耆老声称:古传汉武帝元封四年,北边有修弥国人谒献白骡一头。此骡身高一丈,通体精白似雪,唯额上一圆赤斑,细察之,形状有如日月回旋之象。汉武帝十分赏爱,竟以金玉之器盛鲜美牧草饲养。东方朔闻知此事,随即上奏,以为:骡本不在六畜之列,斯为下贱,不应深爱;更何况献之者乃是戎狄,天朝大国却视之如珍宝、爱之如圣贤,这不是足以孚天下人心所望的恩宠。汉武帝听其言,以为有理,遂将这白骡野放了。

不料时过未几,便有传说,就在那野放白骡之地,忽然有一赤蛇,从空中飞降而下,身形由天属地,直向骡额头的红斑啮去。那骡似也不惊不惧,便牵引着蛇在原野间扑跳,所过之处,乃有一团团围绕喷薄的云雾,云雾片刻而散,这蛇竟渐渐化作一条赤龙,骑着白骡便腾霄而去。此后三年,当地大旱无雨。

耆老此说有典实可依,人人宁可信其有。于是江陵官民迎来了进贡白骡,高车红帔,在城中通衢大道上绕行了一周。这一场极其热闹的迎迓,也融合了当地"赛乌鬼"的盛典;车列前后绵延百丈,每车之上具陈酒肉——酒是当年新酿,肉却是乌鸦最赏爱的腐肉。

荆州旧俗:每于春末麦信风吹拂之际,人们便在稻麦田垄间布置筵桌,满设新酒腐肉,守候群鸦之来,一伺成千上万的"乌鬼"逐渐齐集,众人迅即呼拥以出,各持刀兵锣鼓,围扑鸣击。孩童们则前后群聚,手持"拨谷笛";笛声仿拨谷鸟,而尤为尖厉。赛会的目的虽不在杀戮,倒是这番惊吓威慑,可以让"乌鬼"数月不敢复来;农家也就度过了下一轮耕稼之期。

李白与吴指南则恰逢其会，不但看到了白骡，也见识了乌鬼。未料吴指南睹此而不惬，当天便忽然发了颠倒梦想——眠中怪境奇遇，也还是从李白的诗而来。

从抵达江陵的第一天起，吴指南就毫不掩饰地烦躁、郁闷着。无论如何盘桓，白昼间，他只是到处即卧，卧处即睡；昏暮时欠伸便醒，接着就遍地找酒喝。饮过子夜，神智已倦，思语不能自主，有时伫眼痴望，有时怅然吟歌，所唱的都是儿少之时，在绵州乡间跟从南诏诸蛮的族人们所学来的村曲俚谣，其声也戚，其辞也悲。说他忧闷，问也问不出可说的心事；说他耽酒，好像又别有伤心丧志的怀抱，而不只是杯中陈醪而已。

李白原本并不在意，直以为吴指南急于赶路，兼复思乡。想想，这倒也容易消磨，便在行旅之间，随手指画，说些个古楚渚宫中的旧闻，勉为应对，一迳说到吴指南昏盹欲眠而作罢。李白满心所罣怀的，还是厉以常的嘱咐：道途间已经传扬了许久，说是上清派茅山宗第十二代天师司马承祯即将取道江陵，溯沅、湘之水，往赴衡山。其间，当至天梁观与厉以常一晤，却也说不准程期。李白也只能日夕游衍，时而作诗。

在这一段散漫无聊的时日里，他有两首风味独特的诗。第一首，是在见识了"赛乌鬼"之后，当场以民乐改写而成的《荆州歌》：

白帝城边足风波，瞿塘五月谁敢过？荆州麦熟茧成蛾，缲丝忆君头绪多，拨谷飞鸣奈妾何！

此作只五句，与一般古、近体之常例皆不相同，为古题乐府杂曲歌辞，出于荆州乐。荆州乐属清商曲，是江陵地方之谣——故

《乐府诗集》系于梁简文帝《荆州歌》之后,梁简文帝诗残句:"纪城南里望朝云,雉飞麦熟妾思君。"盖为李白诗作所本。

此诗结句点题,不外怨妇春思四字;春思为诗文旧例,故不必写于春令。"拨谷",即是布谷、勃姑,亦称鸤鸠,有鸣于春种者,有鸣于盛夏者。由于李白抵达江陵时已是深秋孟冬之间,故"瞿塘五月"、"拨谷飞鸣"的话,乃为虚状五月时序风景,以陪衬《荆州歌》本题所描写的情事——也就是"妾思君"。

通篇五句诗,却出现了蜀中和荆州千里之隔的两处,而其间并无涉于行旅,这是很少见的。诗句起作"白帝城"、"瞿塘",在地理上便和时序一样,也是虚写,纯为带韵起兴,以便勾起春日将尽的惯常感触。"丝"谐"思",示以良人远行无踪,久而久之、自然而然"思"就成了"忆",由此,借妇人百般寂寥、荒废农桑之事,来形容两地别离之苦。第三、四句状似时令昭然,却也是虚写,并不能当成眼前农桑实务,更或恐是从"赛乌鬼"时乡野之民歌咏、舞蹈之转拟而得之。

质言之:《荆州歌》不应被看作描述地理、时节、风土的作品,在更幽微的层面上,李白借取了他初来乍到之地的民歌曲式,表现的则是梁简文帝宫体之作的主题。所思之"君"是诗人自己,而假拟的"妾",则深刻埋藏。

"'妾'是何人?"吴指南终于像是来了精神,追问道。

"必有其人。"

"彼日在峡中,有一鸟吟诗,说的也是妇人与汝不得相见。"

"是'佳人与我违'!"李白不觉笑了,道,"汝若不明白,某更作一首。"

这第二首,便是《江上寄巴东故人》:

汉水波浪（浪字平读）远，巫山云雨飞。东风吹客梦，西落此中时。觉后思白帝，佳人与我违。瞿塘饶贾客，音信莫令（令字平读）稀。

恰如《荆州歌》虚拟"妾思君"的情境、而不明言"妾是何人、君又是何人"一般，李白江上所忆的"故人"，也不便直指直呼。这"故人"究竟是谁，便十分耐人寻味了。

后世解《江上寄巴东故人》诗者，往往以为"故人"就是寻常旧友，甚至还有误会其人为"瞿塘饶贾客"，甚至将此五字解为"出身瞿塘、家资丰饶之贾客"者，而当面错过了头联"巫山云雨"的典故——此处破题即暗示：诗题所忆的故人原本为一女子。较诸《荆州歌》，《江上寄巴东故人》语意更清楚，也因之而更不能明言相思的对象。

在作法上，李白刻意调度，将五言律体中原应出之以对仗句型的颔、颈两联写成散句，却将头联作成对偶，用这翻转的手段，写梦醒惊觉身在异地而情境虚空，是寓大巧于大拙的笔法。全诗枢纽在于尾联出句："瞿塘饶贾客"——李白自己是以行商的身份出蜀，兼带着为人交递简札，疏通音信，所以"瞿塘饶贾客"当然还是围绕着"商牒"、"商递"立意。那么，这两句诗中的不言之意竟是：身为投书者，却收不到内心思慕之人所投之书，于是才转而对所思所慕者亲切叮咛，瞿塘地方日夜往来的行商既如此频繁，应该不要断了音信才是。

便在逆旅之中，吴指南逞酒任性，吵闹纠缠，非要李白把那"佳人"是谁给说明了不可。李白只不依，推说诗中无人，毋须颠倒妄想。一阵崇乱之下，那吴指南像是倦了，也像是恼了，不发一言，合身卧倒，呼呼吐息，直似一头喘吁吁的牡驴，喷嘶犹不能解忿，继之以吼啸，接着又一骨碌坐起身，亢声言道："汝道与某为知交，却凡事不与某同，漫天情义只恁一嘴说得！"

李白满不在乎，依然玩笑道："情义若不说得，如何便知其有？"

吴指南被他一激，更动了怒意，虎瞪着两眼，道："汝好生来去，真个自如！彼年去投那赵黑子读书，便不回昌明；西走峨眉玩耍，亦不同某商量，更无一声呼唤；某伴汝出峡办事，汝今日要见古人、明日要见神仙……"说到这里，吴指南眼圈鼻头都泛了红晕。

李白抢忙安抚道："汝不惬意居停于此，吾等天明就道，迳赴九江也可——"

吴指南一拂大袖，背转了身，居然哽咽起来："汝早来写诗，晚去作文，那些字句东藏一事、西指一事，好大衣冠模样，好大学问造化；便只某昏懦小人，不知不晓？汝诗文尽得意，其中有些什么机关，亦不同某说。汝顾某毕竟是何人？一奴仆耶？一狗马耶？却总然不是朋友。"

一口气说罢，吴指南仰头向壁，自发了半晌痴，随手扯过榻旁的罩袍服被，蒙头睡去。星夜过半，忽然惊起，似已不计前事，只把方才睡稳的李白摇醒了，道："呜呼呼呀！汝大沉甸，压某直欲死！"

在那个幻念之中，吴指南化身成一头白骡，索缚在舟，沿江而下，来到汉水之滨，忽然间成了李白的坐骑，一反于昼间醒时情态，梦境中的李白却奋力驱之西行，吴指南则闹起了驴脾气，执意不肯回头。于是鞭楚如雨，催趱他逆流泅泳，直向三峡而去……醒来时，吴指南一身热汗，浃背淋漓，还紧紧捉握着李白的手，道：

"汝终须不与某为伍！"

"此言甚矣！"李白被他搅扰得也烦躁起来，甩脱手臂，道，"宁不知手足骨肉，分离即死耶？"

吴指南松了手，翻身复睡，口中却忍不住喃喃道："临行时赵黑子同汝说了许多呆话，某全不晓其义，便只记得'身外无家'四字——汝并家且不要，则情义付之何用？"

对于吴指南的疑惑与抱怨，李白固有确凿不移之答，然而他更知道，哽咽在喉的"某当以身系天下"之语，吴指南不会懂得。李白沉默了许久，直到满室唯余鼾雷阵阵，才低声道："龙吟曾未听，幽抱独长掩。"

一二　未若兹鹏之逍遥

李白和吴指南毕竟在江陵待了下来，经冬而及春。

其间，那头披红挂彩的白骡以专驾载往东都，茫茫然随封禅卤簿而行，疲死于岱顶往返之途，也因而受封成将军。风闻到此，百姓争传：古往今来，这唯一得授将军的牲口在荆州城尚留有一副巡街游城的衔辔。当地耆老们纷纷议论，神物受命于天，千载征祥，应予供奉保存，于是相商将那衔辔置于城外"掷甲驿"，以镇驿中不可胜数之孤魂野鬼。

江陵古城天下少有，是历代累筑而成，多修葺而少残毁，正因兵家所争，乃在控扼大江咽喉，每有战火波及，盘据者更戮力完固之，是以墙垣宽厚如室宇，耸峙入云霄。西晋永和年间，桓温治荆州，合千余年旧城之址与汉末关羽所构新城为一，州治益加恢阔。城外西北近郭一山，叫"掷甲山"，相传为关羽罢战之后，卸甲休憩的所在，山前一驿，也就随山命名，名曰"掷甲驿"。

由于荆州自古为四战之地，飘零于道途间的无主冤鬼之说，更无时无之。偏偏开元元年，又发生了太平公主、窦怀贞之变；所谓"内艰"，一旦底定，窦怀贞死于沟壑、薛稷死于万年县狱中、太平公主死于家、卢藏用流泷州、崔湜流窦州——就在崔湜道经荆州城外掷甲驿时，天命逐至，责以与宫人元氏"同谋进毒，大逆不道"的叛弑之罪，追赐一死。

据说在拜领敕书之后，崔湜好整以暇，向壁题诗一首，八尺白绫，绾环投颈，毫不犹豫。在生命的最后一刹那，他面对京师大吼了声："欲加之罪，一命还君！"语过留声，天雷震震。是后，十二年来，每年春秋各有一日，掷甲山必有滂沱大雨，自午及暮不歇，地方父老都以此为冤证，然而揆诸国法上意，却也无可如何。

是日，李白与吴指南随兴遛马，闲步入掷甲山，不过二三里，天色忽地一阴，四野沉黑如暮，大雨骤至，似注似倾，终午至夕。掷甲山上林相稀疏，李白一行两人一马不得屏避，只得奔下坡来，到驿亭暂歇。

荆楚膏腴之区，士民繁庶，驿亭规模与蜀中大是不同。那是在整整四十年前的则天后光宅元年，黎国公李杰受命出任荆州刺史，初到任即从幕府之议，将邻城各驿四周圈划坊市，迁徙城居贱商，并且许以营生。没有人能够逆料，这居然是招徕黎庶行旅的一筹奇计。

李杰在任上止一年，三年之后就牵连进武后诛除宗室的一项大阴谋，因而丧命。但是由他所推动的"驿坊"，却令江陵地方的民生之计活络了起来。由于驿坊不在城区，路人往来，没有宵禁，所事不拘旦暮，驿路上往来的行旅，过此无论早晚，都能觅得水火接济。久而久之，惯习成俗，许多人便在进城之前，先就驿坊伫留，这样无异于扩大了城区，也频繁了商事；掷甲驿也不例外。

李白过驿，原本只为避雨，可是触目所及，偶见侧邻一坊，不觉惊得倒退了两步。他扯了扯吴指南的衣袖："此处、此处有佳酿——某却来过的！"

那是半亩小园，迎路无门且无墙，园中栽植了各色花木，枝叶扶疏，甚是可观。直教李白目瞪口呆的，是花木深处那泥墙木柱的屋宇，宽二架，深三间，一切施设，无不与数年前露寒驿上火集极为相似，唯独庭前少了那黄竹蓝布的八尺挑招。

"是、神——品——"李白满面讶然，仔细寻思，终于想起来，道，"是'神品玉浮梁'！恰恰少了那'神品玉浮梁'！"

当下先将马交驿丁，周身验看一过，证非官畜，才许交银寄槽，这厢两人浑以为间壁有酒可饮，正急着前去寻访，未料四下人声嘈嚣，无端哄闹起来。两人再一打量谛听，但见泥泞不堪的大路之上，突然间惶急奔来了无数男女，大凡三五之数，成一小群，共肩一卷毡，有的是草荐、有的是锦茵，皆极厚重。这些扛毡之人来到驿前，争着将毡铺伸了，随即齐齐整整分列行伍于两侧，并皆撑开了随身携行的雨具，无非黄赤顶盖，十分耀眼，只不过看似人人都不在意大雨侵身，却都像是在遮挡着泥泞地上的毡铺。

再不多时，滂沱大雨之中，竟然从四面八方趱来许多道士，有的冠顶二仪，衣被四象，有的霓裳霞袖，织锦披罗，也有戴平冠的，通身上下二十四条裙帔，也有戴飞云冠的，绛帔三十六条，一眼望不尽的高华秀丽，鱼贯成行，看得吴指南几乎忘了要去找酒。道士们先后入驿，路旁擎伞之人始窃窃私议："道君"若何、"天师"若何、"司马真人"又若何——显然，他们口中的真人尚未现身，却也不知何时会到。

"希有鸟至矣！"李白抬肘撞了撞吴指南的腰，道，"此师当世无两，会当一见，某且回逆旅取诗文稿草，再去天梁观候他。"

吴指南脸一沉，道："汝自去！"

"酒，满天下物，何日不可饮？"

"道人亦满天下物，何日不可见？"吴指南说着，大踏步迳往间壁小园走了去；他确乎是赌着一口气，非要喝上不可——然而，隔壁并非酒肆。

那是硬生生将驿所西侧临街厢房截取其半，端端整整隔出来的一片小园，向园便是一门，吴指南侵雨奔去，拉开门、抢身而入，发觉竟是一间空屋。

这正是十二有余年前崔湜服罪之地。

因为驿丁、旅者屡屡传闻，此室入夜即有祟乱不安之事，便索性将这屋拆了，改筑成花树小园，意欲止祟。不料甫拆未半，崔家在中朝尚有掌权执柄者，又驰令而来，必欲"全此一死地"。正由于截取其半，成了园子，所余室宇便显得过于宽而浅，不像是供人居止之处。

此室北面壁间横出一架，架上陈设了一副擦拭得锃光瓦亮的骣马衔箸——不消说，这是数月之前，道经江陵，巡游街巷的那匹益州贡骡所披挂者,把来当成祥瑞,每月朔望之期,奉以清供,用意还就是多一份禳谢不安魂魄的天威。大约也将就着传言崔湜的魂魄不安,此园、此室便整治得翠微红映,木密荫深,榻席洁净,几案古雅,几上长年置一香炉,其中燃熏沉澹,烟在有无之间。

　　吴指南见屋外骤雨略无缓转之势,反手关了屋门,嗅着炉中香气异常甘美,索性爬上榻席,曲肱卧倒,细细闻着香,蓦地一阵昏倦上头,瞌睡了起来。也不知过了几时几刻,天光乍然欺入,门又给拉开了。吴指南双眼微睁,看是进来了三个人。

　　当先一个,是仪容俊美的华服官人,通身绯袍,四十上下年纪,颔下五绺疏髯,飘尔如絮。紧跟在后的,则是一年轻道者,头顶紫冠,身穿青袍,也出落得志意昂扬。这两人一进门,各把双眼直盯着吴指南凝看,身形则自然而然退向两侧,迎进了第三人。那是个上了年纪的老者,顶上余发不多,但是束扎严谨,盘髻光鲜,也穿了一身暗碧似青的衫服,由于腰间无带,看来不是官人,但那长衫贴裹着老者瘦削的身形,也与寻常僧道之人的宽大袍服很不相近。老者进门抬脸,目光如炬,朝吴指南点点头,似不以榻上有一陌生之人而讶异。

　　吴指南反倒慌了,想匍匐而退,转见一榻连壁,要退也无地步,却听那华服官人道:"真君所称不速之客,果是此子?"

　　老者向前移了两步,细细打量着吴指南,接道:"不谬;亦不妨事。"

　　便在这时,吴指南也察觉老者浑身上下竟然没有一点经雨而湿的痕迹,凑近前来的身躯泛着和熏炉蒸烟一般的香味,还冒着暖烘烘的热气。

　　年轻的道者则皱眉忧心地说:"北起随州、西起襄阳,还有江陵本地的道侣，俱已至驿亭候驾久矣。少时大雨一停，众人不免蓦出相迓，真君若在此盘桓，十目所视，或有造作蜚语，恐不便宜。"

老者微微一笑，似乎全不在意年轻道者的顾忌，迳自转向那官人道："'彼雨无多有，此山归去来'，似乎正是令兄临行前所吟之句罢？"

官人神色黯然地应道："是。"

老者抬头环视着顶上杈枒交错的梁柱，又微微挪步转身，像是在觑看着方位，好半晌才指着门旁壁角，道："此向西北，一去一千七百又三十里，正是京师所在。"老者随即指指自己的脚下，又道："然则，此地也便是令兄辞圣之地了。"

官人的脸垂得更深，像是低声答应了一个字："诺。"

"还能记忆令兄临行所吟字句否？"

官人仍只点了点头，眼眶之中竟然泛着些许泪光。

"时不可失，吟来！"

"知秋缘树湿，扶路待云开。彼雨无多有，此山归去来。猿听檐下泪，句琢烛边灰。野驿余萧索，登临数此回。"

就在官人闭目吟诵着这首诗的同时，老者朝先前凝眸而视的梁柱之间一袖挥出，袖口距柱头还有数尺之遥，其间却现出了五色云朵，霞光连环互生，瞬起瞬灭。吴指南看得痴了，口中不觉咿咿唔唔作些怪响。然而前后未及片刻，诵诗之声归于岑寂，绕柱之云也付之消散。只屋外一路自远而近鸣雷不已，雷声从西北方咆哮而来，复向西北方吼咤而去，过不多时，也沉静下来。

老者随即朝门口踱了两步，探脸睨了睨天色，对那官人道："这雨，会须才要停了；令兄魂兮安矣！想这一十二年漂泊无着，毕竟只为生前一念之不能释怀，其艰苦如此。我辈鉴之，可不慎乎？唯独——"

说到这里，他顿了顿，转脸看一眼吴指南，叹了口气，道："天数奇绝，真有不可逆料者。孰料汝子竟来一窥玄机，福祸即此随身矣！"

"呜呼呼呀！"吴指南一派天真，忍不住手舞足蹈地喊道，"老道这神通真是惹眼，某见识了。"

年轻的紫冠道士此时上前一步，朝老者一揖，道："贫道浮学无根，术业浅薄，恰欲于真君驾前请教——似此不测之人，由不测之缘，来此不测之地，相与不测之事；果可避之乎？果不可避之乎？可避而不避，即入因缘，竟亦归于自然而然否？"

"大哉问！"老者笑了，道，"胡紫阳曾告某：'三千及门弟子，唯丹丘子形神萧散，不及于学。'然自某观之，丹丘子慧觉过人，何妨不学？"

这年轻道士，正是在大匡山上与李白曾有一面之缘的丹丘子；老者则是李白亟欲一见的上清派道长司马承祯；而那华服官人，则是当朝秘书监崔涤。

将近十三年前，太平公主及窦怀贞等人被控以"依上皇之势，擅权用事"，并有七月四日作乱之谋，而倾党遭到诛除。事发之前，皇帝召见了当时的中书令崔湜——此人曾经将妻妾上献于原本还是世子的李隆基，以此而成为满朝卿吏之笑柄；而崔湜本人非但毫不以为意，也仗着自己的秀色与高才而成为太平公主的面首之一——他正是崔涤的哥哥。

起初，崔湜任兵部侍郎，他的父亲崔挹任礼部侍郎。父子同时官任尚书省的副职，是自有唐以来，所未曾有者。而崔湜"先据要路以制人，岂能默默受制于人"的权术与野心更不止于献妻进妾而已。上官昭容掌权时，崔湜为其面首；太平公主势焰盛时，他也毫不犹豫地以色事之。张鷟的《朝野佥载》如此记载："有冯子都、董偃之宠。妻美，与二女并进储闱，为中书侍郎平章事。或有人牓之曰：'托庸才于主第，进艳妇于春宫。'"可谓谑矣。

皇帝召见崔湜，实则别有用心。尽管在接见时动之以恩义，托之以腹心，泄漏了对于太平公主的诸多不满；不过，这显然只是诱敌之术。崔湜归家，与崔涤商议依违之计。崔涤苦口恳劝："主上有问，勿有所隐。"

可是，崔湜却基于与太平公主的情谊而辜负了这告诫，日后果然以"私侍太平公主"而得罪——皇帝发禁卫军"平乱"之后，把崔湜流放于窦州。也就在崔湜道经荆州、停留于掷甲驿的当天，接获皇帝新颁布的敕令，宣称宫人元氏在受审时供出他案，元氏曾与崔湜同谋进毒以期杀害皇帝，崔湜当即赐死，缢于此所。

向日在宫中，十目所视、千夫可指，元氏与崔湜根本没有彼此接近的机会，所以说崔湜进毒弑上之事，越是追究细节，就越令人起疑。当震惊和愤怒渐渐平息下来，皇帝忽然发现：这一指控明显出于攀诬，而朝中法司希旨逆意而办案，则是不争的事实；因而，对于太平公主之乱的查察和鞫审，已然像是一匹脱缰的野马，朝着无人能预知的方向恣肆而去。

皇帝再也没有向人说起崔湜，可是却时不时地派遣高力士："唤崔九入宫。"

崔九乃从大排行论称，崔涤是也。他平居喜交游、好议论、有辩智，随时能引人噱笑。皇帝最忌人张扬自喜，原本不喜欢崔涤这样的个性。可是崔涤的长相与崔湜极相似，一旦见到了崔九，在俯仰接谈之间的一些片刻，皇帝会误以为面前这人竟是崔湜——崔湜浑若未死，就让皇帝不时觉得好过一些。

以此而一再相召，久而久之，皇帝在新人身上所见者，便不只是旧人的面目，他渐渐为崔涤开朗坦易的性情所吸引，原先对崔湜的愧疚和思念，也就转变成对崔涤的赏识；不但经常随手赏赐些天家恩礼，不多时还给升了官，成为秘书监，君臣过从密迩。崔涤随时可以出入禁中，与诸王侍宴的时候不让席，有时他的座次还排在皇兄宁王李宪之上，日后更御赐一名，曰："澄"。

东封泰山的时候，皇帝钦点崔涤随行，封禅礼成，加金紫光禄大夫。圣驾于封禅之后并不在鲁地停留，随即回銮东都，崔涤则立刻请命下江陵，表面上的名义，是陪同司马承祯赴衡山，这也另有缘故——早在封禅礼仪使张说所订的仪注中已经明白议定：封禅次年春正之日，应由太常少卿赴南岳致祭，整个封禅大典便有了延续、扩充的意义。

司马承祯能够先行往衡山勘查风土，这是很难得的事，皇帝也就一口答应了。然而崔涤却另有计议。原来过往十余年间，崔涤四处打听天下有道之士的术业能为，目的就是要让负屈而死的哥哥得以超荐。他听人说司马承祯"服真五牙法"、"太清行气符"能打通阴阳两界，且此师行事厌恶繁文缛节，痛恨招摇排场，对于一个毕竟还是问罪未及赦免的亡灵来说，施以简约平易的手段，更属难能可贵。然而，要搬动这样一位天下知名的道长，来开脱一个身负叛弑污名的罪臣,毕竟不好启齿。

此事迁延多年,忽然在开元十三年大暑之日,竟莫名其妙地成就了。原来是那胡紫阳的门生丹丘子倾万贯家资、在嵩阳修筑的道院终于落成,广邀海内高贤,大集天下术士。司马承祯身为一代宗师,也在受邀赴筵并尊礼坛讲之列,所讲即是"五门见道妙义"。

司马承祯欣然应邀开讲,还在大暑日亲笔复信,告诉丹丘子:秘书监崔涤刻在东京,去嵩阳不远,可以延为上宾。司马承祯向不结交公卿,此举殊不寻常。丹丘子便向交递书信的道童随口问了一声:"真君忽欲见公卿,殊费解!"

不料那道童当下从袖中另取一纸奉上,道:"师云若有此问,所答在焉。"丹丘子摊开这第二张信笺,但见端端严严写了八字:"一死一生,乃见交情。"

这话说了也直似未说,丹丘子依言赴洛阳延请,崔涤闻知此议出于司马承祯的八字真言,并不明了其中另有道术之士深密的玄机寓焉,登时击掌欢踊,开颜喜笑道:"神人知某,何可求而得焉?"崔涤与丹丘子、司马承祯之订交自此而始。

一年有余的光阴过去,皇帝再于开元十五年召见司马承祯,"令于王屋山自选形胜之地,置坛室以居",因而创建了阳台观。这一恩宠,实则出自崔涤的进言——只不过到了开元十五年的时候,崔涤也已经过世了。至于崔涤于开元十三年在嵩阳初会司马承祯时,以为那"一死"指的是兄长崔湜,"一生"所指,也就是崔涤本人,崔涤以是而慑服其术算之神。殊不知司马承祯这八个字实则另有所料于日后——那"一死",实言崔涤;"一生",说的却是生受阳台观封赏的道人自己。

开元十四年春，司马承祯、丹丘子和崔涤联袂来到掷甲驿前，暴雨未歇，司马承祯指门而道："但不知——某等为不速之客耶？抑或室中之人为不速之客耶？"

"然则……"崔涤有些迟疑，他知道间壁驿亭中都是远近闻名而来迎迓的黄冠羽客，这些人只道司马承祯是来南游衡山的，那么暗中超荐之事，万一泄漏形迹，上达天听，以皇帝之雄猜犹疑，少不得要治罪。

"不妨，此大鹏之使介而已。"司马承祯笑着转向丹丘子道，"汝此行不虚，或可与故人重逢了！"

崔涤并未料想到，千里迢迢追随司马承祯来此超渡，不过就是一拂袖间之事——究其实而言之，他连吴指南骇诧不能自信的五色祥云都未曾看见——忽然有些许的失望之感。然而，他又觉得司马承祯如此草率为之，或恐还有不足为外人道的底细，遂举步上前，施一长揖全礼，低声追问道："即此便是了么？"

司马承祯淡淡答道："'天地四时，犹有消息'，君宜同其情慨耳。"

"天地四时，犹有消息"只有八个字，出自《世说新语·政事第三》，却另有长远的故事，故事中的主角嵇绍则是司马承祯奉以为"知出处大节而不移"的完人——多年之后，李白能够得到仕途发展上的许多暗助之力，实则种机于他在江陵与司马承祯的一次倾谈。所谈者，恰是嵇绍，以及嵇绍的父亲嵇康。

嵇康官至中散大夫，本由父亲嵇昭事曹魏为侍御史而成为士族。嵇昭并妻皆早逝，嵇康成长之后，娶了宗室之女长乐亭主，这固然是保障士族门第的惯例，但是，仕宦生涯显然与嵇康所耽所习的老、庄之学，有着极大的差异。

世人熟知嵇康隐于河内山阳，几无半点官声。生前著作又多次不可扼抑地表达了厌弃仕途的强烈情感，在与一同列名为"竹林七贤"的山涛的绝交信中，甚至公开以极尽揶揄的修辞，自嘲"七不堪"，不能为吏。包括：贪眠不起、闲游不羁、衣履不洁、不喜文书、不喜吊丧、不近俗人、心不耐烦等。凡七不字，都是曲笔反写他对积极进取以邀功名、掌权柄的轻鄙。尤其是在"七不堪"之后的"二不可"，更坦言自己的性情不合时宜："每非汤武而薄周孔，在人间不止，此事会显世教所不容"、"刚肠疾恶，轻肆直言，遇事便发"。

更强烈的议论是在这一段反讽之后的结语："统此九患，不有外难，当有内病，宁可久处人间邪！又闻道士遗言，饵术黄精，令人久寿，意甚信之；游山泽，观鸟鱼，心甚乐之。一行作吏，此事便废，安能舍其所乐，而从其所惧哉！"此言，实关乎千古百代以来士君子出处知道的关节，也正是大鹏见希有鸟之后的一段激辩，暂伏草蛇灰线于此。

竹林七贤决不是诗酒风流、洒然世外而已。"避征不仕"往往意味着士族脱卸门第中人所应该承担的责任，也意味着士人自有疏离皇室或心怀异志的诡谋，这是极其危险的抉择。是以《与山巨源绝交书》并非嵇康与山涛交谊之断绝而已，它甚至该被视为嵇康对山涛的保护。

此后，乃有吕巽、吕安兄弟阋墙而导致的一连串杀戮。干宝《晋纪》云："吕安与康相善，安兄巽。康有隐遁之志，不能披褐怀玉宝，矜才而上人。安妻美，巽使妇人醉而幸之。丑恶发露，巽病之，反告安谤己。"

这是一段原本吕氏兄弟都亟欲隐藏的家庭丑秽——吕氏兄弟原本与嵇康是多年故交，吕巽贪恋吕安之妻美，借酒而污之。吕安在嵇康以保全门第名誉的劝说之下，不再追究。岂料吕巽深自惴惴，反而诬控吕安毁谤（一说是不孝之罪）。吕安因此被判流徙发边，不得已而写信向嵇康求援。嵇康基于义愤，写下了另一篇著名的绝交书——《与吕长悌绝交书》——非徒与吕巽决裂，并挺身为吕安证冤，遂也犹如当年司马迁为李陵辩解而获罪故事，受连坐而下狱了。

然而，若仅止于家道秽闻之辩，焉得问罪如此？事实上，此案波兴澜起，另有内外两因。揆其内因，是当吕安问了流徙边郡之刑后，那一封向嵇康寄发的书信之中，有这样的句子：

> 顾影中原，愤气云踊。哀物悼世，激情风厉。龙睎大野，虎啸六合。猛志纷纭，雄心四据。思蹑云梯，横奋八极。披艰扫秽，荡海夷岳。蹴昆仑使西倒，蹋太山令东覆。平涤九区，恢维宇宙。斯吾之鄙愿也。岂能与吾同大丈夫之忧乐哉？

这几句愤激之语已经不只是恼恨兄长反噬诬陷而已，甚至明显透露出对政权和皇室的颠覆之心，晋太祖司马昭将之"追收下狱"，实出于疑惧叛逆。接着，便是连绵而来的外因了。

正当其时，吕巽的故友，也是正有宠于司马昭的司隶校尉钟会，当廷大发议论，认为收信人嵇康亦必须予以收押究罪："今皇道开明，四海风靡，边鄙无诡随之民，街巷无异口之议。而康上不臣天子，下不事王侯，轻时傲世，不为物用，无益于今，有败于俗。

昔太公诛华士,孔子戮少正卯,以其负才、乱群、惑众也。今不诛康,无以清洁王道。"

终于,嵇康被录为死囚。时有太学生三千人上书,请以为师,这样反而坏了事。皇帝对于士论之腾起更加畏惧,非但不许所请,还很快地将嵇康处死,以免喧嚣连绵,抗议迭宕。临刑之前,亲族都来话别,嵇康颜色不变,问其兄嵇喜:"来时携琴否?"

嵇喜道:"已携来。"

嵇康取过琴,稍事调弄,弹奏了那首知名的曲子——《太平引》;曲成,叹道:"《太平引》于今绝也!"一说《太平引》为《广陵散》。

《广陵散》绝后二十年,山涛举荐了嵇康之子嵇绍出任秘书丞,嵇绍十分犹豫,以为其父获罪,为人子者不应再仕,但是山涛却说:"为君思之久矣!天地四时,犹有消息,而况人乎?"

嵇绍遵山涛之嘱而出仕,任御史中丞、侍中,一度还被罢为庶人。日后,在一场皇室骨肉辗转相残的八王之乱中,嵇绍应征复出,参与荡阴一役,身当矢石,所部大败,为了护卫晋惠帝,为叛军乱箭横刀所杀,鲜血溅满了皇帝的衣袍。战阵之中,侥幸未死而被俘的晋惠帝被押往邺城。当左右从人欲为皇帝更换血衣的时候,皇帝说:"此嵇侍中之血,勿洗去!"

就司马氏政权之酷虐而言,嵇绍岂能为利禄所驱而就任?尤其是嵇康承袭父亲的士族地位,道尽了"七不堪、二不可",底蕴亦不乏自认是前朝曹魏故臣的心意;这种心意,寄托于出世之说,原本是借遁之辞,顺理成章。可是,山涛的劝慰之语,也并不是出自趋炎附势的居心。在山涛看来,进退之间,并不应该以个人赋性或怀抱为依归;作为士人,只有以天下为担当。至于食谁家之俸禄,更不须营营于思念之中。

"然则，真君之言，是以嵇侍中之血责成崔九么？"崔涤固然知道山涛、嵇绍的典实，却全然并不能体会司马承祯的用心，只得虚虚一问。这一问，显然也透露着不情愿的意思；至少，若以嵇康蒙冤屈死、可是嵇绍仍殉帝以忠而言，崔涤仍心有不惬；他对于当年崔湜遭到宫人元氏攀诬之阴谋之主仍未释怀，原以为司马承祯慨然而来，还真能透过什么贯通阴阳的手段，以求问于阴灵。但是，他万万没有想到会得着这样一番结语——

司马承祯道："汝有大力则可以与大事；无此大怀，则并大力也无！"

一三　应见魏夫人

司马承祯是来见李白的。

他并不认识李白，也不曾听说过李白的姓名家世，更不知道李白的性情、人品或者教养，他甚至不能预期，即将见到的人是道者还是俗人？是官吏还是黎庶？之所以辗转因循诸般机缘而来到江陵，全因一卦。

开元十三年，丹丘子以嵩阳新修道院落成来邀请坛讲，宣示"五门见道妙义"。司马承祯亲笔书札应允之前，于静坐中魂躯相离，若得一梦——对于一个积数十年修为的道者来说，无端而得梦，是极不寻常之事。而这梦，更绝异于他者。

梦中司马承祯似不在焉，仅一身形不过数寸的鹪雀，口中衔一丝线，振翅欲飞，而飞不得，原来是丝线彼端系缚着一头大鹏，大鹏足爪沉陷于泥淖，欲自拔而不得，复不能借鷃雀之力而出，以此困顿委靡，神丧气沮。

这幻境虽只一瞬，但是惊得司马承祯一身冷汗。他自视三尸不祟，神魂不入于颠倒非常，却忽然受到梦的惊扰，感到十分讶异，遂将铜钱来卜，当下得了一个"需"卦。

需者，须也；若迳以字义解释，则这个卦的大旨，就是"等待"。然而司马承祯的这一卦，所问者并不是当下该不该答应丹丘子的邀请，而是此年与来年之间封禅礼成之后的衡山之行，推看光阴，或恐就在来年二月。而这"需"，正是二月之卦。

从卦的构成来看，"需"是乾下、坎上，也就是一连三个阳爻之后，复演得一阴爻、一阳爻、再一阴爻。坎为水，也可以解释成雨。乾为天，而天字的小篆之形，恰又与需字下面的"而"字近似。则拆合字形以论，水在天上，不谬。

此卦象辞说："需，须也。险在前也，刚健而不陷，其义不困穷矣。"上有阻雨之险，下为乾阳刚健之志，也就出现了龙困于浅滩的意象。这个解释令司马承祯相当惊奇，因为无论是封禅、登南岳，都与困龙阻水之象迢递无涉，但是根据一个荒唐无稽且本不该有之梦而卜，两相勘验之下，无论是直观或解义，却又若合符节。

也就在这一刻，这功参玄府、无入而不能自得的老道士才忽然悟到："唉呀！是了！这一卦，并非为某衡山之行而卜，却是为了梦中那困处于泥淖之中的大鹏而卜的！"

从大处着眼，需："有孚，光亨，贞吉，利涉大川。"除了示意求卜者等待时机，勉以诚信，故能光明而亨通，守静而吉，即使前途苍茫如涉江河，也能平安渡过重重险厄。不过，"光亨"一词，他卦无所见，不免穿凿。

　　司马承祯论《易》，向有自出之机杼。在"有孚光亨"四字句读上，他是这么断的："有孚光，亨。""孚"字不只解作"信"，也解作"虚其内而实其外"，"孚"字与"光"连读成一词，除了指称"以诚取信"之外，还有"浮觥"的意思。以单字论，浮作罚解，觥即酒杯，"浮觥"就是"罚酒"。虽然罚酒不是什么好事，却也不是真正的厄运，它带有一种由于得着警告而善自惕厉的美意。

　　循序进入这卦的每一爻，可以发现前三爻的"初九，需于郊"，"九二，需于沙"，"九三，需于泥"，只是在不同的地方等待。原本在郊外荒野处等待，稍后在水边沙滩处等待，之后虽然更进一步而陷溺于泥淖，却基于其人刚健诚信的本质，而能够趋吉避凶、远离危险，维持着"无咎"、"终吉"的局面。

　　再向上进入"坎卦"，两阴夹一阳。在六四之处，有"需于血，出自穴"之解，一说是将要招致血光之灾；一说则是基于"血"、"洫"同根，将要辗转于沟洫。原本刚健的精神也许经过几番折磨、几番挫辱，而逐渐软弱、示怯了。也可以自其大面而言之；此人生涯的后半段，不复如先前那样高视阔步、意气昂扬。然而，不论"血"字指身心之伤，或是沟壑之遇，总之使得这人在性情上有了极大的转变。九四象曰："需于血，顺以听也。"这个听字，只能解释成"听任"之听、"听天由命"之听。

　　尔后，进入了这一卦的九五之处："九五，需于酒食，贞吉。象曰：酒食贞吉，以中正也。"

　　这个人，历经多少寒暑，终其一生似乎都在等待。
　　也许是源自内在的刚强，无论他承受了多么强大的羞辱，遭遇到多么强横的牵绊，似乎也从不吐露，但是这种种无时或已的阻逆，并没有让他将等待的韧性转化为追求的力量。他似乎宁可株守于每一次小小的伤痛或磨难之间，就像梦中那一头在泥淖中不断拔足而起的大鹏，竟然全无振翼高翔的意思，徒然仰视着遥迢无际的穹苍而已。

等待，意味着蹉跎——这也是大鹏令司马承祯最不解而又着迷之处：酒食。那么，险阻之于斯人也，究竟是饱足酒食之后，必将奋力一战而克的敌垒呢？还是耽溺于酒食以至于终不能奋力一战，遂使酒食成为斯人自铸之敌垒？

纯就卦象原文来看，酒食不是坏事，既曰"贞吉"，则酒食当然是养精蓄锐之物。所谓："酒食，宴乐之具。言安以待之。九五阳刚中正，需于尊位。故有此象，占者如是而贞固，则得吉也。"

解到此处，司马承祯停了下来。他暂且不理会最后的一爻上六——经上所解，他无须寓目便能了然："上六，入于穴，有不速之客三人来，敬之终吉。"这时他所在意的是第五爻，也就是"九五"。"九五"，无论如何不能回避的联想是天下之主、万民之父、皇帝。

"需于尊位"的意思再明白不过，是指在高贵、尊荣的地位上等待。至于究竟有多么高贵、多么尊荣，卦象上没有显示，可是恰由于此乃"九五"地步，或即是说：将要由天子来定夺其功名爵禄了？

如果暂且不理会最后一爻上六，在这一卦的前面五爻上，司马承祯已经看到了一个模糊的轮廓——他将要去寻访一个人。

这个人有着强大的意志，活泼的心思，可能还具备着抟扶摇而上云霄的力量。经过漫长的蓄积、等待，他将从遥远的地方来，暂栖于一水之滨。他在浅滩也似的人生行旅中困处,身边确乎有试着助其一臂之力的草芥之人,不过,这些人也就犹如鹨雀一般,人微力薄,无足为凭。而这个等待着的人,似乎也不知道他所等待的是机运、是援手,还是更多无休无止的创伤?他只是不时地翻看着自己深陷于泥淖的足爪;这样时左时右轮番地审视,大鹏像是已经满意了,觉得自己并未受到全然的羁绊。只不过,在饮啄酒食之余,他忘记了自己还有一对覆天盖地的翅膀。他会须要见到九五至尊,才能施展巨力,磅礴有为。可是,该由谁、用什么法子,来点悟这个人,让他明白,不能只是审视足爪无恙,庆幸不困于泥淖,便自觉刃发于硎,才高于天,甚至因而误以为青春无论如何挥霍、蹉跎,也取之不尽、用之不竭。

也就在这样一幅意象逐渐清晰起来的时候,司马承祯想到了厉以常。

厉以常在江陵。水滨之城,有着楚王渚宫的江山胜迹,以及当年崔湜负屈自缢的驿亭——而在江陵天梁观中北壁之上,的确画了一幅大鹏。

老道士此时深瞑双目,假想自己是那大鹏,来到最后一爻的上六,也就是需卦外卦困于水的最后阶段。那时,或许江水泛滥,或许暴雨倾天,应该是在来年二月,这大鹏将会在一处地穴之中,见到三个不速之客。而这三个人,或许将为大鹏带来生涯的转机。

司马承祯知道自己无疑是其中之一。而此梦、此卦由丹丘子嵩阳之约而起,他将是第二人。至于其三——连丹丘子都惊疑不解:一个举世推重的道士,向不交际公卿,忽而指名相邀,所欲请见的人,居然一无学行、二无操范,甚至在年少之时,还曾经与日后涉嫌篡弑的兄长一同以色事公主，本来就不是什么风标独树的大臣。

也就在掷甲驿前的一场大雨之中，三人行将引门而入之际，司马承祯像是看穿了丹丘子的心事一般，拍拍崔涤的肩膊，又撂下了一句让丹丘子觑味良久、让崔涤如坠五里雾中的话：

"非此君，斯人恐不得亲魏夫人之大道。"

"此君"所指，自是崔涤；"魏夫人"，则非道教上清派的始祖魏华存莫属，其人其事，家喻户晓，丹丘子身为道门之徒，自然了如指掌；那么——"斯人"又是指谁？

魏夫人名华存，字贤安，山东任城人，东晋司徒魏舒的女儿。据《南岳志》所引《南岳魏夫人传内传》云：此女幼时便熟读"庄老之书"，"笃意求神仙之术"，发誓不嫁。不过到了二十四岁上，还是奉亲命遭嫁南阳刘文，诞二子，长名璞，次名瑕。即使如此，魏夫人仍常服胡麻散、茯苓丸，吐纳气液，摄生夷静，且"闲斋别寝，入室百日不出"，专务修道。缘此虔诚致志，感格于天。西晋太康九年孟秋，忽一日，天上降来了四位仙君，授之以《太上宝文》、《八素隐书》、《大洞真经》、《灵书紫文八道》、《神真虎文》、《高仙羽玄》和《黄庭经》等三十一卷真经，此即上清派原始文书。

其中，《黄庭经》草本除了开篇六句之外，皆为"七言韵文"——在当时，"七言"别为一体，若非里巷歌谣，就是识字开蒙之书，尚且不曾被视为诗之一格。以七言韵文，作长篇论述，也是极其罕见的事。

"七言"日后之成为诗之大宗，《黄庭经》更可以视为另一关键。魏夫人据其草本，殷勤注述，用意显然是传道，可是却于无意间借由道教传播力量，推动了这种形式的诗作。

此须别加解注——

《汉书·艺文志》说《史籀篇》是周时史官教学童的书,又著录"史籀十五篇"。本注:"周宣王太史,作大篆十五篇,建武时亡六篇矣。"魏晋以下此书全失。段玉裁推测:"其书必四言成文,教学童诵之,《仓颉》、《爰历》、《博学》实仿其体。"

至于《仓颉篇》,世传丞相李斯作;《爰历篇》,世传中车府令赵高作;《博学篇》,世传太史令胡毋敬作。"皆取史、籀大篆,或颇省改",从此定型为小篆。汉初,闾里书师合《仓颉》、《爰历》、《博学》三篇,断六十字以为一章,凡五十五章,统称《仓颉篇》;《仓颉篇》流行直到东汉。

而在有汉一代,司马相如改创其体,更易其制,创用"七言"。相对于之前《史籀篇》、《仓颉篇》的四言。汉赋大家(广义的诗人)司马相如最重要的改革就是引进了民间歌谣的"七言",成就了《凡将篇》。比起没有用韵的前代之作,司马相如更知道国风风人的潜移默化之功,系乎简单而有力的记诵,也就是经由民间歌谣所擅场之体,让蒙童得以更有效率地识字见义。

其后,西汉元帝时代,黄门令史游以《凡将》为蓝本,另作《急就篇》,也大部分使用七言。可见在当时七言大概正是众口相沿的阳阿薤露之调,如:"急就奇觚与众异,罗列诸物名姓字,分别部居不杂厕,用日约少诚快意,勉力务之必有喜。"

此外,从东汉的镜铭上也可以看到许多七字韵语,似亦可复案昔时"七言"流行的程度。司马相如和史游在七言诗发展史上乍看不具任何地位,但是注意并运用民间歌谣形式,推动普及教育,却不期而然地为七言诗的发展奠定了基础。

在两汉书以及其他成书于汉季的史料上,还可以发现一种两汉人用语的习惯，那就是七字句。"欲不为论念张文"、"关西孔子杨伯起"、"五经无双许叔重"、"不畏强御陈仲举"、"天下楷模李元礼"。这些个品评人物的单句七字用语断读几乎全是"四三"（二二三）。

在残存汉魏以降的字书之中，"七言"之堆砌罗列大体如此。《凡将篇》："淮南宋蔡舞嗙喻"（见《说文》二上）。"钟磬竽笙筑坎侯"（《艺文类聚》四十四）。"黄润纤美宜制禅"（见《文选·蜀都赋旧注》）。其他杂有脱漏之文之例直到唐代都还出现过，文气亦颇雷同："乌喙、桔梗、□芫华"、"款冬、贝母、木蘗萎"、"苓草、芍药、桂漏卢"、"白敛、白芷、□菖蒲"（见《陆羽茶经》下）。

不消说，这样的句式也都来自民间歌谣七字句。在《凡将》、《急就》等篇问世之后，这个开蒙记诵字句的固定形式，也反证了"七言"在民间的流行地位。像是"刘秀发兵捕不道，卯金修德为天子"这种事关革天之命的话，也顺理成章利用"七言"，可见其琅琅上口。

然而天下之大事断非成于二三先行豪杰之手；二三先行豪杰若非他故而留名于青史，亦未必然能独于无佛处称尊。接下来一个无心插柳之人也几乎丢失了他在七言诗史上的重要地位——王逸。

古人解注章句，是推崇作品最直接有效的工夫。屈赋也好、《楚辞》也好，都是透过汉人"章句之学"寻摘浸淫，而成为诗三百篇之外的"别祖"。东汉王逸在刘向整理编纂的基础上，把《楚辞》推向一个更崇高的位阶。而在他那个时代，七字句已经是普天之下、率土之滨最流行的一种有助于记诵的语言形式了。

王逸作楚辞章句，经常使用七字句，句句用韵，再于句尾之处加上一个也字,这当然也是为了方便记诵。连王逸自己写的《琴思》,都为后世学者怀疑为"某篇之注";可想而知,许多王逸自作的诗句或可能也早就被混进"楚辞章句"之中去了——无论如何,王逸大量运用"七言加一虚字"的动机很明显;他了解、运用这个人们长远浸润的记忆形式,统一了注文和原文的文气,借以方便学习者朗读、记诵而流传。

由此可知,汉唐间数百年,"七言"以其调俗而不被视为诗,却又以其易记宜诵而成为流行谣谚的载体。在这个漫长的过程之中,此体并非一蹴而成就为近体诗格之一、蔚为大宗,居间《黄庭经》之功大矣。

漫撷其句如此:

上清紫霞虚皇前,太上大道玉晨君。闲居蕊珠作七言,散化五形变万神。是为黄庭曰内篇,琴心三叠舞胎仙。九气映明出霄间,神盖童子生紫烟。是曰玉书可精研,咏之万过升三天。千灾以消百病痊,不惮虎狼之凶残,亦以却老年永延。(《上清章第一》)

黄庭内人服锦衣,紫华飞裙云气罗,丹青绿条翠灵柯。七蕤玉龠闭两扉,重扇金关密枢机。玄泉幽阙高崔巍,三田之中精气微。娇女窈窕翳霄晖,重堂焕焕明八威。天庭地关列斧斤,灵台盘固永不衰。(《黄庭章第四》)

诸仙授书于魏夫人时曾吩咐:"此书昔授之北斗坛君、西城总真君,复授之南华生,今以付子,且语以存思指归行事口诀。"这话中的"指归"二字,隐隐然像是在北、西、南三个方位之外,另示以东行之宿命。

独得秘卷之后,魏夫人益发专笃修行。刘文早卒,时当司马氏天下裂解,不能复合,魏夫人独见时衰,推知人力无可挽救,遂携子随晋室东渡。两个孩子扶养成立之后,魏夫人随身仅一婢子,名曰麻姑,就在晋大兴年间来到南岳衡山,在集贤峰下结草舍而居。

相传此一期间,西王母曾约魏夫人到朱陵山上共食灵瓜,并赐《玉清隐书》四卷,"时年八十,仍颜如少女"。这一段安静修真的日子,长达十六年,终于在东晋成帝咸和九年白日升天。传闻当时她闭目寝息,饮而不食,一连七昼夜,之后才由西王母派遣而来的众仙迎接飞升,时年八十三岁。

升仙之后,魏夫人还被天帝封为"紫虚元君"领"上真司命南岳夫人",与西王母共同治天台山、缑山、王屋山、大霍山和衡山等地之神仙洞府,侍女麻姑也列入仙班,弟子女夷受封为花神,主掌百花开落之事。古来华夏女子修道,向称始于魏夫人。

三十年后,时在东晋哀帝兴宁二年,魏夫人真仙再度下凡,以扶乩降笔之法,亲授琅邪王司徒舍人杨羲《上清经》,命以隶书写出,此据《真诰》卷十九《真诰叙录》所载,其事极异,推验不能复证;时移事往,湮远难以深疑。杨羲将《上清经》再传护军长史许谧、上计椽许翙。无论这部经书的来历如何,经由扶乩降笔一节,魏夫人便为后世上清派尊为第一代天师。

但是在司马承祯的话里,"魏夫人"三字一出,崔涤感觉有一张模模糊糊的脸孔,从无限遥迢的岁月之流中濯浴而出,逐渐清晰了起来；他一面抬手挡着骤雨，一面不敢置信地嗫嚅以对："真君所言，乃某家一向所深讳之事乎？"

"一家之事，亦不免牵连一国之事。"司马承祯双眉一皱，念力微聚，居然让面前看似紧闭着的木门应声而开；厅中榻上给蓦然惊醒的是个野人——吴指南一张困惑万端的脸迎向乍然欺入的雨声和天光。

一四　斗鸡事万乘

"魏夫人"之所涉，还有另一人、另一事。当年崔湜将一妻一妾和两个女儿献与睿宗之子李隆基，事虽极密，然而微泄于外，不胫而走，举朝哗然。崔湜固然媚主不伦，可是内情却非关于男女大欲。

他献给李隆基的妻子，不但本家姓魏，随身侍媵，亦号麻姑，而这位魏夫人和崔湜所生的两个女儿，显然也有意追随魏华存故事而命名为璞娘、瑕娘。也就在生养了两个女儿之后，崔湜之妻便效法"上真司命南岳夫人"，"闲斋别寝，入室百日不出"，至于崔湜在宫中通款于上官昭容、安乐公主以苟合取容的那些勾当，早已不入夫人心目。

所谓"献妻妾以媚上"，固然为士论所不齿，不过，揆诸暗藏的事实，与其说冤枉了崔湜，不如说李隆基、魏夫人都蒙受真正的不白之冤。实际上，当年年仅二十四岁的李隆基迎迓崔湜之妻所进入的，并非临淄王府，而是其父相王李旦的别邸；而崔湜之妻，当年也已经三十五岁，容颜虽惯看洁净，然而姿色平庸，骨肉瘠瘁，并不足以色事人。她之所以应召进入王府，是为了道术。而崔湜之妻所袭修的，也是上清一派，只不过自当年魏夫人开宗立派以来，已然历经十一代天师，其间道义、道法，已有了一些变化。

上清派经魏夫人首创，杨羲为第二代宗师。以下依经法传授，九传至齐、梁之间的陶弘景。

陶弘景不只学博闻洽，还是齐、梁间高门士族，为诸王侍读，取决朝仪，多定大计。他是在熟翫典籍，复深通养生服食之余，才渐渐萌生了归隐的意思。尔后"脱朝服挂神武门，上表辞禄"，颇获齐武帝嘉勉，赐帛十疋，烛二十梃，别敕每月给上茯苓五斤，白蜜二斗，以供服饵。

大约就是在齐永明十年前后，陶弘景居句曲山——此地为汉时三茅司命之府，故名茅山。弘景于此山建馆隐居，自号华阳隐居。从此修行四十余年，创茅山宗。也于此间大量整理了当时已经堪称散轶、错漏的上清派经卷，以增以删，夹注夹作，著成《真诰》。

其间，基于他与萧衍的私谊，当齐、梁易鼎之际，他还为萧衍推算国运，制定国号为"梁"字，也因为他仍然保有一份"知时运之变，俯察人心，悯涂炭之苦"的胸次，他足不出山，却能参赞朝政，时称"山中宰相"。也是在陶弘景的手上，重新建立了晋代《上清经》之源起与谱系，参以史料，证以时人，糅以传奇，佐以鬼神，将上清派之妙旨、修行、宗派、方术集一大成，上清派遂为所袭。

上清派自原本有一不变之本旨，以为天地之神可以进入人身，人体之神与天地之神交融合和，乃遂其长生不老、飞登上清之极。故不论存思、服气、咽津、念咒、佩符等法，皆为调和天地之神与人体之神而设施，依《黄庭经》七言之文所述可知："心神丹元字守灵，肺神皓华字虚成。肝神龙烟字含明，翳郁导烟主浊清。肾神玄冥字育婴，脾神常在字魂停。胆神龙曜字威明，六腑五脏神体精。皆在心内运天经，昼夜存之自长生。"（《心神章第八》）

陶弘景在承袭前宗的时候，保留了许多纲目，像是"少思寡欲，息虑无为"、"饮食有节，起居有度"等等，这一方面也是由于九代天师以来，陶弘景是头一个深研医术且精通药理者。所撰《本草集注》、《补阙肘后百一方》、《药总诀》，于药材产地、疗效、配方，皆有详注。

此为道教流衍之百流万法之中，十分精微的格物之学，若是不能觅及精思耐烦之人，往往不得而传。可是，纵使有这样的人物，又常迫于各自的命途际会，师徒未必偶遇得着——即如东岩子潼江赵蕤，终其一生不得过茅山、益深造，也便只能在蜀中绵州一隅之地苦心孤诣、独学无友而已。不过，陶弘景后半生戮力专攻、用志不分的炼丹服饵之术，与三代之后的天师司马承祯之所讲求者大异其趣。

司马承祯确实承袭了天地之神与人体之神合而为一的想法，但是他并不积极地从物理、生机之道营求，也不钻研服饵用药的能为。在他看来，人见天赋，即是神仙，"遂我自然、修我虚气"，便是升仙之阶。以"斋戒、安处、存想、坐忘、神解"为"神仙之道，五归一门"。"五归一门"还是实践的手段，更抽象的形容则是"七阶说"，包括敬信、断缘、收心、简事、真观、泰定、得道，便开拓了后世宋儒那些"存天理，去人欲"、"主静存诚"之说的先河。

此一从陶弘景养生延年的实用基础上悄悄转移的追求，有其不得不尔的背景。这要从司马承祯的师父——也是上清派第十一代天师潘师正——答高宗道术五问说起。

昔在大唐上元三年，高宗病弱，据奏报闻嵩山刘道合能炼九阳丹，遂下诏建太乙观，召见，刘道合更引荐潘师正，高宗乃召潘师正入东都洛阳便殿，命作佛书。

可是潘师正却辞以逆反之论，谓："道有所伸，贵有所屈。"这话的意思是说：欲有所为，将先思以无为。皇帝没有见识过这样的拂逆之语，却只感到惊奇，而无不悦。尔后，又分别在第二年和第三年两度召见于嵩阳观与洛阳西宫。几次会面的交谈，具载于司马承祯参与记述的《道门经法相承次序》。

五问五答，非出于一时一地，撮其要旨，是大量运用佛家语来界定道教修炼内丹、证成道果的步骤和功法。另一方面，不但整齐勾勒出道教三清、三界的宗谱位阶，也转借佛教传法之时常用的俗讲和吻合诗韵的偈子，来演示道门"天尊八身"的故事。

潘师正在道教发展上的巨力即在于此：他大展佛门说法之语素、语境，却让皇帝在不知不觉间接受了道教的义理，最后导入的结论是：广学道以修善功，积众德以行善教，三千功满，神仙与圣人便化为一体了——也不过这么几句话，就连这"三千"、"功满"竟还是借佛家语。

潘师正的弟子因此流传一语："斗鸡以事万乘，求仙而亲圣人。"鸡有两义，其一就是字面上的斗鸡之戏；其二则是指鸡林，鸡林者，佛寺也——据《佛尔雅》："鸡头摩寺，谓之鸡园……昔有野火烧林，林中有雉，入水渍羽，以救其焚。"应该即是鸡林的出处，初唐王勃《晚秋游武担山寺序》已用之："鸡林俊赏，萧萧鹫岭之居。"众所周知大唐天子好斗鸡，"鸡林"又是佛寺的隐语，则前一句嘲谑僧侣无疑；后一句自然就是称颂道者的境界在相较之下益显不凡了。

"斗鸡以事万乘，求仙而亲圣人"这两句话，可见道者在与僧人争尊而稍胜一筹之际，那掩藏不住的得色。"斗鸡"，成为上清派道士们的一个隐语；这话另有来历，《庄子·达生》："几矣。鸡虽有鸣者，已无变矣，望之似木鸡矣，其德全矣；异鸡无敢应者，反走矣。"说的是最有气势和力量的斗鸡神形木然，不动声色。

一五　道隐不可见

在潘师正这一群弟子中，有"龙马狼驴"之目。"龙"是龙潜，"马"即司马承祯，"狼"为郎岌，"驴"则是卢藏用。

庆州龙潜，字于渊，据闻此子天资颖慧，于学无所不窥，追随潘师正最早，能观星，擅术数，惜其年寿不永，曾无一文传于时，很早就过世了。

卢藏用的叔祖卢承庆曾任度支尚书，父卢璥，官至魏州司马，世为士族，又是进士出身，以文章名家；其学辟谷、炼气之术，极为时人所重。中宗神龙中，卢藏用任礼部侍郎，兼昭文馆学士，数度隐居于长安近郊的终南山，人讥为"随驾隐士"。此公最为后世所周知乐道者，是他曾经指着终南山，对司马承祯说："此中大有佳处。"而司马承祯则答以："以愚观之，此乃仕宦之捷径耳。"

用这一段对话作为卢藏用的谥注，似乎有些冤枉。卢藏用工书法，书体酷肖右军，与陈子昂、赵贞固交游极密，情谊佳好；而陈、赵年寿不永，都早早地过世了，卢藏用为此二友抚孤以至于长，可见风义。

至于狼，在龙马狼驴四子之中，年齿最长，他也是崔湜夫人的传道师郎岌。

此人原籍定州，年幼时尚未修习道法，已擅占气候，名动两京，潘师正众徒之中，他是唯一受访顾而得以相与接谈的。一谈之下，潘师正惊为天人，向不以弟子视之。

郎岌弱冠之年，便常应达官贵人的礼聘，为土木风鉴之资。可是，一方面由于天赋异禀，他一向视研读道经、修炼丹药等为余事，不甚措意，是以积学不能厚，言事便不能深。也由于少年得意，性情排弇不羁，落落寡合，常直言忤人，所以交游虽广，也颇惹忌惮。

传闻：郎岌曾在东西两京之地到处游观多年，身后时时有一班衣冠人物追随，听其指顾，随口谈吐些个灾祥休咎的言语，当下以为说笑无稽，可是日后往往征应不谬。这是他被崔湜看上，迎入府邸、奉为上宾的根柢。

崔湜密邀郎岌入府，还有一个原因，就是他有个一向潜心习道的妻子魏氏。崔湜的盘算是，倘能市之以恩，赂之以惠，有朝一日若得尽收郎岌之术，成其内眷私学，则自己在风云诡谲的官场之上，容或还能由于透达的识鉴，持续他"先据要路以制人"的势力。

令崔湜大喜过望的是，老郎岌居然一口答应，入府不数日便设施典仪，行授业之礼。郎岌受拜之际，看着九炷香烟，忽然叹了一口气，对新收的女弟子道："年外或将有不可测之大故，吾等且勉乎哉？"这话令崔湜若有所悟：原来郎岌之所以答应入府，并非图报于崔湜的笼络，而是为了能及时得人传授了自己的道法。

至于那"大故"为何，郎岌不说，谁也没敢问下去。这是中宗景龙三年初的事，正当时，宗楚客拜为中书令，萧至忠为侍中，崔湜也由于私侍上官昭容的缘故而得以为同平章事，实际上掌握了相权，然而为期不长——崔湜的父亲崔挹任国子监司业，私收选人贿赂，而崔湜不知，反而把给了钱的选人给汰除了。那人不服，前来理诉，道："公所亲受某赂，奈何不与官？"崔湜怒道："所亲为谁？当擒取杖杀之！"那人冷笑道："公勿杖杀！杀则来日便要戴孝也。"为了这桩丑闻，崔湜被外放到襄州为刺史，行前郎岌笑着对崔湜说："春荣到襄，秋实返秦，安之。"半年不到，中宗行郊祀礼，果尔放还。

不过，这还谈不上什么"不可测之大故"，论及彼一"大故"，仍须从前事索寻。

先此，武后久视元年春天，成州有身长三丈、面色如金之人，夜半现迹，有人说那就是佛；佛还留下了话语，谓："天子万年，将有恩赦！"于是改元"大足"。

当时郎岌便与崔湜说："深恩不可测，大狱或将兴。"中宗皇帝当时复为皇太子，皇太孙李重润则受封邵王，果然在这一年，邵王和他的妹妹永泰郡主、妹婿魏王武延基由于议论张易之、张昌宗兄弟与武则天的宫闱秽事而遭赐死。

这桩惨案，留下了一个伏笔，直到中宗继位，虽然追封李重润为懿德太子，仍心有不惬；而李重润的生母韦后，更对中宗的庶长子李重福常怀嫉恨，以为当年赐死之事，乃是李重福与张易之兄弟联手构陷所致。中宗遂先贬李重福为濮州员外刺史，再徙之于蜀中合州，复迁往湖湘之均州。非仅奔波于万里程途之间，在地且不能兼领权柄，直似流人而已。

景龙三年，中宗祀于京师南郊。崔湜当时更由于攀附上安乐公主的缘故，奉召入陪大礼，风闻将有大赦，可是郎岌却力持反议，笑吟："帝气三千界，悲风下邵陵。"此处的邵陵，所指乃为邵王陵寝，语意明显：基于皇帝对李重润的凄恻追思，李重福断无逢恩被赦的机会。

流人遇赦而放还的事所在多有，偏偏李重福总不能沐此天恩；他郁怀惨悄，陈情上表："陛下焚柴展礼，郊祀上玄。苍生并得赦除，赤子偏加摈弃。皇天平分之道，固若此乎？"其悲愤可知。然而，纵使有这样一封书信，也没能得到回复；日后——也就是在中宗驾崩之后，相王李旦即位之初——李重福终于发动了一场兵变，而这一场迅速被扑灭的兵变所牵连动摇者，将应于多年之后洛阳的天津桥畔，是时李白在焉。

然而，就在中宗行郊祀礼的当天，郎岌在京中遥望南郊气象，反而流露出哀凄的神色，同崔湜道："昔言'不可测之大故'，今可测矣，崔郎宜早订计。"

崔湜一向服其神算，听这语气，更不像平常那般坦易从容，遂跟着慌张起来。郎岌推算了整整七昼夜，才道："太阴、岁星犯紫微，大丧数定；非有巨力，吾等亦将不免，噍类无遗矣！"

帝星有故，大宝易主，这是常例。不过，郎岌却推看出更多的细故和变化。首先，帝星之灾，居然变自中宫，也就是显然指向了韦氏与安乐公主；其次是二度履储君之位的相王，其家也有异状。那是在长安城东、隆庆池北，相王的五个儿子——分别是寿春王李成器、临淄王李隆基、衡阳王李成义、巴陵王李隆范和彭城王李隆业——列第于此，广宇连栋的宅邸，朱甍碧瓦之上，郁郁然缭绕着帝王之气，连日更盛。仅此二象，便教崔湜更加不安了。

崔湜向所倚附，不外韦后与安乐公主之党，兼以旁通上官昭容，私侍太平公主；若说太阴、岁星所指确为外戚，则不免涉嫌篡逆，如此一来，崔湜的麻烦可就大了。郎岌也顾虑及此，遂议："并从二象，而定于一策之间，唯入相王府耳！"

相王李旦性懦而多惧，敬鬼畏神，疑风惑影，常到处寻访术士以求前知，总想逆料天命，趋吉避凶。尤其是从母亲武后那里承袭一事，常着迷于字卜，无可自拔。所谓"字卜"，遇事随机见字，便以该字为该事征兆，几乎无处不可行之。非密迩之人，不知相王积习如此，还当他一意着迷于文字训诂之学。

郎岌所定之策，是先与相王家人私语：崔湜之妻早岁即得异人传授秘法，能占气候，且擅以经卷字句为卜，恰是以此术观得隆庆池北的五王宅第森森然有帝气，堪信仍有可以深入参详的机宜，何不召之过府，详询底蕴？

此番夤缘布画，还有另一筹在其中——郎岌得以老仆之身，随侍在侧，暗中指点。这样预着地步，一方面可以亲近相王，一方面还可以让崔湜本人避于嫌疑之地，以免招韦氏一党耳目。

这时节，正逢临淄王李隆基罢潞州别驾之职，返回京师，到处结交豪杰、阴聚才勇。一旦闻知隆庆池北帝气之说，自然也平添了十分兴味，随即择日将魏氏、麻姑、璞娘、瑕娘并郎岌等一行主仆十多人都辗转迎去，先在临淄王府盘桓竟日，所图无他，就是仔细观瞻王府地理。一时哄传崔湜献妻，临淄王与崔湜则从未为这秽闻做过只字片语的辩解。试想：有这样绘声绘影的闲话，以为遮掩，岂不比什么托辞都来得有效，且不落痕迹。

在临淄王府，李隆基摒去闲杂人等，仅万骑军果毅葛福顺、李仙凫随同侍卫，引魏氏、郎岌周游王府。随行的，只有当时正在王府做客的西城、崇昌两位县主——她们都是李隆基的妹妹，从小就研读道经、访习道术，执意相从，李隆基也不能峻拒。

那魏氏每看一处亭台楼宇或是园林池沼，便回头同那俯首低腰、神情极为虔敬的郎岌肃容相商，声语甚低，旁人但闻窸窣，不能辨解其义；偶然听得零碎字句，不外"北斗"、"紫微"、"太白"、"人犯"等不成片段的话，之后，郎岌才以十分简洁的词汇慎重禀报："林木佳祥"、"土石安顿"、"觚棱浑穆"。李隆基也只能唯唯而已。直到遍行一周之后，郎岌又同魏氏一阵耳语，忽然讨了手版笔墨、铺纸疾书十二字："庚子日晡时出玄武见流星吉。"

李隆基反复读了几过，实在不能解悟，只好退了两步，十分虔敬地向魏氏一颔首，道："此纸竟何用？尚请仙使明示。"

郎岌道："用则有征，王明智过人，必有见解，不烦费辞，漏泄天机。"

就在这个时候，一旁的崇昌县主笑了，上前拉住魏氏的手，道："此即通人所谓'道隐不见'，是么？若云隐而不见，毕竟还是留了字句呀？"

魏氏随郎岌实学术数，不过百余日，还难以自出机杼而成主张，听这伶牙俐齿的华服丽人一问，不免有些胆怯，苦苦一笑，竟不能答。崇昌县主也不免狐疑起来，她的确未曾料到，一个可以望气谈天、洞观休咎、号称仙使的道者，连句寻常的玩笑话都应对不了，而县主所握着的那只手，竟然透着几许冰凉，还在颤抖着。

郎岌何等精明老练之人，登时亢声接道："仙使所见，老奴所书，天机若不许于王道，则惩奴身。"

这还是大唐中宗景龙四年春天的事，魏氏随即入相王府，虽说是同李旦切磋诸本道经文字，时而就眼前字句，作时事之卜；实则追随郎岌持咒、诵诀、解经、养气——大约除了炼丹服饵之外，但凡郎岌所能事者，皆修治无遗了。其间，郎岌随时会流露出一种急切促迫之感，像是身后有人追拏，不得不仓皇赶路；又像是天地变态，倾刻间便要有翻天覆地的灾祸临头。

同年四月初，郎岌忽然分别向相王和魏氏请辞，相同的话说了三句，不同的叮咛也各有数言。那堂而皇之的三句告别之语是："某身解之期已近，不能久留，请从此去矣。"

对相王的留别之言，辞简意赅，不外就是对这庸懦之人最深重的勉励和期许。郎岌是这么说的："大命由天，不可与夺，王其承之。"

至于魏氏，郎岌竟然长跪三叩而辞，所叮嘱则是："某一身所事，尽付仙使，此遇不枉矣！"

言下之意，倒像是坦承当初他之所以慨然应崔湜之召，竟是为了能将一身修为，传授于魏氏。魏氏此时也大约明白，这老道忽而如此礼敬，对她必有非凡的期许，却仍不敢自信，只能又怯又急地问道："师一去而诸法空；妾为崔氏妇，岂能淹留贵盛之家，不谋归计乎？"

"崔郎去道日远，不复返焉。"郎岌接着肃然沉声而道："某去后，仙使即拜启相王裁处，决以修真为志，从此一绝尘女冠矣；而崔郎必不为阻——此后三载为期，可见道心在天否！"

不到半日，京师中哄传：多年来到处指点舆地气候的那个疯癫道人，在失踪将近一年之后，忽然出现于东都洛阳，披头散发，妄语谵言，逢人便以当地流行最广的民食为喻，随口唱说："韦后娘娘烙的饼，宗楚客给卷大葱。李家皇帝吃一口，万年县里见飞龙！"

韦后立刻上奏，请旨擒求杖杀，以止讹谣。皇帝也毫不迟疑地批准所请。说是这郎岌很快地解挛到西京来，押入法司鞠审，郎岌服罪之辞也很诡异，直道："漏泄天机，杖杀合宜！"当即发付杖责，结结实实往老道士的背脊上打了几十棍，越打杖声越是清脆，众人俯首细看，地上摊着一张似皮非皮的人形毡子，底下的石砖倒是崩了几角。

到了七月七日，皇帝在神龙殿慌慌急急吃了一块热煎饼，吞不下、吐不出，噎了片刻，先是满面紫红，不多时由紫转黑，已经晕厥过去。待太常寺的两位太医署令赶到时，已经龙驭上宾了。这一刻，宫中的传言也到处流窜，都说：不数月前那只剩一张皮的老道士所唱的杂谣，毕竟是有底细的。未几，韦氏拥立年仅十六岁的温王李重茂即位，年号唐隆，是为少帝。

十八天之后，日逢庚子，李隆基直过日午，才想起数月之前有那十二字真言之兆，寻出一看，的确是"庚子日晡时出玄武见流星吉"，于是随手招了身边一客，乃是前朝邑县尉刘幽求，步行出皇城之北，抬头见是玄武门，不免暗喜，两人一入禁苑，便直叩宫苑总监钟绍京的廨舍。

此与禁城之地理有关。盖禁城在皇城之北,宽二十七里,深三十里,东抵灞上,西连旧长安城,北按渭水,南接京垣,腹地可以聚数千兵马。单发一旅于此,斩关入皇城,迳收奇袭之效,则锐不可当而功莫大焉。

原本,钟绍京参与李隆基诛除诸韦之谋颇深,临事却犹豫了。倒是他的妻子,先在内室中大义凛然地教训了几句,说:"忘身徇国,神必助之。早前既然与谋,便已同舟系命;而今翻悔而不行,有祸岂能免?"

钟绍京这才趋出拜谒临淄王,三人一面商议动静、一面招聚人马,自晡时以入夜,待先前策应的羽林军万骑营葛福顺、陈玄礼和李仙凫等三名果毅,以及所部皆陆续潜至之时,夜方二鼓,忽然间,流星骤落似雪。

刘幽求望着那漫天飞扑而下的星芒,喊道:"天意如此,机不可失!"

此夕"唐隆之变",事发直似屠杀。羽林军之中觑势而动、随即投归李隆基节度的郎将官越来越多,各路人马纷纷以果毅所部为区处,大闭宫门及京城之门,四出搜捕韦氏亲党。先斩太子少保、同中书门下三品韦温于东市之北,复斩中书令宗楚客于通化门——当时宗楚客还易装改容,孝服满身,骑一口青驴;看门的一眼认出,打拨了布帽,并其弟宗晋卿一同捆了,枭首于门下。

依照李隆基的谋议,诛杀韦氏并大臣的同时,也是亟须安定人心的时候,遂请相王李旦奉少帝登上承天门,慰谕百姓。承天门位于太极宫南,向例皇帝在此露面,必属庆典隆仪,百姓自然安心。

可是在此刻，李旦却一反平常，坚执己见，要在太极宫西边的掖庭宫外安福门露面。

安福门朝西向开，隔驰道与辅兴坊相对，就在彼处，有太宗时的殿中监、宗正卿、光禄大夫窦诞的宅子。窦诞虽然于死后封赠工部尚书、荆州刺史，在世时爵位尊显，又是皇亲，然而在功业方面，实无所树立；倒是窦诞所拥居的一座广大宅园，近百年来多有术士指为京中福地，是古龙首原之"眼目"，与掖庭宫一驰道相对，气象非凡，形势佳好。

数十年前，窦诞子孙已经在宅第两端各修建了一座道观，有若犄角相对，而李旦此番登临安福门，用意根本不在奉少帝以安民心——魏氏早就卜得通透：少帝的御座坐不过一个月——李旦念兹在兹的，却是将那两处道观收归己有，让两个潜心求仙的女儿居停。

变后未几，相王李旦果然在李隆基和北门羽林的拥戴之下即位，年号景云，史称大唐睿宗皇帝。在他两个慕道的女儿之中，西城县主改封西城公主，第二年又改封金仙公主；崇昌县主则初改隆昌公主，继改玉真公主——两座对峙森严的道观日后皆归公主所有，并且展开了庞大的整建工程。崔湜的夫人魏氏则始终与玉真公主相左右，两人如师如友，相共一生。

相王登基之后，魏氏与崔、魏两家再无一丝半缕的牵系，她的名字也改了，叫"未隐"。当初郎岌所谓的"此后三载为期，可见道心在天否"之语也应验得分寸不失；三年之后，睿宗遂其懦性、饰以道体，让大宝于李隆基，崔湜则因阿附太平公主而受到牵连，法司入之以"图谋弑上"之罪，赐死于荆州㨃甲驿。

一六　愿作阳台一段云

来自邻州近县数十百名道术之士在掷甲驿厅堂之上避雨逾时，苦候传闻中司马承祯的云驾。可那雨偏就不肯停，越下云朵越密、天色越黑，直到申时已过，水声益发滂沛，才有一乖觉的道人惊声一呼："飘风不终朝，骤雨不终日；此雨大可怪！"

说着，这道士随即搡开众人、推挤而行，当他奔出亭檐，置身于如注的暴雨之中，猛抬头，空中、身上、地面的雨水登时化为乌有——雨，早在不知何时就停了，天开云霁，晴朗如洗，先前在驿中所闻、所见，都为一幻。

此时在场的都是术士，当下一片啰噪，人人恍然大悟：原来就在片刻之前，左近之处，必有得道高人，依随着天雨实况，持诵了某通款气候之诀，追随此一成象，兴布奇幻，为的就是将这些道术之士困留于驿亭之中。

"司马道君来过了。"跟着步出驿亭的另一个道士叹息道。

"无怪乎语云：'老子，其犹龙邪？'信然！"这当先抢出的道人也跟着苦笑，"传言果不我欺，看来道君此行的确不欲人知。"

所谓"传言"，正是丹丘子无意间泄漏的。客年封禅大典前后，他便于有意无意之间，向诸方往来的道者透露：司马承祯即将有衡山之行，缘故甚秘，闻知者莫不私臆揣测，由于这一趟数千里行脚不能说不劳顿，是以纷说与祀天相关，必有皇命寓焉。

这么猜，不算离谱。封禅之后，皇帝对于当时在泰山顶上与贺知章的那两问两答回味不尽，很快宣召入内廷，见面未及行礼，便拉起贺知章的手,道:"昔在岱岳,卿言:前代帝王,密求神仙,故不欲人见。是否?"

"是。"

"彼所密求者何?"皇帝神情肃穆,睛光凝结,像是要把贺知章拆开了。

贺知章道:"长生。"

皇帝像是早就知道了,间不容发地追问道:"长生可求否?"

贺知章不能答,亦不敢隐,遂绕了个弯子,奏道:"佛亦灭度,古之王天下无过百年者。"

"汝学道,道者言长生,而汝复云长生不可求耶?"皇帝的嘴角微微一扬,严厉的目光之中透露出一丝狡黠,贺知章并不明白皇帝真正的用意:他是真想知道长生如何求得呢,还是根本不信长生果能求得?或者,只是要陷道者之说于矛盾之论?

皇帝显然并无意于为难贺知章,随即话锋一转,道:"朕闻天台山司马承祯有服气、养气之法。可是昔年先皇召之,这道人仅以'无为'答奏;朕问他治国之道,他也只说'致一敬字'。朕心本好道义,然道义似亦不应止于此矣!"

此言一出,贺知章放了心,看来皇帝还是想明白,道者一向在追求的长生究竟虚实如何而已。他随即近前奏道:"上清一派,宗法俱足,术业完明,当此封禅礼毕,黎庶万民翘首山川、崇瞻天意之际,圣人何不诏司马承祯陛见,敕以五岳山川之命,遣之勘查风水,以广道术之望;至于长生之说或虚或实,长生之术或有或无,道君面奏圣人,亦不能欺诳。"

贺知章所说的,正是借由原先礼仪使张说"广封五岳"的计议,再一次把司马承祯宣召到内殿,这就有了当面盘问私心祝愿的机会。

此事,《太平广记》有载,注出于《大唐新语》,只是文辞简约,原委不能详尽:

> 玄宗有天下,深好道术,累征承祯到京,留于内殿,颇加礼敬,问以延年度世之事。承祯隐而微言,玄宗亦传而秘之,故人莫得知也。由是玄宗理国四十余年,虽禄山犯关,銮舆幸蜀,及为上皇,回,又七年,方始晏驾;诚由天数,岂非道力之助延长耶!

这一次皇帝登封泰岳而返回东京,随即借此情由,再一次召见司马承祯,果然将就着贺知章所建言,从五岳的话题启问,道:"五岳,何神主之?"

司马承祯答道:"岳,乃群山之大者,能出云雨,潜储神仙。在神仙一界,也必须推举有声望者为之主,是为山林之神,当此仙官。"

皇帝当下裁示:五岳封神,山顶列置仙官庙,由司马承祯督办。这是亘古所未有之举,是以日后言及五岳仙官立祠,都盛称司马承祯为首功。只是这一场皇帝和道君的面商,还有下文,则牵连到上清派日后数十年在大唐宫廷立足的根基,以及李白得以两度进入长安、终于得接天颜的底蕴。

接着,皇帝顺藤摸瓜,道:"人世朝官、外官皆有任期,仙官亦有诸?"

"失其道,则削其官。"

"如何失道?"

"风雨失时,土石失位,林木失养,鸟兽失群,仙官当其责。不过——"

话说了一半,司马承祯忽然想起:仙官落职,确有一则典实,是上清派弘扬道义之时,经常向庶民宣讲的。司马承祯转念及此,想起这故事与皇帝所关心的辟谷修仙、长生不老之事还颇有些瓜葛,随即上奏:"圣人容末道一叙故事。"

昊天上帝所从来久矣,不知何年月日,偶窥红尘,看到处烟埃弥漫,霾雾萧腾,仔细观聆,才明白究竟,乃是下界干戈动荡,杀伐连绵,不外就是为了饮食繁衍二事,堪觉其情可悯,然而天道至公,实无可倚侧而相帮。便这么焦急着,昊天上帝忽发一念,感及天下万民食者众,而耕者寡,方才纷扰不休,如果不能令下民广耕稼而丰收获,则反其道而思之,要是能使之减食,而又不觉饥饿,则纷争应稍戢止。

天帝得计,便令当值待诏大臣草拟文书,将此旨放贴于南天门,以令下民:"三日一食而足。"当日值司待诏的,是太白金星。这仙官一向才高思敏,运笔成风,斯须而就,不假点窜。星君接旨之后,一看是桩微不足道的小差使,便掉以轻心,过目即忘,当下还邀了些经常往来的仙官神将饮酒、走棋,全然不记得还要撰写帝旨了。

载酒载棋之际,兴许是酣醉困倦所致,太白星君随手一拂,拂落了棋枰上的一枚白子。这棋子从天而落,形体且落且变,堕一寸便大一尺,砸到了大唐安州之地,在安陆西北三十里外,竟成为一座方圆数十里的小山丘,久后当地人称之为白兆山,是乃太白金星之兆。

此山訇隆一声震地而成,倒把棋枰之畔的星君给惊醒了,这一惊非同小可,全明白过来:他还有一纸公文未曾撰贴。于是仓皇奔至南天门前,振笔疾书,咨告下民:"一日三食而足。"如此一来,误卯事小,颠倒天帝之意事大,虽然帝意犹宠眷不衰,可是天条既违,例无宽贷。即使拖延了些时日,下界已经不知又过了几千年,太白星君还是因为这一按而落了职,逐出仙界,投胎到人间——而依照道者推算,其贬入凡尘、成为肉身的时日,似乎去开元天子之登基之前未几。

这一则故事还没有说完,皇帝却似乎等不及了,也毫不措意于故事中"三日一食"与"一日三食"的隐喻——实则,此事也与人间道教上清派一向所标榜、宣扬的辟谷之术有着相当深密的关系,朝向一个伟大慈悲的怀抱看去,若真能使人人"三日一食而足",岂不为苍生留下了加倍的有余地步?可是皇帝只伸了伸腰,直把话题兜回他想要探究的事上,道:"神仙失职,仍复不老不死乎?"

"以无尽之余年,承莫大之哀悯,毋宁老死哉?圣人其谅察之!"

这几句话说得不卑不亢、有度有节,看似周转一理,实则兼之以广大矜恤的情怀,四两拨千斤,让皇帝不能不动容,此刻若是再追问些怎么养天年、致长生的话,似乎都有失身份了。

不过,司马承祯当然窥出了皇帝的心思,接着肃容整襟,一拜及地,道:"末道谨奉圣人养气治生一法,保此仙躯,以理万民,庶几风雨有恒,土石盘固,林木生发,鸟兽孳繁;仙官亦得守常称职,遂能不堕圣命。"

这是上清派自魏夫人开宗四百年以来,经由十位天师代代相沿的一宗密术,堪称是合辟谷与服气于一脉的功法。此术初源于先秦,帛书《去谷食气篇》即载录着:断食须以吹呴食气之法并行,以充健肢体。三国后期,饥馑连年而道教大兴,修习辟谷初不为长生，而在养命，也就是在极困乏的环境中，勉续一时鼻息，苟延性命而已。有许多深怀不忍人之心的道者，行走四方，推广此术，于是士人阶级，下及庶民、野人，有了越来越多的修习者。到了这一时期，辟谷之道较诸两汉方士断谷、含枣之类的传说所记载的，就更为实用而精深了。

曹魏父子累世召集大批门客，像是甘始、左慈、封君达、鲁女生之徒，曹植的密友郗俭更有绝食百日而行止如常的本事，《辩道论》谓："余（按：即曹植）尝试郗俭，绝谷百日，躬与之寝处，行步起居自若也。夫人不食七日则死，而俭乃如是。然不必益寿，可以疗疾，而不惮饥馑焉！"

这些门客，本来都是修道炼气之士，曹操特别倚重他们，原本就有在军中广泛传衍，以大量减省军粮的用意。可是道者多视此技为独传之秘，不肯轻易授人，一旦临命，便想出各种遁辞拒绝，推说士卒们缘法不足、才质拙劣，是以始终未能遍教普行。

稍晚时东吴道士石秦，一名石春，以行医为业，号称观气而诊，行气而疗，能三月不食，吴景帝孙休不信有此术，"乃召取镟闭，令人备守之。春但求三二升水，如此一年余，春颜色更鲜悦，气力如故"。

两晋而后，此道益盛，关于辟谷服气之高士的传说，也就逐时而与道教上清派绾结成一气。《南史·隐逸传》载，南岳道士邓郁："隐居衡山极峻之岭，立小板屋两间，足不下山，断谷三十余载，唯以涧水服云母屑，日夜诵大洞经。"上清派第九代天师、也是茅山宗的开辟者陶弘景，就更是此道中的顶尖之人。《八素隐书》上记载："人眼方，寿千年。"陶弘景道行如何高妙，冗言亦不易尽数，只说此君到了晚年,右眼即修持变貌,每于子、卯、午、酉诸时呈四角之形。这两段记载里的《大洞经》和陶弘景无疑都指向当时正处于崛起之势的上清派。

一说陶弘景原本有天授神符,却乏药料,梁武帝遂发私财,供给黄金、朱砂、朴青、雄黄,以谋炼取飞丹,日久果然成就,丹色净如霜雪。武帝服了飞丹之后,感觉身轻似絮,骨坚若钢,行走如飞。这套方子,不只是丹药,还有相互应和的吐纳修行,便由陶弘景的弟子王远知以及再传弟子潘师正辗转相授,传于司马承祯。

而司马承祯倾心以传之于开元天子,还有一番叮嘱。

"辟谷服气,聊助足食,旨在不多掠夺于生,用意不外是慈、俭。至于益寿者,余事而已。"

皇帝一听到慈俭二字,登时应道:"此我祖老氏之言,朕熟知之:一曰慈、二曰俭,三曰——呵呵!朕践天子之位,这'三曰不敢为天下先',却是不能奉教了!"这话说来,颇似先前那一次接见司马承祯之时,一面口呼"道兄"、一面慨然自雄地说:"恨我学仙也晚,只能随命为天子。"是同样的心态——在皇帝慕道羡仙的言词之中,毕竟难以掩藏其志得意满,正是要借着"不敢不为天下先"的这个身份和自觉,来表现出他要比神仙更值得自负罢?

然而司马承祯口授的辟谷服气之法竟然有奇效,就在司马承祯、丹丘子和崔涤来到江陵的这一段期间,皇帝的身体也感应到并同丹药与吐纳所带来的变化,有如传说中的梁武帝一般,非徒步履轻盈,肢体矫捷,而且日日不及拂晓,便悠然醒转了来,耳目通明,视听透彻,通体脉血亢涌,气动勃发,心念疾转如电光;诵文记事,经心不忘。好几次,皇帝起意要立刻召见司马承祯——敕以封赏,显以名爵，还要给他一处洞天福地。

此际，司马承祯一行三人随吴指南来到天梁观前，东北方天际忽然连作两雷，电光雷响，一时俱至。偏偏就在此刻，崔涤但觉胸口一闷，一条右臂猛可间酸麻无比，随即肩膊一阵剧痛，几乎打了个踉跄。一旁的丹丘子也察觉天现异象，非寻常可见，不觉看了老道君一眼。司马承祯心绪微动，掐指捻诀一算，低声道："圣人眷顾某等了！"

崔涤大惑不解，忙问："何以见此？"

"仍由易卦得知；这是个'丰'卦之象。经上有解：'雷电皆至，丰。'此乃日在中天而受蔽翳之象。不过——"司马承祯接着深深看一眼崔涤道，"乌云蔽天，日色幽暗如夜，吾等反而得以仰视深远，直见北斗。"

"呜呼呼呀！"吴指南放声道，"白昼晴天，哪里见得什么北斗？"

丹丘子挥袖搡开吴指南，抢前一步，追问道："敢问道君，见北斗复如何？"

"此卦六五有辞，曰：'来章，有庆誉，吉。'说的是广致天下光明，则能借由名声之显扬，以成就某功某业，然而这与雷电齐作的天象之间，看似并无可解之理，除非——"

崔涤原本是一听功业二字便不免平添罣碍的骨性，这时也顾不得心口幽塞，只捂着右肩忍着疼，忧忡问道："除非如何？"

"除非这'章'，不作'光明'看，而须作'章句'、'章黼'之章看；然则，雷电之作、北斗之观，便另有解。"司马承祯抬眼看了看面前天梁观正缓缓开启的大门，道，"某等此来所见者，其泥中之大鹏乎？质虽柔暗，却应能仗其文采，而致天下之大光明。"

原来这"章"字，指的是黑底白纹、斑驳相间的装饰图案，也可以引申为诗歌、乐曲和文字的段落。司马承祯所说"质虽柔暗"，并不是虚妄猜测的形容，而是将"章"字的"黑底"本义，形容成遮蔽日头的乌云，如此一来，那遮蔽，不但不是狭义的障碍，反而借由这遮蔽，收敛了过于耀眼的日光，令人更能像是在夜间无灯无火之处观星一般，得以透见北斗，甚至其他更小的星辰。

就在这一刻，天梁观的门大开了，厉以常肃立于当央，朗声道："恭候道君云驾久矣，算来此正其时。"

司马承祯看见他身边还站着个身长不足七尺的白衣少年，此人剑眉星目，风秀神清，仁立在晚风之中，像是正在专注地仰望着片刻之前远方雷电潜踪之处。

"李十二！"丹丘子大叫了一声，满脸惊讶和喜悦，连喊声都沙哑了，却仍大笑问道："李十二！可有佳句也无？"

"风雷四塞君不见，愿作阳台一段云。"李白将就眼前声闻情状随口占得两句，笑着上前执手。

吴指南那一张黧黑油亮的脸上登时浮起了无边无际的惶惑，不觉脱口问道："汝岂便连这天涯海角之人俱识得？"

"果然！"司马承祯也随即略一侧身，像是让过了李白的长揖之礼，依样趋前执起手来，与李白仿佛也是多年未见的忘年友，道，"英年一鹏，奋翮出尘，仙风道骨，可与神游八极者，正是此人。"

吴指南和崔涤相互望了一眼，一个高居金紫光禄大夫，一个则是近乎野人的庶民，然而就在这一瞬间，他们同样地、彻头彻尾地感觉到自己是寥落离群的陌生人。

一七　君今还入楚山里

　　崔涤与吴指南另有一相同之处，他们都在开元十四年亡故了。

　　此番江陵之会，继之以衡山之行，而后又过访安陆，一路奔波，堪说是马不停蹄。途中，崔涤便感觉体气虚弱，心血起伏，待回到洛阳遵化里故宅，终于累倒。这间歇心闷的毛病，原本只是偶发，旅次之中兼旬一犯，及返家宅，竟三数日一眩晕，天地颠倒，四方旋转，唯蜷缩于地，但觉身在滚滚洪流之中，随波涛翻起滚落，无际无涯。

　　据家传旧闻，崔涤的祖父崔仁师于高宗永徽初叶一病而逝之前，也是这么个症状。他自知大渐之期不远，不免要操烦许多未了之事，可是这人平生坦易诙谐，凡事总要表现些洒落出群的风标，再三寻思，想到个主意。先是将遵化里府中舆夫、马仆、庖丁诸色人等聚集了来，打开正堂前榭四面轩门，终朝连夜作饮宴之会，往来送迎不歇，陪侍的是府中私蓄的一班乐工、歌妓，分班轮值，筝笛笙筯具备，务使歌吹不歇。崔涤则高踞上席，兴来则饮，饥来则食，随念所及，或书札或赋诗，总之是尽其所欢而一一面见了旧友，也交代了后事。

　　这一番连绵豪宴，有说长达数月之久者。许多当时游身于东都的寒士也辗转夤缘赴会，有的只是来一睹盛况，有的则试图亲接风雅，也有的不过是想蹭几顿饭食。多年之后杜甫诗《江南逢李龟年》之句如此："岐王宅里寻常见，崔九堂前几度闻。正是江南好风景，落花时节又逢君。"诗中盛称几度所闻之妙乐者即此。来游东都、观国之光的杜甫这一年只有十六岁。

至于崔涤生前在歌乐喧阗之中所作的诗，有此：

琴心偶感识长卿，缓节清商近有情。脱略鹔裘呼浊酒，消淹蚕篆作幽鸣。萧墙看冷双红豆，病雨听深一紫荆。滴落风流谁拾得，晓开新碧漫皋蓣。

留在崔九堂中的这一页残稿与其余三十多首五七言之作，皆为近体律绝，首首依律而成，看来严谨而少局面，也没有古风、歌行之属的长篇，不知是否崔涤作诗惯常如此，或也是由于病中神思逸想不能恢阔开张之故。这是他仅存的遗篇，皆无题目，应该是寄赠而抄录的稿本。这一首旁注四个行草小字："付安陆行。"

"行"字，可以解释为行走、旅行，也可以解释为歌行。不过，这明明是一首七律，不应归于"行"。将崔涤其他多首诗作的注记比合而观，也没有任何一诗具载诗歌体例。于是也有人推测，这个"行"字，可能是个"许"字，"付安陆许"的意思，就是交付于安陆许家的某一人。

安陆，是李白托身之地；许家，则是李白就婚之门。司马承祯在一年多前于江陵城掷甲驿前的滂沱大雨之中所谓："非此君，斯人恐不得亲魏夫人之大道。"一语之谶，恰恰应在这里。说得明白了，正是："设若没有崔涤，李白恐怕就错失了亲近上清派道术的机会。"李白之所以能够成为上清派之门的一员，恰与"安陆"许家的一段因缘有关。

崔涤的这一首诗，开篇用的是司马相如琴挑卓文君的典实。不烦赘言：这就是借由一个通俗的故事，来借喻接受这一首诗的人所面对的人生实况。

诗眼在于颈联的"萧墙看冷双红豆,病雨听深一紫荆"。

其中由萧墙、病雨二词领句,所指皆为崔涤本人。萧墙,是面对国君宫门的短墙,一名塞门,又名屏。当臣下来到屏前,受到短墙之阻隔,便须警省:即将面对国君,心情必须肃穆,因此萧字从肃。崔涤近年来为皇帝新宠,时时召入宫禁见驾,或恐就是在宫禁之中、御苑之内、萧墙之前,曾经目睹红豆发枝而起兴,随即由这一回忆中的物象,唤起了对远方安陆故友的思念。

红豆为男女互赠留情、以表相思之物,毋须甚解;出此"看冷双红豆"之言,则用心可知,也许对于接受这一首诗的人,崔涤有一番警惕或劝慰的意思。换言之:崔涤或许知道对方用情已冷,也或许是不希望对方用情渐冷,才以一种肃穆的感怀,勉此远人。

关键还在紫荆,此树中原遍产,属种繁多,唯其中一种,号曰"箩筐树",唐时产地仅蜀中与安州——蜀中,既是司马相如的故乡,也是李白成长的家园;而安州,则是李白娶妻而随居十年之地。此一特种紫荆,天下仅两处繁生,不可谓不难得,看来崔涤是借着这树,来隐喻着分别出身于蜀中、安州两地的一对佳人,应该彼此相爱相惜。

崔涤写过这一首诗之后不知又撑过了几日,终有一天午后,倒卧在堂榭席间。他生前有令:"一俟不起,便教管弦昂扬,不舍昼夜,勿使须臾停歇,以祝仙游之壮。"

然而这首"付安陆许"之诗究竟命意如何?却与崔、许二家三代以来的私交略有渊源。

许圉师，祖贯高阳，而后落籍安陆，为追随李渊逐鹿天下的开国功臣许绍之子。此子进士出身，累迁黄门侍郎、同中书门下三品，兼修国史，四迁为左相。到了高宗龙朔二年冬十月，突遭巨变，其子许自然于射猎时误杀一人，许圉师忧怜其子不免于刑，遂隐案不奏，却被当朝的许敬宗揭露，以为："人臣如此，罪不容诛。"随即父子皆下狱，到第二年春天，许圉师贬官虔州刺史，复调相州刺史。

许圉师在相州时，仍一本宽省刑罚的用心施政，据说有官吏犯赃事发，许圉师也不推究，仅赐《清白诗》责勉之，有句如此："悲天看洒十方泪，夜雨来施千户春。"还果然感动了那官犯，改节从善而为廉士。这个因许圉师一念宽慈而受惠的官犯，就是崔湜、崔涤之父崔挹的从弟崔捷。受此恩德，崔家和许家从此时相往来；从日后墓志碑撰可知，高宗末叶——即使是许圉师过世之后多年——崔捷之家与许自然之弟许自牧和许自遂两家，还分别在调露元年和永淳元年缔结过婚姻。

此外，即是许家和安陆另一显宦郝氏的绵密关系与来往。

许圉师的外甥——也就是许绍的外孙——郝处俊少孤而好学，年未弱冠，即以精研《汉书》而知名，俨然成一家学。郝处俊非徒知书，亦能征善战，曾追随英国忠武公徐世绩征辽而有功，以此而大开仕途，迁中书令、拜检校兵部侍郎、兼太子宾客。不过，就在李白来到安州的整整五十年前，郝处俊以直言极谏之故，伏下了此族一祸。

高宗上元三年，皇帝以风疹之疾为口实，扬言退位，要让天后摄理国政。让国兹事体大，不能不与宰辅相商。郝处俊对奏时言辞亢直而坚决，他是这么说的："臣下尝读礼经云：'天子理阳道，后理阴德。'然则帝之与后，犹日之与月，阳之与阴，各有所主守。陛下今欲违反此道，臣恐上则谪见于天，下则取怪于人。即使取鉴于旧史，昔年魏文帝生前有令，崩后尚不许皇后临朝，今陛下奈何遂欲躬自传位于天后？况天下者，高祖、太宗二圣之天下，非陛下之天下也。陛下正合谨守宗庙，传之子孙，诚不可持国与人，有私于后族。伏乞特垂详纳。"

这一番议论立刻得到中书侍郎李义琰的支持，皇帝遂罢逊位之念——当然，郝处俊也就因此而触怒了武氏。然而，《新唐书·郝处俊传》："武后虽忌之，以其操履无玷，不能害。"

五年之后，郝处俊薨，年七十五，追赠开府仪同三司、荆州大都督，典仪隆重，封赏无匹。可是郝处俊知机而先见，早就托侍中裴炎上奏，转达了婉谢恩赐灵舆、官供葬事，这当然是为了持盈保泰，不予后党以构陷之辞。

殊不料郝处俊的孙子郝象贤在七年之后的垂拱四年，仍旧为家奴攀诬造反而入罪，临刑之时，郝象贤"极口骂太后，发扬宫中隐慝"，人还没来得及被送上法场，便教金吾兵乱棍打死在路上，"令斩讫，仍支解其体，发其父母坟墓，焚蒸尸体，处俊亦坐斫棺毁柩"。此后法官每欲处大辟之刑，都会用木丸塞人犯之口，此其始也。

先是，郝处俊之子郝南容曾任顿丘县令，当时郝象贤尚未成年，暴戾乖张，痴顽不驯，一帮常与他往来的朋友都称他"宠之"。他自己不亲书卷、拙于字句，并不知道"宠之"二字，声韵一旦调转，便另寓暗讽，成了"痴种"。郝象贤不但不觉有异，每每还在父亲面前自以"宠之"为号。郝南容无奈，只好诱着他说："汝朋友极贤，吾为汝设馔，可延之皆来。"

翌日，郝象贤果然邀来了十多人，郝南容一一与之饮，而后才恳切地劝道："谚云：'三公后，出死狗。'小儿的确愚昧，烦劳诸君为起字号，然而，有损于南容之身尚可，岂可波及侍中乎？"意思就是说："痴种"之诟，殃及前代先祖，连郝处俊也一并骂上了，是不是请让一步田地？说着，一阵涕泣，众少年遂羞惭无地而退。只此可见从郝处俊以下，门第之式微如斯。

郝家的门第仍够撑持，香火得以绵延，还得感谢崔家。这又有一段不大为人所知的旧事在焉。大唐太宗贞观十六年，刑部以《贼盗律》中之谋逆罪，兄弟连坐仅没官而已，有以为太轻者，请改从死；奏请八座详议。当时世论纷纷，有从重、从轻两派。右仆射高士廉、吏部尚书侯君集、兵部尚书李勣（即徐世绩）等议请从重；民部尚书唐俭、礼部尚书江夏王道宗、工部尚书杜楚客等议请依旧不改。

从重之论，甚嚣尘上，以为两汉、魏、晋谋反皆夷三族，连坐兄弟致死并不为过。崔仁师独撰一长文反驳这个看法，强调"三代之盛，泣辜解网，父子兄弟，罪不相及"，而后世变乱法纪、狱讼滋繁之始，首自"韩、李、申、商，争持急刻……秦用其法，遂至土崩"。即使像汉高帝、汉文帝之心存宽厚，仍多凉德，"遂使新垣族灭，信、越菹醢，见讥良史，谓之过刑"。

崔仁师恳恳以谏，谆谆而谈，就是希望能够让大唐刑律维持在一种"断狱数简，刑清化洽"的宽仁气氛之中。这一篇文字竟然力排众议，感动了太宗皇帝，也就打消了谋反连坐诛杀兄弟之刑——此举，无意让日后崔涤能在崔湜被诬弑君的大狱之中逃一死地。而郝象贤之大逆一案，无瓜葛及于郝氏族人，也可以说是崔仁师一念之仁所庇荫。

原本郝氏与许氏也有联姻之议,却由于郝象贤遭诬谋反的牵连而缓了下来,日久未遂,又迁延了一代。许圉师的另一个小儿子许自正,有女"若君",另字曰"宛",与郝南容之兄郝北叟的孙子郝知礼年貌相当,自幼指婚。而在这一时期,武氏之族已经诛除殆尽,前朝血迹,尽已化碧,郝、许两族正计议着经由娶嫁大事,重焕门第之光,那是开元六年间的事。

唐人婚俗,男家于迎娶前一到三个月,将婚期通知女家,谓之"送日";同时奉以彩帛、衣物,谓之"赠妆"。即此,双方共约一名父母、子女、兄弟、姊妹齐全之"全福妇",于当下为新嫁娘裁衣,谓之"纳采"。此后,方能问名,由媒妁到女家取回了红笺墨书的庚帖,以卜合八字,之后才能"纳币"、"请期"以至于"亲迎"。

就在"纳采"的时候,那"全福妇"一剪而下,原本应该迎刃而开的彩帛却不知何故而偏滑了,再剪、三剪,换了几把剪刀,彩帛依然故我,完好如初。这已经是桩奇怪而惹人忧疑不安的事了。孰料问名之日一到,男家却报了丧来,说是郝知礼三日前出门,但见空中有火六七团,其大者如瓠瓜、小者如杯盏,上下簇拥,使之不得前行也不得后退,避之再三,忽有一小火,直钻心口,烧得他痛彻呼号,旁人更救不得,片刻间心焦肺烂,匍匐在地,已经没了气息。

士族之间的累世婚姻原本有其惯例,但是出了这样一宗看似除了天意之外并无他解的怪事,郝、许两家之间便只能缄默以对。合婚事宜尚未完备,但是新嫁娘的身份却十分尴尬,一拖三年,转瞬即逝。

直到开元九年，崔湜之弟、崔涤之兄崔液的一个正在京师守选的儿子崔咏，游历至安州，循礼到各世交望族之家拜访。众人看崔咏与许家闺女年貌相当，颇堪匹配。然而前一次约婚未遂，毕竟是迫于无奈，为了求一个名正言顺，崔氏还央请郝知礼的舅家出面为媒，以杜悠悠之口——这一次，问名、合过八字之后，崔家将卜婚的吉兆制成口采，随采购置吉征嘉礼，是为"纳吉"。却怎么也没想到，就在"雁奠"之际，又出了灾殃。

士人婚姻，谨守仪注，礼经所载，尺寸不失。"雁奠"，传习千年，以雁为礼，乃是取雁之"阴阳往来，夫妇相随"之义。其礼，以活雁为贽致献。主人许自正立身东廊之下，面西而立；崔咏则南立向北，手捧一头已经用五彩丝绳捆绑了足翅的大雁，恭恭敬敬地捧上许家正厅的坛坫，于礼，原本简约隆重，不过就是"再拜，稽首而退"。

谁也不曾料到，原本捆绑停当的这头大雁，就在崔咏乍一松手、放上坛坫的刹那，猛力一挣，丝绳寸断，束缚尽脱，回头还啄伤了崔咏的一只眼睛，随即在厅堂中酸嘶哀鸣了一阵，扑腾上下，绕着厅前的一株箬筐树顶翻飞数匝，接着便朝天光晴朗之处振翼而去，转瞬间消失了踪迹。崔咏非但登时伤了一目，且受了极大的惊吓，心胆俱裂，仓皇奔出，随即一病而瘫废。

接连两度合婚之议，皆因不可名状、亦不可告人的灾异而中止，不只令郝氏、崔氏极为沮丧，许家也十分难堪，这姑娘的婚事也就没有人再提议了。

直到五年以后的开元十四年春天，与李白相会而别，离开江陵之后，司马承祯、崔涤和丹丘子乃遂衡山之行，未几，三人联袂赴京，过访安陆，许、郝两氏夤缘来拜，求问于道君：这一宗怪象频生的婚事，究竟有可解之理否？司马承祯淡然说了一句："《传》曰：'齐大非偶。'"

士族姻娅相结，自魏晋以来数百年不绝，入大唐而尤烈，高门大姓，历代加亲，竟是天经地义之事。但是《左传·桓公六年》春秋初叶的故事，是郑国世子忽婉拒齐侯嫁女之请，世子忽的话原本是这么说的："人各有耦；齐大，非吾耦也。"然而引用此语，却令许氏愈发不能明白，只得虚前席以究问："尚请道君再进一解？"

司马承祯仍旧凝神耽思，还没来得及答话，倒是崔涤在一旁迳自问道："天火飞雁之兆，可有稽否？"

"天火同人，另是一卦。"司马承祯道。

同人卦，是易经的第十三卦，上乾下离，以一阴爻伏处于五阳爻之间。从内外卦相互呼应的地位来看，离卦第二的阴爻与乾卦第二的阳爻遥相呼应，意味着在下位的小人（六二）获得在上位的君子（九五）之结纳，引为同气；此为同人卦的本旨——在下者谦冲柔顺，在上者宽和广接，这是提醒那些欲与人结盟党者，不能够只在同侪之中觅取道侣，所以六二的象辞说："同人于宗，吝道也。"质言之："同人"的微妙之义，正是与"不同之人"结其盟约、订其交谊。

同人卦的前一卦为否卦，是《易》的第十二卦，以时局世变言之，由泰而否，本以造化成一循环，否卦之后，气象为之一变，到处有"小人道长，君子道衰"之况。

同人卦所揭示的，则是那些家道逐渐衰落、零替的"君子"，会须与正在向上奋发的"小人"摒绝隔阂,弃捐嫌猜,重相容融,经书词句简约,不过就是以六二与九五阴阳交流为喻,可是这一层经解听在许自正耳中,却别有体会;试想:一阴一阳,说的不也是男女合婚之道吗?

而所谓"齐大非偶"之"齐",怎么看都不像是原本的"齐国"、"齐侯"之"齐",而成了"齐一"、"齐等"之"齐"。如此说来,天火示儆,就是要许氏莫再执迷于安陆贵盛之家(如郝、崔族裔)中择婿。那么,许宛终身之所托——许自正几乎不敢想下去——竟然要应在这"同人卦"开宗明义的第一句上:"同人于野,亨;利涉大川,利君子贞。"

城外谓之郊,郊外谓之野。这难道不是说:许宛的亲事还在极其遥迢荒远之处吗?更何况着一"野"字,还有相对于"国人"的"野人"之义;若说因缘天定,而天意所属,竟要让此女下嫁一个连寻常庶民身份都没有的野人吗?

"天火之余——"许自正惶悚不安,却仍忍不住焦急,追问下去,"尚有飞雁未解。"

"雁,知时鸟也。是以郑众《婚礼谒文赞》有云:'雁候阴阳,待时乃举,冬南夏北,贵其有所。'"司马承祯一双老眼望向厅堂前方的那株紫荆树,瞳仁微微现了方棱,道,"飞雁在天,不受缯缴,普天下禽兽,唯此物能观天知时。时不至,不行;时既至,不凝。既以天下为贵,乃能不滞于一处。奇哉!奇哉人也!"

说到最后一句,许自正更胡涂了,老道君口中喃喃所说的,真是"奇哉人也"四字吗?那么,这"奇哉"之人会是同人卦上所显示的野人吗?是什么样的一个人,能够像大雁一样,依天时而行、过处为家呢？有这样一个以天下四方为居处的人，又怎么能够托之以婚姻呢？

"绕树三匝而去，堪知此树端的便是彼乡！"丹丘子在下席，忽然于此时大笑出声，也顾不得礼仪了，只见他膝行而前，欺近司马承祯，低声道："道君所奇之人，只今合在楚山里。"

经丹丘子一提醒，崔涤也恍兮惚兮、若有所悟，遂转脸向许自正道："道君所解者，是道；某所事者，术也，请容陈一术。"

"何术？"

"为令嫒执柯作伐。"

这是注记着"付安陆许"四字之诗作的来历。后人因之推断："萧墙看冷双红豆，病雨听深一紫荆"这一联的出、落两句，各有所指；出句所况者，乃是许宛那姑娘——证之首句用司马相如的典故，则以"若君"为"仿如卓文君"亦颇合旨；而落句，则是以紫荆为喻，实则指树为人，暗示自己身在病中，所殷殷寄望于身后者，不外是作成绵州、安州两地紫荆之树合抱交拱罢了。

一八　空余秋草洞庭间

崔涤之死，时当隆冬。他与司马承祯、丹丘子在孟春时节与李白一晤而别于江陵，还没来得及撞上这一桩婚媒因缘。匆匆握别之际，崔涤若有心、似无心地问了李白一句："此地一别，却不知日后何处相逢了？"

李白的答复很妙："某家昌明故里,闾门外有紫荆一,可十围,华盖浓深,以荫公侯车驾。"

此番李白之所以汲汲登程,则是为了吴指南的两句半癫半醉之语话:"汝同某过洞庭去罢?某好至彼处死去,汝便了无罣碍!"

此前一日,司马承祯在天梁观升坛讲"服气精义论"。这一套道法都为九论,以养生持体为宗旨,分两日成一通说。前一夜掌灯燃烛,讲慎忌论和五脏论;次日自晨至午讲疗病论及病候论;午后至暮讲五牙论、服气论、导引论;入夜之后,再讲符水论与服药论。来听讲的,俱是前一日在掷甲驿苦候多时、来自临州近县的道士、女冠。

李白早年在大匡山随赵蕤读书,赵蕤就曾授以"舍淮南而就句曲"的大判断。句曲者,句曲山也,亦即齐、梁时陶弘景隐居的茅山。陶弘景号华阳隐居之所隐,正是此地。隐伏句曲四十年,除了《真诰》一书之外,所撰《效验方》、《补阙肘后百一方》、《陶氏本草》、《药总诀》等,皆是赵蕤一向所称道的"实学"。司马承祯为陶弘景嫡裔三传弟子,"服气经义论"则恰为发扬陶氏之学的一部集成之说。

久闻其名,未详其情,李白自然俯首下心,专志聆教,司马承祯对这"仙风道骨"的少年青眼有加,不只令其躐列前席,还吩咐厉以常为添几砚纸墨,并松油短檠佐书,堪说格外礼遇了。

司马承祯以五脏论开讲,指画囊躯,譬喻五行,杂以星辰运行、周天环动的道理,数以百计的道者听得津津有味,不时杂以赞许嗟叹之声。唯独吴指南听讲不过片刻,就不再能辨识字句了,但觉腹中空洞,饥馁难当,霍地自站起身,甩开大步,穿越人丛,朝大殿之外扬长而去。

由于水运利便，近年来的江陵已经逐渐追步长安、洛阳，形形色色的行市热络，交易蓬勃，商店侵街的情形也时有所见。在邻近水陆码头之地，出现了许多为迎迓不时往来的旅客而开张的酒食铺子。相较起来，京师尚有朝开晚闭的宵禁，江陵在地的律令反而宽弛得多，居宅、商家、逆旅、酒楼更无坊墙的囿限，随处可见。

吴指南信步游荡，东家食罢西家饮，醉饱之余，高歌迤行，漫无南北。走得口干唇燥，复见有炊烟炉火之处，便一头抢入，解下腰间钱囊，听任主东估值，呼酒不歇。

如此行醉，沉酣至再，直落得夜色由暗而明，天色复由明而暗，到了次日昏暮时分，迷离茫昧间，他只觉此廓此垣熟悉得无以复加，眼中所见之人、耳边所闻之语，竟与他所出身的昌明县城并无二致。就这么一面趑趄趔趄地走，吴指南一面环顾周身越发不清不明的光景，一面疑道："呜呼呼呀！某却如此一路回家了么？"

"可不？"忽地一人在身后应道。

回头一眼接着，倒教他通身上下的酒气猛可间散去五分。但见身后站着个苍发蓬尺、散乱披覆的汉子，身上条缕褴衫，百孔千疮，肩头站着一只鹦鹉。他影影绰绰记得这人，仿佛见过的——

"汝是那天上的、不不，是那堕水的——"吴指南无论如何再也想不起来了。

此人正是文曲星张夜叉。

张夜叉也不遑同吴指南寒暄，只一劲拽起他的衣袖疾行，边走边叨念着：要寻觅一处火家，沽得上好"水边卖"来共饮。"水边卖"又名"芙蓉酪",也叫"容城春",是当地古传五百年的佳酿,自三国时代荆州南郡容城镇渔市贩者手中初创而得名。

此酒当得楚地一宝,由来也十分意外。原本酒之另名为春,多以产地相号,如剑南春、罗浮春者皆是。酿造容城春亦然,凡溢产谷米,即取以为酿,耕家自饮有余,添为买卖。久而久之,酿者自有体会:但凡碾磨愈精而细者,其出酿愈香而存愈久,然量亦愈稀,价亦愈昂。耕渔之徒,逐渐以此图利,江陵之人遂多贩之于行商估客。

《容城爨录·水边卖》有载:"渔市一愚妇,见灶上一铛,中有浊浆,误作稀粥,乃添薪火沸煮,移时而不记,复令自沸自凉,如是者三。无何,忽忆铛中有粥,举以食,瞿然醉矣。审其余沥,清澈如水,盖容城春也。酒用馏法存圣甚秘,始此。"

张夜叉此时神情愉悦,与大半年前在江船之中倨傲轻慢的样貌,迥不相侔。他极口称道那"水边卖"的滋味天下无双;其佳处还有来历,端在酿造之时,以芙蓉叶为曲池铺垫,尽得国色天香之美云云。这话说得吴指南舌底生津,又醒了一二分,筋力气血登时畅旺起来,欢欢喜喜与这萍水相逢的丐者痛饮。直到戌时前后,肩头的鹦鹉突然扑打着翅翼,高声喊了两句:"空余秋草洞庭间,空余秋草洞庭间。"

就在这一刻,张夜叉脸色忽地沉了下来,凝眸直视吴指南,擎杯道:"芙蓉叶,尽化为糟泥,形躯泯灭,而于酒沥之中留得些许简淡余香——此物,便是汝子了!"

醉意可是被张夜叉的神色惊得十分全消,可他话里的玄机,吴指南却怎么也参不透,只随手朝那鹦鹉指画,漫口问道:"这鸟说些甚话?腔字好似李十二呀。"

"信然！"张夜叉微微一颔首，道，"李郎日后当有此句。"

"他尚未作得？"

"汝尚未死，彼岂能作？"

吴指南若有所悟，吁声嗫语着："空余秋草——？"

张夜叉洒然一笑，道："洞庭间。"

吴指南当夜趁着一天的烂星明月，奔回天梁观，正逢司马承祯讲服药论将罢，吴指南旁若无人，大步闯入，逕至李白席前，朗声道："汝同某过洞庭去罢？某好至彼处死去，汝便了无罣碍！"

李白既羞且窘，简直无地自容，抢忙向坛坫之上的司马承祯匆匆施了一礼，拽住吴指南的衣袂，箭步奔出殿门，仍极力按耐，咬牙切齿低声道："汝随某游山玩水，访道求仙，一行无羁无绊，身作载酒之船，浮沉烟波而已。有什么罣碍？闹什么生死？"

"某受汝父之托，为汝兄汝弟接济钱财，但此事不了，便合得一死。"

吴指南的忧忡焦急固有其义正辞严之理。自从离开绵州，李白一意漫游，涉纳溪、下渝州、经巫山、过荆门、到江陵，秋去春来，似乎从无一时片刻着意于完遂李客所交代的事。道途之间，吴指南一旦略微清醒些，总忍不住要探问：何若直放九江，再返棹上三峡，且将钱财与李氏兄弟交割分明，也免得牵挂？然而李白总是乱以他语，或说：李寻、李常向不缺钱，何必为他们的不急之需而辜负大好山川？或说：沿途未见与李客往来交兑契券的柜坊，也就不能持"便换"提取通宝。

可是吴指南"合得一死"四字出口，李白却愣住了，仿佛不能置信,当下虎起一双圆眼,注视着吴指南,仔细打量他的脸,似乎将吴指南看得陌生起来;而吴指南被他这么凝神看着,不由得一凛:李白的脸,竟然也在这一瞬间变得不可捉摸甚至不可辨识。两人就这么对望了不知多久,李白忽然纵声长笑,笑罢大袖一拂,道:"那么——明日同道君辞行便走。"

"去洞庭?"

"去洞庭。"

"洞庭——"吴指南怯生生地又问了一句,"究竟是何地?"

"抚以湘兮扣以沅,回按夫夷兮挟以𣲟,澧水来伏兮广波澜,并为我作云梦之观。"启口四句,原无作篇之意,不过是把他从古书古文上读来的洞庭之地,略加指点,说的是自南而北注积成湖的四条河流,分别为湘江、沅江、澧水与资江;资江复有二源——在南为𣲟水,在西为夫夷水——是以辞。

李白吟着吟着,兴致来了,便忍不住以较为夸张的声调纵声唱了起来:"古之有大泽兮,乃在楚宫之东南。八百里展臂乎扶桑兮,一掬朝日于沉酣。帝之二女处兮,是常游于江源。旦暮而发云雨兮,以营苍生之精魂。咸池之乐,张于洞庭之野。其声震震兮,凡耳不能假。姑且酌之满腹兮,毋乃以此湖为三雅。"

这是他出蜀之后的第一篇赋,《云梦赋》。此赋从"抚以湘"到"三雅",是开篇第一章。这一章脱口而成,文不加点,可谓神授。而当时他并未亲即湖山之观,是以纵横时空,所描写的对象,纯属想象中的大泽。其中(堪说是相当节制地)只用了两个典故。其一是"帝之二女",这个词就是"天帝有两个女儿",此二女被封为江神,也就是《列仙传》上所说的"江妃"二女也。证之以《离骚·九歌》

声称"湘夫人"者便是。

可是后人附会多端，必欲将"湘夫人"归宗为帝尧之女，是极大的误会。这个误会，显然也与秦始皇身边的博士有关。据闻：始皇浮江至湘山，逢大风，于是问博士，湘君何神？博士曰："闻之尧二女舜妃也，死而葬此。"后来刘向作《列女传》，承袭了这个说法，并且说："二女死于江湘之间，俗谓为'湘君'。"汉代的经学大家郑众也以讹传讹，举证舜妃为湘君。此后"帝之二女"就变成了"帝尧之二女"；"湘夫人"也就成了"湘君"。甚至还增添了"舜陟方而死，二妃从之，俱溺死而湘江，遂号为湘夫人"的枝叶。

李白在此处用"帝之二女"，主要的用意是点明地理，不涉于神话枝蔓之说，同时也经由这两个帝女之登场，铺垫稍后"咸池之乐，张于洞庭之野"的文句，因为下令在洞庭的旷野中演奏《咸池》乐章的，正是"天帝"，也可以说是昊天上帝——而决计不会是帝尧——此语，出于《庄子·天运》。

另一个典故"三雅"则切切与吴指南这酒鬼有关。曹丕《典论》云："刘表有酒爵三，大曰伯雅，次曰仲雅，小曰季雅。伯雅容七升，仲雅六升，季雅五升。"从此文问世以后，人们便常以"三雅"泛指酒器，而且是豪饮、剧饮、狂饮之人所用的、容量极大的酒器。"姑且酌之满腹兮，毋乃以此湖为三雅"就是将东、南、西三洞庭比拟成当年刘表的三种酒器，那岂不喝得太痛快了？

吴指南听李白解说时，不由得笑了起来："如此喝死亦值！"

后人可以如此设想：《云梦赋》首章之文，已经预先埋设了"饮湖而醉，醑酒临江"的壮阔之情，即使不免附会穿凿，也可以说成是为吴指南一奠神魂的草蛇灰线。这开篇第一章，就写在天梁观南院的塞门内侧,字如拳大,墨渖光鲜,根骨劲挺,笔趣酣畅。题壁当时,为李白捧砚的是厉以常。书毕之际,诗人与厉以常口头相约:洞庭罢游归来,必有续章完篇,将会回到天梁观来写就。

即将登程的时候,崔涤朝李白一颔首,问道:"此地一别,却不知日后何处相逢了?"

李白笑道:"某家昌明故里,闾门外有紫荆一,可十围,华盖浓深,以荫公侯车驾。"

吴指南先一步催趱着新雇的骡车,扬长而去,但见他捧着一壶容城春,信口哼唱的,还是那些传唱于绵州的俚曲杂谣,歌声越发远了,李白也不得不攀鞍跨马,朝众人拱手,道:"握别、揾别而挥别,终须一别,自此去了。"

"十二郎缓缓其行。"司马承祯一面说,一面冲丹丘子点点头,使了个眼色。

丹丘子随即拔步趋前,为李白一带缰索,顺手将一柄油红晶亮的伞顺手给插在李白鞍鞯之旁的囊鞘里,低声嘱咐了几句:"云梦大泽,雨雾繁滋,十二郎珍重。此天台山玉霄峰白云宫中之物,向不外传;只今道君所贶,必有其用。某奉道君、崔监于此略事盘桓,亦将南访,后会有期了。"

司马承祯注视着李白的背影,神情不像是送行,倒像是满心满眼在迎迓着什么似的,沉声对一旁的丹丘子道:"却不知这华盖之下,究竟是谁家公侯了。"

李白的背影,即此直下复州,再渡江到岳州,走进了《云梦赋》的第二章——

乡人告予兮,此水古渺茫。洞庭之山惝恍兮,西望裁彼楚江。凭飙风而临高,极云海之苍苍,何余心之缥缈?寄相思而飘扬。大泽何以为名?禹书状其潆泱。历十万载而成泥沼兮,又八千纪而漫汪洋。陂陀纵横而卑湿兮,若有杂处之阴阳。鱼龙交陈而出入兮,宁无啼笑之虎狼?然而高士安在?霸王何方?楚君田猎九百里,犹不得翻覆沧浪。云梦之水看无际兮,唯子虚、上林之荒唐。江渊渟以待风起兮,子何为而彷徨?

欲详洞庭,须先解李白称之为云梦的故实。

在李白那个时代,云梦、洞庭名异而指同,只是一个约略的统称。直到数百年后的北宋元丰年间,有郭思其人,能知古代汉沔间地理,才下了一个定论,认为:"亦谓江南为梦,江北为云。"这是根据《左传》的记载而推断出来的。《左传·定公四年》:"吴入郢……楚子涉睢,济江,入于云中。王寝,盗攻之,以戈击王……王奔郧。"

根据这一段文字,可知当时楚子从郢西出走,涉过睢水,则车驾启程之地,应该就在江南。而后"济江,入于云中……奔郧",郧就是大唐宰相许圉师、郝处俊等人寓家之所,唐时为安陆——无疑"云"也在江北。此外,据《尔雅注疏》引《左传·昭公三年》,有:"郑伯如楚,子产相,楚子享之……既享,子产乃具田,备王以田江南之梦。"更明白指出:梦,是在江南。这个字极可能是同音通假而来,在古代楚国方言里,借之以表"湖泽"之意,本字写作"漭"。而李白所作"楚君田猎九百里"便不是一句空话,其典出于《左传》，以此语点染壮怀天下之志，才能与下文中的"子何为而彷徨"呼应。

《云梦赋》的第二章，可以看成是李白在洞庭湖畔游走时所做的札记。他走访了当地父老，从乡人口中得知洞庭湖的历史。其中"历十万载而成泥沼兮，又八千纪而漫汪洋"堪称相当贴近此湖水文实况。

仅从前文"咸池之乐，张于洞庭之野"可知：在黄帝那个时代，洞庭山周围还是土地平旷的原野。到了屈原写《楚辞·九歌·湘夫人》有"袅袅兮秋风，洞庭波兮木叶下"之句，应该已经有了湖泊，然而，可以想见的是，当时尚未浩渺如海，还是许多小湖，零散如陂塘的样貌。然而就地质而言，古之大云梦泽是在不断地沉降之中，有水处蓄积愈深，不患淤积；岁月既久，毗连着的许多小湖泊便逐渐淹漫成一大湖。

春秋战国时期以降，直到秦始皇二十六年，整整五百年，中原各地气候湿暖多雨，尤有甚者，西汉时代益加潮热湿润，各地江河溪水都充足肥涨。虽然从西汉末叶到隋初的将近六百年，大体上气候转为寒旱，不过，"夏霜夏雪"的情况要远甚于"冬无雪冰"。虽然间有不少荒年，使得东晋前后云梦泽日渐萎缩，但是连年巨大的长江之水，竟然像是有心滋润干渴的大地一般，汹汹涌涌而来，向荆江南岸奔流，进入下沉中的沼泽平原，因此洞庭之湖便烟波浩瀚而成。

于是，到了北魏的郦道元笔下，《水经》的记载就同上古黄帝时期有了很大的不同。他描述澧水："东至长沙下隽县西北，东入于江。"沅水："东至长沙下隽县西，北入于江。"湘水："北过下巂县西……北至巴丘山，入于江。"资水："东与沅水合于湖中，东北入于江也。"终至于："湖水广圆五百余里，日月若出没于其中。"

"历十万载而成泥沼兮，又八千纪而漫汪洋"殆非虚语，说明了湖泽地区的乡人一向对于生涯所寄的环境，有一种沧海桑田、变动不拘的认识，历百千万年而湖干涸为沼；又历万千百年而沼复淹填为湖。自天地自然的角度来看，洞庭湖岂有一定的尺幅宽仄？这就是它湖中有山、湖外有湖的根柢。

也正因为水景地貌本质上有着惊人的变化，李白赋中以下数句便可以看作呼应着这环境而点染的生态："陂陀纵横而卑湿兮，若有杂处之阴阳。鱼龙交陈而出入兮，宁无啼笑之虎狼？"将就着倾斜欹侧、颠簸起伏的地势，道路交错曲折，无处不蒸腾着令人不安的氤氲之气，似雾似云，以烟以波，又如奇妖怪兽杂处于人世之间所施设的障蔽之术——既像是在吸引着愚夫蠢妇前去一探究竟，又像是在儆示着凡夫俗子不可妄加侵扰。所谓"鱼龙交陈"、"虎狼啼笑"，一方面显现了旅者对陌生物类的遐想，一方面也透露出诗人意图亲近那神秘地界的渴望。

李白是全心全意地相信：古云梦之地，有他企慕的神仙。初临这书中所形容的、犹如沧海一般横无际涯的湖泊，尽忘所从所欲而行，只是吴指南不时就要发着谵呓："尽这大好湖山，毕竟何处死好？"

李白原本不把这醉鬼的言语当真，却着实觉得他口口声声死去活来扫兴，这一刻目睹江烟湖霭弥漫，忽然灵机一动，遥指北面云气深浓之处，笑道："彼处可死。"

"彼是何处？"

"极目不见者，是为南郡。"李白道，"某日前在天梁观，曾接闻于司马道君，谓南郡张玉子渡江南来梦泽学道，居此湖之北，精研'务魁'之术，会须便在是处。"

"张玉子是汝朋友？"

"张玉子是神仙。"

"然则'五魁'呢？"吴指南伸出右手，摇晃着五根手指头，道，"汝不忆某等在乡时豁酒拳，须是'免魁忌宝'，五字不得猜的。"

"非也，'务魁'是一套功法。"

张震，号玉子，西周末季时的一个庶民。周幽王颇闻其通晓坟典之名，征之入朝，却被他拒绝了。张玉子留下几句千古纷传的慨叹："人居世间，日失一日，去生转远，去死转近，而贪富贵，不知养性，命尽气绝即死。位为王侯，金玉如山，何益形为灰土乎？独有神仙度世，可以无穷耳。"

既然不屑进取于当局，则很难维持其既有学养、又图清静之身。张玉子遂放弃了国人身份，成为不折不扣的野人，追随一个据说能够"巾金巾，入天门；呼长精，吸玄泉；鸣天鼓，养丹田"的术士长桑公子学习诸般法术。这些法术，在长桑子之前，皆由口传心受，不立文字；但是从张玉子开始，以文书载录的形式为道术留下了不可磨灭的轨迹。晋葛洪著《神仙传》称他："乃造一家之法，著道书百余篇，其术以务魁为主，而精于五行之意，演其微妙以养性治病，消灾散祸。"

关于他涉江南下，居停于云梦之地习道的载记，即使连《神仙传》所记也相当简略，岳州当地父老口耳相传之说，则历千余年不灭；最主要的原因，是张玉子其人不只是一个道者，他所拥有的力量过于强大，在俗民心目之中，俨然一鬼神矣。

张玉子异能惊人之术，已经到了化真入幻、假幻为真的地步，他的嫡传弟子甚至记录：张玉子能够"俯临一水，见千里外人事"，或者是"闻临郡有酒食佳美，片刻持回饮啖"。归根究柢，仍须从"务魁"说起。

务魁初有一法，要用木器盛水，捧对两魁之间，施术者吹而嘘之，缓缓让那皿水兴发涟漪，涟漪深可寸许，水上也逐渐生出赤光，光晕晔晔绕走，历一时又三刻而成。其间，北斗不能为闲云遮掩，否则此术立败。祝祷之礼既毕，那皿中之水可以"治百病，在内者饮之，在外者浴之，皆使立愈"。这种方术日后仍不断地演变，到了南朝齐、梁之间，就发展成一种在特定时刻面对魁星持诵咒诀，而能感格天地的礼仪，却未必能治病了。

魁，是北斗前四星——亦即天枢、天璇、天机、天权——的统称。务魁，则是"存思北斗"的代称，这正是道教在展开上清派之后所发动的一桩极为特殊的道法。

"且待一天清月明之夜，汝与某至湖墅滩头，雇一条夜渔船——"李白道，"容某为汝一叙这'务魁'的玄机。"

"还需趁酒！"吴指南笑了。

"汝自饮得，"李白道，"某于彼时须斋戒事神，不能饮。"

"事神又则甚？"

"云梦自古为仙家洞府，"李白形容严肃地说，"某千里而来，合当交感于山川，拜候天庭故旧诸君。"

原本佛家有末法恶世之说，以为人世间灾劫连绵，旱涝饥兵之灾无时或已，这都是人心卑下，造作恶业所致。也由于人间怨气冲霄，邪魔外道充斥，龙天护法莫之能御——诸如此类关于人与自然之间相互呼应的解释，在乱世中更普遍深植人心，也就不只是佛家宣教时多所运用，道术之士非但借持此说，也发展出独到的祈禳仪式。

北斗七星，斗柄所指，可以应天时。此外，北斗也是天帝之銮舆；太一神乘此车驾，巡回八表，统有十方，别阴阳、分四季、调五行。连先秦儒家也以之为指喻："为政以德，譬如北辰，居其所而众星拱之。"东汉以降，谶纬之学大兴，《尚书纬》说："七星在人为七瑞。北斗居天之中，当昆仑之上，运转所指，随二十四气，正十二辰，建十二月，又州国分野、年命，莫不政之，故为七政。"由此而为北斗之崇拜奠定了基础。

在道术之士眼中，北斗七星君是共同崇奉的星神。分别是：北斗第一宫之天枢为阳明司命星君，主阳德；第二宫之天璇，为阴精司禄星君，司阴刑；第三宫之天机，为真人禄存星君，司灾祸；第四宫之天权，为玄冥延寿星君，主天理、伐无道；第五宫之玉衡，为丹元益算星君，司中央、助四旁、杀有罪；第六宫之开阳，为北极度厄星君，主天仓五谷；第七宫之摇光，为天关上生星君，主刀兵。

北斗星论并不以此为足，到了三国两晋之后，应须是在隋代以前，《黄帝斗图》进一步发扬原旨，推陈出新，更赋称名；将天枢呼为贪狼，将天璇呼为巨门，将天机呼为禄存，将天权呼为文曲，将玉衡呼为廉贞，将开阳呼为武曲，将摇光呼为破军。顾名而思义，北斗星官又有了更繁复的人事征应。

道经代代相传，转益发挥此旨，不断强调北斗对万物生民的支配和影响。《太上玄灵北斗本命长生妙经》的记载相当详尽，以为："北斗司生司杀，养物济人之都会也。凡诸有情之人，既禀天地之气，阴阳之令，为男为女，可寿可夭，皆出其北斗之政命也。"这恰是数百年来，民间道者串走天下州郡，四处宣扬的结果。北斗崇拜长久流行，也影响到佛门的立论，致有二十八宿摄理行病鬼王祟害之说，也有用纸钱、醪酒、肉脯供养二十八宿，以期禳灾的方术。

更有一个广泛为人采信的说法，以为凡是天上重要的星君谪落凡间，成为肉身，即使不忆前事，也不免时时矫首穹苍，彷徨瞻望，以一种不能自禁而亲近故乡或家人的情感面对繁星。

就在这一条夜渔船上，吴指南抱着酒囊，仰脸环视灿若织锦的星空，冷不防插嘴道："天遥地远，星子不及豆大，看不出它管得我何事！"

"举头得见，本身而已。"李白道，"此即'务魁'之妙谛。"

既然深信自己来自天星，李白会这么说，并不夸张。他之所以潜心向道，也是基于生小自信为太白星之谪身。这个容或出于父母家人之间的笑谈，不料正合于存思北斗的论证。

昔年张玉子精修"务魁"，创录存思北斗之法，开端便宗法一不易之理，认为每一个人的肉身之质，其微乎其微、不可析分者，都是来自远古天上群星的灰尘。所以养性治病，消灾散祸，要始于抬头一望，回视这肉身所从来处。而后，无尽观想，穷极思虑，让自己全副的元神经由心念召唤，与天星相呼应，尔后，才能透过道术的推动——像是持咒、念诀、烧符、诵箓等等活动，与星官交通。

这自天而降的感应，有时剧烈无匹，有时隐微难察。据说张玉子作法，"能起飘风发木折屋，作云雷雨雾"。到了这个地步，从风中随手摭拾些草芥瓦石，随念赋形，可以为六畜、可以为百禽、可以为龙虎。原本就是一人，倏忽分而为数十百千，形躯无二。一旦作起法来，大踏步涉江踏浪而不溺，含水于口中，一噀喷出，尽为琳琅珠玉。还有些时候，他能闭气不息，"举之不起，推之不动，屈之不曲，嗒然若木石"，如此过了好几十天，才矍然而起，行坐如常。

"玉子之术，毕竟有绝不可及者。"李白越说越亢奋，竟然在这条两丈有余长、不过一寻宽的小舟之上手舞足蹈起来，"说他抟泥成丸，嘘气为马，与弟子结群而走，一日可行千里。行道之间，口吐五色云，指飞鸟而堕地；一旦临渊授符，那符所过之处，寸波不兴，鱼鳖皆走上岸——"

说到这里，情节荒诞已极；非徒吴指南，连那舟子都乐了，大笑道："习得此术，渔家何等称意哉！"

"汝等不信乎？"李白立身朝北，矫首四魁，随即双目一瞑，口中喃喃念诵起来，绝不类日常说话，亦不像作诗吟哦，他的声音变得沉浓而厚重，初时尚能辨别唇舌齿牙的鼓动，片刻之后，那念诵便不再是人声，而近似钟磬鼓鼙了。其声调起伏，有如在回壁渊潭之间缓缓吹起一阵夹杂着林叶喧咴的风；这风，鼓动着四面八方山石树木上的每一个孔窍，又复曲折缭绕，瓮瓮震响。无论是听在吴指南或舟子的耳中，字句都不明白，仿佛是一种来自鬼神的呼吼。

吴指南一转念，猛然想到了赵蕤，不禁脱口喊道："你同那赵黑子果然学了些怪道！"

这边喊声未落，四面湖水忽地响应起来——绕舟方圆数十丈外，忽然八面生波，空隆作吼；在星光和月光的映照之下，只见泛起一圈高可半尺的白浪。这浪不前不后、不进不退，只原处汩涌浮突，有如沸煮之势。远处君山之上原本密林蓊郁，在夜色之中，犹如老蠹盘曲。此时像是应那湖水翻腾，居然飞出一大片禽鸟，为数不下百千。群鸟先自绕着七十二螺峰翱翔了一圈，接着便振翮直上，向北斗的第四颗星——也就是被称为天权或文曲的那颗星——高举而去。

李白在这时睁开了眼，仍目不转睛地凝视着那中天之斗，随即抬手指着飞鸟消迹之处："今夜来值者，竟是张夜叉！"

"就是他，客年呼我短命畜生——"吴指南举起酒囊来，倾口而入，亢声道，"今番又道，某会须死在洞庭。"

李白再也听不得这厮使酒胡言，大袖一拂，甩了吴指南头脸一记，道："汝乃不知张玉子垂训之言'人居世间，日失一日，去生转远，去死转近'乎？死乃日常，生者时刻不离死事，生一时即是死一时，夫复何言？"

"死却不怕，但恐死前都不晓事。"吴指南说着，呵呵一笑，又往嘴里倒了一注酒。

"何事不晓？"

"事事不晓。"吴指南转脸看着李白——这人与他相识二十年，二十年间，他们从未像此番行旅一般日夕相随相亲；然而，吴指南却觉得李白离他愈发遥远，他不但不再认识这眼中之人，甚至看不见他了。

不但看不见李白，片刻之间，他什么也看不见了。耳边桨楫之声碌碌，舟子似是将船荡入湖心了。一边荡着，一边还唱着："学陶朱，浮五湖；唤留侯，戏沧州——此身在不在？江河万古流。"

吴指南随即听见，李白也随着那舟子唱了起来。

一九　流浪将何之

唯有吴指南自己知道，每不过一二日，便忽然间双眼一黑，片刻不能见物。彼时耳力却不期而然倍增，无论是鸟叫虫鸣、人语物动，也无分东西南北、远近高低，听来竟历历分明。尤其是醒醉已深，神困体乏，只道蓦然间遁入一梦，不见形色，但闻声响，还颇似孩提之童的捉瞎游戏。

天地晦暗，万物失踪，他倒不觉得有什么苦恼；只这盲症一发，吴指南就会想起天数不欺，大限已届，那许多令他百思不解之事，就显得促迫了起来。其中最令他迷惑的，便是李白。

李白四岁举家徙居昌明，两人同里为邻，生小相伴，但是各自的境遇却迥然不同。吴指南是匠作之家的幼子，长兄三人，各名指东、指西、指北，皆属白丁之身，先后在二十岁上应府兵征点，充任卫士；不料却于开元四年十月间，三人先后在庆州青刚岭和黑山呼延谷的两场战役之中，力战殉身。这悲惨的死难临门，却保全了吴指南免于丁夫之役。从此混迹乡里，无所用心。

至于李白一家，则全然不同。李客天下行商，颇识时务，所育三子一女，或承传家业，或操习妇功——而独令李白读书。先是，李寻、李常都在十四岁的时候出门远游，分别门户；闺女月圆也在十五岁上遭嫁同邑之子。

但是对于李白,李客却始终听之、任之,容他镇日里呼朋引伴,率性使酒;纵使在结客嬉闹之余,逞其耳聪目明,雕章琢句,拟赋作诗,看来也只是少年游戏而已。

毕竟任人皆知的,商家子弟,于律不许入士流,少年李白的前程,就十分模糊了。李客既然不使这儿郎自立,邻里都看不过去,或问其故,他却说得十分简淡:"彼虽小儿,毋乃是天星种落,容徐图之。"

"种落"二字,原本是晋、唐之间俗语,多用以形容夷狄部族。经常往来西域之人都明白,这不是带有分毫敬意的语词——即使李白自己日后也在《出自蓟北门行》中写道:"单于一平荡,种落自奔亡。收功报天子,行歌归咸阳。"——不过,仔细玩味语气,也可见李客虽然半带着低贬玩笑之意,对于太白星下凡的征应,倒是极端看重的。

是以李白的《云梦赋》第三章,立刻转入了与天机地景相互契合的描述。这是紧接着前文的"子何为而彷徨"而来。"彷徨"二字,自古有之,《诗经·黍离》、《庄子·大宗师》,或云徘徊不忍,或云盘桓周旋,各有着意。李白并非空洞地学舌追步于陈词套语,而有他真实、强大的矛盾之感。

他相信了太白星谪谴的神话,当然会时时对苍天、星辰,以及无际无涯的浩瀚宇宙,产生难以遏抑的渴求。但是相对于另一个自己,这番渴求却成了羁縻和阻碍。而这另一个李白,正是满怀家国之志,寄望一展身手,作帝王师,为栋梁材,逞心于时局,得意于天下。

换言之：学神仙之道，如有所归；成将相之功，如有所寄。依违两难，实无从取舍。于是，他想起当年在露寒驿所接闻于狂客的那句话："踟蹰了！"

这踟蹰，不只是出处大道的抉择，还有少年的迷情顿挫。《云梦赋》第三章乃得如此：

予既踟蹰于中路兮，岂致捷径以窘步？夫唯云汉之前瞻兮，乃忧江山而后顾。谪身迷兹烟波兮，共徜徉之朝暮。岂独耽彼洞府兮，忘匣鸣以延伫。是有不得已者乎，是有难为情处。晨吾纼马于江滨兮，犹见顾菟在腹。夜光之德崇兮，遍照隅隈无数。启明既出而已晦兮，何其情之不固？长庚将落而回眸兮，焉能忍此终古。

这一章的笔法忽然收束就范，完全仿效在屈原《离骚》，这是有意的——诗人要让读者明白他置身云梦，一如行吟泽畔的屈子，不只地理相仿，心境亦同，故声腔也要极尽相类之能事。其中，"岂致捷径以窘步"就是翻改《离骚》的"夫唯捷径以窘步"，原文说的是桀、纣之辈耽溺狂恣、贪图捷径，而导致步履困窘，李白则借着反诘的语气，显示了归法于骚体的格局。

"晨吾纼马于江滨兮，犹见顾菟在腹"，仍旧脱胎于《离骚》的"朝吾将济于白水兮，登阆风而纼马"和《天问》的"厥利维何？而顾菟在腹"两句。纼马，即是系马。顾菟，指月中之兔，顾菟在月的腹中，也就把来借指月亮。

原本，屈原的问题是"厥利维何？而顾菟在腹"，所追问的是

"天上之月究竟有什么好，得以盈而后亏，还能够复亏为盈？"李白则通过了"月"这个意象，带出后面的"夜光之德崇兮，遍照隅隈无数"；在这里，李白又推进一层，将《天问》的原文"隅隈多有，谁知其数"改头换面，反而形成了颂扬月光的语势——是的，李白真正要引出的，还是月！

从整段的大旨上说，李白的踟蹰，来自两个世界。一个是他所从来的天星，一个是他一心向往的人世。原本准备大肆游历的诗人一旦来到神仙之地，不意却为自己施弄的"务魁"手段勾起了返回仙界的出尘之想，这就显现了"云汉"和"江山"的对立。

他谆谆警告自己：不要只是为了洞府之美，而忘了匣鸣之志——"匣鸣"语出晋王嘉《拾遗记·卷一》："颛顼，高阳氏有画影剑、腾空剑。若四方有兵，此剑飞赴，指其方，则克。未用时，在匣中，常如龙虎吟。"意思当然是要趁着青春少壮，建立一番不世出的功业。

然而就在"不得已"、"难为情"两句以下，诗人终于点出了"踟蹰"的底蕴：太白星与月，何其不幸地参差错过，而不能长相依伴、永结好合。

太白星，就是金星。晨起东方天际所出现的第一颗明星，又被称作"启明"。当启明星升起之时，月多已西沉；而当太白星运行半周天，到了黄昏时分，也是徘徊在西方天际的最后一颗明星，此时又称"长庚"。长庚既落，月才从遥迢的东方升起。是以绝大部分的时候，这两颗星是不能相会的。纵使金星偶有伴月之时，毕竟极为罕见，故称奇观。

这一章末四句所道，便是李白留连洞庭湖山之余，一念不息，缭绕遐想的情境。向所未有的,他明白拈出了"月"字,作为对应于"太白星"的象征。他一句接一句地吟,吟后略一回味记诵,全然不须构思,便接着吟出下一句,同时还没忘了向吴指南逐字解说那些名物典实的意思,只是越吟声音越沙哑,吟到"焉能忍此终古"时,几乎喑哑失声。吴指南竟不待他解说,岔口抢道:

"说的,是汝师娘否?"

李白还来不及答话,原先那一阵向文曲星扶摇而去的鸟群又飞了回来,有些鸣噪不休,也有的翻扑失序,都像是受到了极大的惊扰,盘旋于七十二峰四周,尽不肯归林入巢,紧紧追随于后,仿佛就是从那北斗之中牵引而来的,却是一大片密压压、乌洞洞的浓云,黑风东下,扑面当头便是一阵暴雨,直落犹未已,更兼被风头带得横里扫打。

舟子一时慌了手脚,恨道:"看某家这大好潴塘,向未落此等恶雨,俱是汝持咒惊天,平白惹事!"

这气急败坏的舟子所言,确也不谬——道经《上清句曲真录衍释》有谓:"天应道说,以雨以雪;至不则时,有印有诀。"李白赫然明白了:他的呼求已经上达天听,他也得到了来自天界的反应。道门阐释,忒重无言独化而传,"感于此而达于彼"。由于天为兆民共仰、共事、共戴之天,天便不能向任何一人明白答复,以免淆乱众听群视;所以往往仅于某时某地,显示不大寻常的天象,聊表一诺而已,此即所谓"感格"。

在雨中,李白开怀大笑,他知道:上天正在俯视着他的行止,瞰察着他的动静,也一定明白了他进退两不安的踟蹰。他还记得:前一场大雨,出于莫可究竟的天意,竟将司马承祯引来了他的面前,这一场雨，上天应该也会有他的安排罢？

他从随身包袱之中抽出了丹丘子所转交的那柄伞，招呼那正在捧接雨水洗脸的吴指南到伞下一避，吴指南戏水得趣，也不理他。未料那一迳咕咕哝哝抱怨着的舟子忽然间惊叫出声，指着李白，却又畏怯地赶紧缩回手，颤抖着说道："汝竟是李、李、李家十二郎哉？"

"某，一介东西南北之人，知名者却不少。"李白撑稳了伞，取过吴指南手中酒囊来，满饮一口，道，"舟子啊舟子，其谁知李白者，不亦神仙乎？"

二〇　一朝飞腾为方丈蓬莱之人耳

舟子满眼惊恐畏忌，却又不得不赔笑称诿，全不似先前引吭放歌时的一派逍遥了，他战战兢兢说起了三天前来湖中打夜渔的一段奇遇。

说是夜半时分，小舟行过君山西侧，彼处正是乡人盛称古来云梦"湖中之湖"的所在，八百里湖山，唯有此地产银鱼，小可盈寸，眼见黑点，一年冬、夏所产较多，然春秋所出较肥。暮春时节，这银鱼无鳞无刺，质坚而软，理细而嫩，常嬉游于近山草滩缓流之处，日隐不见，入夜则身如萤灯，通体磷白点点，舟子夜渔，多喜捕捞此种。然而——

舟子问道："十二郎可听人说起过，五十年外泾阳龙战之事？"

那是在武氏仪凤年间，岳州湘阴士子柳毅入京应举下第，本来是要立即返乡的，忽动一念，往泾阳去拜望一个远来寄籍的同乡，就在行道途中，插手管了一桩闲事——原来是路边有牧羊妇人啼哭不已，相询之下，才知道此女与丈夫不能谐好，又每为翁姑所欺，欺陵鄙迫，至以奴婢蓄之。这牧羊女一听说柳毅是岳州人，谊称同乡，遂相恳托，务必让柳毅给娘家捎带一封书信，可是他的娘家又着实诡异，说是"洞庭湖中龙君之邸"。

未料牧羊女果真传授了他一道密法，据言：洞庭湖水之南，有一株大橘树，乡人称为"社橘"者。牧羊女教柳毅："去至社橘旁，即解下腰带，另束以别样绳索，接着叩树三发，便有人来接应。汝便跟随前去，无碍矣。"届时到地，柳毅果然看见一株参天巨木，正是那社橘，上前换了衣带，叩树三发，当真就从水波之间冒出来一名伟丈夫。这伟丈夫问柳毅来意，柳毅直是不答，只说要谒见大王。伟丈夫似乎也不敢妄加拦阻，只得在前方揭湖成路，引导柳毅前行。果然四面八方，滴水不犯，不过几鼻息的工夫，便来到了洞庭湖的龙宫。

投书报信的勾当倒还容易，洞庭君能否将受困受虐的女儿迎回娘家，则非比寻常。因为亲家公不是别人，是也称得上赫赫出群的泾河龙王。牧羊女则是洞庭龙宫公主，她的夫婿却也堪称龙王太子了。洞庭君心疼女儿，可是格于门第高贵，不欲闹事，也就不敢随意处置。

洞庭君之不欲声张，尚有一缘故，原来他的弟弟——钱塘君——也是个惹祸的根苗。此龙粗暴顽劣，却骁勇无匹；数千岁前，尧遭洪水九年之困，就是钱塘龙王一怒所致。近些时这龙王又与诸天神将失和斗气，一举堙塞五山，使得江河漫溢，土石崩流。天帝是看在洞庭君一向诚笃敦厚的份上，才宽减了钱塘君的刑责，将之羁縻在洞庭，算是略示薄惩。

这一番道故的闲话还没说完，但听巨响忽发，天坼地裂。宫殿摆簸，云烟沸涌。登时就有一条千余尺长的赤龙，电目血舌，朱鳞火鬣而来。好赤龙！颈上悬垂着金锁，金锁牵缚着玉柱。只一吼，竟召来千雷万霆，激绕其身，霰雪雨雹，一时皆下；赤龙随即张扬指爪，拨开青天，冲飞而去。

待这钱塘君再回来的时候，装束已为之一变，有如玉树临风的一般；看他披紫裳、执青玉，相貌矫健昂扬，神采浮溢。钱塘君对柳毅执礼甚恭，不住地道谢，道："女侄不幸，为顽童所辱。赖明君子信义昭彰，致达远冤。不然者，是为泾陵之土矣。飨德怀恩，词不悉心。"至于描述起这龙君逃脱之后的行迹，其辞气之壮阔、神情之威武，真堪称百代无两：

> 向者，辰发灵虚，巳至泾阳，午战于彼，未还于此。中间驰至九天以告上帝。帝知其冤而宥其失。前所谴责，因而获免。然而刚肠激发，不遑辞候，惊扰宫中，复忤宾客。愧惕惭惧，不知所失。

这一下可好，钱塘君不只救回了侄女，还豁免于先前所犯之罪，看来天帝多多少少也慑于此君的雄武。洞庭君于是小心翼翼地问钱塘君："所杀几何？"钱塘君报曰："六十万。"洞庭君再问："伤及禾稼乎？"曰："八百里。""无情郎安在？""食之矣。"

为了答报传书救命之恩，当下钱塘君为侄女向柳毅请婚，柳毅却以一番义正辞严的大道理拒绝了。然而因缘天定,实无可违拗,日后他两度聘娶高门之女,两个妻子却相继过世,辗转波折,最后还是与龙女结成眷属。

从柳毅其人经历来说,他的大半生具载于唐代宗至宪宗朝时之传奇作者李朝威所撰之《柳毅传》中。不过,其余绪枝节,彼传未及述记,详情则与五十年后这舟子所说的奇遇有关。

钱塘君生吃了泾阳龙王太子,泾阳君自然耿耿于怀,以为天帝懔于钱塘君暴戾,执法不尽公允,遂借八百里龙战伤坏地利之端,奏报追究。天帝略一迟疑,不过是天上片刻,而人间已然历经了数十春秋。

先是,钱塘君曾经结怨于诸天神将,彼等见钱塘君一怒而报仇屠龙、鏖战伤及生灵禾稼,可以说是肆虐下民了,居然还问了个减责免刑,当然都心怀悻悻。泾阳君继之私怨不能得到公报,转念及此,灵机一动,暗忖:何不乘机借势,假神将之手以擒之?

于是,泾阳君想出一条诱敌深入之计来。他先秘发符牒,遍掷于那些曾与钱塘君结怨的神将帐下,约期以天庭网罗斧钺,共擒来犯之赤龙。再者,泾阳君明知钱塘君易怒,便趁着钱塘君又往洞庭做客、不在钱塘治所的时候,暗自潜往东海之滨,一阵狂雹乱雨,大坏农桑数百里,也淹杀了不少人命,还刻意在沿途丛云与密林之间,留下了凤尾扫荡的痕迹,遥遥指向泾阳来处。幸亏一时半刻之间,钱塘君宿醉未醒,但是可想而知:一旦他醒来闻知此信,必然引致一场恶斗。

龙天鏖战,下民荼毒。君山七十二峰洞府诸仙闻知此事,一片悚栗震怖。试想:若要按诸平素的典仪祷祝于天,是毫无用处的,因为天庭受人间礼祭,原本要按一定的历日节气。除非瘟疫、涝旱、兵燹之尤者,人间皇帝亲为祷祀,才能引起天视天听。即使如此,天意仍然要洞明下察,这些灾殃祸难究竟该如何归咎,才能定拯救之计。

如今大战将起而未起,事端有稽若无稽,凡间皇帝见不及此,岂能出面求天?诸仙养性修真,化外逍遥,又岂能多口干预天人之事?可以想见的则是,此战一旦爆发,势必迁延,中原半壁河山,眼看就要土崩鱼烂了,而这洞庭,恰在钱塘与泾阳之间,无论两龙如何往来对峙,恐怕都难免成为焦土。

偏偏在这个时刻,洞庭诸仙正是一片热闹。

洞庭湖中洞庭山,初名君山,乃是道者公认的七十二"福地"之一,位居第十一。此地仙迹纷蔚,较诸许多更高、更大、更深、更秀的灵山,还要受到群仙的垂顾,就是因为它崛立于浩渺烟波之中,寻常人足迹难到,不为俗扰。一旦仙家有可议之大事,欲相参谋,多假栖于此。

齐、梁间陶弘景曾经与当世高僧大儒三十六人,乘桴破浪而来,与在地诸仙作四十九日之会,参修、校撰其三教合一的理论。此后,历代上清派宗师都会在执掌教务之后的某一段时间之中,筹办这样规模的一次聚会。经王远知、潘师正而下,莫不借此共计天人相关之大事。其宗旨,一向就是八个字:"天定胜人,人定胜天。"

俗论多以"人定胜天"为鼓舞人为努力而改造或战胜自然,而"天定胜人"却又是相对而相悖地指称自然之不可违、不可逆、不可坏——否则人必遭天谴。如此却是个极大的误解,因为"定"

字并不是"一定"、"必定"的意思，实则"人定"是一个具备特殊意义的语词，所称如何，须先回顾原典之上下文。

此语最早出于《吕氏春秋》："天定则胜人，人定则胜天；故狼众则食人，人众则食狼。"由整体断读可知，天定、人定、狼众、人众等语，都是"胜"和"食"字的主词，"食"字不烦复解；"胜"字则应该平读，如"胜任"、"不胜"，是承担或应许之义。当人群居共治而有志一同，则可以承担天命；当天不失时序，行健有常，才算是实践了对生民的应许。

近数百多年来，上清一派的道者非只立论森严，法旨精妙，更要紧的是其广纳佛家见解、融合儒家治术、积极贯通"天人合一"之说的理路。其中，最能吸引人景从而致风行的原因，就是利用辟谷养气的手段，使修行者仅需利用少量的五谷杂粮、多样的植料药草，糅以吐纳，导以观想，凝以虚静，便能够保命、全生、健体甚至长寿。

一旦能度越寻常人数十春秋的生涯，便直等于证成了神仙道。这，比诸儒家强调的尽性于此世、比诸佛家强调的求报于来生，不只来得平易，也似乎更能让修炼的结果历历如在目前——换言之：根本毋须通过死亡之痛苦即能臻及神仙的境界，一旦追随道者修养本元故我，则"仙人王子乔，聊可与等齐"。

司马承祯一向有意将这番议论与作为对开元天子略施影响。无奈几度面圣，皇帝只问神仙，不问修养；即使说到神仙，也只及于长生，而不及于永治。无可如何之下，司马承祯忽而又接获诏旨，命赴勘察衡山，以为祭仪之具。

这个老道君左思右想，终不能忘怀淑世济生的使命，便决意在衡山一行之后，顺道前往洞庭，登访君山，用上清派宗师之名，重召列仙之会；想借洞庭诸仙群策群力，商订出一个可以为帝王谋的策略，或者是寻觅出一个可以为帝王师的人才。孰料，就在老道君仍伫留于荆州的暮春时节，出了这两龙相搏的岔子。

君山群仙正束手无策，不意却收到江陵城天梁观一炉篆香烧来的祝文，稍加辨识可知：正是司马承祯的手笔，语一行："卜得履，以颂时和，时雨及。"诗一首："浮波来送谪仙身，不记当年醉月频，龙战风云谁解得？洞庭湖上散游人。"

众仙皆明通道家各种坟典经籍，于易经占卜之数诸般奇说正解，更是滚瓜烂熟。一见"卜得履"三字，有些立时会心，相视而笑。因为"履"之为卦，其要旨就在于卦辞所昭示的："履虎尾，不咥人，亨。"试想，一脚踩上了老虎尾巴，老虎都不反噬，岂不大吉？

也有的仙家皱眉苦脸，不以为然，争道："'龙战风云谁解得'明明说的是谁也解不得，而洞庭湖上之游人，为之散逃一空，可见危疑震怖，实难幸免。"

再看那首诗，前两句说一个频频醉酒、前事不复记忆的"谪仙"，诸仙一寓目，便都想起了那个把"三日一食而足"写成"一日三食而足"的太白星。洞庭浮波送来太白星谪身，不外也就是一个凡人，这与群仙忧心切虑之事，又复何干呢？

只这仙班之中有一名唤毕构的，方于十年前修成辟谷之道，一炁遍接万有，能通鸟兽之言，忽然闻听促织小虫在耳畔私语："阿隆可以归矣。"毕构字隆择，年幼的时候亲长皆以"阿隆"呼之，听见虫声示意，当下解脱皮囊，留一病躯在榻，随即升天。先此，毕构甫就任户部尚书，便有人道："户部是个凶官衙门。"皇帝惜才，匆忙改调他出任太子詹事，仍不能免于道德圆满而大去的命数。

由于毕构生前与司马承祯有相当密切的过从，知道这老道君行事缜密，文字吐嘱，多有令人不可度之深意，他仔细看了这寥寥三十八字的祝文，悠然道："道君末句之意，恐非风云雷雨驱散游人也；'谁解得'三字亦非反诘之词……"

经毕构这么说，群仙再一揣摩，有的当下翻想出新意——倘若"谁解得"是一正问，则散字便不作驱散、逃散解，而会须看成洞庭湖上有一个"散游之人"；这个人，还真能排解龙战风云。那么，再对照前两句，这"散游之人"岂非谪仙太白星君乎？

就在这一刻，天梁观的第二炉篆香又焚到了，只三个字："李十二。"

洞庭湖上夜半大雨之前三日，舟子荡桨来到君山西侧，向草滩处撒一密网，但觉那网尚未经水流冲开，便已经出奇沉重，舟子一拉，那网也乖觉，竟顺势向上一纵，破水凌空，腾起数丈，瞬间便落在船头，是一身形略显瘦小、年约六旬的老者。此老双足落定船首，纹风不动，温声说道："有扰有扰。汝在此渔捕，想是有些岁月了？"

舟子点点头，勉持镇定，答道："生小即在渔家，算来也有三十年开外了。"

"是则容某请教，"老者道，"今岁天候若何？"

"三年外秋前大涝，田沉池沼，江湖满溢。然而客岁则大旱，一冬无雨雪，经春层云不积，滴水未落。"舟子抬起手，遥遥指着湖面与君山相衔一线划过。此时虽非白昼，仍依稀可见那已经沉落了好几尺的水线,水线以上,是秃黄泛灰的山壁,可以想见的,秃壁之处原先浸在水中,是以草木不能丛生,而今湖面退得如此宽阔,则旱象可知了。

"一冬尽无雨雪?"

"春日亦旱。"

"三十年来有诸?"

"未及见。"

这老者正是毕构仙身所化,当下沉吟了起来:祝文窾窍之一,乃在"时雨及"三字。雨不来不可谓之"时",久旱而来,堪称及时之雨。此外,若将"时雨及"和"浮波来送谪仙人"连读,更有"时雨及浮波,来送谪仙人"之意,那么,雨和谪仙的出现,实相关涉。

还有,雨中既有"散游人",游时岂能无伞?故散、伞一音之转,也作意思。至若玉霄峰道者遍行天下,向以手持红伞为认记,如此岂司马承祯的焚香祝文全然可以流转自解,岂有他故哉?转念及此,毕构冲那舟子笑道:"不日之内,若逢疾风骤雨,可将红伞人来此处寻某。"

"红伞不多见。"

"可见即是。"

"总须有名姓。"

"李十二。"

说完,毕构所化之形忽地碎成缤纷如流星一般的片段,接着又变作不计其数千万的寸长银鱼,旋起旋落,泼泼剌剌都回到湖水中去了。显然,这舟子不是唯一领奉仙旨者——一日之内,湖滨四围的舟子、渔人遍传开来:仙人访觅红伞之客,此人叫做李十二。

舟子为李白道明来历，垂面低眉，不再言语，连荡桨之歌也不唱了，直顾着将船摇向君山西侧草滩之处。但见疾雨渐歇，月轮复出于东山之巅，李白一抬头，见峰顶一瘦长老者，背月而立，不时朝这湖上扁舟轻轻挥几下袍袖。此时众鸟纷纷，各归木巢，水面尚余三五闲鸥，有如追随着自己反映于波光之间的形影，徐徐翱翔。

吴指南忽然睁开他那茫然无着的双眼，惶惶四顾，道："有人？"

李白不及察觉他这伴当忽而失明，只收了伞，笑道："或许是仙。"

"呜呼呼呀！仙人也作人语？"吴指南侧耳向东，皱起双眉，百般狐疑地谛听了一阵，竟然像是一字一句、依声随调而转述着："'屈平辞赋如悬日月，唯太白可以规橅之。'"

这是一段无论如何不至于出自吴指南之口的修辞，语意所涉，隐隐然是他这些时日所作的《云梦赋》。李白听着，看一眼山巅老者，一面抬手止住舟子行船，一面兴致勃勃地扬声呼问道："仙人知某，何不同某言语？"

吴指南顿了顿，耳中传来一阵比之于微风细浪还要轻悄的话，也就顺口学说，道："不敢高声语，恐惊天上人。"

李白闻言，不觉大乐，但是一时有些摸不着头绪，他忽而转向吴指南、忽而又转向月下老者，两般忙乱，急道："天上果有人耶？"

吴指南仔细再听了片刻，摇摇头，道："那仙不说此事。"

"承仙人附某于屈子之后，可是——"李白复问，"斯人被发泽畔，憔悴行吟，说是'露才扬己，怨怼沉江'，古来定评是耶、非耶，两端如此。仙人召李十二分波而来，仰此君山，乃欲以屈子儆我哉？勉我哉？"

月轮微微上举，山巅之仙在夜风中亦似有飘然之势。但见他矫首东瞻，过了好半晌，又回身西顾；天涯两端湖水，一平如镜，无何异状。李白虽然看不见那仙的五官神色，却似乎可以感受到一阵苍凉与落寞之情。久久，吴指南才启齿，依然刻意压低了声，道："钱塘、泾阳二龙衅战，时往时来，不能或已。此局，唯赖星君作解人。"

接着，吴指南喃喃而语，历述二龙起衅因果。说时非但声腔不似本身，有些吞吐不清的字句，居然还带着些李客训子的口气。末了，语音更悄，犹似殷殷叮嘱："汝且赍书一帖，犹似当年，号令天下，无有不服者。"

李白不免困惑了："某一介凡躯，如何弭戢龙天之战？"

"汝称意行文，麾令止争，无论作何语，都是太白星官的墨迹笔意，神龙受诏，如奉上旨，自然偃息旗鼓。"

仙人所请，原来是要借他这凡胎之手，冒为前身星官，伪作天帝的诏书，弭龙战于无形，看来的确是桩功德，但是，李白不免犹豫——

"此非欺天乎？"

"星官谪身下民，戏作天书，偶合龙天际会，既无干于天道；复无悖于人伦，其谁能惩？"

李白越听越觉悚然，而在这悚然之中，似又夹缠了无比的兴味，像是要逾越了自己真实的出身，干下一桩破格犯禁的大事。然而，他又着实为"太白星谪身"而亢奋起来，登时圆睁双眼，高挑剑眉，不由自主地解下臂间匕首，一抽复一收、一抽复一收，满心膨脖鼓荡，直觉着要作些什么。匕首出鞘入鞘，清音乍鸣，在幽静的山间回圜四合，吴指南侧耳听见，叹了口气，想说：诗鬼又来缠身耶？——可是说也奇了，喉舌齿牙只不听使唤，有如被那低声细语的老仙硬生生给夺了去，他自己想说的话，无论如何说不出口。

李白跃跃欲试了，却仍忍不住遥指那老者道："尽教如此，云梦浩渺无涯，数百里方圆之地，略无商牒可托，所书如何投递？"

"只纸片言，燃以五谷茎秸，松柏膏脂，烟燎十丈，灰散洞庭，即毕此功。"吴指南一口气说到这里，把双眼睛眨了眨，似乎略见眼前高处的微光，耳边原本条缕清晰的万籁之声却随着视野渐明而退远了，也沉静了。

"只纸片言，竟作何语？"李白高声又问。

山巅老者一拂大袖，传来了让李白听得历历分明的话——这话，并未假借吴指南之口，其声气嘹亮，有若钟磬："但怀天下之心，无语不能动鬼神。"

二一　尽是伤心之树

《云梦赋》的第四章，就是召龙之语。

这一段文字从前书"启明既出而已晦兮，何其情之不固？长庚将落而回眸兮，焉能忍此终古"衔转而来，所以开章八句还是承接前文，铺陈着太白星渴望着月亮却不能遂其情亲的怨恨。虽然这一小节极可能是为了《云梦赋》全篇结构之完整而于日后才补填书写，但是字里行间，也隐伏着牵动下文的昂扬情感。值得注意的是，本节的后四句，句法改弦更张，从屈原的情志，转进一种糅合了司马相如大赋的格调，杂取散句，以便衔接此下对钱塘龙王的说帖。

指穹窿以为证兮，奚惆怅而宛转。哀隔别其幽茕兮，宁侘傺而偃蹇。于是乎乃揭九天之帷幄而前瞻，发上帝之华辇以游衍。终日驰骋、曾不下舆兮，誓言吞七泽、收五湖、下东海、决南山而不返。

李白在这里罕见地透露出内心深埋的一个动机，他之所以"仗剑离乡，辞亲远游"，不论是李客嘱命往三峡、九江交割资产，还是他徒托空言以谋进取，都未必确凿。激使他天涯行路，一去不回的，还是那一轮圆时便缺、缺多圆少，而且看来几乎永世不得亲即之月。他信誓旦旦地说：要成为一个一去不回之人。

然而其后，笔锋一转，李白以夹骈用散的方式，一方面像是在勖勉着某一个志趣宏大、意兴勃发的人物——当然也可以将此人看成李白自己；而在另一方面，这么措辞，也吻合了君山老仙所请托，是说给还在洞庭湖中半醉半醒、醒时不免作乱酿灾的钱塘君。

　　灵氛告余以所占兮，将有不惄之事。毋宁捐所缱绻兮，临八表而夕惕。夫化行于六合者，出于渊、见于田、飞在天，此龙行之志也。胡为乎雷其威声，电其怒视，催风则三日折山，残灭噍类；布雨则万顷移海，喧哗儿戏。私抱怅触而难安兮，岂遗苍生以怨怼？三千大千，一身如寄。为龙为蛇，不报睚眦。

毕构老仙所称不假，李白在这短短的一百一十三字之文中，仍承袭了屈原《离骚》的用语，也维持着骚赋一体用韵的惯例，韵在去声四寘。

灵氛，是古代从事占卜、解释吉凶的人，李白借之来代称君山老仙。所谓"不愸"，语出《诗经·小雅·节南山》："昊天不平，我王不宁。不愸其心，覆怨其正。"意思是指"不可制止"、"不容阻止"，在李白文中，自然是指向龙战将要爆发的危机。

在云梦大泽游衍、相思，毕竟都是个人的怀抱，一旦惊闻眼前即将发生地变天灾，不得不暂时抛开私情，将视野和思绪打开，这也能借着文意而调整文气，出之以一连几个节奏紧凑的短句，既显得急迫又显得澎湃。行文来到"胡为乎"三字以下，就是这一篇"伪天帝诏"的骨干了：李白以反问的语气，诘责钱塘君为逞私忿而致公害。但是——堪说相当矛盾地——由于意象绵密的修辞，却也可能让受责者不免感觉到自己的威武与伟岸。

在这篇短文的末了，李白再利用四个短句劝勉钱塘君：置身于这渺茫的宇宙之中，无论是多么高贵或卑贱的物种，都不过是"寄托"在此身之中、成就了生之一切，毋须为小小的意气之争而罣怀。

睚眦，一则是指这种由于瞠目看人而结下的微小嫌隙，似乎不足挂齿。另有一个意思，说的是"龙生九子之一"。此子龙身豺首，性情刚烈，且好勇斗狠，不能禁忍。古来相传此物出没世间，一向口衔宝剑，晨昏怒行，像是随时要寻嫌隙、启杀伐。于是后世之人便在刀头剑首之上，镂刻睚眦的形貌，作为托求庇荫的象征。以睚眦寓讽旨，用语在责备与不责备之间，相当微妙。

拂晓过后，李白便沿湖访寻，终于在满月后三日，觅到一座几乎已经荒圮的兰若，向寺僧购来一张八尺宽、二尺高的硬黄纸。此纸经匠人黄檗、白蜡涂染，料质坚韧，晶莹透彻，微微泛着些金光，原本多用在墨迹的响拓双钩上，许多僧家爱赏其微黄的色泽，可以经久而不受蠹虫坏蚀的特性,也用来抄写佛经。

由于纸仅一幅,不容舛谬,李白十分谨慎地备齐墨砚蕙草,逐字朗读,将"灵氛"以迄于"睢盱"的这一段赋文工工整整誊录在硬黄纸上,才来到湖畔,卷束妥当,搁置在铜盘里。铜盘底下,便依老仙吩咐,"燃以五谷茎秸,松柏膏脂",片刻之间,果然烟燎十丈,灰散洞庭。

紧接着的《云梦赋》第五章,铺陈了与龙告别之语,其言温婉,其情款洽,但是不免弥漫着一片凭吊和哀悼的气氛——这条龙的命意和寄托可以千变万化,由李白自我的投射,一转而为钱塘君,再转而为吴指南。

李白借由一龙倏忽上下、不拘时空的格调,上承前章"三千大千、一身如寄"之意,却也透过龙形躯迁化的巨大差异,隐喻生死永隔,铺陈着突如其来的离别。这个转折自然是有感于吴指南暴病突发、回天乏术的现实,句法则明显地从屈原《九歌》末章《国殇》而来,开章八句,四句一韵:

威灵怒兮意骞骞,神躯坠兮天道损。出不入兮往不反,江海逝兮响嘘远。

与君游兮任青空,一朝堕兮黄埃中。声形违兮何可容?魂魄归兮为鬼雄。

此中"与君游兮任青空,一朝堕兮黄埃中"两句,竟然在数百年后,为苏轼施以夺胎换骨之法,写下一篇《李白谪仙诗》,且墨书悬壁以示友朋。全文如此:"我居青空里,君隐黄埃中。声形不相吊,心事难形容。欲乘明月光,访君开素怀。天杯饮清露,展翼登蓬莱。佳人持玉尺,度君多少才。玉尺不可尽,君才无时休。对面一笑语,共蹑金鳌头。绛宫楼阙百千仞,霞衣谁与云烟浮。"

这首诗的机巧在于题目,既可以是苏轼所撰之诗,题曰《李白谪仙诗》五字;也很可以托名为李白所作,题曰《谪仙》。这正是坡翁惯弄狡狯之处。

可是苏轼的这首诗又经后人之手,剪裁其中的几句,成为散碎不成片段的《上清宝鼎诗》:"我居青空表,君处红埃中。佳人持玉尺,度君多少才。玉尺不可尽,君才无时休。"两诗并皆辗转被误会为李白原作;殊不知苏轼乃是借着《云梦赋》的句意,延伸并刻画李白日后周折于穷达之间,冰火在抱,依违两难,不得不寄情于游仙的咏叹,实非原初句意。至于《上清宝鼎诗》徒然附会了李白与上清派道者的往来背景,然而实实不知所云,无怪乎王琦编《李太白全集》时注之以:"疑其出自乩仙之笔,否则好事者为之欤?"

在李白而言,云梦之游还只是一连串奇遇的开始,他隐隐然感觉到,从江陵遇见厉以常、重逢丹丘子、初识司马承祯和崔涤,以及携带着玉霄峰红伞披历江湖风雨……这一切看似漫无目的的行脚早已注定。他相信:冥冥中有人在引领他、守候他、迎接他,而促使他一无依傍也全不反顾地向前走去的,正是这信念。

唯独那还剩一口残气未绝的吴指南不这么想。他躺在寺僧给安顿的幽室之中,四壁无窗,短檠三五——这是当地习尚,如有外来垂死之人,依傍在地家户,则应予一幽室,封局门窗,只在室内供给烛火,略事照明。

吴指南神智迷离,通体肤色有如斑锈之金,却不让李白诊脉,也不肯服用李白随身携行的药物,只鼓瞪着一双大眼,直勾勾望着顶上梁架纵横,时而发些谵言呓语,说什么龙君人马万千,排山倒海而来;又说什么山路蜿蜒,尽是些道士、女冠行伍上下,有如蛇行;再不,便像是避忌隔墙之耳而不断地低声嘱咐:"门外有虎!"或是:"紫荆树下那女子,也诵得汝诗。"

偶尔清醒些,他也不让李白闲着,总是追问:"某将死,汝勿欺瞒,须将实话告我。"

"尽教汝问来。"

"我等出蜀至官渡口,原应取小筏过渡,登北岸赴信陵镇寻李常去,不道却一发东来,那是醉了?"

"醉了。"

"汝大欺诳!"吴指南吼了一声,闭上了眼,道,"汝好生拖磨遮掩,说什么听见鸟语失神,本是一派谎言。汝毕竟存心不与李常发付钱财去——是否?"

李白沉默了。

"是否?"

终于,李白不忍再事隐瞒,道声:"是。"

"呜呼呼呀!果不其然,"吴指南一口气接不上,喘了半晌,才虚弱而近乎哀怜地问道,"然则九江汝兄处,想来汝亦是不去的了?"

李白微微颔首,又摇了摇头,瞑目低声道:"不去。"

"汝父许汝兄弟数十万钱,便如何发落?"

李白像有万般无奈地苦苦一笑,笑容转瞬而逝,道:"无非散与天下人。"

"前日那钱塘龙君说得好,某原是鄙野小人,未读经籍,不通文理;然而鄙野小人却也知些是非。"吴指南试着撑身而起,撑不住,只能一把揪住李白的衫袖,道,"汝果能作文章,须趁某死前作篇文章来,表一表其中是非如何,也不枉汝这办大事的才调!"

李白叹道:"个中因由,恕某不能说!"

吴指南的疑惑尚不止此,他的神智已然不能分辨昼夜,只是闭目昏睡、睁眼发呆,浆粒不能进,等死而已。然而尽管是片刻小憩,也会溷入无边幻境之中,一旦乍然从梦中醒来,便要呼喊李白,不免还是那几句:"某将死,汝勿欺瞒,须将实话告我。"

"尽教汝问来。"

"汝之诗,某虽不识字句,然几番过耳,皆能成诵。"吴指南嘴角一扬,满是血丝的眼珠鼓凸着,道,"汝自离家以来,作诗每用'月'字——"

"有诸?"

吴指南大口喘息,艰难搜忆,勉强连缀起字句,断断续续地道:"'春水月峡来'、'扬帆海月生'……'蚀此瑶台月'、'月下飞天镜'、'月光欲到长门殿'……还有'夜悬明镜青天上'、还有'提月嗾蛾看紫陌'、'只今借月无何事'……纵令汝不写天上之月,也禁不得要写岁时之月,'十月三千里'、'三月下瞿塘'者尽是。"

"似如此。"李白道,"不意汝果能诵得。"

不料吴指南随即亢声问道:"汝同汝家师娘有情否?"

霎时间,李白满脸燥热,一腔翻腾,垂眉低目,不能作答。正忸怩着,寺中那僧却推门探身,朝屋里扫视了一眼。

榻上的吴指南看那僧一眼,笑道:"尚未死。"

那僧赶紧缩身出去,不一转瞬却又回来了,招手唤了声:"李郎。"

他确乎是为了吴指南的后事来的。此间风俗,异乡客途,野死于郊坰之地者,任凭日曝雨侵,岁月既久,骨肉残枯,大多无人闻问;但是若在生前托庇于宅户、逆旅或是寺观的,主家便要施以"傩祭",也就是驱鬼禳灾的礼仪。

此礼由宫中传出,每年三度,"于季春毕春气、仲秋御秋气、季冬送寒气"。季冬所行,最为壮观,必施之于除夕之夜,名为"大傩"。驱鬼的首领号为"方相氏",头戴四眼假面,睛眸皆黄金所铸,上着黑衣,下围红裳,外披熊皮一领,右手执戈,左手执盾,神威赫赫,冠绝全阵。

上古黄帝巡行天下,其妻嫘祖亡于道间。黄帝遂以嫫母为次妃,立为"方相氏",职司祀礼,监护灵柩——有说嫫母因相貌极丑恶,因之可以避邪煞、驱鬼神。而"方相"二字本为"放想",仿佛想象,具有"畏怕之貌"的引申之意。在方相氏身后,是二十一名"傩工",三行七列,一样黑衣红裳,但不戴假面,只涂饰容颜,多如林禽野兽之貌。由这二十二人先导,诵以咒语,祝以祷歌,既像是安抚亡灵,又像是驱逐恶煞。

"傩工"之后便是"侲子"。这是一千两百人的大阵仗,每年秋后,由殿中监招募、太常寺教习,挑选近畿各县十二至十六岁的少年为之,教以行步,授以乐舞,昼夜熟习,为期三数月。"侲子"每二十四人为一伍。他们顶戴赤发,身裹赤衣,通身上下,一片鲜丽,谓之"赤布袴褶"。人人各执桃弓苇矢或鼓角,随黄门令之导引而和歌,呼十二神之名,鼓噪炬火,在这样一片喧阗热闹之中,将诸般瘴疠疫疾逐出端门。

这一套乐舞原本载诸儒家礼籍,是天子才可以主持的大事。

到了唐代，许多见识过这场面的京朝大吏便将之具体而微地引入地方，使得"大傩"乐舞在民间逐渐发展，而有了地方的面貌。其声色排场，固然不能同宫廷所事者相提并论，但是假面饰容，张弓弄矢，击鼓吹笛，诵歌踏舞，其情差似。李白身后百有余年，刘禹锡《阳山庙观赛神》的诗形容得十分生动："汉家都尉旧征蛮，血食如今配此山。曲盖幽深苍桧下，洞箫愁绝翠屏间。荆巫脉脉传神语，野老婆婆起醉颜。日落风生庙门外，几人连蹋竹歌还。"尽道其渊源景况。总之，"大傩"行之既久，习俗相生，也就不只是年祈岁禳而已；在许多地方，还融入了丧葬的礼仪。

民间丧葬，各由其家，但是为异乡飘零而来的孤魂野鬼举行傩礼，其规模端赖主事者笥囊丰俭如何。也由于死者多属暂寄一身之客，与居停主人素昧平生，为陌生人行此傩礼，其中安抚亡灵的意思小，驱除恶诅的意思反而大些，遂多草率为之而已。

那僧莽撞而来，就是要同李白相商，如何为吴指南筹划身后的"傩祭"。《云梦赋》的第五章，于"魂魄归兮为鬼雄"之后，看似就是依据傩祭的实况而铺陈的场景。

悲吾子以追昔兮，独予因兹而放迹。橘蘋蘅乃节离兮，更闻方相之盾击。瞠彼四瞳曰昭明兮，奋尔一躯曰自适。绛发赤布其驱傩兮，烟波云路其杠策。遂指青冥且鸣角兮，麾桃弓而声丰隆。曾歌冰魄之圜圜兮，释犹疑以见从容。愿自申而不得兮，岂贻大人以恶名。固常甘于悍独兮，南指轮月与列星。

凡八句一节、四句两节三转韵，相邻两平声韵可见节奏加快的痕迹。其中有借用屈原《九章·抽思》里的文句——"愿自申而不得"和"南指月与列星"，用意相当明显，是答复吴指南生前的两个疑问，兼之以拈出吴指南的名字。

关于吴指南的第一个疑惑：李白为什么竟至于干没了父亲托付给自家兄弟的资财，而宁可"散与天下人"？按诸前事可知，李白早在投奔大明寺读书避祸的时候，就应该相当明了李客与慈元之间，或可能有一层难以对外人明说的关系——李客不只是大明寺常住的"钵底"，应该也是在朝廷明令"检括"僧、尼、道士、女冠的私财之时，以私人身份，协助慈元私蓄资产的人。

"检括"的朝命，俱见于当年之开元杂报，即使在蜀中各地，也是家喻户晓的事。时当开元十年，正月二十三日，皇帝敕书："天下寺观田，宜准法据僧尼道士合给数外，一切管收。给贫下欠田丁。其寺观常住田，听以僧尼道士女冠退田充。"

这道命令的用意是在限制僧道的私产，责成有司，立以律条，作为准据。如果再参照《唐六典·卷三·户部郎中员外郎》所载，这"检括"的细节就更为明朗："凡道士给田三十亩，女冠二十亩；僧尼亦如之。"两相比对可以发现，僧、尼若是拥有价值超过三、二十亩可耕田价的财产者，必须将多余的财物充归常住，以报缴当局，俾能提供给那些贫苦无依、也没有常产或耕地的百姓。

李白与慈元同赴峨眉一行，知之稔矣。这僧视钱财为通达三宝的孔道，已经到了锱铢必较的地步。设想其为人与处境，有朝一日，政令宣达，不分天下僧道男女，皆须将超出所值三、二十亩田地的余赀归公，慈元必然是要想方设法逋逃的。而在令出即行那个时刻，能够帮助他藏匿银两甚至广为聚敛的人,只有常年为大明寺"钵底"的檀越主李客。这也正是李客在慈元一夕暴毙之后,赶紧让李白携银出蜀的底细——倘若不能及时将原本属于慈元的财物脱手、输送到他方,则大明寺常住必然能够依循着慈元生前往来的线索,多方追讨,甚至诉请官司,要求李客返还。

李白不能违抗父命,却也不甘心从其所嘱,只能乱以他故,延宕行程。可是,在吴指南的追问之下,如果他揭露真相,固然成全了自己的节行,却仍不免于"贻大人以恶名",所以也只能含混地表示,愿意将这笔钱财"散与天下人"了。至于与月娘是否有情的一问,更不能明白作答,李白依旧只能假借屈原的文句,延续先前那难言之隐的情愫,迢递一指而罢。

这份面对将死之人、却苦于不能吐实的无奈与歉然,大约就是《云梦赋》第五章的主旨。由于前文全用了"愿自申而不得"、"南指月与列星"两个句子,所以其下行文,也似乎刻意借用《九章·抽思》末段"乱曰"的形式和节奏。

李白成人以来,第一次如此亲近的死事,竟是生小及长、长年相伴的友人,偏偏在这生离死别的时候,对方却显现出一种向所未见的怨怅与憎嫌之态,遂有收束本章的哀叹。他反复陈词,一再运用隐喻的手法,将埋藏心事和死亡本身绾结为一;也就是将保守秘密视同生命之消灭一般决绝,一般沉重。他是这么写的:

  飞雾沉埋,肠纷纭兮。鸣籁萧森,岂便语君兮。数息寥寥,宁留怨兮。超回荡荡,从此远邈兮。北姑何可宿?南枝胡不依?

沅湘之别，浩渺之思。愁予之与俱者，非坐忘奚以为？唯见伤心之树，犹在天之一涯。

文中的"超回"、"北姑"都是屈原《九章》用语。"超"是远的意思，"回"是思的意思。"北姑"，典语原本是"低徊夷犹，宿北姑兮"，在唐代已经是近乎不可考辨的一个古地名；正因其不可考，用在此处，更有茫茫无从进退的语意。

"南枝"从古诗《行行重行行》的"胡马依北风，越鸟巢南枝"而来，虽然未必像语词的出处一般明确地表述思念故乡之意，却借着与不知究竟何如的"北姑"相对，而显示了死者亡魂无可依傍的凄凉。这一小段最后的两句点明题旨：李白的一部分生命已经与吴指南相偕而去（"愁予之与俱者"），于天地外物而言，便犹同遗忘，是李白再也不可能向人吐露的秘密。

二二　龙虎势休歇

那僧引李白出室，轻轻掩上屋门，似不忍教吴指南闻听些许，刻意走远了些，迈步跨出一大片蔓草，来到废园角门外，低声问过："贵友体色如金，不出一二日的事，李郎可有长短之计？"

"某向未习办此务，当如何？还请和尚赐示。"

"如此说来，则不归葬乎？"

此言一出，李白猛地怔住了——吴指南大渐以来的这些时日，他根本没有想到要回昌明。然而和尚问得直率，归葬于乡，是天经地义的事。吴指南一旦客死于途，他这一趟遍游天下的壮图，即此尴尬了。

那僧倒是乖觉，登时接道："若李郎另有前程，不能作归计，也须暂为藁葬，以待他日，终须棺殓成服、返灵柩于故里的。否则，我佛西来，亦有三宗成法可依——其一曰火葬，积薪焚燎，烟云化之；其二曰水葬，沉流漂散，江洋渡之；其三曰野葬，弃林饲兽，粪土归之。"

李白微微应了声诺，表示听见了。然而不及片刻，又垂目视地，猛摇头，嗫嚅着说："某此行过洞庭，旦暮爱其光景，然身行所见，枯骨盈野，腐尸连阡，则野葬实为不葬，某不忍为。至若新死之鬼，其灵密迩，不能遽去，犹徘徊在侧之时，便迳以水火淹燃，情何以堪？某亦不忍为。"

那僧沉吟了片刻，道："此间南去数百里之内，是上古炎人国，彼地之民有一葬法，暂埋肉身，略待水土滋润，春去秋来，假以时日，数载之内，肌肤筋血尽化，复收拾枯骨而葬，就我朝先殡后葬成礼，殊不违失；不知可行否？只不过李郎行脚辛苦，还须重来一过。"

"天涯来去，重亲故人，何苦之有？"

那僧像是早就看出李白不会拒绝，于是不假思索，熟极而流地说下去："看贵友肤色如金，大异于常人，殡礼不当草率——"说到此处，忽然压低了声，改换了十分肃穆的语气，"李郎能诗文，稽古为见识，应知我佛亦是金身。"

"彼原非金身，乃是病症，此为木不胜金，肝气尽竭，而太冲脉绝之状，奈何不容某诊问调治，遂至此。"

那僧摇头复摆手，抢道："不然！不然！古来有说，西方有神，其形高一丈六尺，而通体遍现黄金之色。李郎，贵友临终寝成佛相，是大吉祥兆。依山僧之见,此番殡仪,不应简陋其事。何妨——为贵友作傀,也不枉一世千金之交。"

"千金之交"令李白难以回避,既然责以朋友之谊,就不能委屈了死者的尊严和证果。吴指南历历金身,不能视而不见;也无论那僧是否真有非凡的鉴识,纵就是为了吴指南将亡灵平安扶护到佛前,李白也觉得对这个始终令他无可奈何的老友,算是稍减遗憾了。

"应须是缘法注定,合当际会,"那僧看李白眉开目朗地点着头,遂也露出了愉悦的笑容,精神一振,道,"近日有一荆州之巫,随行弟子三五过洞庭来,李郎可倩之行驱傩礼。李郎所费无几,而功德大矣;其间繁琐,倾山僧微力,可代为筹箸周全,不外开销些纸钱,大凡是祠祷三日,祈得福佑。"

话说到了这一步,李白只能对那僧深深一揖,道:"和尚诲教高明,某至此仍不知法号,失礼殊甚!"

"山僧号朝美。"这朝美僧显然无意于攀交,匆匆宣了声佛号,喜形于色地合什在胸,且行且道,"去去也!"

李白目送朝美一去匆匆,转瞬间却又听见屋内吴指南一声暴吼,正要推门探视究竟,却见十丈开外的废园南侧,蓊蔚茂密的齐腰高草之间,出现了一片泛映着夹黄带黑的光色,缓缓向他移行而来。不消说,是一肥大的野物,由于趾步凝重,堪料身躯庞然,可是碍着蒿莱屏蔽,但见那物的背脊波动,竟有如微风吹拂着一片忽明忽暗的金纱。

是时又传来了吴指南的吼声:"李十二!太白!门外有虎!"

这一回李白瞿然而悟,先前吴指南梦中呓语,说什么"龙君人马万千,排山倒海"、"山路蜿蜒,道士、女冠行伍上下,有如蛇行"

未必虚妄。当下与之面面相觑的，果然是一头身长丈许、赤口尖牙的吊睛白额虎。

那虎微昂其首，像是在仔细嗅闻着风中消息。李白闪念过心，当先所及，竟是司马相如《子虚赋》中形容九百里云梦大泽时所描述的："其上则有赤蝯蠷蝚、鹓雏孔鸾、腾远射干；其下则有白虎玄豹、蟃蜒貙犴、兕象野犀、穷奇獌狿。"

果然有虎！然而却不是他想象中一身毛色有如皎月的白虎。此际，他尚未想起虎将食人，但觉其纹章华丽，神态端严，古卫风诗中所谓"雄狐绥绥"之从容，大约如此；仿佛这郁郁青青的茂草之间，藏有无数玄机微物，任那虎环观上下，流眄八方，此一刹那见此，彼一刹那见彼，触目无不动心，但亦无所居心——李白仿佛只是那眈眈虎视中的一株朽木，或是一方顽石。

然而，对峙既久，杂念旁出，面对如此獠牙巨物，赏爱其姿容曼美之未惬，恐惧之意也渐渐萌生。李白记得当年从赵蕤学过控蛇之术，其咒语犹刻骨铭心，但是放眼所及，近身之处并无荫扁草、丝茅子或是沙星草之属，没有这些草本作三四环活结，徒口诀仍不能毕其功；更何况控蛇之技未必能施之于虎，此刻一旦动静失了节度，说不得便要勾动虎吻了。

说来也不知是否人兽灵通，李白忽而心生畏惧，那虎也像是顿悟了什么，缓势垂下颈项，伏肩落草，好大头颅却不偏不倚朝着李白努了努，把双铃儿也似的眼眸直往上吊，还低低地吟叹了一声。

李白左臂上仍系着短匕，想来却毫无用处。这虎若有扑噬之意，则不消弹指之顷，他便要身首异处的。这时，他当然可以回身窜走，推门而入，可是疵屋斗室，户闼破损，看是无可抵敌，若鲁莽奔窜，惊动那虎冲撞上来，一掷跳间，便须是摧枯拉朽，岂不连榻上的吴指南都要遭殃？

想起榻上的吴指南，李白的心神忽然安定了下来——既然"门外有虎"是此子先前昏瞀之所见，居然成真；那么，"龙君人马万千，排山倒海"、"山路蜿蜒，道士、女冠行伍上下，有如蛇行"甚至"紫荆树下一那女子，也诵得汝诗"，不也是一样的"前知"之事吗？倘若吴指南所言有实可征，必将应之于来日，若然，则此刻一劫，理当渡得。

然而那虎却没有这么些千回百折的臆想，他眼中有了猎物，气息新鲜，肌血畅旺，活泼泼地在面前招摇，但只一攫而获，裂骨析肉，恰可饱饫饥馁。虎头伏得更低，口涎零落如丝，双肩则抖擞了一阵。偏在此时，屋内猛地传来一声震天恶吼：

"太白！"

这一吼，直吼得梁柱欹摇，粉尘颠扑，室宇上下豁浪浪夐响。吼声可谓出鬼神之不能料，连那作势欲跃的虎都为之一惊，蓦地撑起前肢，高耸肩膊，坐直了身子，张皇顾看。吴指南还不只一吼，他继续声嘶力竭地喊道：

"汝心事只向诗说，便是自绝于天下人！只今非某将死，却是汝已死了！"

李白也决计不曾想到，吴指南临去之言，对于诗竟有一种仇雠敌忾之感。"其言果善哉？"这是在李白心中回荡不已的一个疑惑。他一时忘了眼前有虎，入神地回想着客秋以迄于今夏，出蜀旅次之间琐碎纷纭的经历、见闻、风光、歌吹、容颜，甚至气味，每及于一人一事，皆有诗句相佐。

无论是歌行或骚赋，那些串结声腔、勾合韵律的文字，仿佛是他和天道人情之间仅可通窦之孔道。相对而言，剥落了这些诗句，徒余一片茫然，几乎无从记忆、无从思索、无从进退行止。吴指南吼得淋漓，问得犀利：他李白似乎并不是立身于天壤之间，反倒只是诗句的附庸，借由那些与古人接膝而交以古语的诗句，他把自己化身成屈原、宋玉、司马相如、戴逵、谢安、谢朓……无数在烟云中交织错写的逝者。那么，吴指南的雷霆之问倒问得既简陋又透彻：诗之于汝，究竟是在倾吐呢，还是在隐藏？能言之言，虽千古以下而待知音，未必可以会意；不能言之言，虽父兄朋友不堪传语。诗，果然寂灭如一死？李白真个无辞作答，不觉也吼啸以应，带着些凄怆而强词夺理的况味：

"李白在此！"

那虎，当即跳呼而去。

二三　遥指红楼是妾家

虎跳不复来，李白潜遁出入，又战战兢兢过了两日，才有朝美僧来报，说那荆州之巫已经将经卷旌幡纸钱木马之属整治停当，昏暮即至，不过，谁也没有料到，吴指南根本撑不过此日亭午。他的临终之言，更令李白困惑：

"不必归葬。"

李白诧异地问道："江陵数月迟散，汝直欲作归计，一日不肯淹留，如今却……"

"家无父母、无兄弟、无朋友,归之奈何?"

李白想问他还有什么未惬之意、欲办之事,吴指南只一挥手,遥遥指着广榻尽头一几,李白顺势望去,几上也还就是这废寺之中的寻常笔砚,但听吴指南勉强呻吟道:

"笔是汝家旧物耶?"

"非是。"

"某意亦然。"

说完这话,吴指南双眼朝天一瞪,再也不肯瞑目了。

从此日始,李白有将近半年的时光,竟然没有一句诗作。他再度秉笔书句,已是深冬天气;他在金陵的妓家。

在旁人看来,或应是天候严寒之故,李白捧持版纸的左手不时微微地颤抖,执笔的右手则几乎完全失去了触觉——那是一枝径不过三钱厚薄的细管兔毫笔,心柱为麻丝包束而成,质地坚挺,覆毛软而薄,而笔腰之肥厚则倍于常制。

李白刻意把这笔往一双鱼纹荷叶杯中酒浆浸了,察其沉坠之势,不偏不倚,全在垓心。再轻轻向下一抖擞,看笔尖如锥,仍然能够将酒浆紧紧地收裹严实,不使滴漏——的确是一枝精工好笔,捏在指尖,浑如无物。然而,恰也由于浑如无物,他几乎不觉得能写出字来,只怔怔地望着毫尖出神。

"李郎当真擅用笔,"身旁那妓忍不住笑了,媚眼一圆,流露出惯家神色,道,"却也看得出,久久不操弄翰墨了。"

李白没听见,他已经醉了,思绪凌乱颠倒地周旋在飘逸着酒香的笔尖,还有无数盘桓在胸却始终未及书写下来的诗句,以及吴指南之间。尤其是吴指南狂谵躁语而死的光景,令他久久不能释怀。

身为商民下户,他仅能用为平视士族者,便是长年模拟历代诗家文宗的语句、声腔、神气、性情,而写下的无数习作。也正是这些诗句,给了他一种朦胧的许诺,有朝一日,天下人都将要和赵蕤、月娘一般,见识他的才具文理,怀抱襟期。

可是,一句"笔是汝家旧物耶?"却将他打入了另一个陌生的天地。

他忽然感到惶恐,发现舞文弄墨与拨刀使剑,或许同样是儿时游戏。原本自以为意气飒爽、格调高明的辞章,看在那些王公大人眼里——不,更直率地想:王公大人根本不会把他看在眼里。

而所谓北溟之鲲、赴海之鹏,种种夸夸自诩,不外也是一个个既辽阔又幽眇的幻影。幻影就像那一日匍匐于草中的迫命之虎一样逼真。在生死交关的瞬间,彼虎颠扑上下,施设无限狠戾,发人震怖,裂人肝胆,毕竟也在转瞬之间望风而去了。那么,此时反顾,居然还可以自问:那虎,果尔曾在乎?虎若是一幻,则十余年间,他飞毫濡墨,遣兴抒怀,状物咏史,种种敷陈,又何尝不是一更深透缥缈之幻?

"李郎捉管如拨灯然,会须是老笔。"那妓一面恭维着,一面换过那笔毫沾濡一过的荷叶杯,登时身后仆妇喊了声:"换酒,领记科头。"科头,即开销名项;意思是提醒来客:换酒,是要额外添发银钱的。

李白浑然不以为意,索性抛了纸版,将那妓随手拈捉的巾绢抖开,铺展于案边,提笔即写,是"日"、"照"、"香"三字。香字始见初形,先前的"日"字已经漫漶不可复辨,酒浆忽焉浸透了丝帛，当下湮湿一片，字形也就随之泯灭了。那是他在来到金陵之前登庐山香炉峰的一首口占七绝，信目所及，聊写山形水势，默志于胸许久，却一直没有抄录过。只此时看着那字迹隐没，在巾绢上留下微微的酒绿影色，他忽然扔下了笔，对那妓说："不能再作。"

那妓苦苦一笑，似吟似唱又似百无聊赖间的自言自语："能诗而不作，休道人情薄。不作更思君，薄情谁咀嚼？"

李白闻声一惊，这妓所云，不就是一篇声调铿锵的六朝小诗吗？他正襟危坐，方才涣散的神气立时提振起来，焕发于眸："汝小娘诗才恁好！"

未待那妓答话，身外环立的仆妇们都嚷噪了，纷纷纭纭地说："吾家七娘子好生诗名，郎君岂不晓？"

这娘子姓段，行七，人称段七娘。仆妇们于是你一言我一语，生怕遗漏情节，将这段七娘的出身大略勾勒了一番。

此女源出北边鲜卑后裔，于东魏、北齐年间内迁于洛阳，世代为乐籍户人。七娘生年十一，即因"色艺精妙"而被荐选入宫，更由于家学渊源，不但善演奏，更能倚声制字，翻作新腔，多演《幽州歌》、《燕歌行》及各体《凉州词》，而有"搊弹家"之呼。

不数年前西北用兵，候近寒冬，开元天子召集宫人，为边军纳絮结棉衣，这原本是一番俚戏，以宫娥红粉之姿，逗引着穿上征衣的庶卒无限遐思，人人妄想：长安后宫某殿某女，连夜挑灯，密治针黹，个中情致，随人自想。不意有一小卒，居然在短袍破裹之中，觅得一纸短笺，上书一律："沙场征戍客，寒苦若为眠？战袍经手作，知落阿谁边？蓄意多添线，含情更着绵。今生已过也，结取后生缘。"严以声律绳之，此作颔联失黏，格调不算上选，可是情思真切，宛然动人。

小卒平白有此艳遇，自然扬扬自得，屡屡示众。传到了军帅耳中，以为这是宫中妇女极其失检的行径，遂于边报中上奏皇帝。可是皇帝却有不同的胸次和主张，他把这风闻公诸内廷，并敕发诗作，遍传内苑各殿，悬示明令："有作者勿隐，吾不罪汝。"

这诗的作者正是段七娘。皇帝果不食言，非但没有加罪，还把段七娘许配了那小卒——只不意一年之后的开元四年，小卒被遭入张知运麾下看押大军粮草，部曲在庆州之北、灵州之南的青刚岭遭遇流窜的狄人伏击，一败涂地。小卒受到株连，以失职论罪，阵前问斩。而段七娘原本民间一妓，侥幸入宫、夤缘遭嫁、天命无常而守寡，最后还是流落到无边风月的欢场之中，当是时，她年方十五。其间经历福祸相倚相伏，的确非常人所能思议。自从在金陵鬻歌乐、卖容色，远近驰名，皆呼之以"制衣娘子"。

正当仆妇们把这一段缠绵悱恻的情事娓娓谈来之时，段七娘已经入内室更衣，粲然敷设新妆，稍后重张灯火，再开看宴时，但见她纤指慢拈，拂弄古琴。报科头的又唱了名项，谓之"新制曲子"——不消说，这是段七娘所作，而仍须李白会账。

曲作三叠，词中反复堆叠者不论，是干干净净的三首绝句。报科头人挑着织锦绣缎沿楄绕行，示以张贴曲目，分别是《感遇》、《留叹》和《闺思》：

一曲焦桐付尔曹，飘零自写逐愁牢。情多不作征人妇，月夜寒江洗战袍。

曾经却扇悔姮娥，夜雨连朝湿绿罗。瓜字初分轻识恨，别郎几度直呼婆。

细腰缚向掌中斜，婉转诗肠伴剪花。咳唾琳琅笙笛绝，回廊深处有初芽。

焦桐，古琴之名，一说出于东汉蔡邕，以烧焦的桐木造琴，其音清而厚，诗家因以焦桐二字代称琴曲。较李白晚生八十年的苦吟诗僧贾岛，以及清河公子张祜都有"焦桐"之句——"愿倾肺肠事，尽入焦梧桐"（贾岛《投孟郊》）、"焦桐弹罢丝自绝，漠漠暗魂愁夜月"（张祜《思归引》）。

首叠曲词才吐，李白已为之倾倒不已，他不曾料到，风月门巷，还有直逼人肺腑的身世之词。这与他年少时在昌明故里与吴指南等轻薄少年游冶的见闻大不相同。彼时庸脂俗粉，浪谑调笑，也可终日乐之闹之而不倦；偶或唱呼土谣村曲，杂糅蛮歌，啭腔高亢入云，也觉得是纵情之极，美不胜收了。然而撞上了这"搊弹家"，李白但觉在耳目之娱以外，还有从来未曾被撩动的心绪，在霎时间飞扬了起来。

李白初入金陵，闯入此地，原出意料。不过是当日亭午，逆旅门外的通衢之上忽然桃铃大作，想是有催趱急行的车马，李白赶紧侧身避让，再一回眸，但见堂皇过市的，是一辆妆彩牛车。车上珠箔晶帘高高打起，帘内一丽人也朝他凝神望着，似有若干言语将说未说，随即扬起手中朱砂色的拂尘，朝前一指，端端指上了一起红楼，便靥然笑了。

也就凭着这一笑，令李白追随向前。他的步履赶不上轮毂，只好在道旁攀人相问，辗转来到城西的红楼，果然巍乎高哉——那是以一段古旧城墙为基址，在城垣之上复叠梁架柱，披甍覆瓦而搭盖的楼台。楼体极其宽阔，应该是不断扩建而成。然而楼高不过两层，只因为搭着原先雄立于楼下的城墙，看来就有吞云排雾的气魄。台阁廊榭之间，便益发显得壮伟不凡了。而楼门之上，横匾雕题三个大字——孙楚楼。

惯见之说，以为楼名孙楚，袭自西晋贵盛诗家。孙楚之祖孙资，是曹魏时的骠骑将军，父孙宏，曾任南阳太守。史称孙楚"才藻卓绝，爽迈不群"。《世说新语·排调》有一段记载，说他年少时曾对当时位高权重的中正官王济侃侃而言欲隐之志，本来要说的是"当枕石漱流"，不意却说成了"当漱石枕流"。王济笑谓："流可枕，石可漱乎？"孙楚应声答道："所以枕流，欲洗其耳；所以漱石，欲砺其齿。"王济遂称许孙楚为"天材英博，亮拔不群"，曾经担任过镇东将军石苞的参军，之后还当上了冯翊太守。

孙楚虽有《登楼赋》之作，留下了"有都城之百雉，加层楼之五寻；从明王以登游，聊暇日以娱心。鸣鸠拂羽于桑榆，游凫濯翅于素波；牧竖吟啸于行陌，舟人鼓枻而扬歌。百僚云集，促坐华台；嘉肴满俎，旨酒盈杯。谈三坟与五典，释圣哲之所裁"；然细翫其文，可知孙楚所登览游观的，是长安城帝王宫室，与金陵无涉。之所以用"孙楚"之名名此楼，实涉双关，一方面借登楼一赋而谣传孙楚曾经到此，一方面借楼址西眺荆楚之形胜，聊寄东吴孙权雄视之思。

昔年秦皇身边有日者占看地理，谓五百年后金陵将有天子气，固须以今世之王者压之，始皇才有东游一行。彼时费劳役数十万，凿方山，断长垄，引水成渎入长江，是名"秦淮"。秦淮河在后来设置的江宁府上元县东南，它有两个源头，一出于句容县之华山，一出于溧水县之东庐山，两源合流之后，在方山筑一坝，号"方山埭"，向北引水转西流。隋代人工胜鬼斧，天下水运无处不达，此河导入通济渠水门，又兴建了武定、镇淮、饮虹三桥，而水行则沿着石头城以达于长江。

号为石头城的这座城，原本是山，还在金陵城西二里，故老耆旧都说这是"天生石壁，有如城然"，万古已往，便叠立于清凉寺北，长江流势顺此山形自北施施然而来，沿着这覆舟山转入秦淮河。是在三国东吴时期，吴主孙权沿河立栅，又在江岸必争之地、清凉寺西筑城，重冠以"石头"之称。诸葛亮亲临目睹其形胜，也忍不住赞叹："钟阜龙盘，石城虎踞，真帝王之宅。"

然而时移世变，大唐开国百年，孙楚楼徒负孙权雄视西楚之名，却全无干戈之气、王霸之思，而成了金陵首屈一指的歌台妓馆。此馆江南闻名，全仿长安北里规模而置。其设施有如家宅，集假母数十名，各拥丽姬、童嬛、健仆，分别在楼廊之中或是紧邻处居停。也有的自募乐工、驾役，常随出入，俨然一大家户；而冶游之客，也就不惜千金之资，在此权充一朝一夕的当户之主。

孙楚楼向来客索取歌酒肴筵之价，区分种种名色。日宴一席，取值四锾，夜宴还要加倍收取。"锾"是刻意玩弄的古称，雅呼以先秦时代计重之语，是为了打消俗气，可是计较起来却毫厘不爽。一锾，计金为十二铢，计银为六两，如果就银价交易换算，每一两银折合通行的铜钱，大约是三百文至四百文。"一席四镮"，充其量就得花费九千六百文钱。以当时粮价对比，每斗谷米所值，不过是五到十文钱，则一场宴馔，能够开销将近两百石米粮，夜宴则得花费四百石米粮之价。

倘或再以当时官员收入为衡量，更见豪侈。高祖初定天下，文武官僚给予俸禄，已经较隋制为轻薄，正一品大员每岁七百石米，二品五百石，寖至九品，年禄米只有三十石，也勉可养家糊口了。太宗贞观年间，中朝颇有抑扼外地官员地位的想法，遂减其禄米，致使外官之居一品者，年禄米也只有五十石，二品乃至三品则仅三十石，以次类推，益知其拮据。

对于孙楚楼的科头取索，李白浑然不察。他昂藏而来，逢人便探听：有一支朱砂色的拂尘，来处去处究竟为何？人是随着指点找上门了，至于楼中有何等消磨银两的机巧，他却一无所知；这三叠之曲，便是其一。

循例，民间妓馆取酬，仿诸官订。一般地方官厅管辖乐妓、饮妓，由官府供给粮米、衣服，月支薪水之资。召妓侍宴，纳入科头名项，另有酬金；即使当日没有宴会，依照该妓品级高低、名声大小，也可以请领三五百文的茶资，酬赏原本没有十分严格的规范。

又由于唐人极重科考，视进士出身为天下得才、国是翻新之大事，故常以及第进士之聚宴为第一等宴饮，发榜后及第的进士群集南院官厅，最重要的活动便是设席召妓，席如流水，终朝连夕，开宴时载酒载乐，杂以轻歌曼舞，计价倍增，这些都并入科头——而"科头"二字出于古语，本指不着官帽、头巾，也就有不虚饰、不增价，本色当行的意思；时日既久，科头二字便成为歌、乐领班者的职衔，其下所管领的妓女，便呼为科地。无论科头、科地，能饮、能乐、能歌，所值每每加倍，倘若这妓通识文辞，娴熟音律，还能自铸新篇，兼之以度奏新曲，说是一吟三叹之间，已去十户中人之赋，恐怕也不算益甚之词。

金陵为南朝旧都，门第中人风雅自赏本不待言，习俗熏染，连妓家也多矜尚文墨。歌姬乐伶出自豪门之家妓者，能够随口占吟的比比皆是，当她们因年老色衰而辗转流离于"门巷人家"之时，也就将一身所学、半生能事，传授给更多的青楼女子。李白日后《九月登山》一诗所盛称之"齐歌送清觞，起舞乱参差"，以迄于中唐时代刘禹锡《路傍曲》的"处处闻管弦，无非送酒声"，所形容的，恰恰就是这种情态。劝人以酒，必以歌送之；罚人以酒，亦必以歌送之。段七娘另有句状此："一曲倾心倾此杯，奉君三叠绮筵开。纤腰为绕迟行迹，几字宫商竟夕堆。"不但铺陈了妓家对于来客的眷恋，也透露出留客的手段，总要将一首歌词用意婉转堆叠，不使曲终人散。

段七娘自己能度曲作诗，比之于寻常能奏乐、能轻歌、能曼舞者更添声价，如果专门为一豪客制作新词，兼以谱唱，则所费更为惊人，何况一咏而三叠之作？她在唱罢之后，回眸深深望了李白一眼，浅笑道："李郎初临孙楚楼，大是破费了。"

李白竟像是未曾听见她的客套话，直反问道："三叠皆七娘子自制之词耶？"

段七娘微一颔首。

"《感遇》有'自写逐'三字，《留叹》有'却扇悔'、'几度直'

三字,《闺思》有'缚向掌'三字,皆句中三连仄字,汝作能别之以上、去、入声,唱来格调分明,堪见用律精熟。然——"李白一踌躇,不再说下去,举杯迎前,算为一祝。

"声歌惯技,不过是审音协律而已,无甚可观。"段七娘接过酒,饮了,轻声道,"李郎仔细,请直言。"

"姮娥之悔,于典语似无着落?"

那是后世嫦娥奔月故事的起源,典出《淮南子》。当年赵蕤半带着玩笑意味教训李白"不必再读"的一部书,李白非但没有听从教训,反而加意钻研,尤其对书中许多诙奇瑰丽的故事,入迷浸深,不能自已。其中最令他心系神驰的,仍是那月;《淮南子·览冥训》有载:"羿请不死药于西王母,姮娥窃以奔月,怅然有丧,无以续之。"

所谓"怅然有丧,无以续之",指的是后羿再也不能求得不死之药,以延年寿。一贯主张无为的《淮南子》原本借着这个故事所要寄托的讽谕也很单纯,就是后羿之愚鲁驽钝——后羿之无知,在于"不死之药"其实不假外求,而"命自在天";人一旦汲汲于寻访不死之药,反而失落了自己的天命。

然而段七娘的诗句,却是从姮娥立说。"却扇"语出古之婚仪,新妇出阁,向例以扇遮面,直待夫妻交拜之后,始去其遮蔽,故"却扇"俗语,即是完婚之义。段七娘的"曾经却扇悔姮娥",语浅意明,借由姮娥自悔婚嫁失谐的故事,来隐喻自己曾经有过一段值得后悔的因缘。这就是把《淮南子·览冥训》所谓的"怅然有丧"从后羿不得永寿的憾恨,转换成姮娥遇人不淑的追悔。

值得觑味的是这一首诗的末句"别郎几度直呼婆",又翻转出另一层意思——原来前文所"悔"的,不是实质上的婚姻,而是声妓堕入风尘的际遇,这个有如姮娥一般美丽聪慧的神仙人物,在几度露水因缘的消磨、摧残之下,青春不再,居然有如一媪。这就分别看出第二句"夜雨连朝湿绿罗"和第三句"瓜字初分轻识恨"里既有贪欢,又复懊恼的矛盾;"瓜"字原是相互颠倒的两个"八"字,以喻女子二八及笄之年,那样的年华转瞬即逝,是以末句急转直下,须臾之间,已觉老大,见面的人都要呼唤她一声"婆"了。

由此再引出第三叠。"剪花"固为诗眼,隐喻着横遭命运或环境摧折的欢场女子,一经剪离原枝,迅即凋萎。彼一不再能长久以色事人的女子,于万籁无声的寂寥之中,居然听见廊下花丛深处,还有嫩芽新发,可以看作一代又一代的年轻声妓又有如枝头新绽的容颜,身为过来人,或则徒然自伤、或则寄以同情,总之是无限感慨。

初窥妓家堂奥的李白却并不明白这一切。

段七娘并未直接答复李白,她只是回头向环侍于旁或立或坐、各持笙笛筘鼓之器的小妓使了个眼色,登时弦管喧阗,赫然奏起一阵胡乐。李白曾经在昌明、成都甚至江陵城的街道上几度听过,有些还出自流落于中原内地的行吟丐者,可是他从来不知道,胡乐也能够敷陈如许婀娜、婉约甚至堪称华丽的风致。段七娘又朝先前那报科头人使了个眼色,像是制止了他,还怕他不明白,刻意朗声道:"李郎初临孙楚楼,小娘们奉歌为礼,就不计科头了。"

李白还没听出话里的缘故,一身着窄袖薄罗衫、年约十三四的小妓已经拔起尖声,行了个高腔,唱道:

"闲——春——"

紧接着,是击小鼙鼓的姑娘跟唱:"闲春昼懒忘梳妆,爱——向——"

这厢歌声未落,对面一阵琵琶促弦如天外飞来的骤雨,弹者接唱:"爱向词中觅绣裳。两——字——"

接着是一室仆妇群唱:"两字鸳鸯曾省识,宁教孤枕伴孤凰。"

这一节唱罢,击鼓者与弹琵琶者仍就着手边的节奏,齐唱"鸳鸯"二字不歇,似呼似诉、如怨如慕。而唱高腔的小姑娘又展开了新的一节:

"柘——枝——柘枝门巷岂彷徨,佳约风情几度狂。不——忍——不忍天台长伫立,檀云慢挽一时香。"

曲中"柘枝"语从水调"柘枝舞"而来,是大唐初叶从西域石国传来的流行舞蹈。先是为女子独舞,伴以鼓奏,后复于长安教坊演习出双人对舞,谓之"双柘枝"。"柘枝门巷"则是指妓家行业。

可以从曲词中看得出来,这是一个"双和"的演出,自寻常妓筵上送酒歌舞一来一往、一令一答的形式演变而成。段七娘忽然安排"双和"之唱,自有其用意,她是要借由《闲春》、《柘枝》之两相呼应,令群妓唱出真心的攀慕、渴望,点染"姮娥"的落寞。最后那一个"香"的长腔尚未落定,段七娘自己的声音悠悠然从中浮飞出来,但看她樱唇凝朱,山眉斗翠,唱道:

"芳——菲——芳菲一绽只彷徨,顾盼将移入暖房。不——解——不解温柔缱片刻,灯花剪尽烛脂长。"

这是在"双和"之外,补衬一结,有如为先前两首递进的情事下一按语。唱到"烛脂"两字,恍若真替那句中的蜡烛垂落了泪滴,泣下沾裳,援袖拂去,随即破涕而笑,仍然是一派妩媚风情,道:"声歌阛间,最恼人者,不外是因缘;凡入此道,莫不有姮娥之悔。李郎见笑了。"

"两情相欢,何悔之有?"

"但倩李郎深思妾语,恶因缘固无足论,"段七娘还奉李白一杯,缓缓说道,"好因缘恰是恶因缘。"

二四　凤凰为谁来

李白却在这样的因缘里停伫了漫游的脚步。

是段七娘寥寥数语之邀:"李郎若不遽去,明日过午即来,容妾主东道,奉李郎看一眼恶因缘。"

此言一出,连一旁那些歌姬乐伶以及仆妇都面面相觑,似乎大出众人意料之外。报科头人也颦眉挤眼,膝行而前,在她耳边嘀咕了半晌,段七娘只不答话,听罢,将面前的古琴一抚,朗声对众人说道:"金陵胜景以何者为最?"

金陵,乃是春秋旧名。吴王寿梦合北地晋国之兵,连年与楚为敌,至阖闾、夫差父子当国,此地名冶城,专以制造兵器,至句践亡吴之后,才在后来的长干里之地,建立了雄立江滨的一座城池,呼为"越城"。一百四十年后,楚威王熊商有进取天下之图,乃以长江为天堑,于地名石头——也就是日后的四望山——建立了采邑,设置邑尹,辖属方圆百里,名之为金陵。

此后城址恢弘,地名多变,至秦始皇改为秣陵县,汉武帝复改制为丹杨郡。赤壁三分之后,孙吴倚秣陵为新都,重修石头城,呼为建业。再至司马睿南渡偏安,即位于此,是为晋元帝建康元年,建业便又改名为建康。此后南朝四姓,都城都没有再搬迁过。可是到了唐代,此地州县名号屡有更动,开国之初恢复隋代开皇年间旧制,改郡为州,以安置归降于唐的地方割据势力——名江宁、名归化、名蒋州、名白下。开元天子即位,升江宁为望县,然而当地父老还是多称本土为金陵。

段七娘这一问,引来阵阵哕噪。一操琵琶的瞽叟抢着喊了声"台城",当下便教小妓们哄笑讥嘲:"汝天生无眸子,安能识得胜景?"遂抢道:"不若乐游池、不若太子湖!"

晋室南来之初,司马睿曾以大司马楚公陈敏的府邸为建康宫,苏峻之乱时,此宫遭兵火焚为灰烬,待年后元气渐复,晋成帝令尚书右仆射王彬为大匠,起造新宫,修缮苑城,兴建六门,此宫又名建康宫、显阳宫,最广泛的一个称呼就是"台城"——此城宫室日月增扩,不数年后,已经具有"内外大小殿宇三千五百间"的规模。后人所谓"六朝金粉",皆以台城之壮美为核心。

至于乐游池,则是在覆舟山西岭上,于东晋时,原本是种植各种药材的药圃。到了刘宋元嘉年间,此地忽然以相对于城池的方位被称为"北苑",皇室也在这里建筑了楼观,之后相继构造正阳殿、林光殿,号乐游苑,也曾经一度毁于侯景之乱,是在陈霸先手上重新修葺而焕然一新的。此地原本是东吴宣明太子开辟的游赏之区,所以乐游池又名太子湖。到了开元年间，前代兴筑起来的白水苑、阆风亭、瑶台等胜迹俱在，驰名遐迩。

不道段七娘听了这七嘴八舌，只连连摇头，良久，才轻声道："妾意还是芳乐苑。"

令李白也大出意表的是，段七娘"芳乐苑"三字才出口，众妓一片哗然，纷纷摆手抗声，直道："莫去、莫去！"

唯独那瞽叟击掌而笑，道："七娘子赏鉴非凡，这芳乐苑毕竟还是在台城之内。"

这话又引得年轻的姑娘嘈吵纷纭，有的说："地阴气寒，受之何苦？"有的说："凋风满树，望之伤心。"

李白听说过台城之名，却不明白它与"好因缘是恶因缘"之语有什么相干。一时插不上话，只能旁听笑闹喧语，百无聊赖之余，自顾拾起先前抛下的版纸，凭记忆抄录了原就蕴草在心的两首诗，日后题为《望庐山瀑布》。其一为古调：

西登香炉峰，南见瀑布水。挂流三百丈，喷壑数十里。欻如飞电来，隐若白虹起。初惊河汉落，半洒云天里。仰观势转雄，壮哉造化功。海风吹不断，江月照还空。空中乱潈射，左右洗青壁；飞珠散轻霞，流沫沸穹石。而我乐名山，对之心益闲；无论漱琼液，还得洗尘颜。

其二为近体：

日照香炉生紫烟，遥看瀑布挂前川。飞流直下三千尺，疑是银河落九天。

段七娘且不理会那些还在争执着去处孰者为佳的莺声燕语，但见她侧倚纤躯，将版纸上诗文细细看了一过，于五言古调的末联"无论漱琼液，还得洗尘颜"处点了一下，道："李郎此首，似未尽意。"

李白闻言不觉笑了，道："何以见得？"

"此作之中，有天地造化，有山水风光，却无人迹；有魏晋语，有齐梁语，却无心头话。"段七娘仍旧凝视着那字纸，眼波流转，朱唇翕张，葱指微微拈提拨按，像是正专注地冥思度曲。

这话的确是有其理据的。以当时诗律所尚言之，起手三联六句，虽然都是平起仄落，不合乎严格的黏法，可是每一联上下句都是相当自然而工稳的对仗；尔后，"飞珠散轻霞，流沫沸穹石"以及"无论漱琼液，还得洗尘颜"两联又参差错落于其他散句之间，延续了开篇六句整齐方严的风格，这就是看似"齐梁语"精雕细琢的巧构。

至于那些并不作对的散句，更刻意点缀出质朴简易的情味，尤其是居中转折的"海风吹不断，江月照还空"把一山头的瀑布与天涯海角的壮阔想象作成牵连，境局赫然宏大起来；这又显然是只有魏晋时代的作手才能铺陈的格调。不过，看来全诗不外就是取景，责之以"无人语"、"无心头话"，似乎也言之成理。

李白却不以为然，随即以毫尖圈出了诗中的"我"字，道："我乐名山，毕竟算得是人迹；此心闲放，欲说而忘言，可否？"

段七娘也笑了，圆瞪起一双眼，假意嗔道："李郎狡狯！"

"七娘子精通律吕,"李白接道,"想必有以教我。"

"若是入乐,'海风吹不断,江月照还空'须独树一节,略事盘桓,以管领后章,其后复重一'空'字恰合度,也即是李郎所写的'空中乱潈射,左右洗青壁'。"

"七娘子诲我谆谆,某听来藐藐。"

"这么说罢,"段七娘从李白手中拈过笔来,圈出了"海风吹不断,江月照还空",道,"此前十句,此后八句,李郎再补二句作结,俾奴为李郎合乐而唱——好须是心头话呀!"

李白看着段七娘盈盈双瞳,便有了句子,当下取回笔,一边写一边诵道:"且谐宿所好,永愿辞人间。"

这显然是专为段七娘下的结语,流露出带有诙谐意味的邀请之意,好像是说:我心头的这个人,可愿意永远辞别那繁华人间,与我长久厮守在这世外之地呢?

段七娘一语不发,回身就琴,叠膝而坐,以侧商调《伊州曲》完整地唱罢了这一首《望庐山瀑布》。李白听到中段"海风吹不断,江月照还空"反复数匝,已自叹息,颔首连连,听到末联"且谐宿所好,永愿辞人间"十字入破,再拔高腔,可是声字渐渺渐悄,有如云峰雾林中徐徐远逝的脚步,他才恍然大悟,慨然说道:"倘非七娘子唱来,某实不知原诗竟未终篇!"

她只淡淡地应道:"倚声而歌,自是奴家事,无大学问。"

而这乐曲结构却启发了李白一个念头,纯以声字为考虑的诗,只能在原有的篇幅甚至固定的形式上吻合习见、迁就矩范。书之于纸,便总是五、七言句,出落成双,定式不外律绝,看似分明齐整;就连朝廷科考试帖,也就是六韵、八韵、称为俳律之作。

然而"入乐合歌",却不仅仅有追求声字抑扬变化的考究,也往往基于歌者抒发情感之所需,而改易了声调,更进一步的变化,则是开阔了句式。

李白敛襟危坐,一指版纸上的七绝,倾身示礼,正色道:"然则,可否倩七娘子为某再歌此首?"

此时,科头人正要起身,又为段七娘眼色止住。她左手轻扣了两下焦尾,右手则在外侧第一弦第一徽处拨了一记,使余音袅袅不绝——这是歌场身段,意思是让簪叟、歌姬等人都安静下来。这样做,也就意味着并非段七娘个人歌乐,而是使众人同奏、同唱了。

段七娘先将整首诗念了一通,令众人熟悉字句,接着环视周遭,昂声道:"孙楚楼地尽金陵风流,却难得迎迓慷慨人。李郎来过,我等也仅足以为李郎留一念想耳!"

簪叟一听这话,竖起琵琶,大笑道:"七娘子好做耍子,便来一曲《伊州曲》乱词如何?"

段七娘低头看了看李白原作,回眸凝思,颦眉道:"乱词字句零落,若欲合拍,便不仅是叠声、断拍、迟调诸手段而已,多少还需增减文字,岂不唐突李郎?"

李白抢忙摇手道:"遮莫以歌乐为要,字句何足介怀?"

段七娘微微一颔首,抚了个角调,看一眼簪叟,簪叟目盲,但是知道段七娘所抚者,正是领调之音,立即拨弦以应。段七娘接着喊了二三歌姬之名,指归簪叟节度;又吩咐年纪较轻的两人,随自己的声部从唱。这才转眼向那报科头人望了望,一瞑目,报科头人的右手忽然出现一尺把长的短棍,扬棍击起几边一木梆,歌声豁然四起——

日照香炉生紫烟，日照香炉，遥看遥看。遥看瀑布，紫烟生处。遥看一挂前川。飞流直下三千，三千尺，一挂前川。

遥看瀑布，紫烟生处。生处。疑是银河，九天银河，银河谁渡。飞流直下，前川一挂，银河谁渡，日照香炉瀑布。看瀑布，三千尺，紫烟生处。直下前川，日照紫烟。疑是银河，直落九天。银河九天落，烟紫共谁渡。

这一首诗原本只二十八字，一旦入乐合歌，却衍成了双调歌词，一百一十八字。李白非徒赏其妙喉宛转，行腔奇绝，更对妓家依声入调的本事大感震慑。仔细算来，段七娘仅仅于原作之外，增补了"生处"、"一"、"共谁渡"几字，却利用银河的意象，在写景之余，平添了七夕佳节牛郎织女幽会的遐想。

李白抚掌大笑，意犹未尽，捧纸捉笔，还想随兴写些字句，不料段七娘仍只从容地说道："明日芳乐苑之游，宜趁早，李郎且回逆旅安歇。"

李白撑身而起，道："好因缘地？"

"或须是。"段七娘不再作声，浅浅一笑，即伏身而拜，不起，意思约莫就是送客。众仆妇跟着拜，一片窸窣琳琅之声并起，连那瞽叟也跟着拜了。

"噫！"瞽叟强睁着一双翳白空洞的眼眸，道，"凤凰台。"

凤凰台的来历，与台城有关。

晋孝武帝太元三年，谢安监督匠作之业，彻底改建台城，此后两百余年，直到南朝彻底覆亡，除了宫内园囿，台城的规模基址，并无变迁。芳乐苑初建于李白出生之前整整两百年，时为南朝齐废帝萧宝卷永元三年的夏天。彼岁酷暑，萧宝卷忽发奇想，下诏将台城之内的阅武堂拆了，改筑园林。于是征求民家，望树便取，毁撤墙屋以移植的事不胜枚举，所谓："朝栽暮拔，道路相继，花药杂草，亦复皆然。"然而天候炎热，新栽者难以成活，数以千计、万计的树木花草都当下枯死了。

这时，萧宝卷再下一令，将苑中的山石遍涂五彩，饰为青葱，枯立的干条枝枒上则张挂彩纹花叶。另外，为了袭取凉意，发动万千役夫，在苑中开凿水池，"跨池水立紫阁诸楼观，壁上画男女私亵之像"，就在临池构造了连绵数百丈的亭台楼榭之后，阅武堂成了美轮美奂的商坊。

一俟这街廊筑成，萧宝卷又有了新的念头——既然街巷纷陈，何不以假做真，全盘摆布出一番市井模样呢？遂更下诏敕，任令宠妃潘氏为"市令"之官，宫娥、太监则装束成寻常百姓，彼此串演卖家买主，往来交易营生。萧宝卷自己则充任潘妃手下的"录事"小吏，为之驱使，作态奔走，特设一店肆，专卖猪肉，号曰"宝卷猪估铺"，镇日为蝇头小利而锱铢计较，引为欢噱。

当时，宫苑之外真正的民间，便流行起这样一首短歌："阅武堂前种杨柳，至尊屠肉，潘妃沽酒，鹤氅鹭缞白雉头，三十一大臣走如狗。"所谓"三十一大臣"就是萧宝卷最得力的三十一名亲信。

萧宝卷又信鬼神，将三国时代的蒋侯神迎入宫中奉祀。蒋侯，本名蒋子文，是道教神名，后世呼之为钟山土地神。原本是东汉末秣陵尉，追盗至山中，伤额而死，因葬于山。吴孙权时立庙，封蒋侯。南朝宋武帝时加封钟山王。萧宝卷更进一步，迎蒋侯神入宫，昼夜祈祷，加位相国，居然还奉之为"灵帝"，车服羽仪，犹如王者。

萧宝卷之暴虐无端,乖戾常情,无时或已。据说经常夜半招聚宦官捕鼠,追杀达旦,引以为乐。或则于夜半三四更时,驰马擂鼓,执明火大杖,驱逐百姓,空其家宅。要不,就横幡平戟,不问皂白,拦路搠人。有一次兵马直踏沈公城,遇有孕妇临盆,来不及躲避,萧宝卷便下令剖腹视其胎儿男女。日后,这昏君终于因为杀戮无度,而为大臣王珍国、张稷所篡弑,首级献于宗室萧衍,萧衍将萧宝卷降格为东昏侯,南齐遂亡。

虐人无数,自虐亦寻常。萧宝卷经常身担大纛旗,戴金箔帽,下着紧织裤褶,乘马驰驱,昼夜不息,归来则满口鲜血。据传:他遇刺时,满身是刀戟创伤,仍勉力攀上坐骑,担起一竿长七丈五尺的白虎大幢,任意冲撞颠簸。虽然他膂力惊人,可是在控骑之间,不时还是得腾出双手执缰御辔,而不得不借齿牙担咬旗旒,为此折断了好几只牙齿,他也毫不措意,支吾其声,大喊着:"杀之不尽!杀之不尽!"

梁武帝萧衍有鉴于宋、齐两朝骨肉残戮之祸,遂废监国之制,提高分镇诸王的权柄,也厚植了豪门大姓的势力。另一方面,基于他个人的性格与信仰,大力倡导佛说,即以金陵帝都为中心,在江南各处普设寺院,多少楼台,无限烟雨;甚至连帝王之尊也曾四度舍身,遁入空门,而倾国库资财以赎之。不过,这样求清净、返慈悲,并不能祈禳安乐和平,他仍旧于侯景之乱中活活饿死在净居殿里,台城再度失陷。其后的陈朝,历五主、三十二年而终,亡国之君陈叔宝史称"后主",在青史上留下的印记,不过是晚唐杜牧的那句"隔江犹唱后庭花"。

自萧宝卷筑芳乐苑以降两百年间——尤其是在大唐开国之后,

此地无论为州、为郡，抑无论名江宁、名归化或名升州、名白下，东昏侯治日所遗留下来的窳政秽闻，乃至于陈叔宝携张丽华匿迹于胭脂井的迷醉前尘，都是地方父老亟欲拂拭、忘却者。

然而，也不知是出于官吏的规划还是耆老的主张，自高祖定鼎以来，便以旧台城为基址，在一部分早已几度毁于兵燹的芳乐苑遗址之上，重新张致了歌乐声色的行当，居然人人都深信：冶容艳色之阴，恰足以厌斗兵战火之阳；筝弦箫鼓之声，恰足以掩暴政亡国之迹。而夜以继日、益发狂放的逸乐，仿佛便是要用以掩盖那残存于旧城新柳之上荒诞颓唐的记忆。

早在东晋时，台城共开五门，南面为大司马门和南掖门（后改名为阊阖门、端门和天门），而东、西、北面城垣则各有一座掖门。之后各朝屡有扩建，开门益多，至萧梁时已经开到八座门，可见风土繁盛，交通利便与人物往来之密迩。

阊阖门内太极殿为台城的正殿，一般用于国之大典。此殿长二十七丈、广十丈、高八丈，左右十二间，象征十二月分。正殿两翼设太极东、西堂。太极殿在规模最大的萧梁时期深达十三间，是皇帝议政、筵宴、延见、起居所在。天监七年，梁武帝命卫尉卿丘仲孚在大司马门外建石阙一对，赐名"神龙"、"仁虎"，双阙的趺座高七尺，阙身高五丈、长三丈六尺、厚七丈五尺，石阙上镌刻珍禽异兽，史称："穷极壮丽，冠绝古今。"

杨隋灭陈，建康城被履为平夷，绮宫丽殿尽成丘墟，园囿池沼，皆付黍离。但是，台城的神龙、仁虎二阙，却留下了残迹。人们将那两座二十余丈见方的石构刨挖拆解，发现只有顶表与梁柱是货真价实、坚挺不摧的石料，而在精巧镌刻的石皮之下，多贮朽木败絮、碎砾烂泥，其败坏空洞，着实不忍发现。然而对于经过亡国浩劫的黎庶而言，此地就有如西城孙楚楼一般，可以利用现成遗址，撙节工料，再造一半石半木、门面宏大的屋宇。当下日者云集，争为占卜，指点人众发掘地下水源，得井眼二十三，个个水质甘洌，都说是凤凰醴泉。只不过这样的水土——根据日者传言——只能经营歌乐，而不能为家宅、衙署、寺观、宫室之用，否则必败。

唐末韦庄"江雨霏霏江草齐，六朝如梦鸟空啼。无情最是台城柳，依旧烟笼十里堤"之句，真得此地神髓，因为"无情"二字，说的就是李唐开国以来，以六朝帝王风月为础石的妓家事业。这行当在承平岁月日渐发达，且总是附会于神异之说而更形兴旺。

很快地，就有人以芳乐苑故地为号召，在双阙以北数里之处发觉了新泉，指为东昏侯"跨池水、立紫阁"之故地。由于时隔甚久，说起前朝败亡，事不关己，反而透露着奇思遐念的色彩。于是芳乐苑又敷染上宫娥般的绮妆丽饰，成为歌姬舞娘麇集之区。

这正是李白偶过的金陵。

次日亭午，寒烟侵路，他在前往台城的牛车上问身旁瞽叟："老人家夜来所说，可是'凤凰台'？"

瞽叟未料李白当时听见了，也记得了，有些讶然，但是老江湖不动声色，只淡然道声："诺。"

"凤凰台、凤凰台，"李白随口笑道，"凤凰为谁来？"

此语本非虚问，根据《韩诗外传·卷八》有载。黄帝即位，施惠承天,一道修德,惟仁是行,宇内和平,但是古训有诸,倘若能致万物和谐,内外咸附,应现凤象。只今不见凤凰,夙寐晨兴,不免多所揣想。于是乃召天老而问之:"凤象何如?"

天老提出了五个或现以形、或现以声、或现以性的迹象。大凡如此:凤的外观,有"鸿前麟后,蛇颈鱼尾,龙文龟身,燕颔而鸡啄"之貌。其次,由于凤凰有"戴德负仁,抱忠挟义"的德操,一旦鸣叫起来,"小音则金,大音则鼓",绝非寻常禽鸟啁啾而呼之态。其三,当凤凰现身时,"延颈奋翼,五彩备明;举动八风,气应时雨",可见天地鬼神亦为之动容。此外,倘若凤凰能够在人前饮食,则是第四象,表示这高贵的灵鸟愿与善祥之辈人共处而同群。所谓:"食有质,饮有仪,往即文始,来即嘉成;惟凤为能通天祉,应地灵,律五音,览九德。"

天老的说法很玄,但是层次井然,意思似乎是暗示:黄帝所施所为,根本还不及于见凤凰:"天下有道,得凤象之一,则凤过之;得凤象之二,则凤翔之;得凤象之三,则凤集之;得凤象之四,则凤春秋下之;得凤象之五,则凤没身居之。"

这一段记载末了声称,黄帝感叹自己未能招来凤凰,大惭恧,遂"乃服黄衣,带黄绅,戴黄冠,齐(斋)于殿中"。不料凤凰却在这时来了,而且以其身长不满五尺之躯,居然能"蔽日而至",可见神奇。黄帝从东边的丹墀上移身下阶,以示礼敬,向西再拜稽首,拜道:"皇天降祉,不敢不承命。"凤乃止帝东园,集梧树,食竹实,没身不去。这是古史上迷离惝恍有如神话的一则记录,李白念兹在兹,执泥不休,无论如何,他都想看一眼凤凰台。

在李白而言,凤凰台三字有着全然无关乎轻歌曼舞的意思。他熟读谢朓诗,常欣羡、玩味其《入朝曲》所咏"江南佳丽地,金陵帝王州"之句,要旨不在佳丽,而在帝王。虽然段七娘说什么"好因缘恰是恶因缘",入耳固然惊心,勾引玩兴匪浅,但是片刻间也就放怀一忘,李白念中无时或已者,却是凤凰台。

但是与之同舆共驾的,是个瞽叟,若问这瞽叟凤凰台何在,就荒唐可笑了,他正犹豫着,空中猛可飘来一阵粉香,是另一辆牛车驱赶上前,但见红拂尘打从珠箔帘中又向外一挥,同时听见段七娘的柔声细语:"前望便是永昌里,李郎且伫车而观罢。"

或许就是前夕临别时察言观色所见,就连李白心头尚未道出的话,段七娘也像是揣摩得透彻了。原来永昌里是个古地名,偏与那凤凰来集有关,却又不似黄帝、天老的记载那样悠远无稽,说的是南朝宋文帝元嘉十六年间之事。

据传,有三只头小足高、五颜六色、鸣声十分悦耳之鸟,状如孔雀、外貌又绝不像开屏骄物的孔雀那么张狂,一时之间飞来秣陵永昌里王颛家宅园中,栖止在一株李树上。

所可以称奇的,不是这三鸟之来,而是跟随着它们前来、比翼而飞的一大群鸟儿,为数从数十而百、数百而千,不多大辰光便令秣陵满城翮影遮空,这是象征太平盛世的景观,一时间便震惊了满朝君臣。当时秣陵归属扬州,统领当地的是扬州刺史、彭城王刘义康,他随即下令,将永昌里改名凤凰里,之后又千挑万选,择保宁寺后之山兴建楼台,以为祝念;斯台即名凤凰台,彼山即名凤台山。但是,李白随车登临之时,不过是一片稍稍隆起的丘原,虽有"大江前绕,鹭洲中分"的地势,原来应该是茂草密生的地方,大约屡经游人践踏,又逢深秋枯糜零悴的时节,非但看不出欣欣荣景,也很难想象此地曾经有过什么台观楼址。

"万古茫茫，人来人往，登此台者何止百千万？毕竟凤凰不入凡眼。"瞽叟哂道，"李郎不远千里而来，未必即见凤凰。"

"明目人不得见凤凰，瞽目人亦见不得凤凰。若从此意言之，则某与翁，实无别。"李白也笑了，"不过，请翁恕某夸词大言——某，合是一凤凰。"

"可憾老朽亦不能识面！"瞽叟指着自己的双眼，说时与李白一齐放声狂笑了。

才说到这里，一阵寒风迎面而来，瞽叟面色一凛，朝驾车夫子喊了声："莫非老朽胡涂，起东风乎？"

才一问，两相邻车夫都应了声："是也。"

"啊！竟是冬寒食。"瞽叟朝李白一咧嘴，道，"李郎来得不巧，今日凤凰不得火食。"

寒食本为冬至后一百另五日，至汉代朝令指为清明前三天，《荆楚岁时记》以为："去冬节一百五日，即有疾风甚雨，谓之寒食，禁火三日。"民间原本亦有以晋文公绵山焚杀旧臣介之推之事附会者，殊不知寒食禁火之令，远早于齐桓、晋文之时。实则此禁甚古，商、周时代，城居木屋，栉比鳞次，每恐火灾牵连，故于飘风终朝之日，悬令不许举火。一直到大唐立国之后，才缩减为一日，多在黄昏时解禁，故大历诗人韩翃乃有"日暮汉宫传蜡烛，轻烟散入五侯家"之句。唯寒食不仅春日有之，夏、冬两季亦偶有拂晓即发大东风之候，既有警于此，遂由州县之守发闾里小吏击梆铎示警，凡城居编户之民，例同春日寒食，总要等东风稍歇，才许生火吹爨。

瞽叟和李白却都没有想到，段七娘似乎早就知道这一日是冬寒食。当车驾来到凤台山上一个名叫伏龟亭的去处,仆妇们随即将预先备妥的糇粮摆设停当,看来仍然是琳琅满目。主馔是煮豚肉,煮肉的露汁已经由于天寒之故而凝结成脂冻,施以姜豉,合以荞饼,柔软香滑,风味殊胜。

除了豚肉饼,还有一味糯米合采蒻叶果,也是前一天先蒸就了的,米中杂以鱼、鹅、鸭卵,另外还包覆着带香的荷叶。佐餐的,还有以粳米和麦仁碾碎煮糊,混以醴酪而拌煮的杏仁粥。无一不是冷食,而入口却无不带有暖意。

李白在大匡山随赵蕤学习割烹之术不下数载,齿牙何等灵俐?诸物才入口,便对段七娘道:"如此盛馔,当非一夜之功,某夜来不期而至孙楚楼,七娘子焉知此日乃有凤台之游耶?"

段七娘闻言不觉一笑,道:"李郎不来,宁知不有他处郎来?"

这不是十分讨巧的话,但是段七娘说来却如此率真,如此坦荡,李白顿时为之一喜,又觉出这调笑之中隐隐然还含蕴着些许无奈、些许感伤,遂借用了她前一夕临别之语,道:"或须是。"

"孙楚楼本非孙楚行屐所至——"段七娘望着山前大江流经之处,拂尘顺势西北一挥,沉吟道,"凤凰台自亦不在金陵,而须是在长安呀!"

所谓"凤凰台在长安",是出自刘向《列仙传》上的一则轶事。秦穆公时,有一人名萧史,善吹箫,箫声能吸引孔雀、白鹤,声传则飞集于宫庭。凭着这一点本事,让穆公的女儿弄玉为之倾心不已。由于弄玉也好吹箫,秦穆公便把女儿许配给萧史,夫妇日夜协奏,学作凤鸣之声,居处数年,双箫合璧,果然有了不一样的音色,还真招来了凤凰。秦穆公进一步为女儿、女婿建造了一座凤台,这对夫妻居止其上，竟然可以数年不下通于人世。忽然有那么一天，两人相偕随凤凰飞去。给秦人留下的，除了一座空荡荡的宫室之外，还有不时缭绕于楼台之中的箫声。

一般人称述此事，总说萧史、弄玉安闲眷侣，平淡婚姻，像是在昭告世人：最令人艳羡的夫妻，似乎并不该沾惹生死离别、勾动爱恨波澜，只须一味谐调律吕，求其同声，无惊哀、无悲怆，亦无嗔痴。

可是，李白满心渴慕着的，还是那故事"不知所终"的情境。是错落的箫声、是辽远的凤鸣、是不言可喻的贪欢男女，是若有似无的绮色佳约；如果以凤凰台作为指喻，所谓旦夕俦侣，露水风情，一曲濡沫，终身涕零。诚能如此，则两情悦怿，亦毋须朝暮相携、天长地久，何必说什么执子之手、道什么与子偕老？

念及这一层，李白立刻想起，年少时曾听乡人说过赵蕤于明月峡捕得高唐之女所化之鱼为妻的奇闻。他从来不知道、也未曾探询过，月娘是否就是那"鱼妻"；然而传闻中的夫妻，毕竟在李白出蜀之前无端离散了。年少所听来的传闻中，鱼妻辞别时还说过"情不可忘者，思我便来"的话。证诸日后的实事，月娘匆匆一别、去不复返，堪说"不知所终"。

可是，在李白的执念里，"不知所终"恰恰是男欢女爱最美好的结局，毕竟如此一去，不使鸡皮鹤发，龃龉相对，也许还留下了"情不可忘"的感怀——而萧史、弄玉，又何尝不是"不知所终"呢？这时，李白不觉脱口而出："凤凰台之合鸣，千古称颂，讵非人称好因缘者耶？"

段七娘却也不答,迳自把原先未了的言语说下去:"江山、人物、宫室、风流,宁非尽在长安。李郎且再看——"她回身转向西南,道:"旧县之外八里,有劳劳亭,亭在劳劳山,山间是望远楼,楼台坐东南、望西北,隐约可见,而名之曰'望远',李郎可知这'望远'果是何意?"

李白不知当地掌故,只能随着段七娘的声字念叨了一句:"劳劳?莫非昔年古风《为焦仲卿妻作》所言'举手常劳劳,二情同依依。入门上家堂,进退无颜仪'之'劳劳'耶?"

劳劳,或作"牢牢",感忧愁牢不可纾解之貌。李白猜得出字句,却悟不透段七娘的心思,段七娘蹙额强笑,说是也不是,说不是也不是,再旋身半幅冲北,让满怀无歇无止的东风扬起她肩头、臂膀上的纱披,豁然一片丈许宽长的紫云,便围绕着她婀娜的躯体,弥天飞扬起来;纱织欲散不散、欲聚不聚,煞是壮丽。段七娘就置身在这一片紫云之间,幽幽说道:"劳劳亭北,则是新亭,故迹也无处寻觅了——说起新亭,李郎应知四百年前东渡之客在此相顾痛哭罢?"

新亭对泣,南朝旧典,非徒金陵百姓家喻户晓,即今普天之下,陬隅之乡,也莫不知其缘故。说的是晋元帝司马睿从王导之议迁镇于建康,过江而南的达官士人,每于暇日相约,皆在新亭,众人坐卧于茵锦一般的草坪上,愀然悲泣,忧思不已,所叹者无他,莫非:"风景不殊,举目有江河之异!"

李白笑道:"而今四海归一,新亭宁有对泣之人?"

"恰如此!新亭、劳劳亭,日日有对泣之人。"段七娘转向那些个歌姬舞妓,黯然道,"小娘,是否?"

李白顺势朝群妓望去,果不其然,霎时间人人都止住了喧哗笑语,若有所思,亦若有所失。好半晌,夜来那击小鼙鼓的姑娘才强作嗔笑,道:"客岁以来,每出游观,七娘子总爱杀尽风景,絮絮叨叨,尽教小娘们莫要枉抛情意,比之鸡鸣寺说经念佛的老和尚还多牢骚。"

却在此刻,李白却隐隐然有所悟:"啊!某知之矣,是七娘子有以教我,楼名'望远',说的乃是往来不羁之客,每居心于西北之望,时时系念于长安,却不免辜负了金陵红粉——"

段七娘举手攫着那迎空乱舞的纱披,刻意顾左右而言他:"偏在这侵秋似冬之时,起什么东风?芳乐苑里,应须更凉煞人;小娘们还是添些衣物了。"

瞿然之间,诗句已经随着无端无着、倏忽侵临的秋下东风扑面而至:

天下伤心处,劳劳送客亭。春风知别苦,不遣柳条青。

为什么柳条不青?固然因为节候是秋天,李白却将之扭转成春风不忍见离人愁苦,故风虽从东来,却仍只一片枯槁萧瑟。这是日后命名为《劳劳亭诗》的一首五绝。由于言未尽意,不能不再赋其余——紧接着,当这一行人来到芳乐苑之后,登上游池小舟,李白更作了《劳劳亭歌》。

后人每聚讼此二作,以为修辞支离,节气错乱,说不清究竟是撰写于春日或是秋日,甚且拘泥其不能协于实景,而坚词以为必非出乎李白之手。持此论者不知道东风未必及春而发;不按节气而至的东风,来势就像爱情。

金陵劳劳送客堂，蔓草离离生道傍。古情不尽东流水，此地悲风愁白杨。我乘素舸同康乐，朗咏清川飞夜霜。昔闻牛渚吟五章，今来何谢袁家郎。苦竹寒声动秋月，独宿空帘归梦长。

李白在版纸上飞毫疾书，录写此作，递给段七娘，道："某与汝，略同此情。"

段七娘反复看了几遍，大约体会得到，所谓"略同此情"，说的是李白也有那种怅然西北望长安的情怀。然妓家所思，是去不复顾的情人；李白所思，则是渺不可及的前途。段七娘看得出来，这意气风发的少年的确有着满襟怅触不安的气性，但是诗中用事，仍不全然明白，怕误会了，遂问道："妾识书少，略知康乐公故事，却不知牛渚五章何所指，请教？"

"我乘素舸同康乐"的来历，是谢灵运《东阳溪中赠答》诗"可怜谁家郎，缘流乘素舸"。然此处亦非直用本义，而是入夜过后，在芳乐苑泛舟之时，李白看见那一船的姑娘们把一双双白晰光滑的素足探到冰凉的水中，谑浪惊呼，拂闹取乐，不免想起："可怜谁家妇，缘流洒素足。明月在云间，迢迢不可得。可怜谁家郎，缘流乘素舸。但问情若为，月就云中堕。"所以，跟着"我乘素舸同康乐"的"朗咏清川飞夜霜"也是于张望群妓嬉水之际，朗诵他念念不能释怀的谢灵运名句："挂席下天镜，清川飞夜霜。"

至于紧接着的这一联，用事的确不常见："昔闻牛渚吟五章，今来何谢袁家郎。"这是出自《世说新语·文学》。晋大司马桓温的记室袁宏幼年家贫，曾为人帮佣，运载田赋。当是时，镇西将军谢尚奉命到牛渚采集玉石制作编磬。清风朗月其景，江渚之间的估客船上传来了咏诗之声，情致雅不同于时调；而诗句听来却极为陌生，向所未闻。谢尚一边赞叹、一边寻访，不多时，知道是袁宏自咏其作《咏史诗》，谢尚于是派遣执事人等正式相邀畅谈，大相赏得，刘孝标注云："尚佳其率有胜致，即遣要迎，谈话申旦。自此名誉日茂。"

李白空自望远，却得不到像谢镇西那样身在高位之人的缘遇赏知，所以末联的"苦竹寒声动秋月，独宿空帘归梦长"也不无以空闺自守的象征，真把自己看作是失其所欢的小妓。

段七娘听他说罢谢尚、袁宏的故事，追问了一句："然则袁宏就因此而闻名天下了？"

"似如此。"李白道。

"这有何难？"段七娘笑道，"以妾所见，李郎诗天才卓秀，不同群响，多为孙楚楼留几章名篇，教那往来士子交口传诵，也消得天下闻名。"

说笑着，不觉时光流转，再一回首，小舟横身成东西向。李白纵目而望，但见半渡之外的溪流北岸，竟是一幅向所未见的奇景。连岸地势看似平旷，倒是在月光涤洒之下，明阴分晓，一眼便看得出来，有无数五七尺见方的小圆丘，密生矮草如茵，直逼天际。其间偶有几座高下楼台，大多荒圮无灯火，说是齐、梁时残存的宫室，也很难想象昔年风华了。

"某尝凝眸视物，久之但觉其物忽然远小，以此生造词语，谓之'翠微'，此语前人从未道过，便自以为独得天地之妙，不意人间原本有此。"李白指着那密匝匝为数不下百千、连绵近二三里的小圆丘，讶赞不绝，"造化之奇，真真出人意表。"

"非也！非也！"段七娘摇着头，连声道，"那不是天造地化之力所成。李郎，还记得妾说：'好因缘恰是恶因缘'否？"

李白为之一怔，道："此行，莫不正是为看好因缘地？"

段七娘微微朝对岸的小圆丘抬了抬下巴，道："彼即是了。自城西而凤台、而芳乐苑，以迄于这'翠微'之地，原为百年来金陵风月之胜场，至于那小丘之中——则尽是远望伤心之人。"

段七娘脱下绣鞋，脚上仍裹着双白绫袜，也学着小妓们沾探秋水，随即抖擞裙裾，将身一矮，盘坐在船头的一方锦席上，示意李白与之并身坐定，才指着临岸的坟丘，一一为李白叙说：某处所葬，是某娘子，得年十几岁；某处所葬，又是某娘子，得年仍是十几岁。里贯各有分殊，而遭遇无一不同，俱是在小姑居处，结识了有情郎君，先为之神色颠倒，继为之意乱情迷，两心缱绻，似不虚伪。然而久则经年，暂则数月，这些郎君都冲身一飞，西北而去，倘非赴试，便即就官，总之，无一践守旧约，再续前缘者。

"愈是好因缘，愈是恶因缘。这便是门巷人家的天经地义。"段七娘道，"李郎知我，不敢隐瞒。"

李白闻言悄然。他本非士族中人，却深怀热中之心。说来与那些振翅高飞、登台求凤的人物并没有多大差别。段七娘毫不隐讳地安排了这么一趟游观，三言两语就说清楚了她在孙楚楼买卖风情的绝望处境，用意至明：无论来客出手如何阔绰、作态如何温柔、用意如何深切；妓家风物，皮肉生涯，一切都是镜花水月，不必留情。

"一丘埋身，竟无碑志，聊记名姓？"

击鼙鼓的小妓岔口道："埋在此地的，都叫金陵子。"

"妾等执壶卖笑，不外'生不留情，死不留名'八字。"段七娘盼目倩笑道,"由此观之,李郎尚能与妾'略同'乎?"

这一问却把李白问住了。段七娘反唇相稽,原本也可以是一句委婉而动人的奉承,说的是终究有一天,李白能够完遂功业,声震天下,决计不止于一隐沦无名之辈。可是她无论如何不曾料到,这一问,却击中了李白的痛处。

二五 送尔长江万里心

自从来到金陵,无论是在孙楚楼酣歌对酒,或是在城郊之间登台游园,李白总不免时时想象,自己就如同三百多年以前尚未出仕的谢安——任时论嚣腾,物议催促,谢安只是隐于东山,从容不迫、好整以暇地养其人望,在李白看来,谢安并非消极避世,而是于若有所守之中,另有所待。

作为一个世袭其职、责无旁贷的士族,当时的谢安还有无数的青春可以挥霍,机运与际遇时刻横陈于前,任他检选。他每天携带着引人侧目的美丽声妓,随处设帐,放迹林泉,饮馔吟歌。李白也来到了谢安曾经登临之处,追随着已经不可能闻见的履迹,而恣欢肆悦的行径却可以仿效。

就在李白听到所有伤心亡故的小妓女都被呼为"金陵子"的那一刻,他胸臆间猛可一阵伤痛、一阵悲苦、一阵怜惜,他知道:这就是怀忧天下、哀矜万民的大人物自然而然的感情。《世说新语·识鉴》上提到过,谢安拒绝任官,反而在东山蓄妓,晋简文帝司马昱听说了,不但没有愠色,反而平静而和悦地说:"安石必出。既与人同乐，亦不得不与人同忧。"求欢与厌苦同理，己欲与施人亦同理，所以日后谢安之所以毅然决然出就官爵、担当责任，也一定是基于这种能够不忍人之心真实的情感。李白揣摩着这一份同情之心，当下已经有了完整的构句，经由面前的历历青丘，把自己与谢安融为一体：

携妓东土山，怅然悲谢安。我妓今朝如花月，他妓古坟荒草寒。白鸡梦后三百岁，洒酒浇君同所欢。酣来自作青海舞，秋风吹落紫绮冠。彼亦一时，此亦一时，浩浩洪流之咏何必奇？

土山在金陵城外三十里，当下不寓于目，风物亦可以想见。据载，山无岩石，是筑土而造成的，有林木、有楼馆，毕竟一娱游之地。谢安常邀请亲属友朋、朝中仕宦来此会宴。虽然不得不背负起作为士族的责任，承担朝廷，而终谢安一身，退隐东山之志未尝稍歇，"白鸡之梦"就是谢安晚年流传的一则故事。

彼时，晋室偏安之局粗定，谢安最顽强的政敌桓温已经下世，他奉命镇守新城，遂携带了整个家族，由江道东归，可是还来不及重温昔年风雅倜傥的生活，居然生了一场大病。他怅然地对亲近的僚属表示："昔桓温在时，吾常惧不全。忽梦乘温舆行十六里，见一白鸡而止。乘温舆者，代其位也。十六里，止今十六年矣。白鸡主酉，今太岁在酉，吾病殆不起乎！"说完这话不久，谢安即上表逊位，又过了不多时，便一病不起。

李白的"白鸡梦后三百岁"是相当显著的借喻，将自己比为谢安。为了强调自己有所为、无所惧的志意与气节更在谢安之上，乃于诗篇之末,写下了惊人的狂句:"浩浩洪流之咏何必奇?"

先是,桓温有诛杀王谢豪门大臣之意,安排了一场酒宴,伏甲兵于壁上,受邀的宾客之一王坦之惧形于色,问谢安道:"当作何计?"谢安神意不变,答曰:"晋祚存亡,在此一行。"由这八个字的答复可知,谢安所在意的不是个人生死,也就不会因之而惊忧动容。两人相与俱前,王坦之追随着谢安的脚步,望阶趋席,谢安还不疾不徐地作"洛生咏"——由于谢安年少时曾罹患鼻疾,终身语音浊重,恰合于从洛阳书生方言发音而流行起来的一种吟诵方式,由于语调浓重宽厚,益见沉着,许多名流都模仿谢安这种声腔,谓之"掩鼻吟"。

至于谢安所吟诵的内容,则是当代诗人嵇康的作品《四言赠兄秀才(按:此秀才即嵇康之兄嵇熹)入军诗十八首之十三》:"浩浩洪流,带我邦畿。萋萋绿林,奋荣扬晖。鱼龙瀺灂,山鸟群飞。驾言出游,日夕忘归。思我良朋,如渴如饥。愿言不获,怆矣其悲。"

在这一段诗文中,既有不舍良朋的深情,又有眷念家国的大义,当场令桓温震慑,赶紧解散了甲兵,一场政变危机倏尔烟消云散。这一则具载于《世说新语·雅量》的故事,一向被看作是判别王、谢二家士人风度优劣的佐据。倒是对李白而言,则并不以"浩浩洪流"之咏为足;他只道自己的才具、气度——何妨只是姿态而已——也必定不下于谢安。

此一随着诗思而展现的自许,原本并没有设想周全,谢安终归是世代大家,李白却只是一个连耕稼之夫都不能比及的商贾之子。"某与汝,略同此情",明明是出于李白自己之口的一句玩笑,一旦段七娘以之反问李白,则玩笑就显得无比真实而残酷了——他的确就跟孙楚楼的歌妓舞姬没什么两样啊!

不过,李白并未因此而恚忿。

多年来赵蕤授以"是曰""非曰"自相扞格之术,令他于不假思索之际,变常理而立说,反俗情以成性,越是痴慕,越作矜持;越是伤感,越作冷对。久而久之,总在受拂逆、受轻鄙以及受挫辱的时候,反倒意兴湍飞,神色昂扬,像是无视于面前令他懊恼的一切,毋宁低回而三思的,却是另一件事——如此豪快,全无刻意,甚至连他自己都无法解释:为什么每当他人觉得痛苦、愤慨的事,一旦加临己身,即成欢悦鼓舞?他随即扬眉凝眸道:

"汝道某诗不凡,则某何不便日日来、时时来,为七娘子制新词万千百篇,也——"说到此处,李白忽然顿住,上上下下仔细打量着段七娘。

段七娘开怀笑了,道:"也作么生?"

李白从段七娘肩头轻轻摘扯下那条丈许宽长的紫纱披,双手十分敏捷地兜了几兜,左右穿绕,再一盘裹,纱披堆垛成士人们顶戴的官帽形状,由于模样巧似,一旁小妓忍不住惊呼:"官人!官人!"

当真戴上紫绮冠来,李白挺胸抬肩,端起庄严的架子,肃声道:"也——也就成了孙楚楼的风月之主了!"

"入行不难,"段七娘像是衷心喜欢这般玩笑,接道,"然则,李郎也随妾踏水来。"

不只是段七娘,所有的小妓一时俱兴高采烈地拥坐于兰舟两舷,探足打水,一面嘲嘲唶唶地呼寒号冷,并招呼着李白脱靴踏水。李白听见背后的謷叟压低嗓子缓缓说道:"此乃近百年来白下故俗,凡我聊寄生涯于歌台舞榭之人，遇水则踏，谓之'涤路尘'。"说着说着，还转向群妓，半认真、半虚恫地扬声斥道："李郎同汝等自说笑，休便无礼。"

岂料李白觉得有趣，抢忙脱去了靴袜，移躯向前，把双脚也朝溪池探了，扑翻拍打，掀起一阵阵的浪花浮沫，乐道："不妨、不妨，某本来便是个东西南北之人，不知道路几千，必当有路尘可洗！"

段七娘这时也难得一见地展破樱唇，笑呼："李郎说要为妾制作新词，想必不是诳语耶？"

李白尚不及答话，却听得背后的瞽叟再一次压低声说："某送汝出长江峡口，万里之心，宁不记耶？诗文毕竟是千古才调，岂能枉付于妓家？"

这短短的几句话，语调大不同于先前，像是来自全然陌生的另一人；但这陌生之中，又透着另一重似曾相识之感。那词气、声腔，仿佛曾经一再耳闻。李白猛回头，但见瞽叟微昂着一张老脸，双瞳白翳迷茫如旧，怀抱中一张阮咸，三弦绷在指间，一弦则咬在嘴里，正专心致意，调弄琴具。看他这情状，是根本不能张口说话的。

正当李白反身坐定，将两足再探入水中的那一刻，又听见身后之人开口道："唉！既然是'偏如野草争奇突'，奇葩自不必发于苑囿园圃，则天下歌楼酒馆，未尝不能争逐沉浮——或恐……亦另是一途矣！"

这一段话，与先前的"诗文毕竟是千古才调，岂能枉付于妓家"恰恰对反，比合听来，针锋相对，倒像是讽刺了。其中"偏如野草争奇突"说得咬牙切齿，字字铿锵，那又是来自多么熟悉的两句?——"代有文豪忽一发,偏如野草争奇突。"

还是他!李白暗自惊心——锦官城之骑羊子、官渡口的张夜叉,果然还盘桓在侧。他勉持镇定,不动声色,忖道:倘或真的是那号称文曲星的张夜叉,那么这几句话,听来容有圆凿方枘、前矛后盾的感慨。一方面,他像是颇不以李白为声妓作歌为然;另一方面,似乎又察觉这也不失为一条发迹之路。

东风在起更过后不久停歇,到了二更前,台城之内渐渐有夜起操作的人户开始举火,炊烟一缕一缕地飘升,灯烛也沿着城居巷陌向深处散放,有如天星洒落寻常闾阎。自高处眺望,有些所在烟霭微茫,有些所在爇火熠耀,这是李白在蜀中和江陵都未曾见识过的。

此夕之游,恍如漫无止境。这才舍舟登岸,原先乘坐的牛车又已经备驾完妥,在渡头迎迓。车上酒馔更陈,茵锦一新,缓缓步向下一个不知如何之处。行脚之中,他屡屡找些个话题同瞽叟交谈,无论是较声谱、别宫调,还有古传乐府诸曲之奇正新变;瞽叟说来也都晓畅明晰,却总也不像是那小舟之上隐身背后、长吁短叹的张夜叉。令李白始料未及的是,就在他有意试探的答问之间,瞽叟所持之论,却教他大开眼界。其中一说如此:"今人赋诗,崇尚五言,殊不知七言殊胜,盖增益二字,周转音律,回圜便多些余地。至若二三百载以下,此式复为天下喉啭唱疲唱老,则虽七言亦不足以尽其宛转。"

此论李白闻所未闻,但觉新奇有趣,登时已将那阴魂不散的张夜叉抛诸九霄云外,忙问:"如此则奈何?"

"二言、三言、四言、五言,"瞽叟一边说、一边勾拨着弦子,时而快如迅电、时而缓似流泉,口中不疾不徐,"六言、七言、八言、九言——穷极乱词,参差不齐,是乃天花散矣!"

"翁所谓,乃在一章之中,参差句字、零乱节度,此法古已有之。"李白道,"某曾拟曹子桓、谢灵运之《上留田行》,无论长短句,皆以'上留田'三字齐之,是此法否?"

《上留田行》为古调歌行,根据晋人崔豹《古今注》所载,上留田是地名,此诗原有本事:有人父母既死,却弃养其孤弟,邻人作悲歌以讽劝之。到了南朝宋、齐间,此乐尚存,辗转拟作寖多,自然不限原意。到陈朝临海王在位的光大年间,《古今乐录》编成,也收录了这个曲目,可是当时之人已经不能按乐而歌了。曹丕、陆机、谢灵运、梁简文帝等人皆有题名《上留田行》之作,迳以文本而收录,只不过长短不一,命意不同;唯能辨识其出于同一题目的,只是文中有"上留田"三个趁韵的虚字——而在陆机和梁简文帝的作品里,竟然连这三个字都没有。

"徒有诗法,亦不足以行。"瞽叟笑了,反问李白,"李郎可知'上留田'如何唱?"

"这——"李白迟疑了,赧然道,"某但知作,实不晓唱。"

瞽叟且不答话,拨了两拨弦子,即兴唱道:"今日一游乐乎?上留田。好风不住须臾,上留田。休问短长道途,上留田。来对李郎酤,上留田。好酒斟满铜壶,上留田。持向台城太子居,上留田。"

这一曲《上留田行》语词浅易直白,全无雅意,却正吻合了瞽叟先前所论,它包含了两种句法:其单数句分别用五、六、七言,短长不齐,自押一韵;双数句只用"上留田"三言,自成另一韵。

如此听来,奇偶变化俱足,而又不失齐整。李白的确未曾料到,居然在歌馆酒楼之地,竟也能见识到迥然不同的诗。更令他惊奇的,是瞽叟目不能视,顺口吟哦,不假思索,竟凭其天生敏锐的耳闻鼻嗅,纤毫无误地将牛车乍到的地景也唱入了诗中:"持向台城太子居"——

就在绕行至台城东南、来到一名为太子居的所在,炬火掩映之下,约莫可见道旁低处又有粼粼波光,其水蜿蜒九曲,隐隐然可见洲岛亭榭,俱是古式宫样,几分朴雅、几分庄严,引得仆妇也纷纷争说:连年未曾来东宫行走,何不就在此歇息片刻?段七娘也不理会,只挥着拂尘催车前行。李白终于忍不住,问道:"此游莫非达旦而止?"

"亦可不止。"段七娘面带些许嘲意,道,"这就远非长安、洛下等地可及了。金陵城坊,已多年不设管钥,不击门鼓,不禁夜行——李郎,仍西北望长安否?"

唐人都城,立城坊之制。在名义上,改古之里为坊。坊者,防也,故里门也叫"坊门"。每一坊皆设"坊正"督管,掌守坊门锁钥,有查奸捕盗之责。大体言之,城居之民入夜即闭户,城池中央有鼓楼或鼓台,入夜则专人擂击,宣示闭关,此之谓"暮鼓"。暮鼓一响,各坊门也随之关闭,以免闲人往来,趁夜暗作奸犯科。

除非极罕见的承平岁月,新岁寒春,时逢上元佳节,有过"夜放"之例,在正月十五,甚至增延到十八,前后三到四天,由皇帝亲自下诏,重门夜开,以畅通阳气,均协时和,可以开弛门禁,让士民纵情饮食、歌乐,正名曰:"夜放"。

然而晚近多年以来，金陵很是不同，这完全是拜水利运输之赐所致。

水行船舶不比陆路车马那样程途安稳，往往受云雨风波影响，不能及时于天光之下抵达口岸——这就和李白先前游历过的江陵十分近似了——地方官吏体察市舶贸易的实情，发觉夜间商民治生琐琐，较诸白昼之时，亦不遑多让，遂渐弛城门之禁。而门禁、坊禁，原本就是一体，为了不妨碍百姓生计，在并无重大奸盗之警的时候，暮鼓之击只是虚应故事，则宵禁之于商务繁忙的水岸城市，便形同虚设了。

这日以继夜、夜以继日的游观、歌吟、饮馔、谈笑，触目所及，了无日常烟火，百业繁剧，比起当年在大匡山上读书、习文、采药、种菜的素朴作息，更不知平添多少活色生香。李白不但未曾遭遇，甚至难以想望。以堪称受了惊吓与魅惑的感受而言，放诞不羁如此，已经脱离了尘世，或许传说中的神仙，大约也不过如此。他怔忡以对，不能作答。而段七娘醉妆未褪，又神似绵缠地补问了一句："仍望长安否？"

李白不自觉朝西北一转身，喉间"不敢望"三字还不及出口，西北方深浓的夜色之中迎眸而来的，竟是一阵烟尘，以及愈来愈近、也愈显急促的驴马奔踏之声。

"合是崔五郎来耶？"弹琵琶的小妓尖声呼喊，车下随行的仆妇纷纷停步张望，有的胡乱挥舞起手中巾绢，也不问远处来人可闻见否，直是扯起嗓子喊："五郎归来！五郎归来！"

路尘朦胧，与夜雾相杂，更不容易清晰辨物。只知当先是一头高大的赤毛马匹，锦障泥俱为金银线碎绣而成，从极远之处就闪炽发光,在鞍鞯下颠扑起落,好似那赤马的一对小翼,驱风欲飞。这马来势甚急,到近前缰辔突地一收,马上的丈夫双腿一撑,马前足高高腾起,这是个立马式,自然少不了耀武扬威的用意。李白方欲看清骑者面目,瞽叟已自仰天大笑,道:"范十三这是借了谁的坐骑?"

被呼为范十三的:居然是个白发皤皤的老者——也不对,说是个老者,固然因他发色如雪,可是一根根银丝稠密如织毡,而那张脸也洁净明朗,唇红齿白,并无须髯皱褶,说起话来语气佻达,音声清朗,分明是个少年:"诺诺诺!老瞎子耳力仍健,某就不问候了!七娘子别来无恙否?"

段七娘眉峰微蹙,也不答,迳往远处尘埃望了望,才像是自言自语道:"崔五迟迟其行,偏是为赚一个风度!"

范十三也不恼,倒是看见了李白,四目略一接,马上仗鞭拱手,笑道:"七娘子自有仙客相从,却不须嫌某等来迟了。"

"某——绵州昌明李十二白。"李白见对方施礼,不敢怠慢,也高抬双掌过额,往回一带,齐颔而止,复一叉手——以左拳握住右手拇指,左手大指向上、小指平贴右腕;右手四指直向左伸,去胸二三寸——算是回礼了。这是寻常相见之仪,无论布衣士人,白身黄裳,如此并无高下疏失。可是李白却忘了:他的左袖之中、腕臂之上,还扎缚着一柄匕首,才一抬掌,就露了相。范十三显然熟老江湖,扫眼看了个仔细,冷冷一笑,道:"佳兵不祥,固非尊府明训乎?"

"夫佳兵者,不祥之器,物或恶之。"语在《道德经·三十一章》,"尊府"一词所系,是老子李耳,这话当然不无讥嘲之意。李白却纤介不以为忤,顺手指着那匹还在踢跳喧嚷、焦躁不安的赤马,道:

"尊府亦有'爱民力则无爱马足'之训,当不以佳兵为祥!"

那是出于《列女传》的一则记载。春秋时晋国大夫范献子有三个儿子,皆游于赵简子的门下任事。赵简子在自家园囿中骑马,由于园中残留着数量极多的枯立树根,可能会伤及马蹄,便问这三子,该如何处置。

范氏的长子说了两句空话:"明君不问不为;乱君不问而为。"次子微有讽谏之心,希望赵简子不要劳扰庶民,但也只是拿两句不着边际的议论搪塞了事:"爱马足则无爱民力;爱民力则无爱马足。"唯独那幼子,机心独运,定策让赵简子一连三次取悦了举国的百姓——只不过他的谋略实在曲折而深刻。

首先,此子请赵简子出一政令,鼓励百姓入山垦伐树根。继之,再请赵简子大开私囿之门,让百姓在无意间发现园中有许多树根;如此一来,山远而园近,众皆赫然一喜。百姓舍远逐近,轻役薄劳,畅然二喜。事毕之后,赵简子并未放过那许多原本不值钱的树根,刻意廉价兜售,百姓基于政令鼓舞,欢踊认购,非但让赵简子平白赚了些钱,百姓则欣欣然第三喜矣。

这个小儿子为赵简子定策而返,在母亲面前颇露得色,范母却叹息了;她认为,日后将要导致范氏灭亡的,必然会是这个小儿子。因为:"夫伐功施劳,鲜能布仁;乘伪行诈,莫能久长。"

白发少年范十三在马上微微一紧缰辔,意味深长地看了李白一眼,眼中带着笑意,嘴里的话却是对着段七娘说的:"前约既订,岂有不践之理?七娘且缓缓归,某等随来请教。"说完,带转马头,回身向来处奔去。

段七娘的眸子深凝，眉峰却舒展了，她幽幽地喊了声："来是空言，去莫回。"

范十三则头也不回地在马背上呼笑相应："某亦同崔五说过的——莫须回！"

这时李白才看见，先前看似尾随而来的路尘早已折向正西，应该是转回驿道去了。仔细玩味他的话，以及前后光景，范十三同那路尘飞扬之处的一群人约莫是作伙的，快马加鞭，疾行在道，匆匆说什么"不须嫌某等来迟"，看来是与段七娘另有前约，却未能及时赶赴。如此反复想来，李白才琢磨出一个轮廓：今日之游，应须另有缘故；说什么让他见识好因缘、恶因缘，看来却是段七娘料定所约不能来践，便带着他四处行游张望，至于迟迟未曾露面的那个崔五，才是段七娘的因缘之人。

二六　富贵安可求

实情正如李白所揣想，段七娘所守候的，正是崔五；而他不能及时履约，的确有不得不尔的苦衷。崔五，名成甫，字宗之，以字行。这一趟风尘仆仆，事关官爵，这在士族少年而言，是天大事。

崔五的父亲崔日用，是滑州灵昌人，科考中进士，初官任芮城尉。大足元年——也就是李白出生的那一年——武氏当国，銮驾于十月间西行入关，至京师，路过陕州的时候，陕州刺史宗楚客以供应膳食事发付崔日用筹办，不但供应丰厚，且遍馈从官，大赂人心，极受宗楚客赏识，由此而得荐举，升新丰尉，随即入居清要，成为监察御史。

也就是在这个号为"侍御"的官职上，崔日用深获安乐公主的卵翼，而与武三思、武延秀及宗楚客结为党羽，升任兵部侍郎。据传，在一次宫廷宴会之中，君臣同醉，崔日用起身跳了一支"回波舞"助兴，舞后向中宗皇帝求学士职，当下御赐诏命，让崔日用"兼修文馆学士"。

中宗的死相当突然，宫中颇有异闻，纷纭众说之中有用毒一端，也不免指向韦后。崔日用偶然间听到了这个揣测，固不敢信，然而他慎谋知机，非但不肯出面为韦氏一党雪谣，反而召见了与临淄王李隆基过从极密的僧人普润，以及上清派的道术之士王晔，私下求见临淄王，开门见山一句话："为政难！"

李隆基早就明白崔日用一向所倚附的，是他当前的大敌，此时看崔日用辞色若有掩隐，听出话里别藏机栝，猜想或有他计，遂问："卿身在机要，何出此言？"

崔日用道："犹记昔年臣与科考试文，曾引孟子'为政不难'语，于今思之，世事恐也有孟子亦不能料者。"

再听到这几句上，李隆基更觉出蹊跷来，赶紧追问："愿聆雅教。"

孟子的原话李隆基显然不熟，那是出于《离娄》上篇，崔日用绕了个弯子，为的是勾引李隆基于猝不及防之间，道出自己的盘算——孟子是这么说的："为政不难，不得罪于巨室；巨室之所慕，一国慕之；一国之所慕，天下慕之。故沛然德教溢乎四海。"

把这番话转用于政局时势之所趋，指喻相当明白：巨室，就是韦氏、武氏以及安乐公主等人。若说"为政难"，就表示当今巨室之所慕，恰不与一国同，更不能与天下同，这就表示崔日用之居心，是站到了李隆基这一边来。

当崔日用状似忧心忡忡地表示，他已经看出了巨室之不安于室，李隆基忽然离席而前，趋近崔日用身边，低声道："何若除之？"

话说得很不清楚，可是语气、神态，充盈着一片杀机，崔日用不能逼视，低头俯颔，嗫嚅以答："诺！"

李隆基接着又刻意操雅言说道："今谋此举，直为亲，不为身。"

这就更明朗了：他之所以要除去巨室，不是为一己争珪组、邀名爵甚至承袭天下。他是为了巩固自己的父亲。这几句话也正是崔日用想借以攀缘过渡的索带，登时应之以雅言："此乃孝感动天，事必克捷。望速发，出其不意，若少迟延，或恐生变。"这是李隆基提领北门军、发动"唐隆之变"前最得力也最亲密的一份鼓舞。

就在讨平韦氏的当天夜里，临淄王传皇帝诏令，令崔日用"以功授银青光禄大夫、黄门侍郎，参知机务，封齐国公，食实封二百户"。崔五日后所袭之爵，也就是齐国公。

睿宗即位之惴惴不安，世所共知，他在景云二年十二月，召见天台山道士司马承祯时公然请教的是阴阳数术，尽管司马承祯对以："道者，损之又损，以至于无为，安肯劳心以学术数乎？"睿宗截搭其言，一口咬定"无为"二字也暗合于他退位的心思，接着问："理身无为则高矣！如理国何？"这是已然心有定见，要套取司马承祯的话，老道士也只能就自己愿意伸张的治国之道立言，遂说："国犹身也，顺物自然而心无所私，则天下理矣。"当时这番议论如果持续下去，不免会言及"心之所私"究竟为何——毕竟，出手夺取天下可能出于私欲，而拱手让出天下又何尝不然？但是睿宗一意已决，叹口气，说了一句话、八个字："广成之言，无以过也。"这是拿上古时黄帝求道于崆峒山神人广成子的典故自况，既然神人如彼，何不从善如流？次年八月，睿宗一举禅位，把天下让给李隆基去理了。日后开元天子也援例召见司马承祯，事以师尊，赐以名山，筑以宫观，可谓崇礼之极，到那时，司马承祯却对崔日用的儿子崔宗之叹息着说："某愈以无为，而愈有为如此。"

崔日用非但与谋李隆基之定鼎，其静思世变，善观辞色，制谋机先，当代无可及者。他参知机务不过一个多月，便与少保薛稷因细故在中书省争执咆哮，闹得个公然失仪，李隆基不敢明白回护，下敕书将他转贬为雍州长史，停知政事。之后不多久，便迁扬州；又过了一段很短的时间，暗暗升为婺州、汴州刺史，继而出任兖州都督、荆州长史。

当局这样一步一步为他经营外官地位，若非正印，即是美地——这一切自然是有心栽培，可是连皇帝在内，竟没有一个人看出来，先前他与薛稷冲突，全盘出于精心谋划。

当时宰臣七人，就中四五皆出于太平公主之门，以窦怀贞、萧至忠、崔湜为首，而在情势上倚附庸懦的太上皇为后盾。崔日用既不能明火执仗地与窦、萧、崔氏为敌，却能够曲折借力，把一向同窦怀贞私谊甚笃的薛稷当作箭垛，刻意"忿竞失度"，把自己贬出长安，正好远离了太平公主与李隆基之间对立的风暴。

然而他不只是随波逐流，很快便找着机会入奏言事，他是这么说的："太平公主谋逆有期，陛下应已明哲先见。往昔在东宫时，倘若欲为讨捕，犹碍于子道臣道，不免用谋用力。今既光临大宝，但须下一制书，谁敢不从？不然，倏忽之间，变生肘腋，奸宄得志，则祸乱不小。"

皇帝思忖良久，道："诚如此，直恐惊动太上皇，卿宜更思之。"

崔日用早有准备，侃侃而言："臣闻，天子之孝与庶人之孝全然有别。庶人之孝，谨身节用，承顺颜色；天子之孝，安国家，定社稷。今若逆党窃发，即大业都弃，岂得成天子之孝乎？伏请如前诛除韦、武故事，先定北军，次收逆党，即不惊动太上皇。"

清除太平公主一党的行动有如风卷残云，薛稷便是受到这一番牵连，而于开元元年瘐死于万年县大狱之中。而崔日用随即真如"诛除韦、武故事"之时一般，立刻获得"加实封通前满四百户"，"寻拜吏部尚书"。

崔日用对于开元天子的影响，还显现在另一件事上。有一年皇帝诞辰，百官进贺，崔日用采《毛诗》之《大雅》、《小雅》二十篇及司马相如《封禅书》献寿，借以劝颂。这是李隆基第一次对封禅之事有了独特的兴趣，皇帝立刻下诏，赏衣裳一副，缎物五十疋，以为恩谢。

日后，崔日用虽然受到兄长犯赃的牵累而削官，可是在开元七年的时候，仍有诏令嘉勉："唐元之际，日用实赞大谋，功多不宜减封，复食二百户。"调任并州长史，在任三年之久，因病故世，终年五十岁。崔日用在当地政绩极好，并州人怀德追思，吏员黎庶皆着素服送葬，朝廷追赠为吏部尚书、荆州大都督——这大都督，已经意味着相当于皇子的地位了。

崔日用还在世的时候，崔宗之只一翩翩公子，经常一帆江上，往来于江陵、金陵、广陵之间，结交各地文士。由于个性豪宕，行事疏简，又多出入妓家歌馆，行酒劝觞，名声远播，而不免迭有物议，说他是"本朝岑郎"——这是拿太宗朝的一个校书郎岑文昭的事例来指斥他轻薄无行。

岑文昭在日，多与时人游款，不择雅俗，太宗以为有辱士族，却由于校书郎官卑职小，不便亲自斥责，绕了个弯，召见岑文昭的兄长——也是贞观年间的著名宰相——岑文本；从容劝勉："卿弟过多交结，恐累卿；朕将出之，为外官，如何？"不料岑文本闻言涕泣上奏，道："臣弟少孤，老母特所钟念，不欲信宿离于左右。若今外出，母必忧悴。傥无此弟，亦无老母也。"岑文本这一哭，皇帝亦为之动容，只好破例把岑文昭唤来，当面训斥一番作罢。

崔宗之听说人谑称他是"本朝岑郎"，不但不以为忤，更自觉无可收敛，逢人还笑谓："则崔五也算得是大孝不离于亲！"

三陵所过之处，崔五足下少不了风流痕迹。开元十年，他漫游无方，来到金陵孙楚楼，结识了段七娘，两情缱绻，定下啮臂之盟，说的是：既然不得暮暮朝朝、卿卿我我，每岁三寒食日若能畅游终朝，也强过那只能在七夕一晤的牛郎织女了。崔宗之当时曾有一首七律留情；其调笑之意，自负之态，堪说是溢于言表：

仔细消磨话一般，片言三复未经删。明明识破无情处，落落猜疑有意间。忽觉寒暄真解语，应惭说笑但开颜。杨花去远桃花逐，恐怕春风不肯闲。

可是他与段七娘却都没有料到，过不几日，并州就传来了噩耗，齐国公病逝于任所。崔五自此庐墓三载，不能荤食服锦，更不得游衍寻欢。段七娘痴心等着,三年后的春寒食匆匆已过,情人形影未缪,而杳无崔郎音信。春去秋复来,秋下即冬,这一寒食又过了。

然而,三年又半,崔五此来不只是践约,还是告别。

由于是门荫入仕,崔五不必经由科考、守选等程序,荫任得门下省的起居郎,是个从六品的闲官,即将上任。先前那扬空十丈的黄尘,便是履新车马。虽说是袭封而得官,崔五并无经世济民的大志,他内心很清楚:而今吏门官署,无非进士之天下;而天下郎官,多如牛毛,也有高低等级的区别。

一般说来,郎官以吏部、兵部为"前行",堪称剧要。户部、刑部为"中行",在大僚面前,已逊容色。至于礼部、工部则为"后行",地位最次。

就在睿宗、玄宗行禅让的先天元年,有侍御史王主敬其人,自认才望兼具,求入尚书省任吏部考工员外郎,没想到所获之缺,竟是"膳部员外郎","膳部"是归属于"后行"的礼部,时人乃以诗戏嘲之:"有意嫌兵部,专心取考功。谁知脚踆踆,几落省墙东。"省墙东,就是尚书省的东北角,膳部庖厨炉灶之所在侘傺尴尬之地——而这些,都还是建置于尚书省的郎官,至于崔宗之所得的门下省起居郎,斯又不及尚书郎之远甚。

这是开元十四年,崔五早已服丧期满,理当应命就荫,赴省任官。他身在故乡滑县,距离当时朝廷所在的洛阳可以说是咫尺之遥,原本轻装应卯,十分便捷。然而偏逢多事之秋,诏敕一直耽延下来,且都跟朝廷行在有关。

开元中叶以前,大唐帝国由于东南租赋运输供应之便,行在经常迁往洛阳。李隆基又生于洛阳,极喜东都膏腴繁盛之区。近两年借着封禅大典起銮回驾之便,就在东都待了下来。可是,当各方杂沓人事纷扰不定之际,不论有无主张、有何计议,总有人像是急着归林的倦鸟,只道:是不是该先回西京了?

先是中书令张说以宰辅之尊,遭崔隐甫、宇文融及御史中丞李林甫弹劾,罢职下狱鞫审。接着,又传出了天子有意立武惠妃为后的风闻,朝议纷纭。有的说这是张说欲取立后之功,更图再度入相;也有的人认为惠妃自有子嗣,一旦登上宸极,必将危及太子。偏偏在这喧嚣四起的时刻,恰因河南、河北发大水,魏州接着也传来溢河之灾,溺死者数以千计。又过了不到一个月,诏令于龟兹设置安西都护府,发三万大军遣戍。于是内廷不时有返还西京长安之议。皇帝还犹豫着,又不便表示身眼仍为洛阳花色所迷,只好权宜同意,新任备任诸官,着令直赴西京待命。

崔五是从东都出发的,原本以日行二驿计,轻缰缓辔,约莫十六天可以抵达长安。继而转念,倘或今秋再误了寒食之约,则不知何年何月,才能再赴金陵。既然诏命之下,是个乏人问津的冷官,一月赴任,无早无晚。略计其程途,设若先从驿路南下金陵,盘桓数日,再过江取渠道西溯汉水,经丹水至商州,复北接灞水、渭水,也是扬长赴京——这一段水路,不多年前才由于输运江南米谷财用,而兴大役疏浚过,至今畅通无阻;想来最多不过八九日,也就到了。绕这么一个弯,虽然行色匆匆,还是了了心愿,争如生生世世不能相见?就这一念所转,忽然得句:"春秋倏忽逝,富贵安可求?"

虽然晚了大半日,他毕竟还是来到了孙楚楼,不意间却先从范十三口中得知:蜀中绵州来了个"颇有意趣"的人物。这人则在多年之后,还记得他们初相见的那一天,崔五口占之句——李白非但记得,还套用了那句子,植入酬答之作,还给了崔五:"岁晏归去来,富贵安可求?"

二七　立谈乃知我

两处"富贵安可求"字句无别,而旨趣大异。崔五信口拈来,说的是时光匆匆,岂可为了追求富贵而辜负佳约;而李白的命意,则必须参照下文的"仲尼七十说,历聘莫见收。鲁连逃千金,珪组岂可酬?",这就直是慨叹人世间根本不可能有追求而得手的及身富贵了。然而,正是这及身富贵之遥不可及,让李白在与崔五初相见的这一夜,写下了一首感伤奇特的《上留田行》。

这一夜,直到三更过半,崔五才在范十三接引之下,姗姗而来,排闼就席,互道名字,把双眼睛直盯着李白打量。李白有些不自在,却又从来者喜笑吟吟的神色中察知,他并无恶意,只是倾心好奇罢了。段七娘全不像前一夜那样殷勤,侍坐陪饮,虚应故事而已。她迟迟不肯换妆歌舞,任谁也看得出,那是故作冷淡之态。

崔五却似浑不在意,三言两语之间,得知李白是前一日远游而来,随缘巧遇,居然能得段七娘青睐,还为谱制新曲,一举数章,这是孙楚楼向所未遇之客,也是门巷人家鲜闻少见之事。崔五当下慨然盼咐那报科头人:"李侯账目,并归某处销乏。"这就是将李白前一天的花费也包揽支付了去。

呼为"李侯",更是把李白当士大夫相看,此为六朝以来官宦之家的风尚,施之于豪门贵姓子弟,本不唐突,可是对李白这般称待,却把他说得有些尴尬。

"岂敢?"李白一稽首,侧身让了让。

"某接闻于范十三,说李侯吐嘱非凡,"崔五道,"于今虽在布衣,然而器宇斯文,来日未必不能着绯紫,固毋须谦辞。"

李白听他这么说,反倒勾动思绪,唤起前情,忍不住将眉一蹙,叹道:"某有一故友,曾道:'此子读书作耍二十年,也混充得士人行了。'看来,彼言不虚。"

这是自嘲,也是实话,与席众人却不明就里,纷纷噱笑,说起平素往来生客熟客,某甲又复某乙,明明身在士行,却不识书,俨然才是假士子。崔五原本也随诸妓言笑,转眼见李白神情黯然,想是那"读书作耍二十年"的话中,还埋伏着些可说又不可说的身世感怀——试想,倘若一个人自幼操习坟典,却不能登一科第,始终还是个白身,则若非考运蹭蹬,就是门户低落。然而此人开口便熟用《列女传》事典,作歌能蒙段七娘青眼相加,亦且于起坐之间,彬彬知礼,带有一种遗世而独立的风度,怎么看,也不像是出身于微贱之家。崔五越想越觉出奇不解,只好转作他语,问道:"尽教贵友是士族,却也言出不逊。"

"他是匠作之子,与某同庚,多年来纵酒使气,蹉跎而死了。"

"噫!不及壮而夭,殊为可憾。"崔五未料及此,颇觉意外,一时无词以应,只好举觞三奉,虚应了句:"彼言语倒是豪快!"

李白也酬应了三觞,转身复对段七娘道:"向晚在芳乐苑溪舟之上,远瞻青冢历历,七娘子曾告以'生不留情,死不留名'之言,某实感愧不能自已——吾友指南,死于云梦泽畔,藁葬而已,某时时悬念,不能为立一墓、撰一碑、留一名。是某之过矣!"

"毋乃赀力不足耶?"崔五问道。

"非也、非也!"李白不住地摇头,好不得已才道:"白也何人?不能自成立,焉能扬我友之名?固不敢仓促其事。"

崔五一听这话,为之肃色改容,道:"得友如君,合得一死!"说完,又自连引了三觞。

"若立一碑,终须有句,始得留名。"段七娘似也为李白之语所动,终于瞥一眼崔五,开了口,仍旧是话中有话,"李郎既不能忘情,便不能无句;莫似有些人,留句遣情,就算是勾账了。"

段七娘此言一出,瞽叟应声而低啸,轻举手上阮咸,打了个商角调,只一音,四弦齐发共鸣,蓄势欲动。李白抖擞了一下前襟,对崔五和范十三横里又手一摆,道:"起更时某与琴翁商量歌调,说起《上留田行》,某便以此作一歌罢。"

这一回,是段七娘亲执版纸,葱指挥毫,逐字录写李白的口占之作:

> 行至上留田,孤坟何峥嵘。积此万古恨,春草不复生。悲风四边来,肠断白杨声。借问谁家地,埋没蒿里茔。古老向予言,言是上留田,蓬科马鬣今已平。昔之弟死兄不葬,他人于此举铭旌。一鸟死,百鸟鸣。一兽走,百兽惊。桓山之禽别离苦,欲去回翔不能征。

这首诗,日后的面目并不止此,但是最初所作的末句,就是落在"欲去回翔不能征"这一句上,自有典语可依;出于《楚辞·九思·悼乱》:"鸰鹠兮喈喈,山鹊兮嘤嘤。鸿鸨兮振翅,归雁兮于征。"这个征字,就是行的意思。李白反其本义,刻意强调他面对故人新死,不应离去、不想离去的心思,恰恰也是在掩饰他不能不离去的事实。一旦写到这铭心刻骨之处,考验的是他修辞立诚的艰难——以此日之景况视之,他毕竟只能先将吴指南的尸骨暂厝于霜天寒湖之侧,说是拂袖而去,亦不为过。如此反复糺思结念,愈益自责,他更不能斟酌字句了。

瞽叟一仍拨弄着琴弦。他在等待,从他的耳中听来,此诗并未作罢。以声曲度之,七言的段落还少了六句,才算充实,收煞之处也该另有一章四言或六言的铺排,但是他并不知道:李白在此刻一语不能再作。他无法面对也无法忘却的是:吴指南和他并未真正分离。

不只是瞽叟,崔五与范十三也只能剥落片面的字句,猜测诗中片面的情怀。崔五道:"句句皆是典语,可见二十年读书入化精深!"

的确,此作除了借用上留田当地那个"弃弟不养"的故事以为借喻之外,前八句还灵活地镕铸了古诗十九首里《去者日以疏》的"去者日以疏,生者日已亲。出郭门直视,但见丘与坟"、"白杨多悲风,萧萧愁杀人"以及《薤露歌》的"蒿里谁家地,聚敛魂魄无贤愚"。

接着,"蓬颗马鬣今已平"一词则出自《礼记·檀弓上》,子夏为孔子造坟,筑成直长上锐而简朴的斧状,俗称"马鬣封",取其形状薄狭,葬器简约之意。全句意会,即是块土生蓬日久,自然也不免遭践履而为平夷。不过,这些各有来历的字句,虽然共同指涉了生死永隔,草草别过,皆不及"桓山之禽别离苦"切关意旨。

那是既见于《说苑·辨物》、复见于《孔子家语·颜回》的一个故事。孔子在卫国之某日,天色未亮即起,颜回随侍在侧,听见远方有妇人哭甚哀。孔子问："汝知此何所哭乎？"颜回对曰："回以此哭声，非但为死者而已，又有生离别者也。"孔子再追问缘故，颜回答以：桓山之鸟，生四子，待其羽翼皆已丰满之后，便将要分别散飞四海，于是"其母悲鸣而送之，哀声有似于此；谓其往而不返也"。颜回模拟鸟鸣与人哭，以为音声相仿佛，其情亦差堪近似。孔子派人问其哭者，果然得到了答案："父死家贫，卖子以葬，与之长诀。"

这是从"死别"再转向"生离"之苦。拂晓悲啼者正面临着孩子们"散飞四海"的情境；在诗人来说，不仅桓山之鸟与卫国孀妇的哀伤相同，连他自己也陷入一样的处境——他，犹如羽翼已成的禽鸟，或是死者已经年长成立的孤儿，翱翔于外，是不能重返故巢的。

一个只身在外的游子，若非困于资斧无着、衣食不继，为什么不能回家？李白似乎在崔五等人脸上看见了这样的困惑，于是他向众人举杯，平揖一过，仰饮而尽，道："出蜀之日，某师赵征君备酒为饯，曾谆谆告以钟仪、庄舄之事。"

"楚之钟仪、越之庄舄，《传》记分明，彼等身去故里，为异国显宦，却能念念旧音，"崔五道，"这是勖勉李郎得意而毋忘故土——"

"某师偏以此为下士之证！"

"下士？"范十三大惑不解，道，"远游之人，眷恋闾里，乐闻乡音，这是人情之常啊！怎么说是——"

话还没说完，崔五却会了意，一面拊掌大笑，一面向李白举杯，道："我知之矣！既溺于常情，则不足以言四方之志。令师之言，恰是勉汝以驰骋纵横之心。不意李侯而今真是两难——若即此归葬故友，以安亡者之魂，则不得不返乡；固已泥于下士之行也。"

范十三抢道："归葬旧友，返乡复出，不过是旬月间事，一来一往耳，又何难？"

"一来一往是不难，难在居心是否入道；而道之所系，究其极，不外是太上忘情。"崔五不自觉地回眸望了段七娘一眼，又怕迎回了幽怨的目光，遂赶紧向李白再举杯，"某所言，庶几是乎？"

"某师行屐万里，放身浮世，所过处曾不回头，真绝情人也。"李白也饮了，不住地点着头，苦笑道，"某担簦结囊，湖海觅访，求道于四方，然于'绝情'二字，不能及某师远甚。"

在崔五之前，还没有任何人能如此言简意赅直指李白心头的矛盾，这是足以困扰李白终生的难题。自离开大匡山以来，每行一程、赴一地，初到或将离某处，他便像翻检行囊一般，一遍又一遍地重温赵蕤那"身外无家"的训诲；他知道，赵蕤的用意不只是劝勉他莫受"胡马依北风，越鸟巢南枝"的俗情牵累；更要紧的，是要彻底回避、掩藏甚至割舍、抛弃他作为一个行商之子的身份。否则，他永远不能凭着一个像是借贷而来的"李"字姓氏而改换门第，飞黄腾达。

崔五这时眉一扬，腰一挺，玩兴忽发，击掌道："李侯去来两难，我等何不行一令以占之？"

"五郎久未来，孙楚楼还真是三年不闻雅令了呢！"段七娘声调依旧透着些刻意的慵懒，可是显然对行酒令是有兴味的，随即道："行个什么令呢？"

范十三道："既然李侯秉承师教，慨然有天下之志，不肯琐琐为下士，我等何不以'天下士'为目，指一物，举一人，赋一诗，且用典语明一志。"

"酒令军令无二，贵在严明，还宜稍事范围。"崔五忽然转向段七娘，像是刻意讨好似地拍打着她的手背，道，"七娘子是主人，便任此令'酒纠'罢？即请指命一物为题。"

段七娘别有心思，略一踌躇，便道："众口齐咏一物，岂不乏趣？范郎骑马来，便以'马'为题；李郎今日与妾等作涤路尘之戏，便以'鞋'为题；至于崔郎么——此去西京赴任，明堂轩车，挣一副进贤冠，从此青云直上，恰合以'冠'为题。三物皆'天下士'行脚海湖，出入郡县，阅历风尘之证。"

范十三揎拳撸袖地笑道："七娘子非难倒天下士不以为快，还有什么令章，一并宣来！"

段七娘仍一派慵懒无着之貌，款款道："妾识书不多，不敢造次。"

李白倒是兴致勃勃，道："既然约以典语明志，人不能尽同一志，也须分别则个。"说着，反身伏在一张随时供备着笔墨的栅几上，分纸信手写了几字，吐息吹干，将纸角折了，混入一盏核栗果枣之中。

段七娘身为酒纠，是发号施令的仲裁之人，从报科头人手上捧了牙箸令旗，朝几头三点复一击，向瞽叟道声："乐起——"

瞽叟得了意思，猛地一崩琴弦，这就算是起令了。

崔五随即笑道："某等赋性痴愚，不能忍事，便先驱一驾了。"先驱一驾，明明是在比较急促的情况下行令，这也是崔五亲切的善意，好让李白能略得片刻从容，徐徐明了这酒中之戏的规矩，不至于因为临令急迫而意兴困顿，神思枯窘。

说罢，崔五伸手往果盏中翻搅一阵，摸出先前埋入的一角纸，摊开一看,是"诗"字。论以典语,就是得在《诗经》三百篇中拈出一段语句,这组出自《诗经》的语句,非但要能复按他即将吟唱的诗篇,还得吻合那个"冠"字的意趣,并且含有表现一己身为"天下士"的抱负。

也就在这一刻,报科头人持锦幡挥舞着绕榻一过,表示酒令已然启行,而笙笛琴鼓混奏的乐声一旦停歇,崔五就得写出或诵出他所作的诗句,以及出自《诗经》的典语。

可是这一道酒令之难,非徒具备吟咏的才华便足以行之;除了赋诗,行令者还须熟悉经籍文句。尤其是"明志"二字,说的是一生一世的襟期怀抱,何止酒桌边一时游戏,也就不能任性拼凑字句了。然而,崔五捧着那一角纸,细细读着那个"诗"字,尽说些闲话:"李侯书字方正,清壮无穷。"又倾过身去,对段七娘道:"三年不见,消得花容未减,酒力亦不稍弱,七娘子大佳青春!"段七娘有些怨意,又有些喜意,喜怨之间,反而平添了拗气,只是垂首不应。

一曲数叠,转瞬而过,落拍余音袅袅。这时崔五让身起立,一挥大袖,朗声道:"冠之为物,甚误人;汉高知之者,七娘子亦知之者,某无以为报,仅持典语答之:'庶见素冠兮,棘人栾栾兮,劳心慱慱兮。'"接着,他高声吟出了所作的诗句:

大风歌一曲,猛士结同欢。海内寻溲沥,天涯认素冠。寸心聊与子,尺帛勉加餐。归路谁能识,抬头向月看。

崔五的题目是"冠",所用的人物是汉高祖刘邦,其事出于《史记·郦生陆贾列传》。郦生即郦食其,陈留郡高阳县人,年过六十,身长八尺,自诩为儒,却为乡人目为"狂生"。他曾经在沛公刘邦掠地驻留高阳的时候，嘱托同里青年向刘邦举荐，这个在刘邦麾下任骑士官的青年却警告郦食其："沛公不好儒，诸客冠儒冠来者，沛公辄解其冠，溲溺其中，与人言，常大骂，未可以儒生说也。"

刘邦溲溺儒冠，固为粗鄙之事，可是将一溲字用在诗里，崔五却将之转换为"溲酒"。《仪礼·士虞礼》有："嘉荐曾淖，普荐溲酒。"溲酒，也就是醙酒，酒之久而白者。用意一转，竟将臭不可闻的尿液，变成了陈酿老酒，足可见巧思了。

到了第四句上，"素冠"更点出了酒令中的典语，出自《诗经·桧风·素冠》："庶见素冠兮，棘人栾栾兮，劳心慱慱兮。"微妙的是这几句诗又与段七娘的心境有关。

《诗经》小序解说此诗的原旨，是"素冠，刺不能三年也"。意思是说：这首从桧国搜集来的民歌，原意在讽刺国人不能为父母守三年之丧。可是，深究原诗辞旨，本无居丧之事，更无讽刺之情，"棘人"是瘠瘦之人，"栾栾"、"慱慱"则是忧心耿耿，苦于相思的情态。崔五刻意借"素冠"为喻，移取诗序讽刺不能守丧的说法，来影射自己守丧的现实——守丧三年、屡屡耽误寒食日佳约，竟使段七娘忧劳盼望。所以在第五句中的"寸心聊与子"正是《素冠》第二章末句"聊与子同归兮"以及第三章末句"聊与子如一兮"的转语。换言之：崔五已经借由酒令向段七娘表述心迹——所谓明"天下士"之志，竟然不是什么伟大的抱负；尽崔五衷心之所愿，乃是与段七娘相伴相随，终其一生。所以在最后一联上，暗示这远行之人有思归之心，而此日追随着头上的月色归来，也恰恰是实景。

段七娘仔细听了，淡然道："崔郎的诗，典语艰深，恕妾力微，不能再任此纠。"说时眼眶鼻尖并一泛红，简直就是要哭的模样。然而，倘若当真闹起了气性，在门巷人家而言，是很不得体的，但见她一扬眉、一抬眼,脸上晕红乍褪,只款摆腰肢起身,朝里间屋疾行,这就是要更衣换妆的意思,仆妇不敢怠慢,抢着拉开屏门,服侍而入。

从这几句敷衍的说辞看来,段七娘虽明晓时乐俚词,却不通经籍,对于诗中千回百折而委婉吐露的情思略无所觉,可是,看在李白眼里却另有一番情味,他认为段七娘怨怅经年,委屈深至,一时之间得此柔情抚慰,既不能豁然释怀,又不能不有所感,唯恐失态,只好避席。

此时尴尬,崔五却浑似不见,转脸对范十三道:"十三郎的'马'呢?"

语罢,举起几边的牙箸令旗,如先前段七娘处置,往几上三点一击,瞽叟随即四指崩弦,曲乐再度张扬,范十三顺手从核果盏中抽取了另一角纸,展开一觑,是个"骚"字,捉得此字,范十三的典语便不能不向《离骚》中求取了。

范十三的名字与李白一向企慕的戴逵之师同名,也叫范宣,在日后李白为他所作的《金陵歌送别范宣》中,借着金陵六代三百年帝都的繁华气势,写下"四十余帝三百秋,功名事迹随东流"、"金陵昔时何壮哉,席卷英豪天下来"之类壮阔的句子,多少也与此夕范十三的豪吟有关——他当下所作的行令之诗是这样的:

谁云可奈何?吾道先路者。气壮拔名山,歌悲啼骏马。凌烟入阁图,劝驾倾商翆。千百太行秋,挥鞭谢天下。

也在瞽叟领奏的一曲终了时,范十三起身将诗作朗吟一过,接着念出了所用典语:"乘骐骥以驰骋兮,来吾道夫先路。"果然是《离骚》开篇的名句。

这首诗追随着先前崔五近体五律的形式,稍有不同的只在用"马"字韵。起句已经点出了和马有关的古人,是项羽。项王兵困垓下,以名驹乌骓与美人虞姬而作歌:"力拔山兮气盖世,时不利兮骓不逝。骓不逝兮可奈何,虞兮虞兮奈若何?"范十三借用了项羽的句子,也借用了原文反诘的语气,使之翻转原意,再以屈原的话语作回答。屈原虽然放逐悲吟,但是驰骋以先导天下的抱负却历历分明——这也是范十三为"天下士"这个题目所下的注解;他撷取了项羽的气概、屈原的胸怀,却领入了另一层野心,那就是"凌烟阁"、"商斝"和"太行"所指涉的雄心。

唐太宗晚岁,贞观十七年二月,李世民追念昔年僚属,命画师阎立本在凌烟阁内描绘二十四功臣图,故范十三借凌烟二字以为凌越烟云而入高阁之貌,对句则是用商汤讨灭夏桀、制订"斝"为御用酒器的掌故,作为"定鼎"的借喻,堪见壮图瑰伟。更进一步的,是"太行秋"三字。

这又运用了东汉末年曹操的故事。

赤壁一战而天下三分之前数年,袁绍的外甥、并州刺史高乾乘曹操北征乌桓之隙,派兵掩有上党,并据守太行山壶关口,进窥中原,是为曹氏肘腋之患。建安十一年秋,曹操亲征并州,包围壶关,至次年三月迫降。此役曹军从邺城开拔,经太行山峡谷,曹操因此而作《苦寒行》:"北上太行山,艰哉何巍巍!羊肠坂诘屈,车轮为之摧。树木何萧瑟,北风声正悲。熊罴对我蹲,虎豹夹路啼。溪谷少人民,雪落何霏霏。延颈长叹息,远行多所怀。我心何怫郁?思欲一东归。水深桥梁绝,中路正徘徊。迷惑失故路,薄暮无宿栖。

行行日已远,人马同时饥。担囊行取薪,斧冰持作糜。悲彼东山诗,悠悠令我哀。"

一诗中用"哀"、"艰"、用"萧瑟"、"叹息"、"怫郁"、"迷惑",更两用"悲"字,皆非其实情,反而多的是假饥寒交迫之状写踌躇满志之意。"太行秋"是以并不幽怨,反而显得慷慨万千。

李白正欲为范十三这首豪气干云的诗击节称赏,崔五却一正容色,喝道:"违令!"

范十三不服,道:"有何说?"

崔五道:"'太行'二字典语,直指曹家阿瞒,岂非以魏武与项王争胜,此番酒令明言'举一人',汝竟是'举二人'了。"

此言一出,举座大笑,范十三想了想,搔搔顶上白发,也不得不点头称是,举杯道:"认罚!某且浮一大白。"

酒令三宣,还剩下李白未作。此前两人皆以楚汉为背景,一个用事于刘邦,一个取意于项羽,天下风云翻覆,莫非此二人,李白尚未起手,已然落于下乘。可是他浑不在意。

像个孩子似的,他凝神看着眼前这两位意气风发的士子,一个玉面如脂,剑眉入鬓;另一个龙准高额,星目远凝。他在书上读到过些许——那个笺注过《论语》、《老子》的何晏,据说在炎夏之日食热汤面,而后"大汗出,以朱衣自拭,色转皎然",或许就是这等姿容罢?还有晋武帝时曾任中书令、封临海侯的裴楷,"双眸闪闪若岩下电",大约也不外是这般面目罢?

这样的人,与他青春相仿,谈吐不隔,但是怎么看都有一种侃侃如也,落落大方的气性,都是他向所未见也无从设想的一种人物。李白有生以来第一次倾心赏看着面前两个男子的容颜。这时，浮现在他眼前的诗句，竟与酒令无关，是一句"缅邈青云姿"。"缅邈"二字，来自李白所熟读，并拟写过不止一次的潘岳《寡妇赋》："遥逝兮逾远，缅邈兮长乖。""青云"二字，也出自李白熟读而仿作过不知多少次的颜延年诗："仲容青云器，实禀生民秀。"

构句筑砌典语，是诗家惯常，本来无足为奇。但是此时天外飞来的这一句，并不是为了行令而打磨成就的，甚至还搅乱了他原本根据"鞋"字而作的布局。李白非常惊讶，冥冥中似有神，一如先前洞庭湖上君山老仙借吴指南之口，嘱托作文以劝钱塘龙君罢战；或是几个时辰之前的芳乐苑舟中，文曲星张夜叉借瞽叟之口，斥责他将诗句付于妓家——尽管看似荒诞，但身形声色，历历可见，只这"缅邈青云姿"五字，却横空出世，跌破洪荒而来。像是天上字雨飞花，纷坠临头，不肯消歇，亦令人无从遁避。李白忽然恐慌起来——难道心魂所系，还有另一个我在？

他力持容色，满引一舨，高高向额前举起，环揖一过，对范十三道："尊作壮怀豪语，惝恍不可及也！"嘴里虽是由衷之言，心下所想的，还是"缅邈青云姿"五字来历。

诚若以理逆之，许是看他崔五、范十三士族大户，昂藏模样，而想到了传说中俊秀不可一世的潘安。又由于段七娘匆匆逃席，而蔓生出潘安在《寡妇赋》里对于任子咸之寡妻——也是潘安的妻妹——的深切怜悯，以此而得"缅邈"二字。

至于"青云"二字，颜延年《五君咏》诗之中的"仲容"，则是指阮籍之兄子阮咸——恰与瞽叟手中之乐器同其名。《五君咏》分咏阮籍、嵇康、刘伶、阮咸及向秀等五人。阮咸之咏列在第四，

"仲容青云器，实禀生民秀"是开篇语，"屡荐不入官，一麾乃出守"根据《晋纪》所载：亦列名竹林七贤的山涛，曾经三次举荐阮咸为吏部郎官，晋武帝皆不肯用；阮咸最后出任始平地方的太守，宦绩不著，也谈不上施展了何等怀抱。阮咸的故事里包含了像山涛一般国之重臣显宦举荐隐逸之士的情节，才让"青云"这两个字焕发出深层的意义，这就应该与《史记·伯夷列传》篇末太史公的论断有很大的关系。

司马迁是这样叹息、感慨着：若非孔夫子光耀宇内古今，纵令伯夷、叔齐甚至颜渊等人之贤德如彼，又怎么能够彰显其名呢？相对而言，那些处身于岩穴之间的人，如不能附身于骥尾，恐怕也就姓名湮灭而不能见称于后世了。所以司马迁才会有"闾巷之人，欲砥行立名者，非附青云之士，恶能施于后世哉？"的结语。

"青云"因此而绝非泛泛称颂某人物"意境高远，有如苍穹"之言，更彰显了能够让草芥一般的庶人得以仰望和攀附的身份。李白在这一转念之间，发现自己对于面前这两位世家少年的羡慕、渴悦，还夹杂着亲溷其行伍的企图；换言之，崔五、范十三正是司马迁所谓的那种"青云之士"，如果不能经由这样的人识拔与提携，我李白还不过就是在歌台酒馆自得自喜其凤凰之声的一个无名之辈罢了。

"缅邈青云姿"仅仅五字，所说的却这样多——这些，不可告人，却都在如倾如注的字句之中泄漏。而李白第一次明白：他的诗，会替他坦白自己最不堪的心事，对此，他无能为力。

这一刻，他缓缓解下左臂上的匕首，轻轻拉开铜鞘一寸，忽又收锋，复拔之，再收之；反复发出一扬一抑、金铁鸣击之声。反复数过，崔五和范十三也都听出来了，拔锋或收锋是声调上扬而微有些许差异的两种平声，合鞘则是急促、沉坠的仄声。一组连续不断的声调，便成一句。

二八　回鞭指长安

崔五手上的牙箸令旗一击方落，不待瞽叟崩弦起令，李白已经随口诵出了他的诗句：

> 缅邈青云姿，颍川不洗耳。破家访力士，士为知己死。一狙博浪沙，三揖圯上履。印销六国绝，筹略汉天子——

一口气诵到此处，看来诗作尚未完成，崔五等人已然瞠目结舌，耳不暇闻，还只能回味句中较为明朗的意旨——不消说，以"鞋"作题，李白所指之物，便是第六句的末字"履"，所举之人，则是辅佐刘邦成就汉室王业的留侯张良。

这是古体之诗，与先前崔五、范十三合乎时调的律体绝然不同。倒是今夕酒令令章中并未规范歌行一体不可行，而从李白起手吟作的格局与气势来看，似乎也无法在一首寻常的律体之中将题旨铺排停当。尤有甚者，是崔五和范十三都对李白随口作奔放之吟感到新奇而震惊。这个从偏僻的蜀地倏然而来的青年，似乎要经由张良的故事，表述一番颇不寻常的感慨；这得要从"颍川不洗耳"说起。

世称张良先世为韩国的公族，张并非本姓。推溯其家世，大约已难得真相，因为秦灭韩后，张良"悉以家财求客刺秦王，为韩报仇"，博浪沙一椎误中副车，秦皇大怒，发捕兵卫，追索遍天下。于是张良乃变更姓名，亡匿于下邳，而有了另一番奇遇。

张良原本的姓名里贯既不可考，仅《后汉书》谓：张良之祖家或可能出于城父县，而城父县又隶属颍川郡，是以李白才在第二句上运用了"颍川洗耳"的许由之事，直指张良用心天下，刻意进取，而不至于像他的乡前辈许由那样，徒务高隐之虚名。此下仅用五至八句，就说明了张良十多年间的出入起伏：本事自俗称黄石公的圯上老人始，老人有心试之，言行倨傲，不以礼为，命张良替他捡鞋、穿鞋，约期三番而屡责其后至，最后终于授以太公兵法书，为刘邦运筹帷幄，决胜千里，以成就帝王事业。

其中"印销六国绝，筹略汉天子"尤其精炼，说的是被称为"狂生"的郦食其劝刘邦封六国诸侯之后为王，授以印信，贿以方土，而谋合力攻伐项羽。可是张良以"八不可"之说告诉刘邦：时移而势异，"立韩、魏、燕、赵、齐、楚之后，天下游士，各归事其主，从其亲戚，反其故旧坟墓，陛下与谁取天下乎？"这一段争辩，本来就与赵蕤所授于李白的"身外无家，以有天下"的思想相吻合，也正是李白倾心于张良之处。

八句初成，李白自斟一觞饮了，匕首再度拔出一寸，正待往下吟去，崔五却眸光闪烁，圈臂一揖，叹道："李侯恕某，事有不忍不言者——留侯破家以谋天下，弟死而不葬，其情或与李侯之志亦同？"

"崔兄知我者！"李白被说破了不葬故友的心事，泪水直欲出眶，顿首道，"唯以诗篇答君——"

他继续吟了下去：

> 天子起布衣，鹏鲲傍海飞。身外无闾里，去去何言归？故辙安可守，放心寒复饥。病身绝谷粒，应笑臞者肥——

这随口而占的酒令之诗进入第二章，李白借张良的行事，牵动了更多出处进退的面向。

首句"天子起布衣"，还是引自《史记·留侯世家》。当汉六年正月，大封功臣。三月初三上巳节，刘邦在雒阳南宫，从复道中望见诸将席地而散坐于尘沙之中，窃窃私语。天子雄猜，问起张良：彼等说些什么？张良答以："陛下不知乎？此谋反耳！"因此才引出"陛下起布衣，以此属取天下"的一番话，提醒刘邦：以天子地位，分封不能仅及于萧曹故人；诛杀亦不能仅及于生平仇怨。

李白在此谋篇的用意，是从张良改换姓名、弃掷门第，飘然远举，有类鹏鲲的行止说起，以"去不计归"的行止，表现出无私于室家的决心。接着，还分别反诘了陶潜和谢灵运的诗句之意。

"故辙安可守，放心寒复饥"是针对陶渊明唱反调。在陶诗《咏贫士》中，有"量力守故辙，岂不寒与饥"的句子，所言本是指自持本分，躬耕畎亩，安贫乐道，忍度饥寒；但是李白却逆反其说，强调不应前车后辙、墨守故业，大丈夫会须走闯天下，以"放心"论饥寒，则有安心、乐心于饥寒的夸张意味。

至于"病身绝谷粒，应笑臞者肥"，则是抽换了谢灵运的《初去郡》诗中的结语："战胜臞者肥，鉴止流归停。即是羲唐化，获我击壤情。"这首《初去郡》，原是谢灵运在回顾自己二十多年仕宦生涯之时，懊悔名利场上的争逐，一向违逆本心所愿，因此决意辞官（"负心二十载，于今废将迎"）。思虑经年，谢灵运终于拿定了归去的决心，身体也渐渐宽胖起来。不过，李白在此仍然颠倒用句，故意把张良"性多病，即道引，不食谷"的瘦，拿来调笑谢灵运的肥，也就对比出张良于功成事了之后飘然远举、不知所终的潇洒。

"布衣之人，身在下陈，偶为酸语，二兄见笑了。"这首诗仍未作完，李白又破涕而笑，指着果盘，带着几分自嘲之意，道，"所余一纸，上书'庄'字，典语则为《南华》"天运"一篇所谓：'夫迹，履之所出，而迹岂履哉？'"

接着，他诵出了这首酒令诗的第三章，转作入声韵为结：

一君无所钩，六艺空陈迹。忽忆轻身人，应惭陌上客。回鞭指长安，风雾掩霄翮。谁共帝王游，看留赤玉舄。

起手二句，呼应了酒令所约定的典语，也出于《庄子·天运》。庄子假托孔子向老子抱怨，声称自己穷治诗、书、礼、乐、易、春秋已经颇有时日，熟极而流，七十二贤弟子及门，论列三代先王之道，可是却没有一个国君能够赏识而大用之："一君无所钩用！"庄子所虚构的老子则语带诙嘲地回应孔子：没有遇到治世的明君，堪称是幸运的事。他所打的譬喻是：那些世人争传而奉行的经典——如"六经"也者，只不过是三代先王的陈迹，后儒书之录之而以为宝，述之载之而以为贵，殊不知这些文字就像是脚印一般，连穿在脚上的鞋尚且不能及，又如何堪称圣人之道呢？

至此回到了首章前文，酒令之约，所"指一人"为张良——那个为圯上老人捡鞋的青年。张良在扶保汉室、大定天下之后："封万户,位列侯,此布衣之极,于良足矣。"可是张良却"愿弃人间事,欲从赤松子游耳。乃学辟谷、道引、轻身",这就是"轻身人"的本义。然而,张良拂衣远引,犹在有所缔造之后;李白却认为自己不会有那样的机会,所谓"风雾掩霄翮"就是"布衣之人,身在下陈"的隐括之语而已。

令崔五和范十三惊讶的是,就在这首诗的末一联上,李白自运千钧之力,打开生面,却把酸语一举而扭转成豪语,而仍不离一个"舄"字。

"赤玉舄",就是赤玉做成的鞋,故事出自李白时常在诗句中引用的刘向《列仙传·安期先生》。安期生,人又呼为安期先生,琅琊阜乡人,卖药于东海之滨,与他有往来者皆称之"千岁翁"。

秦始皇东游到琅琊时,曾经请见安期生,和他交谈了三天三夜,赐以金、璧,其值数千万。可是安期生分文不取,反而留下一双赤玉舄和一封书信,以为答报。信上说:"后数年,求我于蓬莱山。"这就是秦始皇日后派遣徐福、卢生等人率童男童女赴海的原由。而"赤玉舄",便成为答报帝王眷顾以及信任的象征——在李白日后所作的《古风之二十》诗里,另有"终留赤玉舄,东上蓬莱路"一联,显示了李白将张良与安期生相绾结的用意,并非追求神仙,而是在辅佐圣明以达济天下之后,一无所取、飘然远去的行迹。

崔五还在回味着这一首在顷刻间顺口吟成的联章三叠之作,连叹服的话还不及道出,范十三却抢过牙箸令旗,连连敲击着几面,亢声道:"违令!违令!"

"汝有何说?"崔五抢着不服了。

"某以魏武与项王争胜,固是违令;"范十三戟指一伸,冲李白笑道,"彼拾了黄石公鞋尚不以为足,更取安期生赤玉舄,亦多余!"

三人方自欢噱,但听间壁一声娇语:"总不合是妾多余耶?"话语未落,纸屏分向左右开启,袅袅亭亭走出来了新妆艳发的段七娘。

这丽人挽起椎髻,淡淡地散发着郁金油的气息。她还重画了细而长的眉黛,龙消薄粉宜面,沉香鸦黄侵发,更于双唇当央点上了时下风行的"桃花殷";较浅的红脂匀上两腮,是谓"欲醉浓";最引人处,是两眉之间,新点了一颗红色的圆痣——据说这是仿天竺国女子而形成的修饰,也有个名目,叫"懒飞天"。

原先段七娘身上的素白窄袖襦和绯红半臂、碧色短帔此时也卸了去,换成一袭圆领坦胸宽袖纱衣,外罩紫绛帔帛,衬得朱裙益见明亮。裙脚之下时隐时现的,是一双簇新白罗袜。但见她款款行来,抬手一掠鬓角,纱袖忽落,露出了臂间无数钏环,崔五不禁"噫"了一声,脸色霎时一沉,脱口而呼:"七娘子,这是?"

钏环挂腕,原本无足为奇,然自唐代以降,门巷人家有这规矩,一旦声妓准备落籍,不论是择人而适,抑或是遁入道尼之门,都要举行一个"布环宴",取音于"不还"。落籍之妓,要将多年来所受于恩客的手镯择其美而贵者,分馈于仍在门巷中讨生活的姊妹、仆妇,以为彼此的祝福。

一臂挂环不计其数,自然是多年来段七娘溷迹风尘之所得,这似乎正预示着一场突如其来的"布环宴"。

段七娘且不理会崔五,直向李白道:"妾更妆如此,李郎宁无新句?"

李白终究不晓个中还有"不还"的用意,只一派天真,应了声"诺",当下仔细打量了段七娘几回,信口吟来:"罗袜凌波生网尘,那能得计访情亲。千杯绿酒何辞醉,一面红妆恼杀人。"

段七娘立身原处,瞥一眼茫然不知所措的崔五,高扬双腕,抖擞起满臂钏环,闹得个一室琳琅,仍没有俯身就席的意思,反倒一旋腰,冲瞽叟道:"李郎喜作乐府调,十三郎酒令诗中复有'凌烟入阁图'之语——此首,便来个乐府曲长孙公新曲如何?"

乐府初在汉惠帝时,任夏侯宽为乐府令,始有官名而已。至武帝而立官署,"采诗夜诵,有赵、代、秦、楚之讴"以及"以李延年为协律都尉,多举司马相如等数十人造为诗赋,略论律吕,以合八音之调,作十九章之歌"(《汉书·礼乐志》),这是广泛搜求、整理各地民俗曲辞之置。乐府歌词之中,有的是取其声曲,以为谱式,翻作新词;也有的是保留歌词,另铸新声。像是归属于"郊庙歌辞"、"相和歌辞"、"铙歌曲辞"、"横吹曲辞"者,就是既保留了曲谱、也记录了歌辞的。此外,有辞无声的也不少——像是许多后世拟仿之作,而且出于名公巨卿之手,乐官采而集之,以示礼敬,却几乎不为之编写声腔曲谱。

此下至于大唐,还有一种新乐府,都是当代的新歌,官司各处搜求来这些诗句,束之于署阁,也未必为之谱作声曲,所谓聊备一格而已。段七娘所谓的"长孙公新曲",即属此类。

长孙公,是长孙无忌,凌烟阁二十四功臣之首,太宗内兄。以勋以戚,贵盛无匹,虽然在高宗即位之后,格于武氏集团的兴起而渐衰其势,到头来还落得个奉旨自缢而死;然而开宗庙、辅储君、摄大政,数十年呼风唤雨,当世堪称鲜有与比肩者。他的诗作无多,流传数首，被收入新乐府杂题的两首极为知名，没有立诗题，归目于《新曲》之列：

　　侬阿家住朝歌下，早传名。结伴来游淇水上，旧长情。玉佩金钿随步远，云罗雾縠逐风轻。转目机心悬自许，何须更待听琴声。
　　回雪凌波游洛浦，遇陈王。婉约娉婷工语笑，侍兰房。芙蓉绮帐还开掩，翡翠珠被烂齐光。长愿今宵奉颜色，不爱吹箫逐凤凰。

　　这两首诗大体上七言六句，仅在第二、四两句句末叠三字之声，而得参差错落之致。李白赠段七娘的口占之作，群妓便在瞽叟领带之下，依着这个曲式载奏载歌起来：

　　罗袜凌波生网尘，生网尘。那能得计访情亲，访情亲。千杯绿酒何辞醉，一面红妆恼杀人——

　　可是，唱到这里，长孙无忌的《新曲》原词尚有两句未作结。领奏的瞽叟目不能视，看不见段七娘有何指麾，只能依照心头默记的曲谱继续弹下去，而段七娘似乎早有主意，也随着曲式独自引吭而歌，所唱的，竟然是长孙无忌原作的最后一联，只为了将就李白诗作的韵脚，而改动了末句的声字；更由于忽而转成了独唱，其凄恻孤孑之情更甚于前：

　　转目机心悬自许，何须更逐老风尘！

李白这一下才恍然大悟：段七娘是在利用自己的新诗和长孙无忌近百年前的旧作，向崔五忿忿诀别。崔五对段七娘用心厚薄如何，实不能以言语自辩，此时他一语不发，却形同默认了词中深深的怨憾。范十三紧蹙双眉，捉起酒盏自饮，似亦无话言可以为之调停。

段七娘一曲既罢，仿佛刻意要挑起张扬的兴致，摇着双臂，对群妓道："我辈行歌之人，岂能让三位郎君专美，也来行个令儿——得句者，且取一环！"随即又转向瞽叟："便请琴翁起个《杨白花》罢。"

《杨白花》，诗篇之名，出于北朝民歌，后世归之于乐府杂曲歌辞，自有故事。

北魏有一受封为仇池公的杨大眼，当世名将。其子杨白花，于《梁书》与《南史》具有传，附于开元天子王皇后之高祖王神念传中，由此亦可知，杨白花与王神念齐一头地，也是北魏名将。史载杨白花"容貌瑰伟"，遇上了另一个巾帼人物北魏宣武帝之皇后胡氏。

胡充华系出名门，为当朝司徒胡国珍之女，容色美艳，行止端方，为帝所知，召入掖庭，册封为"充华世妇"。北魏初仿汉武故事，立有旧章，非正宫之后而孕储君者，当赐死，称之为"去母留犊"。以此之故，嫔妃"皆愿生诸王公主，不愿生太子"。然而胡氏却"不愿为贪生计，贻误宗祧"。果然一举得男，名拓跋诩，立为太子——也就是日后的明帝；而宣武帝非但没有赐胡氏死，反而晋封她为"充华嫔"。

不幸的是，宣武帝早死，明帝冲龄践祚，胡氏从而先后尊立为皇太妃、皇太后，甚至得以临朝听政。这也与胡太后年幼时曾经出家为尼、详内典识文字的教养有关，史称："太后性聪悟，多才艺"、

"略得佛经大义,亲览万机,手笔断决"。

不过,就杨白花而言,芳年丧夫的胡太后却有如梦魇。胡太后看上了杨白花,"逼而通之"。彼时正逢杨大眼过世,杨白花顿失所依,身为将门之子,原本就不甘心沦为后妃男宠,又畏惧日后将有不测之祸及身,索性改名杨华,率领了一支部曲,奔降于南方的梁朝。

胡太后始终不能忘情于此子,"为作《杨白花》歌辞,使宫人昼夜连臂踏蹄足歌之,声甚凄惋"。是后,负心之人与见弃之人都死于更强大且不可逆挽的变局——胡太后被尔朱荣篡杀,投溺于河;而杨白花则在侯景之乱中受迫于妻子被俘,不得已而降贼,也遭到诛戮。

《杨白花》的流传不只是有一个哀艳动人的故事为底蕴,实则还有北地群舞踏歌的节奏声腔,展现了全然有别于六朝以下节奏整秩的近体诗律。此歌开篇前两句五言平韵,三、四句七言平韵,五、六句七言入韵,七、八句七言上声韵,起伏迭宕,变化多端,与寻常齐言同韵的歌相较之下,显得生面别开,格调非凡。岂止天下士人耳熟能详,就连酒楼歌馆的声妓也众口纷传,时时翻唱,处处流行——不消说,伤心人怀抱,正是四海攸同。其原词如此:

阳春二三月,杨柳齐作花。春风一夜入闺闼,杨花飘荡落南家。含情出户脚无力,拾得杨花泪沾臆。秋去春还双燕子,愿衔杨花入窠里。

阳春飞花,用以寓杨白花本来的姓名。南家,则是隐喻南方梁朝。"脚无力"说的是身为太后,不能追随情郎行迹而远行。"双燕子"旧巢在梁,年年岁岁去而复来,当然也意味着守候出走之人再度归来的深切悬望。段七娘指名奏此曲而征辞令,不言可喻,还是要以杨白花借指崔五,而以胡太后昭昭自况。

小妓们闻道有钏环可领,纷纷言笑,你一句我一句,段七娘只不满意,频频摇头,只摇得眸光灵动,泪珠凝集,终于深深看了崔五一眼。崔五不得已,俊秀的脸庞上挤出一丝苦笑,道:"我今归止证迟迟,迟来心事不堪知,勉诵二句奉七娘子妆次解颐一笑罢——"接着,他借原诗格调吟了这么两句:

凉风八九月,白露满空庭。

白露取"白露为霜"之句,语出《诗经·蒹葭》的:"蒹葭苍苍,白露为霜。所谓伊人,在水一方。"没有道破的"所谓伊人",自是指段七娘无疑。偏在此时,原本未曾参与行令的瞽叟也应声接道:"某老瞽不才,敢来邀取一环!"他吟的是:

秋声随曲赴高阁,伤心人在亭外亭。

这两句恰是全曲旨意所在,借转韵点题,把前文未道出的"所谓伊人"勾勒明朗,还进一步将这伤心人之所以伤心的情由也说白了:"亭"是驿亭,长亭十里,短亭五里,亭外有亭,尽教离别而已。

"金陵子莫只闲闹笑,"段七娘也不迟疑,拔取一枚雕虫白玉钏,俯身挂在觱篥阮咸的凤尾头上,转向那总是行高腔、穿一席窄袖薄罗衫子、头上簪花的小妓,道:"汝也来诵一节。"

觱篥顺着段七娘意思,拨弦将曲子领回前奏,反复数声,给了那簪花小妓一点余裕,小妓果然不负所期,略一思索,当场唱来,起句平起仄收、换押入声韵字,一样是两句:

回鞭才指长安陌,身是长安花下客。

这簪花小妓显然深识个中机巧,从平声韵换押入声韵,也就将词中意绪,再转向辜负了伤心人的远行者,这人要去京师长安,而且说行即行,毫不踟躅,免不了在那繁华的帝都也要纵情声色的。

段七娘的眼泪非但没有落下来,反而展唇露齿而笑,笑得勉强,而说得轻柔:"小娘且伶俐呢!"随即也发付了她一只勾丝缠金钏;又拧转身,看一眼那击鼙鼓的小娘。小娘会了意,点点头,待觱篥的琴声绕过一折,便按拍合板,接续前情,唱出《杨白花》最后两句转入上声韵的结语:

谁似吴江一带水,携将明月梦魂里。

唱罢,这小娘也不推让,挺身高踞,牵起段七娘的手臂,自指点了一枚镶了红晶石的银钏,满脸笑悦。

李白回味着这一首即席而成的歌,反复揣摩,别有体会,自顾频频颔首:

凉风八九月，白露满空庭。秋声随曲赴高阁，伤心人在亭外亭。回鞭才指长安陌，身是长安花下客。谁似吴江一带水，携将明月梦魂里。

想到自己赋诗，一向率性适意。章句有如星飞花舞，自天外倏忽而来，转瞬即逝，幸而以诵哦笔墨捕得，尽管过目而不忘，三复斯咏，往往于意兴遄疾勃发之外，又觉得支离零落。反观身畔的这些伶妓作歌，不过是即目会心之语，虽然看似直白浅近，然而前后追步，彼此揣摩，思理相谐，映带成趣；总像是将自己的心意揉进他人的心意，忽而思慕，忽而嗔怨；投以怅望，报以忧怀——总之，这不是一个人能够感悟、抒发的境界。无怪乎孔门诗教有兴、观、群、怨四题，其中兴、观与怨三者，皆明朗易懂，唯独这"群"字——也就是吟歌之人彼此会通以情，相感以志；非到孙楚楼，他还真不曾体会到。恰是如此亲即于诗歌的唱作，他竟然深深体会到崔五所辜负的，不只是一个女子的痴想，还有这一群伶妓仆妇的瞻顾。

然而此时的崔五却显得尴尬了。他知道，这些优美的诗句不仅吐露了段七娘守盼三年的怅憾，也在探问着他此后一官羁縻之余，还能有相思相忆之情否？崔五当然可以浮泛答应，说些此身遥迢、此心密迩的话，聊作维持；也可以坦言这长安之行，屈就一门下省的郎官，其滋味实在如同鸡肋。无论怎么敷衍，都好让段七娘颜面舒缓。无奈崔五爽朗伉直之人，偏不肯模棱应付，竟慨然道：

"布环之宴，岂容率尔？可憾某荫位袭官，听鼓应命，不能久留，唯可将事以报七娘子厚意者，敬奉数金以为贶仪乃已。"说着，从怀中摸出一纸，付予报科头人。

李白一眼看出，那和他随身行囊之中所携带的契券是相似之物。

近世士族、负贩，但凡往来诸道郡江湖之间，所需盘缠，皆黄白之物，易以铜钱，为数更庞大可观。为了不使行囊沉重惹眼，出游或行商之人，往往借助于契券，券记注明约期，但有立据与担保者具名，而约期已届者，就能依约兑现。

此事此物新起于民间，初时号曰"便换"，赵璘《因话录·卷六》有载："有士鬻产于外，得钱数百缗，惧川途之难赍也，祈所知纳于公藏，而持牒以归，世所谓便换者，寔之衣囊。"可知此事从来久矣，而于盛唐之时已然相当普遍。又过了数十春秋，到了宪宗元和六年二月，也恰因帝国铜钱为数不足，"便换"之道大兴，货真价实的钱币却为天下商民囤积以居奇，流通日减。由于这个缘故，中书遂传诏敕，一度禁断"便换"。

朝廷却没有料到，一旦如此，私家囤积益甚，铜钱更不流通。纷纷扰扰了一年多，才又在元和七年五月，采户部、度支、盐铁三司之奏请，改由官方独占"便换"。而有"先令差所由招召商人，每贯（按：一贯即一千文钱）加饶官中一百文换钱，今并无人情愿。伏请依元和五年例，敌贯（按：等价）与商人对换"之令——由官署统而营之，甚至免除了民间"便换"收取的一分利差，所谓"轻装趋四方，合券乃取之"的"飞钱"到了彼时，也就应运而生了。

崔五究竟发付了段七娘多少"便换"，外人无从得知，但见报科头人圆眼高眉，喜不自胜的模样，想必极为可观。然崔五神情自若，略不措意，随即对段七娘道："孙楚楼歌舞艳发，声曲曼妙，冠盖满东南，尽得天下风致，只今七娘子忽而布环，自兹而后，岂不令往来士子寔失所望？"

段七娘不答他，却从袖中探出一节白皙的手臂，摇晃着无数钏环，转向李白，笑问："李郎可知这'布环'二字，作么意？"

李白笑说不知，范十三抢忙俯首低声说解了几句，李白还在一知半解之间，但见段七娘又指了指簪花小妓，道："这小娘方才唱得入情入理——'回鞭才指长安陌，身是长安花下客。'说什么孙楚楼尽得天下风致？贵客么，舟中马上，来去自如，说到长安，便到长安；说去洛阳，便去洛阳；长安、洛阳花事如何，妾宁不能随客而去，瞻仰则个耶？"

此语一出，崔五那张粉白的脸忽然透出一片阴惨惨的暗青之色。听段七娘言下意思，似是要随崔五一行进京了。依她刚烈果决的性情，这话可能也并非虚恫。崔五转念忖道：自己服孝期满，随即携妓进京赴任，传扬开来，还真不是"本朝岑郎"四字之谑浪所可担待的了。可是，不过片刻之前，他还在酒令诗中放怀高言，说什么"寸心聊与子"，无论是"聊与子如一"或是"聊与子同归"，说的明明是一派深情相思，眼前这女子用兵如神，忽然说要随行，他又怎好出尔反尔，严词峻拒呢？

段七娘仍一眼不看崔五，甚至连范十三也不睬，直对着李白，宛转低喉，似有不忍表白的万千风情，只能隐忍着、压抑着，道："日来李郎也看尽芳乐苑里丘丘壑壑的'好因缘'，说的，还不就是妾身门巷人家这连宵达旦的绿酒红裳，日后，少不得也就是舟前水畔、绵延岗陵的黄昏青冢。李郎且算来，其数何止盈千八百？独不缺妾身为添一个土馒头也。"

她这么幽幽说来，一旁仆妇、小妓并瞽叟也越听越信以为真，有人皱着眉、搓着手,瞠目颤唇,如临巨变。也有人低头附耳,嘈嘈切切地说些仓促惶急的零碎话,看来都吃惊不小。就中唯独甏叟老练,面上全无忧喜之色,只一迳摸着阮咸前端凤尾头上那玉钿。

范十三知道崔五即使有义正辞严之语,大可以坦直相告,但是他性情平易温和,总不忍斥责一个被自己辜负的女子,只好壮起胆色,另开一话题,道:"我朝最重声曲歌乐,当今圣人前些年曾经大开内教坊之门,广引良家女弟入宫,号'内人'、'宫人';七娘子艺倾江南,兼通琴瑟,并善擪弹,一旦赴京,或可入左、右教坊领衔教席。"

说时,范十三刻意强调了"良家"二字,不无反面提醒之意;但是他所说的倒是事实。大唐宫妓,本以征选于民间乐户、犯官女眷以及接受贡献者居多;朝官也常以家妓女乐上献于君王,有"良家子"之目,有别于罪犯遭到抄家而发遣者。至于所谓"内人",初本限于十家之数,后来屡有扩充,仍以"十家"为名——郑嵎长篇巨制《津阳门诗》有句:"上皇宽容易承事,十家三国争光辉。绕床呼卢恣樗博,张灯达昼相谩欺。"将"十家"与虢国、韩国、秦国三夫人相提并论,可知宠眷贵幸之深了。

范十三如此说,颇有用心。风尘中人一旦布环,送别、告别之宴,就不会停歇。可能三朝五夕,也可能兼月连旬,端视妓家交游脉络如何。像这样大张艳帜,除了送往迎来的人情之外,既有广结善缘的目的,也有公告周知的动机,因为一个年华未老、色艺俱佳的妓女,还真有范十三所谓的"广引入宫"这样的一条前途。

开元初年,有民间吴某父女,女本为里妓,年方九岁即入籍学艺,十三成立,吴父则寄身于门巷中帮闲。不料忽一日妓家失火,几榻琴筝、杯盘箫鼓一空，父女二人没了依托，只得"歌于衢路，丐食而已"，也算运气好，在经过某将军府时，啭喉高歌，深为将军爱赏，不但迎迓入宅，还纳为府中乐姬。吴氏女的遭遇经人闲话闲说，传入大内宫中，引起皇帝的好奇，遂引教坊召人故事，敕归宜春院，号为"内人"，成了不折不扣的女官，随身还配有鱼符，听召而直入内廷。据说直到入宫时，吴氏女还是处子之身。这在风月场上，直是前所未闻之奇遇。

当段七娘言及"随贵客而去，瞻仰长安、洛阳花事"，而崔五苦于不能辞、亦不能不辞的两难之间，范十三好容易打开一条蚕丛鸟径——无论如何，"广引入宫"这话，往好说，是一番堂皇的前程；往无用处说，还是一声恭维。谁知段七娘冷冷一笑，道："妾在金陵，际会诸端府、明府、少府夥矣！岂敢奢望再往圣人面前卖笑？"

此时，崔五、范十三和李白面面相觑，竟然无一词得以答之。这是段七娘的告别之语。而这三位郎君也都明白，今夜，终将是个不欢而散之局。

二九　萧然忘干谒

崔宗之的《赠李十二白》一直留存在李白的诗集之中。虽然历经一生的颠沛流离，其间还有几次重大的征战和丧乱，在全部作品的十之八九皆已亡轶的情况之下，这一首诗还是勉为其难地流传了下来，后人或不能仅以李白与崔五之友谊解此。于李白，这一夜能与一个原本高不可攀的贵胄子弟不期而会,且结为至交,这是别具深意的。

从诗的内文可知,起手"凉风八九月,白露满空庭"二句,原本是为衬托尔后两句"耿耿意不畅,捎捎风叶声"以景带情所开之先河,目的是在表述自己思慕"雄俊之士",久不可得的焦虑。这是极其精炼的东汉格调,取意高古远大,唯魏武帝曹操能当得。

崔五试以换韵五古一体——也就是李白最擅长的一种写诗的方式——非但巨细靡遗地刻画了李白的装束和风采,也将当天与李白透过诗篇参详议论的史识与情怀作了相当清晰的勾勒。崔五既把孙楚楼上打令行酒、赋诗言志的情形记录了下来,还提出了郑重且罕见的邀请:

> 凉风八九月,白露满空庭。耿耿意不畅,捎捎风叶声。思见雄俊士,共话今古情。李侯忽来仪,把袂苦不早。清论既抵掌,玄谈又绝倒。分明楚汉事,历历王霸道。
>
> 担囊无俗物,访古千里余。袖有匕首剑,怀中茂陵书。双眸光照人,词赋凌子虚。酌酒弦素琴,霜气正凝洁。平生心中事,今日为君说。
>
> 我家有别业,寄在嵩之阳。明月出高岑,清溪澄素光。云散窗户静,风吹松桂香。子若同斯游,千载不相忘。

首章平仄二韵,铺陈了与李白相见恨晚的感受,以及借酒令酬答、相互体会的怀抱。次章也是平仄两韵,仅从李白的装束、形容下笔,已足见倾心。出之"平生心中事,今日为君说"可知,崔五是在初会之夕,行令之余,写下这首赠诗。末章四联八句,一韵到底，说的却是一桩不知何时才能成行的约会。

所约之地，在遥迢千里之外，是一所嵩山南麓的庄园，独占名山秀水，不惹尘嚣。李白可以想象，大约与大匡山上、赵蕤寄居之处尚未倾圮的状貌相仿佛。那多半是出身高门大户之人，富贵有余，择其慕悦之地，或返其眷恋之乡，鸠工兴筑，颐养天年的宅第。据赵蕤零落片段的追述，李白仅能猜测：大匡山上的子云宅和相如台等屋舍，早已为原主弃置而荒废，或恐那间架规模看来应该相当可观的室宇从来就没有建成；而崔五的嵩阳别业，却显然要堂皇得多，仅"云散窗户静，风吹松桂香"一联便透露出无限端倪。松桂并生，断非天然，能够植松栽桂以实一苑，又是在远离廛城市井的山边，那一定是极其清雅而不失宏丽的园林了。

"子若同斯游，千载不相忘"是极有深意的两句。李白既然在酒令之诗中慷慨言志，说自己有张良之图，功成于天下而弗居，飘然远引。在史籍之中，留侯张良保其天年，薨逝之后与谷城山下所拾得的一方黄石并葬，却仍留下了"欲从赤松子游"这样响亮的归志。

赤松子是仙——《楚辞·远游》已有"闻赤松之清尘兮，愿承风乎遗则"的句子；相传为神农氏的雨师，能入火自烧，在昆仑山中随风雨而上下，语虽无稽，毕竟为一朝定鼎之雄所向往，也成为李白心仪的楷模。崔五"同斯游"三字，恰是以嵩阳别业相招，期以归隐，彼此成为"道侣"，共修清静。这是道术之士——至少是以道术居心之士——心照不宣的一个境界。

可是十分罕见地，李白却婉转地拒绝了这邀请。他当场回复了一首规格相仿佛的诗作，《酬崔五郎中》：

  朔云横高天,万里起秋色。壮士心飞扬,落日空叹息。长啸出原野,凛然寒风生。幸遭圣明时,功业犹未成。奈何怀良图,郁悒独愁坐。杖策寻英豪,立谈乃知我。
  崔公生民秀,缅邈青云姿。制作参造化,托讽含神祇。海岳尚可倾,吐诺终不移。是时霜飘寒,逸兴临华池。起舞拂长剑,四座皆扬眉。因得穷欢情,赠我以新诗。
  又结汗漫期,九垓远相待。举身憩蓬壶,濯足弄沧海。从此凌倒景,一去无时还。朝游明光宫,暮入阊阖关。但得长把袂,何必嵩丘山。

  首章平仄二韵,充分表达了知遇之感,"朔云横高天"和"壮士心飞扬"分别出现在第一、三两句,是以错落之致,隐括了刘邦《大风歌》辞意,也是对崔五的酒令之诗作一回应。换韵之后,"功业犹未成"则是全篇枢纽,下文也紧紧扣住这一句,表现出自己心系天下的进取渴望;这也是年轻的李白才有的专注意志。行文到第二章,是对崔五的礼赞和推崇,也表达了对于赠诗的感动和谢忱。
  一旦言及平生所愿,李白并不让步,埋伏在谦和与热烈的情感之下的,是相当直接的探询;在他看来,如今已经回鞭直指长安道的崔五,眼看立登要津,固为"青云"中人,当有援引之力,何妨一诺而结共谋天下大事之盟?因此,"朝游明光宫,暮入阊阖关"便成为前文"功业犹未成"的反衬之语。

  从语词的本原来说,"汗漫"、"九垓"皆出于《淮南子·道应训》:"吾与汗漫期于九垓之外,吾不可以久驻。"此语隐藏密意;原典说的是秦始皇派博士卢敖求神仙,遇见一个神仙化身而成的士人，士人向卢敖描述了宇宙的宽阔无垠，天界的广大浩渺，相较起来，四极六合之内的中州，犹困于日月列星、阴阳四时的运行，不过咫尺间耳。这士人又托称他与"汗漫"（其实就是荒唐无稽的一个假称）有约，不能在人世间久留，随即举臂竦身，潜入云中，不见踪迹。这一段话显然迷惑了、也说服了卢敖，根据史料，他再也没有回到始皇的宫廷复命。

这个故事，恰是李白化用的遁辞。与"蓬壶"、"明光"、"阊阖"都具备相同的寓意。"蓬壶"出于《拾遗记》，指的是传闻中海外三座仙山中的蓬莱山和方丈（又名方壶）山。李白另有《明堂赋》之文曰："蔑蓬壶之海楼，吞岱宗之日观。"把来到此对照，其刻意展示广大襟怀，荒唐其言，与卢敖所遇见的那个士人，又何其类似？

"明光"是指明光宫。在李白反复模拟的王褒之作《九怀》里，有："朝发兮葱岭，夕至兮明光。"王逸注解此语，指称"明光"就是"丹峦"。其地山峦之色丹红，又名丹丘。因为在这一方地理上，无分昼夜，都是一片光明。至于"阊阖"，则仍可以从《淮南子·原道训》里找到痕迹。

《淮南子·原道训》描述河伯冯夷和水神大丙以雷霆为车驾，以云霓为六马，行走在惝恍迷茫的天地之间，驰霜雪而不留其痕，被日光而不留其影，最后腾跃于昆仑之巅，推开了阊阖之门。这门，就是天帝所居住的紫微宫正门。相对来看，人世间的"末世之御，虽有轻车良马，劲策利锻（音卓，马鞭上的利刺），不能与之争先"。如此用语，其意更明，李白是要强调：人生最高远的目标与归宿若是历来道者所传诵的那些神妙无伦之境，则并非此刻的他所能瞻望于万一。

由于皇命在身，崔五不得不匆促登程，临行时让范十三将誊写完卷的诗篇转交给逆旅中的李白，李白问起启程之期，范十三一拱手，道："即是当下。此刻便在江津驿所返还骡马，备办舟船，验换告身符券，诸事不胜繁琐；一俟某回复了，便要启程。"

"七娘子处不交代了？"

范十三闻言不觉大笑，转低声道："朝命倥偬，岂能耽延？""我辈幸得脱身，还应朝谢天子。"

李白略不犹豫，到私驿中牵取了马匹，随范十三催鞭赶赴江津，岂料果如范十三所言"诸事不胜繁琐"，仅仅为了验看告身而耽搁了大半日——这一耽搁，倒让李白与崔五、范十三有了几个时辰的闲暇，当即在江边野亭盘桓，而有了两首答赠之诗。一首是前揭之《酬崔五郎中》，另一首则是给范十三的《金陵歌送别范宣》。

告身，唐代任官给状，沿南北朝之制而来。告，即诰也。无论是荫袭、举荐、考选出身，官员们经考核任命之后，皆给以凭信，用金花五色绫纸书明身家、资格、职衔。加盖"尚书吏部告身之印"印信，称为告身。官员在任，多束此物于高阁，然行脚于途，则不可须臾离之；没了告身，就没了身份。故崔五有句说得入理："一纸如身薄，十行尽志疏。"

崔五返还马匹之时，多说了几句，平添枝节。由于范十三的坐骑是私人牲口，将就市上遭卖，崔五便向驿卒打听交易所在。也是那驿卒心眼伶俐，反复读着告身上崔五的名字，一面借故拖延，说这私马需要周身察看，毛中有无官烙，一面悄悄派人去城中请来驿长。

唐时郡县等差，高下相悬不啻天壤，驿长职分虽一，所司之繁剧轻闲，分别极大。驿长所务，包括制命军报的投递，中朝驿使的接待，夫众牲群的管理，馆舍厩槽的营缮，以及舟船车辆的维护，皆有律则统管。

此外，大唐立国以骑射，特重驿马生养孳息，就算是骡驴伤病，也视为国力严重的消耗，故牲畜未达天年而夭亡，或是意外伤蹶折损，驿长必须负赔填之责。穷乡僻壤之地，督理还比较松散，一旦在紧望之区，驿长所担负的责任就相当沉重，故往往召请地方上富豪之家的耆老出掌，以其家道殷厚，赔填不致倾家荡产的缘故。

这驿卒刻意作难耽搁，为的就是让江津驿长来"相一相"——此日要过江的，似乎是个不容错过的要人。

老驿长疾行而来，寒冬中浑身上下都叫汗水给沁透了，却仍显得意态从容，他还不是一个人来的，两骡一驾，除了驾丁之外，还有一个中年人，与范十三形容相仿，只不过顶上的发色没那么透白，而面色红润，泛着亮光，大约三四十年纪。此人一跃而下车，手脚矫健得很，落下地来，还只顾着同老驿长继续说话：

"倘若改去彼'尽'字而成'耽'字，既美矣，又复善矣。"接着，是一口连珠弹丸似的襄州土话，老驿长似乎听得真切，频频点头；崔五、范十三和李白却兀立于道旁，不知该见礼与否。

老驿长找了个言语间的缝隙，扫一眼看出崔五身份尤高于他人，先叉手胸前，深深一顿首，回头同他那话多不能停歇的伴当道："想来这便是崔五郎君了，先见礼罢。"

那人神情清朗愉快，像是与崔五已经熟识多年，高拱双拳一迎，未待崔五还礼，便继续说了下去："某方自与龚翁闲话，谓崔郎君《告身咏》气清格高，自陶令节以来之言隐者，无可与大作齐一头地者，但——但有一字不稳……"这人一口气说到此处，忽然停了下来，不说了，明亮的大眼睛朝众人一骨碌，像是在等待着人们央请他往下说。

他口中的"龚翁"自然就是那老驿长了，毕竟一方耆宿，趁势阻住了滔滔不绝而不知其然的闲话，云淡风轻地踅踏几步，怡然而笑，顺手暗暗推靠，诸人略无所觉，却在转瞬之间，被他请进了驿所近旁的憩亭。

此亭又深又阔，比寻常三间五架的屋宇还要宽敞得多。面向大道两面有竹篾密编的墙垣两堵，面向江津烟水苍茫景色的两面则开阔明亮，白鹭州赫然在望。虽然从顶至楀，无不散发着种种来自灯烛、来自人身、来自衣被箱笼的油腻气息，恐怕也是历百数十年熙来攘往的过客之所累积。看来屏障风尘，还真称得上雅净。

"老朽主此驿诸般繁琐，广陵龚霸，行十一。"老驿长随即摊手朝那多话之人胸前一摆，笑道，"襄州一士，孟浩然。"

孟浩然接着大笑，直对崔五把先前要说而没说完的话一口气倾吐而出："'一纸如身薄，十行尽志疏'倘若改成'一纸如身薄，十行耽志疏'，则神气舒张多矣！"

叨来念去，说的还是崔五那首流传在士行之中将近两三年的名篇《告身咏》。作此诗时，乃是袭封齐国公之诏书方才布达，崔五实在没心思将后半生抛掷到修罗场中与百僚群官倾轧，遂赋此：

　　一纸如身薄，十行尽志疏。归来寻粟里，迢递梦华胥。肥遯知何用，无藏故有余。平生黄卷外，聊并灞桥驴。

一首显现出弃官不为而真心愉快、全无酸腐热中之意的诗。

之所以当下流传，也在于崔五丝毫不掩饰他觉得荫官之无趣。起句的"一纸"就是指告身，与第七句的"黄卷"相近，"黄卷"多指记录官吏功过、考核声迹的文书。"栗里"用的是陶渊明的典故。根据昭明太子萧统所撰《陶靖节传》："渊明尝往庐山，弘（按：江州刺史王弘）命渊明故人庞通之赍酒具于半道栗里之间邀之。"之后，王弘借故翩然而至，经由庞通之的引荐，乃得与陶渊明订交。而崔五借此所言，不只是回到故乡、成为平民，还有"华胥"之梦。

这是出自《列子·黄帝》的一段梦游故事，说黄帝"昼寝而梦，游于华胥氏之国"，此国邈远广袤，"盖非舟车足力之所及，神游而已"。此一华胥之国，没有师长子弟的分别，人人齐等相待。人民没有嗜欲，自然而已。既然不知道要乐生恶死，也就没有夭殇的痛苦。既然不觉得人与人之间亲疏有别，也就没有彼此爱憎的纠纷。由于不坚持一己之所信所仰、所鄙所轻，也就没有是非利害的争执。更因为"都无所爱惜"而"都无所畏忌"。

看来已经是个极乐的净土，而其超凡绝俗，尚不止于此，彼处之民"入水不溺，入火不热。斫挞无伤痛，指擿无痟痒。乘空如履实，寝虚若处床。云雾不碍其视，雷霆不乱其听，美恶不滑其心，山谷不踬其步，神行而已"。

崔五以华胥为反比之喻，已经相当明白地表现了对于大唐帝国现实的不满，而有以下的"肥遯知何用，无藏故有余"。"肥遯"一词出于《易经·遯卦》。遯卦第六爻的爻辞说："肥遯，无不利。"意思是说，只要居心宽裕不争，徒事隐退，就没有一分一毫不利的情况。

由此而导入第六句"无藏故有余"，转用了《庄子·天下》的"人皆取实，己独取虚，无藏也故有余"的原文。再明白不过了：

崔五视命官之告身如无物，才有"平生黄卷外"这般的结论——人还没到西京，已经迫不及待地要赶往长安知名的送别之地，灞桥；他，宁可追随那些正在离开京师的驴子。

三〇　宁邀襄野童

孟浩然比李白年长十二岁，比崔五年长十岁，举止活泼似少年，李白碰上了喜趣昂扬之人，总是识面倾心，一见如故，眸光炯炯，满脸洋溢着好奇，却插不上话。崔五则免不了有几分世家子弟的矜持，或则还暗自琢磨，为什么一定要将"十行尽志疏"改成"十行耽志疏"呢？便因此一迳沉默着。只那范十三，应许是惯逐风尘，见多识广，一礼才罢，便道："久闻孟夫子息影鹿门山，不意近两年于伊阙、邙山之间，却时时听说夫子游踪。"

"伊阙"、"邙山"一前一后夹辅洛阳，没有别的含意，可是范十三刻意不说东都、不提洛阳，也是出于一番含蓄的礼貌。

近年来，隐逸之风随着开科求贤以显岩穴的制度而风行起来，先是"安心畎亩，力田之业夙彰科"，接着便有"道德资身，乡间共挹科"、"养志丘园，嘉遁之风载远科"，甚至还冒出来一个"哲人奇士，隐沦屠钓科"。褒扬以爵禄，奖掖以功名，当然会出现像卢藏用那样沽名钓誉的"随驾隐士"。天子在处，成行成伍的"夷齐之士"便现身贡策，欲为"圣人参赞"。

许多具备科考资格却苦于榜头没有着落的士人，有的遵循两汉南北朝以来愈益制度化的"献赋"而谋晋身，借文章辞翰之称颂或讽谏,试图打动皇帝,猎取一官半职。有的则随朝廷动静,结交中外大臣,出入各级官署,掉摇文笔,博取声名。这些活动,看在高门大姓的士人眼中,的确有些尴尬。然而朝廷鼓励,察其情志而悯其遭遇者,也不忍苛责。孟浩然本来就是趁皇帝行在东都之际,前往洛下的群士之一,这是范十三蓄意不提洛阳,而讳之以洛阳前后两处地理之名的底细。

孰料孟浩然丝毫不隐瞒,仍只大笑,道:"三年在兹,一无所获。呵呵!既不得于君,只便热中而已!若非热中如孟某者,也须从诗句中澄清高怀。"笑言到此,孟浩然忽而转向崔五,道:"这也是某一再说'耽志'胜于'尽志'的缘故。"

"非请教不可。"崔五略一欠身,神色十分虔敬;即此瞬间,顺势瞥一眼李白和范十三,忽而想起来尚不曾引见这几位素未谋面之人,赶紧道:"汝海范宣,行十三;蜀中远客,昌明李侯十二白——李侯诗作神秀,大惊吾眼,夫子可与言者。"

孟浩然一时之间无心交际,随手一揖,急着要解释他对那两句诗的看法,李白却悠然道:"'耽志'之旨,在于'书传',遂不以世务经心,此前代诸贤高古之所在,但不知孟夫子以为然否?"

此言一出,几前榻上猛可站起了两条人影,孟浩然的惊讶固不待说,被称为翁的老驿长龚霸也矍烁异常地回手按着崔五的肩膀,道:"汝道、汝道彼是昌明——昌明?"

"李十二白。"

龚霸还没来得及接腔,孟浩然也载惊载喜地喊道:"我道崔家郎君风标卓秀,不意另有佳士奇才在焉;失敬失敬!汝,亦知崔郎之《告身咏》耶?"

"实不知。"崔五和李白同时应道。

龚霸这时低声吩咐了驿卒几句，遣他出亭去了。孟浩然则扬声道："史传所记，正是此言，'耽志书传，未曾以世务经心'。噫！李郎娴熟乙部坟典，一至于斯？"

"某早岁作诗，亦曾用'遣志'一词，为某师删削，改为'耽志'，遂记之。"李白说的是实话，他并不知道孟浩然所背诵的那两句史传之语究竟有什么来历。

孟浩然一字改作，竟如此得意，是有缘故的——"耽志书传，未曾以世务经心"出于《魏书·逸士传·眭夸》。

眭（按：音虽）夸，又名眭昶，赵郡高邑人。从他的祖父眭迈开始，就担任西晋东海王司马越的军中谋掾，日后眭迈转投北方石勒，出掌徐州刺史。至于眭夸的父亲眭邃，也担任过后燕慕容宝朝廷的中书令，堪称北朝仕宦世家。

眭夸少有大度，不拘小节，"耽志书传，未曾以世务经心"语系乎此。由于寄情世外，不肯出仕，与俗寡合也是必然的。孟浩然改动一字，就是从这邃密之处揣摩齐国公崔家公子的性情、好尚而来。巧合的是，眭夸其人一生，最称知己的好友也姓崔，叫崔浩。

崔浩任职司徒，曾上奏朝廷征召眭夸任中郎，眭夸辞以身病而不赴。州郡官府强行派遣，眭夸不得已而至京，与崔浩盘桓数日，饮酒闲谈而已。崔浩后来只得把皇帝布达的告身抛在眭夸怀里，眭夸却喊着崔浩的行字，说："桃简，卿已为司徒，何足以此劳国士也？吾便于此将别。"

眭夸私归，是要问罪的，还亏得崔浩屡为关说，方得脱免。眭夸也不承情，非但严峻地拒绝了崔浩所赠之马匹，甚至不回复通问的信函，直到崔浩惨死。

崔浩乃是因修北魏国史大张隐丑，不避忌讳，得罪于太武帝，被囚在木笼之中，"送于城南，使卫士数十人溲于其上，呼声嗷嗷，闻于行路"。终于在太平真君十一年被夷九族，此案牵连到清河崔氏、范阳卢氏、太原郭氏以及河东柳氏诸姻亲，尽夷其族。

谁都没有料到，始终拒人于千里之外的眭夸，在这生死交关之处，却显扬了千秋大节。他为故友身着素服，并代为接受乡人吊唁，他公开声言："崔公既死，谁能更容眭夸！"于是写下了知名的《朋友篇》，一时天下传诵。至此可知，眭夸、崔浩实在是一而二、二而一的名士与贤人，孟浩然执意用"耽"字代"尽"字，就是以"耽志书传，未曾以世务经心"作引子，将这两个人的性情、遭遇和襟怀包揽在一字所得的联想之中，比起原先单薄的述怀之语，就沉厚得多了。

一字勘改，何须念念？孟浩然其实另有深刻的居心。此前，他竟夕连朝在龚霸家中与这老人家论道，原本玄谈无根，游心物外，忽然听得驿中杂役来报：江津来了个赴京就任的青年，看似是当年齐国公家的贵胄。孟浩然不觉为之讶然。

早在开元十二年冬，十一月中，由于预备封禅之故，皇帝行在东都，朝廷随驾而就，一切官常职守，也都东迁洛阳。先是，孟浩然夜观天象，看云气东集如飞，彗出如半席，竟夕不止，芒尾清昼可见，一连半月。孟浩然想起《史记·天官书》之言："客星出天廷，有奇令。"客星乃非常之星，出入无常时，居留也无定处，忽见忽没，或行或止，暂寓于星辰之间，如寄身之客。此彗先欺于北斗，再入文昌，扫毕宿，拂天节，经天苑，很是惹眼。

这就有故事了。孟浩然不免为之大喜——想当年东汉隐者严光为光武帝召入殿中,促膝长谈,终日不倦。由于相知得意,渐失君臣之分,严光竟然把只脚搁在皇帝的肚子上。到了第二天,太史入奏:"客星犯御座,甚急!"光武帝笑曰:"朕故人严子陵共卧耳。"

当是时,已经足年三十又六的孟浩然前思后想,总以为这客星入北斗的兆头不容小觑,反复合计,觉得自己的机缘也该到了,于是趁圣驾尚未启跸之前就来到了洛阳;千方百计结交了不少部里的"前行郎官",诗酒宴会,文章酬赠,碌碌终日,两年有余,却始终没有一个了局。人皆不免一问:"郎君宁不一试而出身乎?"孟浩然无以应之——日后到他四十岁上,果然赴长安应举,榜上无名,嗒焉丧志。他似乎早就知道:应考出身,毕竟于己无分。

龚霸本人是流外小吏,但是数代以来,族中不乏显达,田产积聚极广,家业丰厚,在金陵号称巨富。他喜欢结交名士,尤其是对上清派道法十分入迷,座上往来嘉宾,多的是已经致仕归隐的郡县守官,以及颇孚名望的道流羽客。这些人竟日诗文酬答,高谈阔论;在他们眼中,孟浩然虽然是个后辈,然而只身漂泊,游踪万里,非仅吐嘱不俗,尤其是见识清奇,谈锋犀利,遂多以士礼相待。一旦听说"齐国公""崔氏",孟浩然的心头便猛可一亮——这不是那个以《告身咏》闻名一时的崔宗之吗?

改他一字,博他一粲,只是雕虫篆刻之余事,孟浩然是要借此在崔五面前踏一地步,于是接着慷慨陈词起来:

"蒙崔郎呼我一声'夫子',君不闻古圣夫子有云:'后生可畏。'此言殊为至理。读郎君诗,大有萧然林下之味,然非少壮高明之士所当。古圣夫子又云:'焉知来者之不如今也?四十、五十而无闻焉,斯亦不足畏也已!'这便说得是……"说到这里,把指尖朝自己的鼻头一指,"——某也!"

说时,孟浩然眼瞠眉耸,神情夸怪,逗得众人不由得噱笑连声,而崔五却不免为之感动。

他庐墓三年,实则灰心多于励志。平淡思之,时常觉得侪流百辈千万数,人人只求拚得耸壑昂霄,高人一肩,他自己的父亲就是这样的人,总在风云诡谲之际,随风持舵,以转危为安为能事。虽说才辩绝人而敏于事,能乘机反祸患而取富贵。据家人转述,他死前交代,无论如何要跟儿子转达几句遗言:"吾平生所事,皆适时制变,不专始谋。然每一反思,若芒刺在背!"这几句话,正是使崔五这"本朝岑郎"为人处事一大转捩的关键。

他懂得了畏惧——不只是畏惧,尤有甚者,是退却。这是为什么在他行酒令拈得"冠"字时,居然也会以"归路谁能识,抬头向月看"为结语,可见落拓疏散之致了。

还不到而立之年的崔五已经厌倦公门趋竞的生涯,他实在无法体会,年近不惑的孟浩然竟然尚有未竟之志,而且急迫,也就难以揣摩孟浩然借斟酌诗句以动人视听、借邀青睐的幽微用心;遂只绵绵淡淡地答道:"孟夫子隐居鹿门,是昔日庞德公养静之地,怀抱亦差近之。而夫子的诗名驰走半天下,某在洛下,时时听说,人人仰慕,但闻所吟,多陶、谢之音。所谓言为心画,故知夫子亦非汲急于时务者流,应不至以功名劝扬晚进矣。"

孟浩然没听出这话里的质疑,却五官一振,眼中浮光,道:"崔郎亦知某诗?"

崔五的话虽然带着几分不可置信的狐疑之意,却自有见闻之本。

孟浩然生于武周改元、另置宗庙的前夕,童幼懵懂,不知天下之鼎沸。彼时狄仁杰、娄师德先后贬逐；僧人怀义任大总管，火烧明堂，宫寝崩坏；张昌宗、张易之兄弟用事；突厥默啜时叛时降，边警无时无之；狄仁杰被贬后复相，仅一年便去世了，彼时孟浩然十二岁，对国局时务萌生了一种混糅着厌弃与关心的情绪，他身边的亲长，无不私以大唐为正朔；然耳闻目见，奉天礼佛，则莫武周之号是从。

又过了五年，也就是中宗神龙元年正月，张柬之、崔玄晖、敬晖、桓彦范、袁恕己举兵诛张易之、昌宗，迁太后于上阳宫——李唐皇帝复位。孟浩然在一片巨大的混乱中逐渐萌生出"慨然澄清天下，予亦可以有为"的自许。十八岁那年，他开始大量写诗，一次又一次出门游历，每一行不过百数十里，初则兼旬，渐至匝月，往往亲即土俗民风，农桑鄙事，这些，和诗作的锻炼一样，都是为了博一"出身"所下的工夫。

在二十岁上，他来到了与襄州故里不远的鹿门山，当时是大唐中宗景龙二年，孟浩然作《登鹿门山》一篇，很清楚地标志着他日后诗作的风格与宗旨：

清晓因兴来，乘流越江岘。沙禽近方识，浦树遥莫辨。渐至鹿门山，山明翠微浅。岩潭多屈曲，舟楫屡回转。昔闻庞德公，采药遂不返。金涧饵芝术，石床卧苔藓。纷吾感耆旧，结揽事攀践。隐迹今尚存，高风邈已远。白云何时去，丹桂空偃蹇。探讨意未穷，回艇夕阳晚。

此后孟浩然绝大部分的诗作也都依循着这样一部章法，仿佛追随着诗意前行的作者与读者在一片自然山水中踅行，漫无所终而渐生兴会，逐字句之开展，透露出一闪即逝的情怀——它也许不深刻，也许不独特，但是一闪即逝，似有若无，甚至令人犹豫着是否错会其意；便成为孟诗鲜明的特色。

《水经注·沔水》中记载："襄阳城东……沔水中有鱼梁洲，庞德公所居。"庞德公，本名是否即此，亦不详，是东汉末年名士，荆州襄阳人，躬耕于岘山之野，与司马徽、诸葛亮、徐庶结一不盟之党，彼此呼传声张，遍干诸侯，以取用于乱世。故诸葛以"卧龙"为号，司马以"水镜"为名，庞德公之侄庞统则以"凤雏"为字。诸人待价而沽，俟时以动。唯庞德公不见刘表，始终在鹿门山隐居未出，据传采药而终，诗云"昔闻庞德公，采药遂不返"指此。

很显然，孟浩然初立志，虽然以终身不仕的庞德公为楷模，却也丝毫不能脱略于国事，不然不会有"纷吾感耆旧，结揽事攀践"的僝僽纠结，二十岁弱冠之年，已自抒发着"回艇夕阳晚"的时不我与之叹。

两年之后的中宗景龙四年，传闻皇后鸩毒弑帝，临淄王隆基起兵讨韦氏，孱懦的相王李旦继立，年号景云，再过一年，司马承祯奉诏入京，这是上清派道者为李唐皇室重振国姓、高揭治理的一举，司马承祯刻意漫谈"无为"，让首倡"无为"的老子李耳再度回到举国臣民的记忆之中，对于也顶着和李耳同一姓氏的皇家而言，于愿足矣。

这一年，孟浩然二十三岁。与他在鹿门山有了一个既属同乡、又属同道的"隐侣"张子容，作《夜归鹿门寺歌》，也提到了庞德公，诗人将庞德公借作张子容的隐喻：

山寺鸣钟昼已昏，鱼梁渡头争渡喧。人随沙岸向江村，余亦乘舟归鹿门。鹿门月照开烟树，忽到庞公栖隐处。岩扉松径长寂寥，惟有幽人自来去。

如果说这一首中的"幽人"是指孟浩然自己，另一首《寻白鹤岩张子容隐居》则必然是指张子容了：

白鹤青岩畔，幽人有隐居。阶庭空水石，林壑罢樵渔。岁月青松老，风霜苦竹疏。睹兹怀旧业，携策返吾庐。

"携策"之策，固有多歧之义。一是指竹简。凡书，字有多有少，一行可尽者，书之于"简"，数行可尽者，书之于"方"，方所不容者，乃书于"策"。策也可以当作算筹，就是谋算、谋划之意。此外，策也有马棰、马鞭的意思。《礼记·曲礼上》："君车将驾，则仆执策立于马前。"此外，策马曰策；然二友隐居于鹿门，相邻咫尺，何须策马？看来此策，还是倾近于治国平天下的方略作解。这不能有所用于明时的一个"策"字，正是孟浩然"一闪而逝"、不忍铺陈的痛处。

次年是睿宗皇帝禅让之年，冬后孟浩然送张子容应进士举，一榜取了张子容为进士，从此孟浩然的诗也就在京朝之中益发广泛地流传着了。那一首送行之诗《送张子容进士赴举》，原文如此：

夕曛山照灭，送客出柴门。惆怅野中别，殷勤岐路言。茂林予偃息，乔木尔飞翻。无使谷风诮，须令友道存。

"谷风"二字出于《诗经·小雅·谷风之什》的首篇。仅就其首章所咏"习习谷风,维风及雨。将恐将惧,维予与女。将安将乐,女转弃予"可知,斯作主旨,在于伤感朋友之间能够共患难而不能够共安乐的人情之常。此番送张子容远行,成败未卜,但是孟浩然已经预占地步,以为张子容终将"飞翻"而腾达,自己则不免"偃息"而沉沦;用语虽出于期勉,实则颇涉自卑与猜惧。

无何,张子容并没有像《谷风》之中所说的"将安将乐,女转弃予",反倒是经由张子容的传播揄扬,这些襄州之野无托士子的少作,的确让鹿门山之地绽放华采,也使得深居简出的孟浩然有了不小的名望。

四年以后,岁在开元五年。很难说是否出于巧合,当朝宰臣张说一再外贬、终于来到岳州任刺史,孟浩然竟然夤缘参与了张说在洞庭湖畔所主持的诗酒之会,当场献酬了一首《望洞庭湖赠张丞相》:

> 八月湖水平,涵虚混太清。气蒸云梦泽,波撼岳阳城。欲济无舟楫,端居耻圣明。坐观垂钓者,空有羡鱼情。

孟浩然自己不会知道,"气蒸云梦泽,波撼岳阳城"终将成为千古名句;他当下所在意的,是"欲济无舟"、"坐观垂钓"以及徒然"羡鱼"。干谒之不能成,亦非由才具不佳,而是张说动辄在外逐任所大张旗鼓作诗文之会的目的,并不单纯。

一般以刺史之尊,凡列在"望""紧"以上的大州,人流赛江河,往来是极其频繁的。结交时贤、巩固族姓,都是必要的工夫。然而身为国之重臣,一旦外放,往往戒慎恐惧,韬光养晦。有太多的例子显示：这些人为了不惊惹政敌注目，常刻意纵情诗酒，以示宦途灰心，不复有进取之意。

对于身在江湖，亟欲得一出身而强为干谒者来说，诗酒之会，又常是最容易攀交结缘的场合。故有心干人者自有心，无意被干者自无意；酒酣耳热，意洽言欢的情境无时无之，招饮、赋诗、联吟、题壁以及最有趣也最普遍的行令，落魄文生与放逐贵人自有说不完、道不尽的霜天寒晓可以相互慰藉，透过烟江云水，飘絮飞尘，反凝着种种人生的浮光掠影。在相会的片刻，经由酒令中巧妙会心的字句互相赏慕才华，以相互慰藉——只不过，要像孟浩然所想望的那样得知而见重，是太天真了些。

孟浩然已近而立之年，特别感到急迫，甚至到了逢人便探询机会、央请推举的地步。这一时期，他的诗句益发凝练，尤其是在声调和格律的掌握上，堪称精准响亮，即使是作古风，也刻意以律绝的格调大量运用黏对的手法，让诗篇读来抑扬有节。像是《书怀贻京邑同好》：

> 维先自邹鲁，家世重儒风。诗体袭遗训，趋庭沾末躬。昼夜常自强，词翰颇亦工。三十既成立，嗟吁命不通。慈亲向嬴老，喜惧在深衷。甘脆朝不足，箪瓢夕屡空。执鞭慕夫子，捧檄怀毛公。感激遂弹冠，安能守固穷。当途诉知己，投刺匪求蒙。秦楚邈离异，翻飞何日同？

此诗起句自附族祖于古圣孟轲，堪说是唐人推溯家世的习惯，然自"趋庭"句以下，就展现了文、命两不相谐的怨憾。身在楚野而心怀唐廷（以复古而用'秦'字代），又用了"翩飞"一词来状述自己瞻望当局的感慨。其中萦回不能释者，在于关键性的典故："捧檄怀毛公"。这是具载于《后汉书》卷三十九列传第二十九上的故事。

此卷著录大孝成器之人，有庐江毛义，年少守节，有孝行，而苦于家贫。当时的南阳名士张奉慕其名而前往拜望，恰巧府署中来了檄文，任命毛义出任安阳县尉。张奉见毛义捧檄而入，喜动颜色，以为这不过又是一个浪得虚名、贪恋官禄的人，登时便瞧他不起，遂掉臂而去了。直到毛义的母亲一死，毛义立刻辞官，朝廷屡征不至，张奉才感叹地说："贤者固不可测！往日之喜，乃为亲屈也。斯盖所谓'家贫亲老，不择官而仕'者也。"

真实的奉亲生涯是否一如毛义那样偃蹇困顿？实亦未必。孟浩然在诗中诉其清贫，不如道其失意的意思居多。以同时期所作之诗《田园作》视之，尚有果树千株，应该还不至于不能养亲：

> 敝庐隔尘喧，惟先养恬素。卜邻近三径，植果盈千树。粤余任推迁，三十犹未遇。书剑时将晚，丘园日已暮。晨兴自多怀，昼坐常寡悟。冲天羡鸿鹄，争食羞鸡鹜。望断金马门，劳歌采樵路。乡曲无知己，朝端乏亲故。谁能为扬雄，一荐甘泉赋。

《田园作》和《书怀贻京邑同好》相通相同之处，是对于自己而立之年一无成就的惶恐和焦虑。但是在修辞上，"敝庐"、"养素"、"植果"、"丘园"等等，无不如影随形地取径于陶，于是《田园作》便形成了另一种简朴质直的风格，直似以渊明诗为摹本。

用"三径"一词直逼五柳，固无论矣；至如"粤余任推迁，

三十犹未遇"这样的句子，粤字即是曰字，余字即是我字，"粤余"即可以解之为"叹我"，"任推迁"则是指任由时光轻易地流逝。其用语刻意仿古，皆此类也。

而崔五所谓："但闻所吟，多陶、谢之音。所谓言为心画，故知夫子亦非汲急于时务者流。"实无反讽之意，以他贵胄出身、袭封子弟的心情来看，的确不了解：一个居心行事真如毛义、陶潜一般的诗人，为什么老是"冲天羡鸿鹄"、"望断金马门"，看着人翩飞于宫阙之间而不能释怀？

崔五确实熟悉孟浩然的诗句，一旦被他问着，毫不犹豫地背诵了几联名句，以及约莫在六七年前，在岐王李范、光禄少卿驸马都尉裴虚己连朝不歇的游宴之上，读到了哄传大江南北的《晚春卧病寄张八》中最为人所乐道的几句："云山阻梦思，衾枕劳歌咏。歌咏复何为？同心恨别离。""世途皆自媚，流俗寡相知。贾谊才空逸，安仁鬓欲丝。"

孟浩然闻言大乐，抖着手回头向龚霸讨物事，龚霸会意，打从怀中摸出一卷，约莫二三十纸，粗皮封、细麻线，略事捆裹，侧面还悉心加之以丝缝——连李白都能一眼看出来，那是"怀轴"。数年前在大匡山上，月娘曾经教导他亲手制作。这"怀轴"乃是从科考之行而来。唐人举进士，必有行卷，为缄轴，士子录其平素所著文章、诗歌，以献主司，约略熟悉文笔，方便于斟酌考卷之时加减照应。月娘常说：这"怀轴"是出门在外的士人所必须操习的第一门手艺，也有工巧的讲究，能够将零散录写的诗文裁割整齐，扎缝成卷，除了抄写工整，还要装束雅洁。较之于饮食炊爨、衣袍裁缀，此艺尤不可废。

"是编皆某所作，"孟浩然从龚霸手里接了过来，举奉崔五，笑道,"所录亦不多,皆鹿门山里山外十年间感遇、怀人、明志之情,与崔郎素昧平生,勉为交关之韵响,千祈雅正而已。"

看得出来,这是孟浩然将原本抄给龚霸的诗什转让给不期而遇的崔五了。崔五也举卷过顶,恭礼收受,道:"崔五敬领厚贶。"

正送纳间,龚霸差遣出亭的驿卒回来了,先让近一列捧着酒食案器的从人,依照席次,将酒食皿盏布置了。那驿卒手上也没闲着,捧着端正平滑、直棱方角,外罩白绫底金紫线绣滚饰的一叠软物,待这厢七手八脚地伺候以毕,随即恭恭敬敬呈给了龚霸。龚霸先搁在身后榻席上,回身对崔五道:

"请恕龚霸老迈鲁莽,一旦文之意上来了贵客,便不暇细修仪检,匆促前来,有扰清会,端此聊备水酒为谢。"

宾主相互谦让了几句,问过程途,尚未举箸行杯,龚霸又转向李白,道:"某且随崔郎呼一声李侯罢——李侯少年英才,声价已为时贤所推,委实难得啊!"

李白如堕五里雾中,还在勉力想着所谓"时贤"究竟是什么人,崔五和范十三已经你一言我一语地向孟浩然称道起他的诗句。孟浩然这是第一度正眼熟视身边这体貌清癯、容色明亮、眸光炯炯的后生,但觉斯人独有一种罕见的器性,像是从边外天涯、极其遥远之处而来;观之莹然,感之修然,一身独立,与此世格格不入,却又朗然无所犯忤;的确是个叫人耳目一新的青年。

孟浩然身为长者,却是个既无功名,更未通籍的读书人,在崔五面前,不能随口臧否,他只是微微颔首,什么话也没说。

龚霸显然还要说下去,他反手取了驿卒捧来的白绫包裹,道:"李侯初次过金陵,便有玉霄峰白云宫道者为扫阶墀,奉呈此物。"

李白几乎不敢置信,口中冒出一声轻呼——他想起了江陵城下的丹丘子、司马承祯以及面容已经模糊的崔涤。

龚霸将白绫包裹递上前，李白捧在手中，不敢轻动，任由这老驿长替他一角一角地掀开，里头露出来一袭色泽沉暗，却隐隐然焕发着幽微光芒的紫袍。

三一　宫没凤凰楼

道者初入三清之门，头顶平冠，身着黄帔，大约是一般服制。从东汉五斗米教传延而成立的天师道，又名正一道，也就是潘师正上推三代所受于陶弘景、下传一代而及于司马承祯的这个教派；其装束就比较繁复。身为道者，头戴芙蓉玄冠，下着黄裙，外披绛色粗布。若是假以时日，潜修上进，则服饰更为精丽，有的玄冠四叶，瓣象莲花，褐帔三丈六尺，不以粗布，而用紫纱，且有青罗作里，光鲜明丽。到了三洞讲法师的位阶，法服上还饰以纹绣，加九色章黼，如诸天云霞，其灿烂华美，难以言表。

修习上清派《大洞真经》、《灵书紫文八道》和《黄庭经》等上清派原始经典，盖因直承自魏夫人华存，须特示礼敬，道者入室之时，就有"以紫为表，以青为里"的规矩，有鹿皮之巾，则着之；无鹿皮之巾，则以葛巾代之。总之，冠袍披戴，极尽繁琐之能事。

席前诸人都不能道：这一袭外紫内青的长袍——或称之为紫绮裘者，究竟在玉霄峰白云宫中有着什么样的地位，但知绝非等闲服色而已。李白从未受箓为道士，无端收受如此华服，自然着了些惶恐，低声问龚霸："恕某学疏识浅，不能解此中缘故，然未敢以身为沟壑而受之，谨以奉还。"

李白不由分说便拒绝了这一袭紫绮裘，看得众人目瞪口呆，唯独孟浩然的神情不同。他知道李白那一句"未敢以身为沟壑"的用意，遂不待龚霸回答，抢道："凭君一语，而知士行，天下有何贵物不能受纳？"

原来那是出于《子思子》和《说苑·立节》篇的两段记载，被赵蕤取用于《长短书》，作"是曰"、"非曰"之辩，又是个矛盾相攻、莫衷一是的论题，正反皆以子思的言行为根据。赵蕤曾以此题令李白释其所以然，而李白不能解。

《说苑·立节》上曾经提到：子思居留在卫国期间，过着极端清贫的日子，一身粗麻袍，连外裹的罩袍都没有，二十天之中仅仅吃了九顿饭。魏文侯的国师田子方听说了，派人送了一领白狐裘给他，又担心他矜持不受，还特意吩咐："吾借物与人，随即或忘；赠与之物，亦如抛弃，故不必挂怀。"子思的答复倒也爽快："伋（子思名伋）闻之，妄与，不如遗弃物于沟壑；汲虽贫也，不忍以身为沟壑，是以不敢当也。"

然而，在《子思子·外篇胡母豹第五》上，另有一则文字，叙述卫公子交要馈赠四辆马车给子思，温言相劝道："交不敢以此求先生之欢，而辱先生之洁也。先生久降于鄙土，盖为宾主之饩焉。"子思的答复是："伋寄命以求，度身以服卫之衣，量腹以食卫之粟矣。又且朝夕受酒脯及祭膰之赐，衣食已优，意气已足，以无行志，未敢当车马之贶。"

赵蕤所挑衅的是，既然子思在卫国所受到的待遇是日夕皆有酒及祭膰（熟肉）之类的赐物，以及量身订制的衣服，又何至于"缊袍无表，二旬九食"呢？

龚霸也许不明白这"未敢以身为沟壑"的典故；也许是明白的，却根本不在意。但见他拈起二指，翻开紫袍光滑的表被，露出亮青色的衬里，叹道：

"某乃江津小吏，身为贱胥，而倾心慕道数十年矣；一向闻彼玉霄峰天下名山，道法严明。此物确系上清派道者法服，未着之前，必以函箱盛护，置于高净之处。既着之后，起坐须时时拂拭，勿使渍染。虽暂解离身，更不得与常服俗衣相邻。纵是同修同契，亦不许相假交换。尤有甚者，绝不许赁借俗人服用。其矩范之森然，万万不得逾越。而寻常为下座者，实亦不能着此紫袍。然而，正因如此，李侯更不该峻拒所贶。"

"何则？"这倒是众口一声的疑惑。

"此必出于司马上师之厚意，岂容吾辈妄臆？"说着，还是将白绫包裹覆盖妥当，推还于李白手中。

话说至此，众人都沉默了，倒是那驿卒怯生生地移膝向前，凑近几席，从袖内摸出一角纸封来，道："尚有此物。某将袍至亭前，遇一女子，付某此笺，说是要面呈崔、李二郎君。"

崔五和李白相顾一眼，大约料到了这纸封的来处，却都踌躇至再，没有取看的意思。范十三一把将纸封掠去，撅入怀中，放声大笑，道："不外是加餐相忆之语，丈夫长策未挥，不必寓目了！"

也像是有意不理会那信笺所载，崔五依士人拜礼，长跽挺身，向孟浩然举盏近额，道："某后生，向不及亲沐夫子雅教，但接闻于长者，谓夫子曾献书宰辅，有鸿猷远略以致朝廷——"

不待崔五说完，孟浩然却摇起头来，也略一举盏，随即搁下，道："也没什么，俱是十年前的往事了。某野人献曝，不察轻躁而已。"

然而一来一往的简淡之言，却勾起了李白的无限兴味。在他听来，十年前孟浩然似乎曾向当局献策，上达宰相，而以崔五这般身份的公子也有所知会，应该是影响非凡了。随即兴奋地问道：

"某亦闻之于业师，投匦之制，广开言路，俾壅塞自伸于九重，圣人亲览而知四方之事，果其然乎？"

投匦进状，与书策文章，是武氏则天首创的奏事之例。她在垂拱元年，设置匦使院，属中书省，以谏议大夫及补阙、拾遗一人为知匦使。命匠人铸造四只铜匦，旁侧四面分别涂以青丹白黑四色，以应东南西北方位。每日暮进晨出，列于署外，任人投递文书。

虽然天后始意，不免欲以风闻之言，借作搜猎异端之据；然水能覆舟，亦足载舟，的确如赵蕤所说的，一时"广开言路"，凡能属文者，或者是怀才自荐的人，有"匡政补过、申冤辩诬、进献赋颂者"，都可以畅其议论，令天下事汇集于内廷。其所施设，大凡如后来宪宗朝李中敏《论投匦进状奏》所追述的情状："（铜匦）每日从内将出，日暮进入，意在使冤滥无告、有司不为申理者，或论时政，或陈利害，宜开其必达之路，所以广聪明而虑幽枉。"

久而久之，难免也出现了冤滥诬控、诡异谵妄的文字，只好另谋权宜，先誊录副本，呈之于专职的"匦使"，再三检核，不让那些显而易见的恶札烦扰御览。可是，这似乎又违背了当初设铜匦以奖励投文的本意。

匦使亦分两层，由御史中丞、侍御史、中书舍人等兼任"理匦使"，以谏议大夫、补阙、拾遗一人充"知匦事"。也是这些职官，对于非由科举、制举出身的人才，知之最先亦最多。

开元初，太平公主之党诛戮一空，薛稷瘐死于狱，崔日用复拜吏部尚书，一方面基于任用、考察官僚为其职守，另一方面也因涉及与太平公主一派勾斗的畏忌，崔日用特别留心二事，一为举才，一为物议。此二端都不免要留心"投匦"，遂时时征询于理匦、知匦诸使。

孟浩然上书是在开元四年，彼时朝廷看待投匦故事，已多援例收纳，专使批阅，虚应而已。可是崔日用却从献策的文字之中，看出此子文才识见，不同俗流，经常诵述其策论文字，不徒是赞赏，也以之教诲子弟。

"某不敢僭越，然口呼'孟夫子'，自有缘故。夫子策论之文，某犹朝夕在心，是不敢忘家大人之言耳。"崔五眄一眼李白，当下随口便诵出了一段当年在崔日用耳提面命之下强记的文字，那正是孟浩然投匦之作："'诗书礼乐，大化流行，故举寰区之人，莫不各安愚贱之分；文武成康，世泽敷衍，故尽素王之圣，而不敢有慕殷夏之心。'此何等豪越之言？家大人尝言：若知贡举，非取此人为状头而何？"

这番话不免让孟浩然激动了。他知道崔日用大起大落，虽然身后荣显毕至，偏偏在仕宦生涯之中，没有主考举士的机会。但是，孟浩然实则也有不足为外人道的隐衷——但凡作诗、行文，他必然是随视听之官，触目接耳而浸假会心，始能徐徐落笔。这是因为由作诗入门，形成了铺叙景语以为构思之本的积习，到了应考关头，了无游目骋心之资，遂难以在限时之内，依论题作文章。

当年他与张子容在鹿门山隐居，彼此戏为主考和举子，互命一题，相应一策。张子容不逾一时而完卷，孟浩然却在三天之后交出了一首根本离题的诗，亦即那一首结句在"睹兹怀旧业，携策返吾庐"的《寻白鹤岩张子容隐居》。

张子容当下回了一首诗，调侃他凝思迟散：

> 岩栖挟何策，诗卷觅亡羊。眉敛三条烛，思空一篆香。
> 山深留野客，句老校书郎。事业皆如此，迷途不问臧。

这一首五律交错运用了两个典故。

中间两联，是嘲笑孟浩然诗思迟滞。由于唐人进士科可以延长至夜间完卷，许燃烛三条。敛眉即皱眉，自然是苦思模样；孟浩然眉毫天生稀疏，自己却常说是由于苦思求句所致，故张子容一语双关，既用"三条"来状述眉稀，复以夜试给烛指其文思迟缓，不能急对。篆香烟散，满目空无，可谓深谑矣。其下的"山深"、"句老"也都是承继、发挥此一噱笑。

至于头尾四句，遥相呼应，取材于《庄子·骈拇》，原文："臧与谷，二人相与牧羊，而俱亡其羊。问臧奚事？则挟策读书；问谷奚事？则博塞以游。二人者，事业不同，其于亡羊，均也。"

张子容从孟浩然的"携策返吾庐"着意，用两个好朋友的隐居生活开了玩笑，但也寓藏着深刻的自嘲和自叹。他把孟浩然比作庄子寓言中的"臧"，因为读书失神而走失了所牧之羊；而即将上考场拚搏的自己，则像是寓言中因赌博游衍、疏于放牧，也走失了羊的"谷"。

那么，姑且将"羊"视为两人最初隐居求道、不问世事的初衷，整首诗的意旨便是：**无论进取或退缩，实在没有高低尊卑之分；**

而其丧失了对神仙世界的向往、专注与追求，则是一致的。无论用语如何诙谐，这首带着玩笑趣味的小诗，都道尽了孟浩然不敢轻易赴京就考的缘故。可是，从另一面说，纵使是走投甄那样一条路，由于种种机缘，投献之文不能获知音者之青眼而沉落，仍属枉然。

驿亭之外，一弯眉月不知何时已经自江头升起，傍着微茫的月光散射，满天星斗也一一陈列着了。沿岸取直而展向东南两天涯处，穿透竹墙上的窗孔看去，尚有平坦而反映着天光的六朝古驰道，就像是另一条平静无波的长江。而江边巨木苍苍，仿佛碧玉雕琢而成，且看它万叶翻腾，有如不甘于此伫立千古，经秋风鼓舞挑唆，便振起不计其数的小小翅翼，亟欲向天飞去的一般。

尽管孟浩然思潮汹涌，近二十年来的浮沉往事闪炽心头，不足以为外人道者，仍不可道，他反复咀嚼着那一句"若知贡举，非取此人为状头而何？"，几乎要凄凉地笑出声来。

崔五、范十三固然不明白他从未应试，实出于胆怯；而此时的李白，则直楞楞盯着孟浩然的幞头发傻。那是一顶俗称软脚幞头的巾帽，外观上浆挺爽俐，堪知里子衬了皮革，这是从太宗朝平头小样的款式逐渐改变而来，根据赵蕤的描述，是武周时期换了花样，幞顶加高——有说是为了包覆假髻；中宗朝以后，不知什么缘故，顶上甚至分成两瓣，若莲花然，也谓之"武家诸王式样"。

几乎就在"武家王样"广为流传、人人仿效的时候，原本幞头后下垂如带、接颈过肩的两只扁细脚帔也屡变新姿，那是由于庶民开始大量顶戴幞头，看来与士人略无差等，而士人相当厌恶这情景，遂刻意将垂带剪短，并弯曲朝上，插入脑后系带的结环，以与俗流区别，这正是士人行中不约而同的趣味。

孟浩然所戴的幞头，便是这种曲环幞头。李白丝毫没有怀疑孟浩然作为一个士族之人的身份，但他也不明白：像这样一个年近不惑、风雅卓绝，似乎文才亦颇受贵幸子弟推重的前辈，为什么没有一份功名在身？不过，李白却未曾料到，孟浩然对他也有着相似的不解：此子既蒙崔五嘉许，复为司马承祯礼遇，俗谓"后进英发，前途佳好"之流，可是为什么看上去也还不过就是一个白身呢？

几乎是同时，也只除了彼此称谓不同，李白与孟浩然冲口而出，问了对方相同的一句话：

"尚未赴科举乎？"

他们互相望了一眼，也立刻沉默着回避了对方的目光。这却引起了崔五和范十三的好奇，不约而同地，范十三对李白、崔五对孟浩然，也各自抢了一句："何不？"

"史称'后进之秀'，向无'前辈之秀'，前辈者，受谤而已！"孟浩然苦苦一笑，搔了搔他那已经近乎全秃的眉峰，将此问推给了面前的李白，"文皇帝收天下英雄入彀，当以少年得意为可喜——以某视之，李郎锐志英才，如应一举，高第可期。"

他的话，绵里藏针，乃以李白为盾，屏挡了崔五和范十三的追问。东汉时代大儒孔融有那么两句名言："今之少年，喜谤前辈。"一语流传，唐人常常撷拾了来发牢骚、成感慨，以兴时不我予之叹。说到后半段，孟浩然语气一转，再抬出唐太宗来，就更显得振振有词了——唐太宗有一次私访御史台，行过端门之时，正巧遇上新科进士们顶着头上的七尺焰光，鱼贯而行，皇帝于是踌躇满志道："天下英雄，入吾彀中矣！"

此时众人目光齐集于李白之身，岂能另有他论？这少年仪表堂堂，有如传说中北魏宫廷里那面对钵水持清咒而灿生青莲的佛图澄,人人都不免要问:"汝何不迳取彼一进士耶?"

平生未遇此问,却也是迟早必须面对的质疑。李白若直言:"某,贱商之子,不合应举。"则不免会招致士族的惊疑与轻慢。然而,他也确实不知道该如何捏造身份,而后谩语应对。就在这一转瞬间,他仿佛回到了大匡山,想起临行之前,也是在一席酒宴之前,赵蕤问过他:为什么他的父亲为他这一趟远行所备办的,是一匹马,而不是一副车驾?接着,赵蕤语重心长地说了一段话:"钟仪、庄舄之徒,下士也!不足以言四方之志。一俟风埃扑面,即知胡马嘶声。汝自体会,乃不至忘怀。"

他必须彻头彻尾地抛开身世家园,就像那在湍急的江流之中嘶声不嘶的五花马,而决计不能是身为囚虏却仍为敌垒君侯演奏故国音乐的钟仪;更不能是偶于病中吐嘱乡音、泄漏念旧之思的庄舄。从这一刻起,他挥下了斩绝闾里之情的第一剑。

李白不期而然冒出一句:"神仙!"

他是在向几千里外不知所在的赵蕤求救吗?显然不是。他知道:今后的处境无论如何,便是一心所生、一身所造;若非本我之所有,终必不能应对。此刻,他举盏到唇,仰饮而尽,指望着亭畔那株看似直想冲天飞去的苍苍古木,笑着答复诸席主客:"某恰有一诗横胸,不吐不快,勉可诵之,以答诸公之问。"

> 苍苍金陵月,空悬帝王州。天文列宿在,霸业大江流。渌水绝驰道,青松摧古丘。台倾鸤鹊观,宫没凤凰楼。别殿悲清暑,芳园罢乐游。一闻歌玉树,萧瑟后庭秋。

为何不应举?李白根本不必回复这一质疑,他还有一席可以

滔滔雄辩之言,要让天下人明白——纵令更不明白也无所谓;他自是一品神仙人物。

三二 一鹤东飞过沧海

李白早岁的诗歌,多因壮年时的轻易佻达以及中年后的流离奔亡而散逸,这一首,却由龚霸誊录收藏,传于家,于上元二年——也就是李白过世前一年;为魏颢访得而保全。龚霸与李白萍水相逢,初会即诀别,终二人一生未曾再遇。但是李白当日所言,令龚霸心神摇荡,念念不忘,尝以之教诲子侄。魏颢得之于数十年后,闻其语,犹觉斯人斯会,历历在目。

当是时,此诗名为《玉树歌》,本来就是即眼前之景起兴,联想所及,自然是金陵一地所象征的六朝兴替。而古乐府所传,复有《玉树后庭花》之目,由于歌词冶荡,声调绮靡,一向被视为陈后主亡国之因。

大唐高祖武德九年正月十日,上命太常少卿祖孝孙考正雅乐,至贞观二年六月十日,乐成上奏之。当时太宗有意挑起议论,认为天下治道之兴衰,自有其肌理,不应一昧归罪于声歌之轻艳而已。于是对近侍之大臣说:"礼乐之所以成立,乃是圣人缘物设教,以为搏节。至若治道之隆替,岂简易由此而决?"

御史大夫杜淹不意却堕入了这一论辩的圈套,赶紧上奏,夸夸其言:

"前代兴亡,实由于乐——世言轻薄最甚者,莫如《临春乐》、《黄鹂留》、《玉树后庭花》、《金钗两鬓垂》,近幸小人,绮艳相高,极于轻荡,男女唱和,其音不堪之甚!"

皇帝原本想要打断他的慷慨陈词,可转念一想:持此论者,为数夥矣;未若放他畅所欲言,而尽得其异议。于是不但没有阻止,反而微微颔首,让他继续说下去。

杜淹得着了鼓励,亢声接道:"据闻:陈后主每引宾客对贵妃等游宴,又使诸贵人及女学士、狎客等共赋新诗,互相赠答。或采其尤为艳丽之作,以为曲词,被以新声。更选宫女有容色者,成千百数,令习而歌;分部迭进,持以相乐。至于前代,原有殷鉴,南齐之将亡也,国中有作《伴侣曲》者,行路闻之,莫不悲泣,所谓亡国之音也。以是观之,国亡世衰,殆因于乐也。"

声有哀乐抑或声无哀乐,这是魏晋名士玄谈的话题,纯属个人感兴、体悟,颇不易验之于众。大臣们皆未料及,太宗忽然神情肃穆起来,道:"不然!音声感人,原是自然之道。情志欢愉之人,闻乐则悦;心绪忧戚之人,闻乐则悲。悲悦之情,在于人心,非由乐也。将亡之政,其民必苦;苦心所感,故闻之则悲耳。岂乐声哀怨,能使悦者悲乎?如今《玉树后庭花》、《伴侣曲》,其声曲俱存,朕当为公奏之,知公必不悲矣。"

天威虽不测,可是皇帝的话里似乎还带着温和的玩笑。就在这个时候,尚书右丞魏征也上奏了。他这一次的进言,出乎许多大臣意外,居然是附和皇帝的看法,他说:"古人称:'礼云礼云,玉帛云乎哉?乐云乐云,钟鼓云乎哉?'乐,在于人和,不由音调。"

太宗称许了魏征,也趁机对祖孝孙多年来考订雅乐,因而保存了殊方俗乐的努力，表示嘉勉。大臣们到这时才察觉：皇帝对《玉树后庭花》的亲切赏知，是为了要奖掖天下之人，共进各地之乐。因为祖孝孙所从事的正是如此。

大唐制订雅乐，固有庄严国体、附和典仪的目的。可是，更因为要普遍参酌四海之音，十方之曲，而大肆采集南北朝天下纷乱之际，诸异国殊俗的风调，故"陈梁旧乐，杂用吴楚之音；周齐旧乐，多涉胡戎之伎。于是斟酌南北，考以古音，而作大唐雅乐"。

即以古乐十二律来说，前朝之隋，"但用黄钟一宫，惟扣七钟。余五钟虚悬而不扣。及孝孙建旋宫之法。扣钟皆遍。无复虚悬者矣"。祖孝孙按《礼记》所载，恢复古制，"凡祭天神，奏豫和之乐；地祇，奏顺和；宗庙奏永和；天地宗庙登歌，俱奏肃和；皇帝临轩，奏太和；王公出入，奏舒和；皇帝食举及饮酒，奏休和；皇帝受朝，奏正和；皇太子轩悬出入，奏承和；元日冬至，皇帝礼会登歌，奏昭和；郊庙俎入，奏雍和；皇帝祭享酌酒读祝文，及饮福受胙，奏寿和"。

这还只是皇家宫室用礼之乐而已。其余如战阵鼓吹之歌曲（凯乐），宴飨集会之歌曲（燕乐），俳优歌舞之杂奏（杂乐）；以及汉季以来旧曲——包括乐器制度、歌章古调，甚至"魏三祖所作者"，史籍俱有载收，而因种种播迁之变，其音分散，不复存于内地者，也借助于北地各政权之主所辑纳而保传，谓之"华夏正声"；其后，更损益增补，为设置清商署，而一总命名——谓之清乐。

太宗所属意的，是将普天之下、历朝各代凡能搜罗网致之声歌，一入于当朝。在他所想象的帝国疆域之内，无处不能有笙箫鼓角、琴筝筛笛。甚至连俳优歌舞杂奏，总谓之百戏者，如"跳铃、掷剑、透梯、戏绳、缘竿、弄枕、珠大面拨、头窟礧子、及幻伎激水化鱼龙、秦王卷衣、笮鼠、夏育扛鼎、巨象行乳、神龟负岳、桂树白雪、画地成川之类"，皆普遍摭拾，靡有孑遗。

就像这一首恶名昭彰的《玉树后庭花》，也和许多极具盛名而律吕曼妙、节度婉转的古乐曲并列——像是《王昭君乐》、《思归乐》、《倾杯乐》、《破陈乐》、《万岁长生乐》、《斗百草乐》，乃至于不减庄严的《圣明乐》、《云韶乐》等等，都隶属于太常梨园别教院，以宫廷教习传承，未遭删削而漫灭。

李白这一首诗日后以《月夜金陵怀古》为题而流传，大约是编辑者以领句有月而杜撰。若能返其著作之原本，乃是江边玉立之巨木，作振叶高飞之势，则诗中"一闻歌玉树"便得以豁然而解；至于"玉树"，也有多重命意，倘若不从《玉树后庭花》之歌来看金陵一地的"霸业大江流"，又怎么能够翻转李白与孟浩然看淡"帝王州"的托辞寄语呢？

实则，较李白稍晚一辈的包佶，天宝六年进士，他也有《再过金陵》一绝，诗云：

玉树歌终王气收，雁行高送石城秋。江山不管兴亡事，一任斜阳伴客愁。

比李白晚生近百年的许浑更赋《金陵怀古》一律，其词曰：

玉树歌残王气终，景阳兵合戍楼空。松楸远近千官冢，禾黍高低六代宫。石燕拂云晴亦雨，江豚吹浪夜还风。英雄一去豪华尽，惟有青山似洛中。

这两首诗，都隐约呼应着也召唤着李白的那一首排律——李白很少写极为工整的排律，一旦出之以此体，必有深意系焉。一则是有所干谒，行卷奉诗，故以"中式"为上，想来他所干所谒之人，就是那些身在朝堂，谨于绳墨，写诗行文皆持律成积习者；若非如此，也必是要借着中规中矩的格律，刻意显现他游刃有余的神思。

此时在江津驿亭之中，李白略不迟疑，高声吟着他即兴而作的《玉树歌》。

一诗且诵且想，句意连绵递运，孟浩然字字听来，确实吃惊——此子看似不多思索，尽管开篇也用景语"苍苍金陵月"，但是第二句首字便赋予全诗灵动的生机；"空悬"之空，暗示了他对"帝王州"所象征的泱泱大业独具一只冷眼，在这天地相应的格局之下，就有了亘古长存与一时俱灭的对比；是以"霸业大江流"五字一出，旨意收束而境界全开；孟浩然几乎要振衣起立，为之击节。

可是他强自按捺住了，看李白朝亭外暗沉沉、滚逝逝的江水瞥了一眼，顺着那视野极目可见，驰道与江流看似在地角尽头交缠，而李白此刻也掉转文思，再从景观入意，令孟浩然更不禁啧啧称奇的是，这第二度写景时夹杂了虚拟之物，于"渌水绝驰道，青松摧古丘"之后，竟带出眼前不能见而事理不可或缺的"台倾鸤鹊观，宫没凤凰楼"。

鸢鹊观为司马相如《上林赋》所咏之地，原文："蹶石阙，历封峦；过鸢鹊，望露寒；下棠梨，息宜春。"自石阙以迄露寒，都四处，皆观宇之名，属于长安故地甘泉宫外的建筑群落，而棠梨和宜春则是另外两座建于甘泉宫南方的宫殿；大率造于汉武帝建元年间，历经八百余年，早已荒圮湮灭，遗迹不可复寻。以此观之，即使领句以"台倾"二字，也不外是捕风捉影的遐想。李白把来入诗，纯为与落句所述之"宫没凤凰楼"为对仗，却也因着一虚一实的映照，而让先前"霸业大江流"的意思更加沉郁而豪健。

在接下来的一联里，李白悄然投入了自己的身影："别殿悲清暑，芳园罢乐游"所言正是他数日之前与段七娘等人的一夜游踪，"清暑"非指节候，而是昔年东晋孝武帝在台城之内所建造的清暑殿，传闻"殿前重楼复道，通华林园，爽垲奇丽，天下无比，虽暑月，常有清风，故以为名"。这一联的非凡之处，在于诗人只字不言"我在"，而若非诗人之我在，便不能有其下末联之"闻"；反从下文回顾，芳园之乐游，已然不是当日偏安江南、任霸业消流的帝王，而是在一片萧瑟的秋景之间，徘徊叹息的后人了。

"噫兮！"孟浩然摇头长叹，嘴角眼角带着不胜赞许的笑意，久久才道："果然是千古不胜之愁！"

纵使是在大匡山上受业，李白也从未受过长者这般的推崇，一时感激，不禁忘形，上前执手道："夫子有以教我！结句如此更佳，结句如此才是！"

孟浩然不明所以，狐疑道："结句如何？"

此诗，于是另有一抄，更易末句"萧瑟后庭秋"如此：

苍苍金陵月，空悬帝王州。天文列宿在，霸业大江流。渌水绝驰道，青松摧古丘。台倾鸲鹆观，宫没凤凰楼。别殿悲清暑，芳园罢乐游。一闻歌玉树，千古不胜愁。

"千古之愁，愁系于今，而托之于古耳！"对于进取与否，李白未置一词，仅此转眼间捷思六韵以对，众人几乎随之抛开了原先所要追问之事，但是李白却念念不忘，他要说的是神仙。对于神仙之道——也基于追随赵蕤问学数年的亲切体会——他另有别解，而且相当自豪："古之为帝王者，欲访大隗、吕尚之贤，岂其悬科名而钓之哉？"

在这里，李白引用了两宗古代帝王的事典，将天下共主求访贤士的本质和手段随口揭露，和大唐以科举牢笼天下英雄作一对比。寥寥几句，引得孟浩然心绪涌动，血脉贲张，这正是他时时悬之于心，却难以诉之于口的想法，经此三言两语，爽迈道出，孟浩然忍不住连连颔首，道："李郎得此天地精神！"

之所以称许他"得此天地精神"，亦非虚饰之语，而是呼应"大隗"的故事。

《庄子·徐无鬼》上的记载，相传在上古黄帝的时代，有一神人，名叫"大隗"，能通天下至理，居游无定处，只道经常在具茨山（亦称秦隗山，日后属河南密县）出没。黄帝闻其名而慕其义，专驾往访。命方明为驾夫，以昌寓做陪乘，另遣张若、谐朋在马前引导，昆阍、滑稽在车后跟随；可是一旦来到了襄城的旷野，七位圣人都迷失方向。

偏在此时，道旁出现了一牧马童子，七圣只得趋前问路，道："童子可知具茨山何在吗？"童子答道："知道。"又问："你知道大隗所居之地吗？"童子又答："知道。"黄帝不免有些惊讶，一时兴起，开了个玩笑，道："怪啊，童子！不仅能知具茨山之所在，又知大隗之所处；则可知治理天下之道乎？"

没想到童子居然回答了："治理天下，同牧马应是一理，又何必多事呢！我从幼小之时，便独自游于天地四方之间，又有头晕目眩之病，彼时便有长者教我：'汝应乘白日之车，而至襄城之野。'如今我的病已经渐渐好转，我还得再去天地四方之外游历。若所谓治理天下，也便如此而已！"黄帝听童子说了几句，益发奇其人，执意以之为传说中的大隗，仍坚词请教，如何治理天下。童子无奈而答："夫为天下者，亦奚以异乎牧马者哉？亦去其害马者而已。"皇帝听了这言简意赅的推辞之语，立刻再拜稽首，连声称天师而退。

许多注解庄子的后学都以为童子所谓的"害马者"为不良之马，或"害群之马"，实则大谬不然。童子以己身罹患瞀病，须"乘日之车"作喻，即是提醒面前黄帝等"迷路"的七圣，治天下没有什么奥义深思，但能像太阳一般照耀透彻即完足矣。

这一节，与《徐无鬼》篇前文所说的相狗、相马之能，以及后文所谓"以目视目，以耳听耳，以心复心"精神上是一致的；无论所"相"的对象为何，遍照明察而已。寻访大隗之不智，乃在识见不明，至于童子是否即为大隗，或大隗究竟存在于否，皆与"如何治理天下"一问相同，固非本旨。这遍照明察，就成为圣人访贤的本分；贤者不自干于圣人，圣人仍须察知孰为贤者。

吕尚的故事更清晰。那是周文王在出猎之前，先做一梦，请卜梦人为之占解，占者云：此次狩猎，将有所得，其物"非龙非彲（按：同螭，音痴），非虎非罴；所获，霸王之辅"。不日之内，周文王果然在渭水北岸遇到吕尚，相谈甚欢，因而留下了"自吾先君太公曰：'当有圣人适周，周以兴。'子真是耶？吾太公望子久矣！"之叹；这是一个帝王期勉、礼遇臣子的事例，"太公"是周文王的父亲、周太王的幼子季历，"圣人适周"的预言出自太公，则太公之"望"意味对天下士有先见之明，显示了求贤若渴的思慕，而非悬钩以钓的用心。

"圣人既以神仙事贤者，某何不聊以待之？"李白笑了，转向孟浩然一深揖，道，"想来夫子之自处，也无非如此。"

崔五这时举杯向各席邀劝一巡，看众人皆饮了，才问道："李侯之意，乃谓赴进士举便有损神仙之道了？"

"又不然！"李白徐徐答曰，"神仙之道，无所损益；其晦明参差者，帝王之道耳。牧马童子自述其瞽，岂其瞽哉？固是讽黄帝不知眼前童子为神仙罢了；周文王称太公'望'子久矣，眼目自在他周室之人面上。某等，不过神仙自为，以待明时而已——这正是渭滨之钓，直钩无饵食之谓也。"

倘若帝王不自昏瞽，必有寻访之能；神仙人物如大隗、吕尚者，又何必趋时干禄呢？李白采取了逆其理以证之的辩术，令崔五也哑口无言了。其中机栝，是将士人赴举竞试，视为干扰帝王耳目的手段，而举进士、考明经以及应诏而就诸般制科的事，就徒然自暴其喧哗纷纭了。

"某飘然一身，匆促南北，明朝即赴广陵，未料能逢今夕高会，得闻仙音如此——"孟浩然颊光泛红，神采奕奕，话也多了起来，"某曾有杂吟一联，谓：'当路谁相假，知音世所稀。'沉吟再三，不能续作；今日聆李郎一席言，洵知音人也！姑举以此联佐觞奉谢。"

诗句往来，平添意气，李白欲罢不能，停盏凝眸略一扫视，慨然再歌，这一度，作的是古风。他把前一首里的"玉树"信手拈来，重新布置，转采汉武故事。相传汉武帝在宫外起神明殿九间，广为装饰，极豪侈之能，所施设者，"茸珊瑚为枝，以碧玉为叶，植玉树之法，花子或青或赤，悉以珠玉为之"。命名就叫"玉树"。而李白一向心仪、模拟至再的北周诗人庾信曾作《谢滕王集序启》，文中即有此句："若夫甘泉宫里，玉树一丛；玄武阙前，明珠六寸。不得譬此光芒，方斯照烛。"

不过，李白转用事典、匠心独运，虽然同用"玉树"之词，却将陈叔宝《玉树后庭花》的荒淫冶荡，一转而成就了帝王光芒烛照的意象——对于即将东行的孟浩然而言，未尝不是一番明时可待的祝福：

　　一鹤东飞过沧海，放心散漫知何在。仙人浩歌望我来，应攀玉树长相待。尧舜之事不足惊，自余嚣嚣直可轻。巨鳌莫载三山去，我欲蓬莱顶上行。

"某知之矣！"崔五听了，忽然抚掌大悟而笑，道，"仕，抑或不仕，固非丈夫所宜关心也；但看他圣人眼力如何耳！原来'玉树'之深意尚能有此。"

这一笑，引得范十三也兴味昂扬，当下举盏起身，一指李白袖口微露的匕首，居然深深一揖，满顶白发闪映着巨烛明月的光芒，道："今夕一别，某等渡江而北，再会何期？李侯或能以一诗相赐，聊慰攀慕否？"

"固所愿也!"李白道,"玉树一歌,不能不有三叹。"

> 石头巉岩如虎踞,凌波欲过沧江去。钟山龙盘走势来,秀色横分历阳树。四十余帝三百秋,功名事迹随东流。白马金鞍谁家子,吹唇虎啸凤凰楼。金陵昔时何壮哉!席卷英豪天下来。冠盖散为烟雾尽,金舆玉座成寒灰。扣剑悲吟空咄嗟,梁陈白骨乱如麻。天子龙沉景阳井,谁歌玉树后庭花。此地伤心不能道,目下离离长春草。送尔长江万里心,他年来访南山皓。

较诸先前赠孟之作,这《金陵歌送别范宣》更是有心为之的一首,分别采取了三个层次的铺陈角度,益发细腻地对金陵的形势、范十三的欣赏,以及江山与人物之际会的感叹。虽然结语在"伤心不能道",但是离离的春草所象征的生机却扭转了灰飞烟灭的伤感。其下跳转长江万里之心,再添奇崛雄迈的祝福;最后,还拿范十三少年白发的形貌开了个颇具推许之趣的玩笑,南山皓,所指当然是商山四皓,如此一来,李白非但还是重申了以张良自况的志意,也借由那四位受到两代帝王崇仰、信赖的国师而再一次泄漏了他自己对前途的憧憬。

三三 云山从此别

东方启明之星,又号太白,便在离人不知不觉间升起。北行江船,拂晓解缆,迎风逆流,却是徐徐向西而去。

席间连声说要下广陵访友的孟浩然却已经醉卧榻上,不省人事,偶吐梦呓,连声直道:"*君登青云去,余望青山归*""*君登青云去,余望青山归*"。但见他翻来覆去,只此二句,看来颇为李白先前诗中的"缅邈青云姿"所触动,不能去怀,可是他在梦中似仍诗思凝滞,愁情闷苦,近乎全秃的眉丘紧紧隆蹙着。

李白一样连宵未眠,却真如那初从江头升起的星子,瞳光奕奕,精神焕然。送行之后,立时把来纸笔,抄录着先前即席吟咏的诗句。听见孟浩然呓语不止,还同他戏闹,每每接着他那两句,继续吟下去:"云山从此别,鸿雁向人飞",或是"两惜青青意,一挥薜荔衣",或是"相隔云山杳,唯看江浪肥"。

龚霸原本也倦意十足,直欲返家,可是一来不想扰人清梦,二来又觉得与李白如此促膝而谈,无论玄言道术,倡议史事,或者细究诗法,都有难得而出乎意表的惊喜,遂遣发驿卒,收裹孟浩然的大小行囊,拴缚稳妥,自与李白闲谈,将就着孟浩然梦中之句问道:"青云既去,青山复归,此或孟郎寄崔郎之语?"

"诺。"

"则李郎续作之句,何者切旨?"

李白一面冥思前作,休休落笔,一面笑答:"某随口作调笑耳,皆不佳!"

"如何是不佳?"

"忆昔在蜀中之时,某师尝责某作诗,每为时调所缚,因于声律——"李白看一眼那舌强齿钝、还在支吾作声的孟浩然,笑道,"想来孟夫子亦然。"

"某实不能解,请教?"

"彼神思发于睡梦,不羁绳墨,故得句如'君登青云去,余望青山归'者,皆是汉魏古调;某所续成之句,皆为时调。此不佳者一。"

这就把龚霸说得更胡涂了,当下追问:"李郎前作亦多古调,何不以古调续之?"

"孟夫子终不免要赴京试举,若不牵于时调,以称彼有司座主之意,则青云、青山二者,便永为异路矣!"李白说时,眉宇间不免微露嘲谑之意,可是接着说到了诗中用字寄意,便不知不觉地庄重起来,"此外,彼首开二句迭宕天地,境界辽迥;某所续成之句,似稍轻。此不佳之二也。"

"不轻!"一声呼喊,孟浩然忽而醒了,猛可坐起身,捉着李白的袍袖,摇晃着头颅,对两人道:"勿就我睡榻边论诗,否则不及睡也!某便是教汝'一挥薜荔衣'打醒,岂可谓轻?岂可谓不佳?此作堪成,恰是李郎相助也!"

这一首《送友人之京》也是经龚霸保留、辗转于孟浩然身后多年为集贤院修撰韦滔抄去,而得以存录。孟浩然自己的手笔则是这样的:

君登青云去,余望青山归。云山从此别,泪湿薜萝衣。

第三句"云山从此别"援用李白的戏说之词,刻意与前二句重字,以之收束第一、二句。这正是李白惯常手段——一如他少年时那首《初登匡山作》以颈联二句"啼舞俱飘渺,迹烟多荡浮"来收束"仙宅凡烟里,我随仙迹游。野禽啼杜宇,山蝶舞庄周"四句,巨力翻折,殆非凡手可为。

"泪湿薜萝衣"也从李白"一挥薜荔衣"转出——原本是《楚

辞·九歌·山鬼》的句子："若有人兮山之阿，被薜荔兮带女萝。既含睇兮又宜笑，子慕予兮善窈窕。"与李白一挥袍袖，拂衣而去的用意是多么的不同？孟浩然有泪不能禁，毕竟要多情一顾，回首两行，才肯罢休。

定稿之后，他反复吟诵了几遍，确认声字铿锵，才像是松了一口气，转脸直视眸子，问李白："汝所作，以'一挥薜荔衣'、'唯看江浪肥'为结，其高旷清幽，某自愧不及，而汝今后行止，果然不复以京朝为念乎？"

李白不能不为孟浩然的热切所震慑，以及感动。

他想象得出，这样一个亟欲有所为于天下的士人，念兹在兹，不外京朝，显然并非图谋俸禄名声而已。孟浩然的"泪湿薜萝衣"沾带着一种在李白身上从未出现过的、炽烈的情感；士人之所事，并不像他初登大匡山时所慷慨陈词的那样："学一艺、成一业、取一官、谋一国，乃至平一天下，皆佳"、"不成，亦佳"。

其中，还有令他不得不肃然以对的怀抱——好似当年他随口应答月娘"某并无大志取官"的时候，月娘出其不意、声色俱厉地责备他："汝便结裹行李，辞山迳去，莫消复回！"

李白模模糊糊地发现，孟浩然之问，也是他自己从不敢自问的一句话：汝于天下，有一诺否？

果尔，孟浩然追问出声，而且所引用的，是李白自己的诗句："汝自行于蓬莱顶上，岂不去圣人愈远？"

李白依然不能承诺，他甚至预料自己终身不能有此一诺，总只能像赵蕤那样，出入于书卷之间，纵横以坟典之语，聊为应付，于是一扬眉，仍旧圆睁着一双潭水般深邃的眼睛，答道："庄生曾假仲尼之口，谓苍生大戒有二：以命、以义，爱亲、事君；皆无所逃于天地之间。逃天不遂，游必有方；某，姑且'乘物以游心，托不得已以养中，至矣'。"

这是《庄子·人间世》里的一节，也是李白与孟浩然的赠别之语。孟浩然喜其豁达，固不待言，可是只有李白知道：他说了其实连自己都不相信的话。

三四　携手林泉处处行

孟浩然东下广陵的这一天，李白依礼回访龚霸之家。龚霸殷殷留客，情意款洽。若非在宅中朝暮开筵招饮，便是邀约城中耆老士流，四出游衍，设帐歌馔。其间不免赋诗，《金陵城西楼月下吟》即作于此时：

> 金陵夜寂凉风发，独上高楼望吴越。白云映水摇空城，白露垂珠滴秋月。月下沉吟久不归，古来相接眼中稀。解道澄江净如练，令人长忆谢玄晖。

另有一首《金陵白杨十字巷》，也是在出游时且行且吟，口占而成，堪令一座叹服的神情，千古以下亦不难想见。龚霸非但将诗稿传之后人，还在这一首诗后留下了简单的跋记，聊注诗人操法："白落落高古，自于曲折时调处见之。"这句话是理解李白作品不泥于时尚所趋的管钥；而《金陵白杨十字巷》是这么写的：

白杨十字巷，北夹潮沟道。不见吴时人，空生唐年草。天地有反复，宫城尽倾倒。六帝余古丘，樵苏泣遗老。

这首诗可以作为龚霸那简短一语的例证。

所谓"时调"，即唐人承袭自南朝而来的"近体"，最明显的表现就是用平声字为韵脚，而李白这一首颇似律体的诗，却全用仄韵，并不常见。此外，"时调"也就是唐人形成其五七言格律之所依——八句之作，中间二联必作对句，此其一。四联之间各双数字之平仄，固须相同；而除首字外、单数字之平仄，则须参差相映，此其二。后世议之论之者，称此为"黏对"，已道尽矩范。

然而正当其时、力行其法、践其实而不识其名的盛唐诗人，尚不知"黏对"一词，龚霸所谓"曲折时调"四字，恰是在说李白于当"黏"处作"对"——读此诗可知："生"字平而"地"字仄，"城"字平而"帝"字仄，皆刻意不守"黏"法，如此成诵，却形成一种反本于前代古诗的格调。

不只是声律上的"曲折"，也有命意和用字上的讲究。诗题作《白杨十字巷》，可知为当地一景，然全诗中可数的现实之物，仅一"草"字；其余者，如"北夹潮沟道"，潮沟乃是三国时吴大帝孙权所开，引江潮、接青溪，而入秦淮。

再如"天地有反复"，乃是东汉时韩遂与敌将樊稠阵前接马，交臂相加时所说的一段豪语："天地反复，未可知也。本所争者非私怨，王家事耳。与足下州里人，今虽小违，要当大同，欲相与善语以别。邂逅万一不如意，后可复相见乎？"由此可以看出李白所善用的古语，也同他个人的器宇性情相仿佛。

又如"樵苏泣遗老"亦然。"樵苏"即砍柴刈草，语出《史记·

淮阴侯列传》的广武君李左车:"臣闻千里馈粮,士有饥色;樵苏后爨,师不宿饱。"无论如何,这不是寻常字眼,显见也是着意雕刻,让全诗始末一贯,洋溢着一片汉魏风调。

然而,"樵苏泣遗老"的怅惘不甘之情,偏是令壮气喷薄的李白再也不能伫留金陵的缘故。

就这样饮酒作诗,盘桓了不知几日。他人无所知觉,李白始终惦记着孙楚楼。他一直好奇着、猜测着,那封为范十三收进怀里、将携远行的信笺上,段七娘究竟写了些什么?然而,离开龚霸的宅院,来到孙楚楼前,他才发现,不只段七娘芳踪窅然,连瞽叟也不在了。

再三问讯,才从那一身窄袖薄罗的小妓口中听说:前几日向晚时分,楼前妆彩牛车一驾,载着段七娘等二三人,轻装就道,扬长东去。李白可以想象:那一柄朱砂色的拂尘,偶或在夕照中探出珠箔晶帘,挥别伤心之地。伊人行方如何?是否脱籍?一时不得查考,所能于回味中惆怅而了悟的,也就是那一夜"布环"一节,的确信而有征。李白悻悻然扑空而返,顿时觉得金陵已无可眷恋伫留了。

这一天,陪同李白往孙楚楼的,是龚霸的家僮,名唤丹砂。这童子看不出确切年纪,说他十一二,已经世故精明得很,说他十三四,声语还带着小娃腔调。其耳目聪明,手脚伶俐,真不寻常,既能作吟啸,亦颇善俚曲,于筵前随口放歌,也不逊歌馆中人。由于龚霸长年修习道术之故,总是将这丹砂打扮成一小道童的模样,金陵城方圆数十里,遐迩皆知,亦不以为怪。这童子出入市井,走串人家,总是开颜喜笑,与人不稍忤犯,很讨龚霸的欢心。

李白在孙楚楼大失所望，神魂嗒然，丹砂却给出了个主意："既然说这七娘子车驾向东，城东歌馆所在多有，笙笛亦繁密非常，某便随李郎往城东趱去，信步探看，或可访得些许行迹。"

"彼布环就道，拔出风尘，岂能再事管弦？"李白苦笑着说，"应须是访不着了。"

"遮莫七娘子不见人，那八娘子、十娘子，城东也自不少。"丹砂道，"脂粉门巷，岂有他哉？不外就是'你若无情我便休'么？"

李白任令一双拖沓的脚步，随着丹砂往城东漫走。一客、一奴就这么且行且说，又将金陵踏访了一回，偶于门巷人家近旁，听得琴声泠泠，筝声袅袅，丹砂忍不住话，便道："此初学小娘，工尺尚未娴熟。"或则："此伤情之人，捻挑之间，真个苦雨凄怆。"或则："此曲将愁作欢，不欲人知他心事耶？"

"汝好生识得曲度？"

"胡思野想，其乐也无穷。"丹砂呵呵笑了，道，"奴看李郎，也是其乐无穷之人；只这两日席会连番，直出落得倦怠，可是为思念那七娘子否？"

李白大笑："小奴无礼！果然胡思野想！"

访段七娘而不遇，有着难以释怀的怅触——这已经是他生命中第二个忽然之间不告而别的女人。丹砂看人眉目，猜人肚肠；虽然看得分明，却猜错原委。李白之不惬，更是对金陵这一方天地感觉到无比的忧闷。

六朝金粉尽去，空余江山，这种人事代谢的悲凉，本来是其他名都大邑所少见的。多少可歌可叹的凋零，片时而兴、片时而坏，本来最易勾动那些"樵苏遗老"个人身世的伤怀。斯人也，不及闻达于世；斯人也，不及驱策于君，人过强仕之年，或者是知命而不服命者，猬集于白下之城，真是不可数计。

这些人垂垂近老，夜以继日，一一来到龚霸门下，扶策感伤，劝杯进盏，嘶酸太息。久而久之，也令李白益觉不忍，复不能忍，连连恳辞邀宴，到头来也就不便借枝而栖了。终于在得知段七娘一去绝踪的这天，他向这位温厚长者告别，托辞与孟浩然相期再会于广陵，不能不离去。

临行时，李白大笔亲题于舟发之地，地名征虏亭。此亭地理，异说纷纭。初于东晋中为将军谢石鸠工兴建，也有说在石头坞的，也有说在青溪而地近秦淮的。大唐立国之后，临水处唯余方丈片石数起，残础雄峙，昔日规模可见。里坊中人指点为遗迹，过客自也不能争辩，李白在此地所赋之诗，题曰《夜下征虏亭》，聊为赠别，可惜的是龚霸未曾及时抄录完整，只记了前四句：

> 船下广陵去，月明征虏亭。山花如绣颊，江火似流萤。游苑冠添紫，涤尘山更青。金陵一留别，孤剑寄飘萍。

倒是在这首诗的颈联里，李白深藏了另一桩本事。

头、颔两联，即事即景，无甚敷陈。第五句说的是初抵金陵那日，夜游芳乐苑，他借用段七娘的紫纱披，盘头裹成官帽形状，惹得诸妓噱笑，呼为"孙楚楼的风月之主"；第六句则寓两事：一是在兰舟上脱靴"涤路尘"，二是满目所见，历代为"好因缘"所苦而抑郁以终之妓所埋身的坟丘。然而浮观诗句，也可以理解为对金陵山川形胜的描写。尾联既是留别龚霸，也是暗自销魂，惆怅段七娘萍踪难觅。

金陵旧俗，赠别须有贶仪，在征虏亭前执手相祝之际，龚霸送给李白一匣六只"蓬莱盏"，是时称金扣玉杯的巧工之物。李白不敢推辞，正想着此去广陵，也就是托辞远走而已，其实游方不定，前途未卜，日后会不会重逢？又该如何约期再会？都还没有主张。未料龚霸又絮絮叨叨，道："李郎身为天下士，舟车在途，关河险阻，想来不免劳顿。某老而惫，驿职不能卸肩，责务琐琐，也就难以侍从左右，贪玩山水了……"

李白摇指江流，道："彼自是一去不回之物，白也心目犹在，眷思不已，去去复来。唯公宜自珍摄。"

龚霸微笑着摇了摇头，回身招那正在抄写诗篇的家僮丹砂近前，又对李白道："此童能文字，堪使唤，姑且遣之奉君一行。日后所过林泉岩壑，如有吟咏，亦可付他作书。李郎再返金陵时，携之归宅亦可，令其自归亦可。但莫忘能有几轴诗卷，聊慰我一双老眼，常作江湖盼想耳！"

说时，龚霸一字一句，皆流露着不舍。他眼眶润湿，相执之手颤颤不能已。丹砂则一派天真，扬声道："翁莫哭，李郎说去去复来，奴便去去复来，当非虚言。"

蓦然天降一奴，李白自不免吃惊，但更多的还是迷离惝恍。他想起那一柄红伞，想起那一袭紫绮裘，转念之际，还有眼前这一个身着道服的童子，隐隐然觉得将有挥之不去的什么，即将揭露于眼前，依依随身，直到天荒地老。然而，这就是他将要上下求索的吗？

回顾江流，此水彼水，脉脉不绝，万事又何尝不同于斯？来处历历，月娘、赵蕤、吴指南，乃至于匆匆数面的崔五、范十三以及段七娘和瞽叟……苍茫间，尽是那些与他错身而过，并且在转眼间消逝于莽莽洪流之中的人,彼形彼影,看似只能就梦魂牵系,虚诉重逢而已。

龚霸却长吁一气,对丹砂道:"汝将远行,且为翁作一啸,以为留别罢!"

丹砂毫不迟疑,随即长啸一曲,曲名《凤台操》,其音如笙,清峭幽拔,直入云中。

(第二卷完)

附 录

李白的学习年代与漫游年代

——从"成长小说"论张大春《大唐李白》首二卷的几个问题

《大唐李白》是张大春自2013年起创作之长篇小说,以诗人李白(701-762)生平为经,大唐盛世为纬,预计四卷共百万字以上。首二卷《大唐李白·少年游》与《大唐李白·凤凰台》(以下简称《少年游》与《凤凰台》)分别于2013年夏与2014年春出版。前者以少年李白随师父赵蕤(659-742)于大匡山学习为主要内容;后者叙述李白二十五岁前于蜀地出游,并与道教上清派宗师司马承祯(647-735)相遇的经历。小说出版以后的评论重点有二,一为还原李白在大唐历史中的位置,完成以小说写文学史之诉求;二为还原大唐文学环境之用意,延续历史与小说"纪实与虚构"之辩。两者都与作家多年来的写作动向相关:"大说谎家"式的虚实比例探究,以及实存的古典诗歌与现代小说虚构的精神对垒。《大唐李白》的创作可带来全方位式的解答。写作手法方面,小说包含大量历史的考证、神话的添补,对人物、情节与故事性相对压抑。本文承接以上关注,试以另一路径探索,从欧洲十八世纪"成长小说"

（Bildungsroman）的文类结构为参照，解答《大唐李白》首二卷意旨及小说技法上的几个问题。

在现存有关《大唐李白》的讨论中，论者提出过"学者小说"、"恶棍小说"、"旅程小说"的读法，惟暂未出现过"成长小说"的课题。谓成长小说，俄国文论家巴赫金（Mikhail Bakhtin）认为最核心的类型特征为"人的成长与历史的形成不可分割地联系在一起"，简言之为一种关注青年及趋向成熟的阶段、把个人发展放置在社会语境的小说文类，着实与《大唐李白》中的历史与人物两端有着深刻的联系。其次《大唐李白》首卷题为"少年游"，次卷题为"凤凰台"，两卷主要内容仍只覆盖至二十五岁前的李白，未及经历婚姻、酒隐安陆的十年蹉跎，更远远未及四十岁入长安。换言之，《大唐李白》用上四卷中两卷的篇幅，处理李白生平中相对不为人所熟知的首二十五年之"成长阶段"。不过，上述有关篇名与内容比例的倾向，均不及《大唐李白》与成长小说经典《威廉·迈斯特的学习年代》（*Wilhelm Meister's Apprenticeship*）及《威廉·迈斯特的漫游年代》（*Wilhelm Meister's Journeyman's Years*）在结构上的相似引人注意。

首先，《少年游》与《凤凰台》两卷内容可以概括为"李白的学习年代"与"李白的漫游年代"。前者记述李白以"学一艺、成一业、取一官、谋一国，乃至平一天下，皆佳"之志，师从赵蕤学习辞章摹写、采药引禽或"是曰非曰"之纵横论术；后者承接赵蕤的安排，让李白带同胡商父亲李客的借据作盘缠，先与大明寺和尚慈元出游蜀地，再于金陵结交诗人孟浩然、贵族崔五，以及道教上清一派宗师司马承祯。歌德的《威廉·迈斯特》系列亦有十分相近的元素：主人公威廉·迈斯特是殷商之子，但对继承父业毫无兴趣，期望在剧场界获得文艺上的满足。威廉对剧场的热情随着对不同女性的恋慕而起起落落，同时亦以为父亲履行商务之名游历各地；后来与贵族女子娜塔妮结合，同时发现秘密组织"塔社"（Society of the Tower）一直关注他的发展，而娜塔妮的哥哥罗沙利奥正是塔社的领导成员。最后威廉与罗沙利奥共同继承了一笔巨额财产，寄望为后来子弟造福。

本文无意把尚未完成的《大唐李白》与十八世纪末的《威廉·迈斯特》系列作太多类比与附会，但点出其中共有的成长小说核心仍是饶有趣味。两部作品同样教人思考：主人公怎样才算完成目标？若最后违背了初衷，那算是完成了自我实现吗？主人公的"发展"是由一连串的偶然机遇所造成吗？其中主人公的自我实现与社会周旋无疑是成长小说的重点，两者最终会绾合而导向一平衡的结局，惟这结局的必然性，却是充满不确定性的，因此也可以说，成长小说的结局一向并不重要。威廉·迈斯特所面对的十八世纪欧洲有剧场、中产阶级、贵族、塔社；李白所面对的大唐盛世同样有诗坛、商人、高门与道教上清派。撇除既有的时空文化差异，仍可见此中个人文学的追求、先辈出身的羁绊、贵族阶层的向往及外来神秘组织的协助这四个坐标。根据意大利学者 Franco Moretti 论成长小说的专著 *The Way of the World: The Bildungsroman in European Culture*（《世界之道：欧洲文化中的成长小说》）的研究，成长小说最大的文类特征在于"两个世界"之间的冲突、妥协与转化。这个带有黑格尔式（Hegelian）辩证法意味的解释应用在《大唐李白》的主题结构之上，大抵可以分成"士与商"、"仙与凡"、"正与反"三方面释述之，从而解决《大唐李白》和成长小说的故事性、虚构性与时间的问题。

士与商:"贱商之子"李白与唐代政经制度

《大唐李白》出版以来有三大讨论焦点:经济学考据,虚构与史实的比例,以及李白较人性化的情感问题。本节先处理李白能够完成学习与出游的关键条件,再分析作者何以用大量篇幅考证李白的出身与唐代政治与经济背景的关系,而相对地压抑小说的故事性。

《凤凰台》写李白初见孟浩然,互相惊为天人,对彼此仍一介白身有说不出的惊诧与遗憾。被问及"汝何不迳取彼一进士耶?"李白深知不能直言:"某,贱商之子,不合应举。"不得已取另一答案以应对之。关于李白的出身,郭沫若《李白与杜甫》与王瑶《李白》均认为他是富商之子,另林庚《诗人李白》更进一步在"混游渔商,隐不绝俗"中凸出李白的"布衣感"。然而关于李白父亲李客的资料相当有限,大多来自范传正《唐左拾遗翰林学士李公新墓碑并序》的一段:"自国朝以来,漏于属籍,神龙初,潜还广汉,因侨为郡人,父客以逋其邑,遂以客为名。"《大唐李白》以李客的背景与出身大造文章,一方面为李白铺垫出最困扰的"布衣出仕"难题,另一方面却从最为压抑故事戏剧性的大唐政经制度入手,论证"贱商之子"与李白进入士人阶层一体两面的辩证关系,订定了《大唐李白》"去故事"的书写策略。

《大唐李白》卷一《少年游》以相当平淡的绵州刺史李颙赋新诗开始,此一好官在立春前夕自制新诗:"终始连绵尽一朝,樱垂雨坠颂觞椒。郊迎新岁春来急,老对初芽意未凋。笔墨催人消节气,心情问世作尘嚣。犹能几度添佳咏,看洗寒冰入大潮。"李颙在一番声律与典故的讲究之后,呼同参军、仆从及来客等驱车出游戴天山"赏禽"与"会神仙",所会者即李白的师父赵蕤。绵州刺史李颙为虚构人物,所写诗歌亦为张大春所撰,惟所敷陈者,即《新唐书·李白传》中记述李白"州举有道,不应"一语。李颙的设置既指出"诗"为大唐士官阶层之生活语言,讲究声律用典,为文官必备之才能;其二是由李颙出访会神仙之说点出大唐文官的出处,在世袭与科举以外往往由求访隐逸之士而来。而李白的学习年代,跟从赵蕤所学之事,即此二端:诗文仿作之锻炼与正反隐显之道。

赵蕤确有其人,见《唐诗纪事》引《彰明遗事》:"往来旁郡,依潼江赵征君蕤。蕤亦节士,任侠有气,善为纵横学,著书号《长短经》。太白从学岁余。"另《新唐书·艺文志》谓蕤:"梓州人,开元中召之不赴,有《长短要术》十卷。"结合《唐诗纪事》引《彰明逸事》:"隐居戴天大匡山,往来旁郡。"又《一统志》:"大匡山,在成都府彰明县北三十里……唐杜甫寄李白诗:'匡山读书处,头白好归来。'亦名戴天山。"加上李白诗《访戴天山道士不遇》,《大唐李白》即把戴天山道士解读为赵蕤,并落实李白师从赵蕤读书、养奇禽、学辩纵横之经历。值得留意的不仅是小说对李白的第一位师父及其教养内容的关注,更重要的是此一教养机遇,正正是由胡商李客带来。

小说虚构李客因求医而结识赵蕤,后来以一叠名贵的"逐春纸"求赵蕤接受其时正在大明寺寄住的儿子李白为弟子,为的只是避免"横死于市"的下场,同时亦爱惜其好作诗文的天分。赵蕤起初拒绝,及后李白偕友人吴指南亲自往访戴天山,引出一段关于李白之学习目的与志向的论辩:

"大道如青天,我独不得出,来求神仙指点。"

"出欲何往？"赵蕤一面问着，一面觑了眼旁边的吴指南，发觉他也状似茫然，并不懂得李白话里的意思。

"学一艺、成一业、取一官——"李白笑了，"谋一国，乃至平一天下，皆佳！"

……

这时，他见少年李白得意，忽然起了玩心，操弄起对方的语句：

"若是学了一艺，而不能成就一业，抑或成就一业，却不能掠取一官，抑或掠取一官，但不足以谋事一国，而谋事一国却搅扰得天下大乱，可乎？"

吴指南又灌了几口酒，每饮一口，都小心翼翼地吐去酒渣，他看来比李白还年轻些，却能从容地对付这种新酷的浊酒，可见已经是个相当熟练的饮者了。李白到这一刻才索过壶来，徐徐而饮，并不在意浮沫，片时便将余酒饮尽。他抬起袍袖擦了擦嘴角的酒痕，忽然答道："亦佳！"

不过这种豁达的心态在《凤凰台》里即产生变化。孟浩然问李白："汝于天下，有一诺否？"李白却不再有此"皆佳"、"亦佳"之说，只能以《庄子·人间世》"乘物以游心，托不得已以养中，至矣"应对，但其实那是他"自己都不能相信的话"。此亦巴赫金所谓"成长小说"人物随时间环境之变化之特征。但在《少年游》中，李白已明确表示对商人之子身份的感慨，他与赵蕤曾有此颇令人动容的一段对话：

赵蕤一凛，他凝视着眼前这少年，炯炯眸子，犹如饿虎。

在言词上,他感觉受了顶撞,但是那一双眸子所透露的,并无敌抗之意,只有天真。他微一动心,问道:"汝父曾告某:汝有兄弟在外?"

"兄在江州,弟在三峡,已经三数年了。"

"尔兄尔弟俱得在外自立,汝却说什么'大道如青天,我独不得出'?"

李白听此一问,神情略微有些黯然,瞬了瞬在巨石上眼茫神迷、既困且惑,不住打着盹的吴指南,道:"他们耐得住计三较五,称两论斤,某却不成。"

对答中的背景一来自李白《万愤词》"兄九江兮弟三峡",并同样如郭沫若的考证引申李白弟兄在长江上游和中游从事物资流动的生计,从而引出李白"大道如青天,我独不得出"之热中心情。不过小说的叙述并没有由此转入抒情,却直接从抽离的角度评述大唐一代的政治环境:

> 近世以来,无论士大夫之家、耕稼之家、匠师之家,甚至商贾之家,如有子弟想要承继先业的,父兄之辈,多催使及早自立。与前代相较,甚至与宋、齐或齐、梁之间比起来,这种风气就显得慌张而促迫得多。
>
> 天下家户浮多,丁壮繁盛,许多年纪不过十三四岁的后生已经离乡背井,行江走湖。即以士人而言,自从中宗以降,朝廷用政,鼓励干谒,竟还有黄口小儿,童音嘤鸣,便至公廨见大人,议政事,献辞赋;深恐一旦落后于人,便要沦落得一生蹭蹬不遇了。

这种插入史实或评论以压抑故事叙事的手法，在《大唐李白》中比比皆是，但对照细析，即发现此抒情、叙事、纪实与评论交错的手法，即为成长小说最核心内容之两端：个人实践与时代社会冲击下的周旋过程。其中在《少年游》中考证最为严密详尽的，即为李白的盘缠问题。

如前所述，李白为殷商之子的出身已多所认证，由此亦引出对"千金散尽还复来"的经济来源的各种研究，当中包括李白在《上安州裴长史书》中所谓"散金三十余万"的货值对换或具体的营商行业之考据。惟《大唐李白》起码有两项关于大唐经济史的猜测，却纯为小说家之发明：一是李客之财政来源与寺庙及田地制度的关系，即《少年游》中提到大明寺和尚慈元以布施所得放债而成"无尽财"，李客为其打理；二是以借据作盘川的实际猜测，亦即小说中所言李白带着父亲寄存在大明寺的"无尽财"借券，把本应转交兄弟的钱财散尽天下。此一创造性的考证已由作者于不少访谈中阐述引申，其巧思及迂回亦延续了自《城邦暴力团》以来一贯技巧上的肯定。当中历史细节与可能性可继续供史家考核，而在肯定小说的文史考证功夫与虚实互渗的书写策略之余，仍可指出若从成长小说角度考虑，《大唐李白》中大量文史考证细节的珍贵处，实不在作者个人才具之展示，或模糊正史野史真假的实验，而是非得靠这看来确凿无误的条件，才能显出李客对李白最吊诡的影响：贱商之子既是"我独不得出"的最大宿命障碍，也是李白师从赵蕤，体会"终南捷径"、"是曰非曰"之理，以至日后"遍干诸侯"的资本。正如《少年游》卷末所言，卢焕见李白心仪魏晋贵盛之人如谢玄晖，即毫不客气地借醉问道："若在彼时，以汝一介白身，能作半句诗否？"李白也只能如此反省：

李白一惊。卢焕的醉言醉语仿佛揭开了他从来不忍探看的一个角落——原来是这"一介白身"四字；纵令如何致力于文章书史，满心想要追随那些圣贤、英雄、高士、才人；他犹原一介白身耳。说什么太白金星下凡，只消不在贵盛之家，偏能空怀铅刀一割的假想，他其实什么都不能做。

这正是李白的生成中最不堪闻问的一个问题，在讲求门第的魏晋他根本无法写诗，然则他的天才不是客观而必然的。"大唐"与"李白"之间的张力，随着李白的生成与成长小说跨越两个世界的结构，以及考证陈述之去故事叙述，于此正式展开。

仙与凡："太白星"李白与道教上清派理想

从成长小说的结构来看，作为商家之子的身份在一定程度上解构了李白作为文士的文章天才，带出时势出身之微妙。李白若要打开大唐之门，所能仗倚的可能是另一种身份。贺知章见李白即谓是"天上谪仙人"，后世亦称李白为诗仙。《大唐李白》在仙人与道教关系的问题上亦绝不会轻轻带过。如前所述，小说以刺史李颙拜访道士赵蕤为开首，提出道教与朝廷的关系，亦引出所谓"终南捷径"的时风。正如赵蕤本人的出身亦有此奇异的两面：既是隐居大匡山的道士，亦是醉心纵横之术的《长短书》的作者。赵蕤悉心为李白引荐又转身回绝，动机是十分清晰的："自古仕、隐两途，本来有着全然不同的价值观、生命情调，或是国族信仰。然而到了唐人的时代，隐之为事，却一步、一步，不着痕迹地，逐渐演变成为一种仕的进程，甚至手段。"

小说中对于李白如何摆脱贱商之子的身份有很细致的铺排，其中对"诗仙"身份的多重玩味即是其一。唐李阳冰《草堂集序》谓李白为太白星转世："惊姜之夕，长庚入梦，故生而名白，以白字之，世称太白之精得之矣。"《大唐李白》即在《凤凰台》把这个神仙托生的故事与道教上清派把李白带入宫中的关系绾结成一引人入胜的渊源，再一次展示小说虚构与历史考证的张力，亦进一步丰富成长小说中从一个身份进入另一个身份的曲折过程。

《凤凰台》中述及上清派道教宗师司马承祯向玄宗仔细补充一段太白星与玉帝的故事，谓太白星为玉帝所指派，奉命公告人间苍生以后"三日一食而足"，以免为口奔驰之苦。好饮酒的太白星却与天将下棋误事，不但把"三日一食而足"之诰文误传为"一日三食而足"，更掉了一只棋子在凡间"安陆"，亦即后来李白"蹉跎十载"并就婚于许氏之地，太白星即李白之意甚明显：

> 此山訇隆一声震地而成，倒把棋枰之畔的星君给惊醒了，这一惊非同小可，全明白过来：他还有一纸公文未曾撰贴。于是仓皇奔至南天门前，振笔疾书，咨告下民："一日三食而足。"如此一来，误卯事小，颠倒天帝之意事大，虽然帝意犹宠眷不衰，可是天条既违，例无宽贷。即使拖延了些时日，下界已经不知又过了几千年，太白星君还是因为这一按而落了职，逐出仙界，投胎到人间——而依照道者推算，其贬入凡尘、成为肉身的时日，似乎去开元天子之登基之前未几。

惟小说以此故事把太白星与道教所奉行"辟谷"之术联系起来。

凡人若能由一日三食转为三日一食，即庶几体现出司马承祯向玄宗进谏之淑世济生之道，所谓"辟谷服气，聊助足食，旨在不多掠夺于生，用意不外是慈、俭。至于益寿者，余事而已"。但开元天子只问神仙不问修养，令司马承祯想到以李白完成太白仙官的神圣任务，初见李白，即谓："英年一鹏，奋翮出尘，仙风道骨，可与神游八极者，正是此人。"把减免苍生之苦的责任，由谪仙太白星、李白与上清派道教合而为一。

司马承祯正式为李白引进朝廷须有一物事，此即"宫没凤凰楼"一章言及之"紫绮裘"。江津老驿长，广陵龚霸受司马承祯所托，把一袭紫袍交予李白：

> 龚霸显然还要说下去，他反手取了驿卒捧来的白绫包裹，道："李侯初次过金陵，便有玉霄峰白云宫道者为扫阶墀，奉呈此物。"
>
> 李白几乎不敢置信，口中冒出一声轻呼——他想起了江陵城下的丹丘子、司马承祯以及面容已经模糊的崔涤。
>
> 龚霸将白绫包裹递上前，李白捧在手中，不敢轻动，任由这老驿长替他一角一角地掀开，里头露出来一袭色泽沉暗，却隐隐然焕发着幽微光芒的紫袍。

此"紫绮袍"有学者考证确有其物，是上清道士法服，紫表青里的绮制道帔。小说中龚霸也是作如此解说，因此不容李白峻拒，李白亦只好收下。"紫绮袍"之考证既有定论，不算小说家独得之创作，但如前对李白为商人之子的发现一样，紫绮袍与小说的题旨所产生的微妙关系，仍在于李白在学习与漫游时期的"生成"

问题。向称紫绮袍为道教法服的论者，对李白承受紫绮袍的时间，大多定于供翰林后天宝初年受道箓之时，引出道教身份入宫之意，亦即通俗观念中以为李白隐而仕、仕而隐的用意。惟《大唐李白》倒因为果，以神话色彩叙写仙凡之别，先以太白平息龙王钱塘君之战，复以司马承祯授紫绮袍坐实李白就是可以了结谪仙太白星未了的任务的人，解众生疲累，休养生息，尤如恢复"三日一食而足"。不过紫绮裘即使尊贵，在现实中的李白作品中只出现过两次，即"解我紫绮裘"与"倒披紫绮裘"以换美酒之意，其时已为天宝十二年之作，李白承受何种冲击而要作践道服，在二十五岁前，未居安陆更未入长安之首二卷并未揭示太多玄机，但在既知的李白身世与仕途之上，《大唐李白》以神仙虚构之笔，联系仙、凡、文史与政治史，看出非李白主动求功名，而是先有仙人身份由仙入凡，从而可见世情与个人周旋的不确定性。这一点在成长小说研究中谓之不确定的选择。

正与反："烟火后先"与李白的折中或妥协

本文以"成长小说"角度论《大唐李白》，即面对一个定义问题：那是以叙事形式为观测点的分类标准？还是以小说主人公之情节内容为基础的蜕变标准？此亦即 Franco Moretti 所言定义成长小说的两种方法："分类原则"（classification principle）与"转化原则"（transformation principle），分别指向两种不同的文本安排方式。《大唐李白》以大量枝蔓引申的考据与补充，表面上不符合传统成长小说以主人公为中心而直线发展、经历各种考验而终至完成的"分类原则";但其实以"转化原则"而言,种种夹叙夹议的诗文政经考证,正是描画李白如何从成长前的阶段或阶层,踏进另一个阶层的轨迹,即前述以唐代经济流通的情况叙写李白如何因缘际会,利用了商人之子的身份得赵蕤之调教终达至"平交王侯";以及利用钱塘君与太白星君的神话虚构,引出李白与道教的关系,非一般"终南捷径"论所言李白求道以近朝廷,相反却是为了仙界未完成之任务。然而,作为成长小说的《大唐李白》在人物情感方面的处理,一直不及"学者小说"、"历史小说"的讨论丰富;人物亦不轻易与前述唐史考证与神话化的写作特色结合成一系统的线索。本文最后一节将讨论《大唐李白》中与李白感情牵涉最深的两个人物,少年好友吴指南与师母月娘,论证小说中的情感如何仍与上述"成长小说"中"两个世界"的结构相周旋,呈现"时间"之不确定性。

吴指南确有其人,为李白"蜀中友人",事见《上安州裴长史书》:

> 又昔与蜀中友人吴指南同游于楚,指南死于洞庭之上,白禅服恸哭,若丧天伦。炎月伏尸,泣尽而继之以血。行路闻者,悉皆伤心。猛虎前临,坚守不动。遂权殡于湖侧,便之金陵。数年来观,筋肉尚在。白雪泣持刃,躬身洗削。裹骨徒步,负之而趋。寝兴携持,无辍身手,遂丐贷营葬于鄂城之东。故乡路遥,魂魄无主,礼以迁窆,式昭朋情。此则是白存交重义也。

《大唐李白》首二卷只写及李白二十五岁时把吴指南"殡于湖侧",未及数年后剔骨葬友的事迹。然而在李白"存交重义"这一层友情铺写以外,吴指南此一人物还带有强烈的象征。他既是李白故乡昌明之旧友,见证李白之出身;同时亦构成李白为商人之子的提示。吴指南首次出现即陪同李白夜访赵蕤,但他完全不能介入李、赵二人的对话机锋之中,致使李白向赵蕤讲及自己身世与志向的痛处时,竟有吴指南的身影在旁滑稽对照。及后吴指南再出现在大匡山偕李白出蜀,却是遵李客所嘱,把大明寺和尚慈元之死所留下的一笔款项,交予分处九江和三峡的李白的弟兄。此款项后来即成为李白并未履行父兄旨意,并"散金三十万"之来源。吴指南在旅途中一直催促李白完成钱财交割之任务,李白一直拖延。同时有文曲星张夜叉预言吴指南为"短命畜生",终须"死于洞庭"。最后吴指南的确因一昏瞀的怪病而一病不起,而李白亦得以把父亲一笔不明不白的财富转为"有落魄公子,悉皆济之"的资本。吴指南虽非李白所害而死,但历史上李白自述的故友之情在《大唐李白》中有更复杂的象征。吴指南是李白出身与商人阶层之见证与牵绊,他一死李白才能摆脱故里,晋身他所向往的士人阶层与仙界。惟吴指南的稚憨与依依之情,几次直指李白私人感情世界之秘密,亦是小说迂回保留处。正在写作中的卷三《将进酒》,料应进一步交代剔骨归葬之事,而作者预言吴指南亦将以鬼身回到李白身边解决问题。换言之,吴指南象征着李白不能摆脱,如鬼之谓归的出身问题,进一步呈现成长小说中主人公在两个世界中踟蹰的本质,并落实在李白的《云梦赋》中:

> 他相信了太白星谪谴的神话,当然会时时对苍天、星辰,以及无际无涯的浩瀚宇宙,产生难以遏抑的渴求。但是相对于另一个自己,这番渴求却成了羁縻和阻碍。而这另一个李白,正是满怀家国之志,寄望一展身手,作帝王师,为栋梁材,逞心于时局,得意于天下。

换言之：学神仙之道，如有所归；成将相之功，如有所寄。依违两难，实无从取舍。于是，他想起当年在露寒驿所接闻于狂客的那句话："踟蹰了！"

这踟蹰，不只是出处大道的抉择，还有少年的迷情顿挫。《云梦赋》第三章乃得如此：

予既踟蹰于中路兮，岂致捷径以窘步？夫唯云汉之前瞻兮，乃忧江山而后顾。谪身迷兹烟波兮，共徜徉之朝暮。岂独耽彼洞府兮，忘匦鸣以延伫。是有不得已者乎，是有难为情处。晨吾绁马于江滨兮，犹见顾茂在腹。夜光之德崇兮，遍照隅隈无数。启明既出而已晦兮，何其情之不固？长庚将落而回眸兮，焉能忍此终古。

由吴指南引出的学仙与成将相之路，仿佛是空间上的两种抉择，也是李白经由摆脱才能达成的抉择。但另一方面，成仙或成相，亦不一定是非此即彼或非成即败的人生抉择，是可以在同一个生命中以"先后"方式完成的。这里牵涉到《大唐李白》中"烟火后先"的概念，以及李白师母月娘此一人物的设置。

李白与赵蕤之妻月娘的关系，一直为《大唐李白》读者所关注。首先因月娘为虚构人物，亦是首二卷中较为明确地让李白产生恋慕之情的对象；加上"月"与"太白金星"聚少离多的特质，以及李白死因之谜里的"捉月"之说，均吸引读者把月娘看成小说中最具戏剧性的感情之核心。惟首二卷只写及李白在大匡山读书时与师父及月娘之短暂生活，另侧记月娘启程到青莲乡报父仇的一段。

严格而言月娘与李白并无复杂的事迹与经历可记,但在《少年游》之末,却有一段直写李白寄身清凉寺时对月娘的思念,文字清婉迷蒙:

> 在这一晚的月光抚照之下,他不得不想到了月娘。
>
> 自当夜而后,此念不时油然而生。每在他打开笼仗,取出布囊的时候,总不能免。
>
> 这是太陌生的一种想念,他从未经历过——每当念来,总是初见月娘那一刻,从门开处绽现的笑容,忽而迫近眼前,胸臆间则一阵搯掘,继之以一阵壅塞;一阵灼疼,继之以一阵酸楚;空处满、满处空,像是春日里眼见它新涨的江水入溪、溪水入塘,而晴波历历,微漪汤汤——似无可喜可愕之事,亦无可惊可哀之状。但是再一转念,月娘又出现在田畦之间,出现在织机之前,出现在戴天山上每一处曾经留下影迹的地方。初看当时,只道遥不可及,亦未暇细想;回思良久,则挥之不去,更倾倒难忘。
>
> 有时月娘的容颜也会湮远而蒙昧,越要以心象刻画,却越转迷茫。有时,她的样貌会与他人兼容融,以至于彼此不可复辨;偶或是露寒驿上露齿而笑的胡姬,偶或是青山道旁散发着天香的姑娘——偶尔也有些时候,是他忘怀已久的母亲和妹妹。

此种深情的描写在《大唐李白》里并不多见,事实上两卷中再也找不出类似的感情刻画,不管对吴指南、月娘或者后来于金陵结识的红颜知己段七娘。然则李白对月娘何以产生如此涨满缠绵之感情?这恐怕并非"情之所钟"一语可以神秘地一笔带过,因此亦有论者就此问题展开论战,就小说家之情感准备是否充分而对小说技法有所质疑,认为小说的人物故事皆单薄,尤以对师母月娘之爱不合常理。

与其主观地评断作者笔下的李白对师娘之爱是否"合理",不如依然顺着"成长小说"的志向问题,分析月娘身上最吸引李白的是什么。诚如论者所言,《大唐李白》对月娘和李白的生活描述不多,月娘之识见、丰姿与关爱之描写亦有限,一位每天操持家计饮食,仪容似母似姊的师娘,不一定足以让少年李白所倾倒。因此更应从月娘个人经历中,体会她一生最重要的转变,以见本人之特质。其中关键即为前述"烟火后先"的故事。

原来月娘本出身于绵竹县贫寒之家,父亲任小吏时因钱银交割出错而下狱至死,使年仅十三岁的月娘把母亲寄托于绵竹山环天观,再偕妹妹作投身官妓学艺的打算。观主王衡阳见月娘却即向她提出另有修道之一途:

> 王衡阳风鉴之术过人,一眼看见月娘,便道:"汝一身恩怨,还待十八年后,始能了结。今有二途,汝欲为官使,抑或为仙使?听凭由之。"
>
> 毋须王衡阳多作解释,官使就是"风声之妇",仙使则是"女冠"。唐人家室女子修真成风,不外慕道、延命、求福。也偶有因夫死而舍家避世的,一旦遁入道门,还可以有如男子一般识字读书,研经习卷。月娘本来无所犹豫,可是王衡阳接着说:"为官使,则绝代风情,芳菲锦簇,怎么看都是繁华;为仙使,则满园枯槁,钟锣清凉,怎么看都是寂寥。不过——烟火后先,俱归灰灭而已。"

王衡阳后再引出"烟火后先"的出处,即其尊师李淳风在皇帝前卜卦之事。小说引此一段本在月娘提醒赵蕤对李白的出处志向不宜作太多盘算,须知"烟火后先",说不定自有天机,殊途同归。正如她自己当年若先投身官使,遍历繁华,最终可能还是会回到修道的寂灭结果,而赵蕤亦明了当中的喻意。然而,月娘的故事在《大唐李白》中自是未完结,《凤凰台》续写月娘往青莲乡报父仇,仍未有机会与李白在大匡山以外再见一面。月娘之神秘身世与恩仇即使未为李白所得悉继而生倾慕,但正如吴指南所象征的故里商家之出身,行迹飘忽的月娘正亦仿佛说明了人生际遇的多重可能性。既有诡谲不可解之转变,不管他先作仙人被谪下凡,还是先作凡人再履行天职,最终皆有烟火后先之共同归属。这是与李白生命状态最贴近的一种理想,亦是小说中仿似没由来的写李白对月娘感觉亲近继而倾心怀念之深意。

月娘所代表的"月亮"与李白所代表的"太白金星"使得二人不得久聚;李白生命终结时投水捉月,即再一次体会水中月影终无法为人所把握,至要把己身性命与水中月交融而完成,作者在预告《大唐李白》全书作意时曾提及此点,亦为二人关系平添一重"浪漫"理想的色彩。但本文认为,结合成长小说的论旨,月娘之重要性正在为李白揭示个人生成中回转、犹豫、折中与妥协之本质。最终抉择不是最重要的,因为去掉时间的先后因素,"烟火后先","成长"终究是历程而不是目标。

总括而言,"学习"与"漫游"为《大唐李白》重要的开端,引出本文尝试以"成长小说"角度解释《少年游》与《凤凰台》的几个写作问题:包括大量政治经济史的考证对小说呈现"两个世界"

的"成长小说"条件之贡献；虚构与真实之间的合作带出太白星谪仙身份实际任务，为李白受紫绮裘平添一份天命和自我完成的使命感；最后吴指南与月娘两个一实一虚的人物把李白的感情世界带进生命情态之中，对吴指南的摆脱与月娘的追慕，同样是他渴求自我实现的一体两面。《大唐李白》还有《将进酒》和《捉月歌》两卷未完成，李白的成长历程自然也是未完成的，但惟其未完成，却能让我们重新体会成长小说的核心况味：追踪个人融入漫漶社会与历史的过程，在"两个世界"中体会折中或妥协的必经阶段，它经常不是冒险的，更加是日常生活的、被常态所包围的、反英雄的，此中正是成长主题中最不是确定之因素，亦是"浪漫"的李白或野生如稗的小说精神中最能不确定之因素。

黄念欣　香港中文大学中国语言及文学系副教授。文章曾于香港中文大学"今古齐观：中国文学的古典与现代"国际学术研讨会发表，原文注释经作者同意而删节。

图书在版编目(CIP)数据

大唐李白. 凤凰台 / 张大春著. —桂林：广西师范大学出版社，2014.7（2017.7重印）
ISBN 978-7-5495-5609-0

Ⅰ.①大… Ⅱ.①张… Ⅲ.①长篇小说–中国–当代
Ⅳ.①I247.5

中国版本图书馆CIP数据核字(2014)第139905号

本书简体中文版由张大春授权，中文繁体版2014年3月由台湾新经典文化出版

广西师范大学出版社出版发行
　　桂林市中华路22号　邮政编码：541001
　　网址：www.bbtpress.com

出 版 人：张艺兵
全国新华书店经销
发行热线：010-64284815
三河市三佳印刷装订有限公司

开本：880mm×1230mm　1/32
印张：12　字数：240千字
2014年7月第1版　2017年7月第3次印刷
定价：39.00元

如发现印装质量问题，影响阅读，请与印刷厂联系调换。